허밍버드

일러두기 1. 독자의 이해를 돕기 위해 책의 앞부분에 인물 관계도를 담았습니다.
2. 본문에 나오는 *표시는 역자 해설 내용입니다.

허밍버드

초판 1쇄 2021년 11월 10일 초판 1쇄 발행 2021년 11월 20일

지은이 산드로 베로네시 옮긴이 김지우
펴낸이 김지은

크리에이티브 디렉터 북베어
경영관리 한정희
디자인 김정연
마케팅 김도현

펴낸곳 자유의 길 등록번호 제2017-000167호
전화 031-816-7431 팩스 031-816-7430
홈페이지 https://www.bookbear.co.kr 이메일 bookbear1@naver.com

ISBN 979-11-90529-13-6 (03880)

본 책은 이탈리아 외무부에서 수여한 번역지원금을 받았습니다.
Questo libro è stato tradotto grazie a un contributo del Ministero degli Affari Esteri e della Cooperazione Internazionale italiano.

자유의 길
Media Contents Group

길은 네트워크입니다. 도서출판 자유의 길은 예술과 인문교양 분야에서 사람과 사람,
자유로운 마음과 생각, 매체와 매체를 잇는 콘텐츠를 만듭니다.

허밍버드

세상을 향한 무한한 날갯짓

산드로 베로네시 지음 | 김지우 옮김

자유의 길
Media Contents Group

버틸 수 없지만 버티겠노라.

사무엘 베케트

허밍버드

| 인물관계도 |

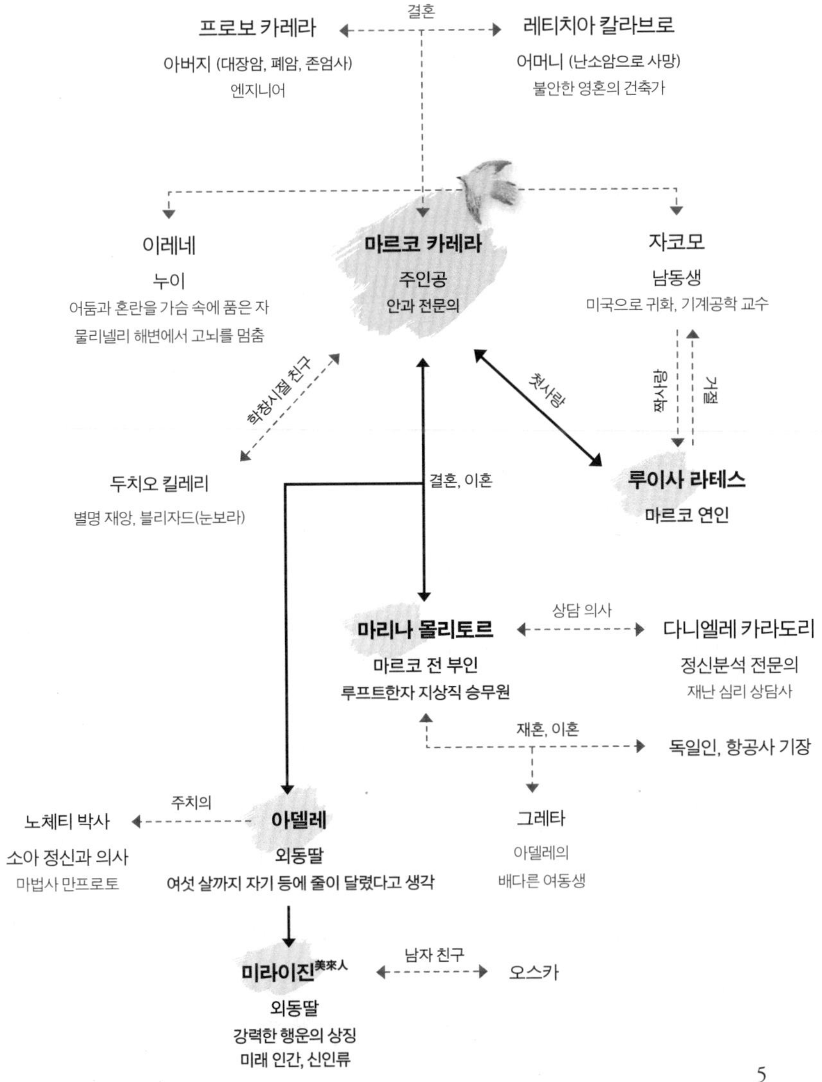

결혼
프로보 카레라
아버지 (대장암, 폐암, 존엄사)
엔지니어
레티치아 칼라브로
어머니 (난소암으로 사망)
불안한 영혼의 건축가
이레네
누이
어둠과 혼란을 가슴 속에 품은 자
물리넬리 해변에서 고뇌를 멈춤
마르코 카레라
주인공
안과 전문의
자코모
남동생
미국으로 귀화, 기계공학 교수
학창시절 친구
첫사랑
짝사랑
거절
두치오 킬레리
별명 재앙, 블리자드(눈보라)
결혼, 이혼
루이사 라테스
마르코 연인
상담 의사
마리나 몰리토르
마르코 전 부인
루프트한자 지상직 승무원
다니엘레 카라도리
정신분석 전문의
재난 심리 상담사
재혼, 이혼
독일인, 항공사 기장
주치의
노체티 박사
소아 정신과 의사
마법사 만프로토
아델레
외동딸
여섯 살까지 자기 등에 줄이 달렸다고 생각
그레타
아델레의
배다른 여동생
미라이진美來人
외동딸
강력한 행운의 상징
미래 인간, 신인류
남자 친구
오스카

"산드로 베로네시는 독자들이 이 책이 오직 자신만을 위해 쓴 글이라고 믿게 만드는 놀라운 위업을 이뤄냈다.
《허밍버드》는 매우 영리한 소설이다." | **하워드 제이콥슨, 부커상 수상자**

"꽤 오랫동안 산드로 베로네시가 지난 30년 동안 가장 능숙하고 심오한 이탈리아 이야기꾼 중 한 명이었다는 걸 알고 있었다.
《허밍버드》는 그의 감수성과 작가로서의 비범한 힘을 보여주는 결정적 증거물이다." | **도메니코 스타르노네, 내셔널 북 어워드 결선 진출자**

"삶과 죽음, 행복과 고통, 향수와 미래에 대한 희망으로 진동하는 위대한 소설" | **배니티 페어**

"산드로 베로네시의 책 《허밍버드》를 좋아한다. 대단한 걸작이다.
마지막 페이지에서는 어린 소녀처럼 울어버렸는데, 재미있고 감동적이며 심오한 책이다." | **《완벽한 낸시》의 저자 레일라 슬리마니**

"현시대 가장 탁월한 작가의 가장 탁월한 작품" | **코리에레 델라 세라, 알렉산드로 피페르노**

"최고의 소설!" | **코리에레 델라 세라, 안토니오 도리코**

"최근 십 년 동안 출간된 소설 중 가장 아름다운 소설" | **TG1, 빈첸초 몰리카**

"산드로 베로네시가 던지는 구원의 메시지" | **일 폴리오, 안날레나 베니니**

"《허밍버드》는 사랑과 비극을 훌륭하게 구상한 명작이다. 베로네시는 인간의 실수, 잃어버린 기회에 대한 깊은 사고를 통해 궁극적으로 희극적인 명상을 만들어낸다. 이 책은 호기심과 기쁨으로 가득 찬 보관함이다. 작은 놀라움, 이상하고 갑작스러운 변화, 위대한 균형과 특이한 문화적 기준점들로 채워져 있다. 베로네시는 진정으로 마음에 대한 모든 것을 알고 사랑한다." **| 이언 매큐언**

"산드로 베로네시의 허밍버드는 충격적인 걸작이다. 그의 필력은 작은 디테일에서도 빛을 발한다." **| 코리에레 델라 세라, 피에르루이지 바티스타**

"삶과 죽음, 기쁨과 고통, 과거의 향수와 미래의 희망을 이야기하는 대작" **| 베니티 패어, 말콤 파가니**

"독자를 내면의 이끌었던 걸작 《조용한 혼돈》 출간 후 15년 만에 전혀 다른 세계관을 선보인 베로네시" **| 코리에레 델라 세라, 테레사 치아바티**

"인생의 찬가이자 머무르고자 하는 이들을 위한 내밀하고 사적인 안내서" **| 일 메사제로, 줄리아 치아라피카**

"산드로 베로네시 최고의 작품" **| 잔루이지 시모네티 도메니카**

"사랑하고, 배우고, 독서하고 싶게 만드는 작품" **| 일 조르날레, 알렉산드로 뇨키**

"마음을 뒤흔드는 강렬한 소설" **| 라 레푸블리카, 콘치타 데 그레고리오**

차례

말하자면 (1999)

수많은 공간을 중심으로 펼쳐지는 이 이야기에서 가장 중요한 배경 중 하나는 로마의 트리에스테 구역이다. 말하자면 그렇다. 트리에스테 구역은 품위와 퇴폐, 화려함과 평범함, 특별함과 하찮음이 공존하는 곳이다. 이 구역에 대한 묘사는 이 정도로 충분하다. 이야기 초반에 지나치게 상세한 배경 묘사는 자칫 지루할 수 있고, 생산적이지도 않다. 어떤 장소를 가장 잘 묘사하는 방법은 그곳에서 무슨 일이 일어났는지 들려주는 것이다. 앞으로 설명할 트리에스테 구역은 실제로 아주 중요한 사건의 배경이 된다.

이제 이야기를 시작해 보자. 1999년 시월 중순, 수많은 이야기로 구성된 이 이야기에서 일어나는 어떤 사건이 로마 트리에스테 구역, 더 정확히 말하자면 키아나 가와 레노 가 사이에 있는 건물 2층에서 일어난다. 이 건물에서도 아주 많은 사건이 일어나지만, 여기서 일일이 열거하지 않겠다. 중요한 것은 그날 그 곳에서

이 이야기의 주인공인 의사 마르코 카레라 인생에 결정적인, 아니 가히 치명적이라 할 수 있는 사건이 일어난다는 거다.

'안과 전문의, 마르코 카레라'라고 쓰인 명판이 걸린 진료소의 문은 마르코 카레라와 그가 그때까지 살면서 맞닥트렸고 앞으로 마주치게 될 수많은 위기 중 제일 심각한 위기를 가로막고 있었다. 평범한 건물 2층에 있는 진료소에서, 마르코 카레라는 안건염에 걸린 노부인에 항생제 성분이 든 점안액을 처방을 해 주고 있다. N-아세틸시스테인 성분을 눈에 주입하는 혁신적인 치료법은, 경우에 따라 심각해 질 수 있는 만성 안건염 예방에 효과적이었다.

진료소 밖 대기실에는 마르코 카레라의 삶을 뒤흔들 운명이 기다리고 있다. 운명은 다니엘레 카라도리라는 키 작은 남자의 모습을 하고 있다. 그는 대머리에 수염이 덥수룩했지만, 눈빛만은 자석같이 강렬했다. 말하자면 그랬다. 잠시 후 그는 그 자석 같은 눈으로 마르코 카레라의 두 눈을 주시할 것이다.

마르코 카레라의 눈에 서린 의아함이 불편함으로, 그리고 다시 안과 의사의 지식으로도 치유할 수 없는 고통으로 변하는 모습을 지켜볼 것이다.

카라도리는 결심을 굳혔다. 그는 대기실에 앉아 테이블 위에 놓여 있는 다양한 잡지에는 눈길조차 주지 않고 (그리 오래되지 않은 신간 잡지였는데도) 자기 신발만 물끄러미 바라보고 있다. 그는 생각을 바꾸지 않을 것이다.

드디어 카라도리의 차례가 왔다. 진료실 문이 열리고 안건염에 걸린 노부인이 밖으로 나와 마르코와 악수하고 접수처로 가서 진료비 12만 리라를 지급한다. 마르코 카레라는 다음 환자를 들여보내라고 진료실 밖으로 고개를 내민다. 카라도리가 자리에서 일어나 마르코 카레라에게 다가와 그와 악수를 하고 진료실로 들어간다. 수명이 다한 오래된 토렌스 전축에서 낮은 볼륨으로 그래험 내쉬의 '시작하는 이들을 위한 노래Songs for Beginners (1971)'가 흘러나온다. 지금은 오래됐지만 15년 전만 해도 최고 사양이었을 토렌스 전축은 충직한 마란츠 앰프와 마호가니 색 AR6 스피커와 함께 선반에 놓여 있다. 진료실에서 가장 시선을 사로잡는 것은 흐릿한 배경을 뒤로하고 사진기를 들고 있는 그래험 내쉬의 수수께끼 같은 앨범 재킷이었다.

문이 닫힌다. 이제 시작이다. 마르코 카레라의 과거와 현재, 그리고 미래의 수많은 정신적 충격 중에서도 가장 강력한 충격으로부터 그를 보호해 주었던 장막이 걷히고 말았다.

그와 항해 중인 모든 배를 위해 기도하자.

우편사서함 (1998)

수신: 루이사 라테스

프랑스 파리 아까브 가 59-78

(75003) 우체국 사서함

일하는 동안에도 너를 생각해.

1998년 4월 17일, 로마에서

M

예스 오 노 (1999)

"안녕하십니까. 다니엘레 카라도리라고 합니다."

"마르코 카레라입니다. 반갑습니다."

"제 이름이 익숙하지 않나요?"

"그럴 만한 이유가 있을까요?"

"있을겁니다."

"성함이 뭐라고 하셨죠?"

"다니엘레 카라도리입니다."

"혹시 제 아내 상담 선생님 아니신가요?"

"맞습니다."

"몰라봬서 죄송합니다. 이렇게 만나 뵐 줄 몰랐습니다. 좀 앉으시죠. 어떻게 도와드릴까요?"

"제 말을 좀 들어봐 주십시오. 가능하면 제 말을 다 들으신 다음에 저를 의사 협회나 정신분석 전문의 협회에 고소하지 않아 주셨으면 좋겠군요. 동종 업계에 종사하시는 분이니 마음만 먹으면 쉽게 고소할 수 있을 테니까요."

"고소라뇨? 제가 왜 당신을 고소하겠습니까?"

"해서는 안 될 일을 하려는 참이니까요. 직업상 엄중한 처벌의 대상이 되는 일이죠. 제가 이런 일을 저지를 줄은 꿈에도 몰랐습니다. 상상조차 못 했죠. 하지만 제게는 선생님께서 심각한 위험에 처했다고 생각할 만한 이유가 있고, 저는 그 사실을 알고 있는 유일한 사람입니다. 그래서 중요한 직업 규칙을 위반하기로 마음을 먹은 겁니다."

"세상에! 그럼 어디 한번 말씀해 보시죠."

"그 전에 부탁이 있습니다."

"음악이 거슬리시나요?"

"음악이라뇨?"

"아뇨, 아무것도 아닙니다. 무슨 부탁이죠?"

"먼저 선생님께 드릴 질문이 있습니다. 선생님과 선생님 가족에 대해서 제가 알고 있는 사실이 맞는지 확인하기 위해서죠. 그래야 제 정보가 잘못되지 않았다는 것을 확신할 수 있으니까요. 물론 그럴 가능성은 희박하지만, 혹시 모르니까요. 제 말 이해하시죠?"

"이해합니다."

"질문을 몇 개 적어왔는데 간단하게 '네, 아니요'로만 대답해 주십시오."

"좋습니다."

"시작할까요?"

"그러시죠."

"선생님 성함은 마르코 카레라. 올해 마흔으로 피렌체에서 자랐고 로마 사피엔차 의과대학 안과를 졸업했습니다. 맞습니까?"

"네."

"어머님 성함은 레티치아 칼라브로고 아버님 성함은 프로보 카레라. 두 분 모두 은퇴한 건축가시고 피렌체에 거주하고 계십니다. 맞습니까?"

"네. 하지만 아버님 직업은 엔지니어입니다."

"아, 그렇군요. 나이 차이가 별로 안 나는 남동생 자코모는 미국에서 살고 있고, 누나인 이레네는…. 이런 이야기까지 꺼내서 죄송하지만 80년대 초 익사했습니다. 맞습니까?"

"네."

"슬로베니아 출신 루프트한자 지상직 승무원 마리나 몰리토르와 결혼했습니다. 맞습니까?"

"네."

"콜로세움 근처 국립 초등학교 5학년인 열 살배기 딸 아델레가 있습니다. 맞습니까?"

"네. 비토리노 다 펠트레 초등학교에 다니고 있죠."

"따님은 세 살부터 여섯 살까지 자기 등에 줄이 달렸다고 생각했습니다. 그 문제로 부모님께서 소아 정신과 의사를 찾아갔고요. 맞습니까?"

"마법사 만프로토 말씀이시군요."

"뭐라고 하셨죠?"

"당시 딸 아이 치료를 맡았던 담당의가 아이들에게 자기를 그렇게 부르라고 했죠. 하지만 줄 문제는 그 사람이 해결한 것이 아니에요. 마리나는 생각은 다르지만요."

"그렇군요. 어쨌든 소아 정신과 의사를 찾아간 것은 사실인 거죠?"

"그렇긴 하지만 대체 그게 지금 이 일과 무슨 상관인지…."

"선생님은 제가 왜 이런 질문을 드리는지 아시죠? 제가 아는 모든 정보는 한 사람의 입에서 나왔습니다. 저는 그것이 진실인지 확인하고 있는 것입니다. 선생님께 들려드릴 이야기의 심각성을 생각하면 이 정도는 확인해야 합니다."

"알겠습니다만 도대체 하실 말씀이 뭔가요?"

"몇 가지만 더 여쭤보겠습니다. 조금 개인적인 질문인데 최대한 솔직하게 답해 주셔야 합니다. 괜찮을까요?"

"네."

"도박을 하시죠?"

"지금은 아닙니다."

"지금은 아니지만 과거에 도박하신 것은 인정하시나요?"

"네. 예전엔 했습니다."

"열네 살까지 또래 아이들보다 키가 작아서 어머님이 '벌새'라고 불렀던 것이 사실인가요?"

"네."

"열네 살이 되던 해 아버님과 함께 밀라노에서 호르몬 치료를 받고 1년 동안 16센티미터가 자라서 정상 신장이 된 것도 맞나요?"

"네. 정확히는 1년이 아니라 8개월 만입니다."

"어머님께서는 그 일에 반대하셨죠. 어머님께서는 선생님이 키가 자라지 않은 상태로 머무르길 원하셨습니다. 선생님을 밀라노에 데려간 건 아버님이 부모로서 행한 유일한 권위적인 행동이었죠? 들은 표현을 그대로 옮기자면 아버님께선 한 마디로 '있으나 마나 한' 존재였다던데."

"아뇨! 그렇지 않습니다. 하지만 그 이야기를 한 사람의 관점에서는 사실이죠. 마리나 생각은 그랬으니까요."

"어머님께서 호르몬 치료에 반대한 것이 사실이 아니라는 건가요, 아니면 아버님이 있으나 마나 한 사람이었다는 것이 아니라는 건가요?"

"아버지는 있으나 마나 한 사람이 아니었어요. 하지만 꽤 많은 이들에게 그렇게 보인 모양입니다. 특히 마리나는 그 부분에 대해 확고했죠. 두 분은 성격이 너무 달랐어요. 그래서 대개는…."

"제게 자세히 설명해 주실 필요는 없습니다. 그냥, 네, '아니요'로만 답해 주세요. 아셨죠?"

"좋습니다."

"부인을 사랑하지만, 루이사 라테스라는 여인과 수년간 관계를 지속해 오셨죠? 현재 그녀가 사는 곳은…."

"뭐라고요? 대체 누가 그러던가요?"

"아시지 않습니까."

"아닙니다. 그럴 리 없어요. 마리나가 그런 이야기를 했을 리가…."

"그냥 '네, 아니요'로만 대답해 주십시오. 부탁드립니다. 제가 들은 이야기가 어느 정도 신빙성이 있는지 파악하려면 선생님께서 정직하게 대답해 주셔야 합니다. 선생님은 그 루이사 라테스라는 여성을 아직도 사랑하십니까? 아니면 선생님 부인이 그렇게 생각할 만한 행동을 하셨나요?"

"그렇지 않습니다!"

"해외 출장 때 루이사 라테스씨와 몰래 만난 적이 없다는 말씀인가요? 라테스씨가 사는 파리에서 가까운 프랑스의 도시나 벨기에나 네덜란드에 세미나가 있을 때 말입니다. 선생님 별장과 라테스 가문의 별장이 이웃하고 있는 볼게리에서 함께 여름 휴가를 보낸 적이 없다는 건가요?"

"말도 안 됩니다. 물론 우리 둘 다 여름마다 각자의 아이들을 데리고 해변에 가기는 합니다. 그러다 마주치면 자연스럽게 대화를 나누기도 하고요. 하지만 당신이 말하는 그런 관계는 아닙니다. 세미나 참석차 해외 출장을 가서 몰래 만난 적도 없고요."

"선생님을 비난하려는 게 아닙니다. 제가 들은 말이 사실인지 아닌지 알고 싶은 것뿐입니다. 그러니까 선생님이 라테스씨와 몰래 만났다는 말은 사실이 아니라는 거죠?"

"그렇다니까요."

"부인께서 그렇게 생각할 가능성도 전혀 없다고 보시나요?"

"전혀 없습니다! 심지어 그 둘은 승마도 같이 하는 친구란 말입니다. 아이들을 나 몰라라 우리 남편들에게 맡겨놓고 둘이서만 오전 내내 말을 타고 돌아다니는 사이란 말입니다.

"그런 건 중요하지 않습니다. 질투에 눈이 멀어서 일부러 상대방에게 접근해서 친하게 지낼 수도 있으니까요."

"물론, 그럴 수도 있죠. 하지만 마리나가 그럴 리는 없습니다. 마리나는 질투에 눈이 멀지 않았어요. 제가 그녀를 배신한 적이 없으니까요. 마리나도 그 사실을 잘 알고 있고요. 이제 제가 왜 위험해 처했다고 생각하는지 말씀을 좀 해 주시죠."

"루이사 라테스라는 여성과 편지를 주고받으시나요?"

"아닙니다!"

"연애 편지를 주고받지 않으시나요?"

"그럴 리가요!"

"카레라 선생님. 정말입니까?"

"그렇다니까요!"

"다시 한번 묻겠습니다. 정말인가요?"

"정말이고 말고요. 이제 제발…."

"그렇다면 사과드리겠습니다. 부인께서 제게 솔직하지 않으셨군요. 저는 부인의 말이 사실이라고 생각했습니다. 믿어주세요. 그런 확신이 없었다면 여기까지 찾아오지도 않았을 겁니다. 부인의 말이 사실이 아니라면 선생님도 위험하지 않습니다. 그러니 더이상 선생님을 귀찮게 하지 않겠습니다. 제가 찾아왔던 일은 잊어주시고 아무에게도 말하지 말아 주십시오."

"뭐라고요? 왜 일어나시는 겁니까? 어디 가시는 거죠?"

"다시 한번 사과드립니다. 제가 큰 착각을 했습니다. 안녕히 계십시오, 선생님. 나가는 길은 제가 알아서…."

"안 됩니다. 이런 식으로 갑자기 찾아와 아내를 들먹이고 내가 위험하다며 꼬치꼬치 다 캐묻더니 설명 한마디 없이 가버리겠다니! 지금 당장 무슨 일인지 말하지 않으면 의사 협회에 신고하겠소!"

"부탁이니 진정하세요. 제가 애초에 와서는 안 될 곳을 온 겁니다. 저는 부인이 자기 자신과 선생님에 대해서 한 말을 다 믿었습니다. 부인이 괴로워하는 이유에 대한 확신이 생긴 것도 다 부인의 말을 믿었기 때문이죠. 그래서 상황이 위험하다고 판단했고,

의사 선서를 어기면서까지 이 일에 개입하기로 한 겁니다. 그런데 선생님 말씀을 들어보니 부인은 아주 기본적인 부분조차 제게 솔직하지 않았군요. 그 말이 거짓이었다면 아마 다른 말도 거짓이었을 겁니다. 제가 선생님께서 위험하다고 판단하게 된 말 역시 거짓일 수도 있다는 거죠. 아까도 말씀드렸지만 다 제 잘못입니다. 다시 한번 사과드리죠. 부인께서 상담을 받으러 오지 않으신 후로 이런저런 생각을 하다 보니…."

"뭐라고요? 아내가 상담을 중단했다고요?"

"그렇습니다."

"언제부터요?"

"한 달이 넘었습니다."

"농담이시죠?"

"모르셨나요?"

"전혀 몰랐습니다."

"9월 16일 이후 상담을 받으러 오지 않았습니다."

"하지만 제게는 상담을 받는다고 했는데요. 매주 화요일과 목요일 오후 세 시 십오 분에요. 화요일과 목요일마다 제가 아델레를 학교에 데리러 가는 것도 아내의 상담 때문인걸요. 오늘 오후도 그럴 예정이었고요."

"솔직히 부인께서 선생님께 거짓말을 한 건 별로 놀랍지 않습니다. 하지만 저를 속인 것은 심각한 거죠."

"하지만 다른 이야기는 모두 사실이 아닙니까. 그리고 솔직히 당신들은 감춰진 진실보다 거짓에서 더 많은 것을 찾아내지 않나요?"

"당신들이라뇨?"

"당신네 정신분석가들 말입니다. 환자의 말이 진실이건 거짓이건 당신들에게는 환자의 상태를 파악하기 위해 다 유용한 정보가 아닌가요?"

"대체 누가 그런 말을 하나요?"

"그걸 내가 어떻게 아나요? 다 평소에 당신네들이 하는 말 아닌가요?. 정신분석이란 그런 것 아닙니까? 분석 환경이니, 전이니, 꿈이니, 거짓이니 하는 것들 말입니다. 환자가 감추려는 진실이 거기에 다 그런 데 숨겨져 있다고들 하잖습니까. 아닙니까? 그런 마당에 마리나가 이야기를 좀 꾸며낸 것이 뭐가 대수란 말입니까?"

"아닙니다. 루이사 라테스와 관련된 일이 순전히 부인의 상상이라면 많은 것이 달라집니다. 그렇다면 위험에 처한 것은 선생님이 아니라 선생님 부인입니다."

"그게 무슨 말입니까? 아내가 위험하다뇨?"

"죄송하지만 더는 선생님과 이야기를 할 수 없습니다. 부인께 제가 온 것은 비밀로 해 주십시오. 제발 부탁입니다."

"지금까지 한 말을 듣고 내가 당신을 그냥 가게 내버려 둘 거라

믿습니까? 내 맹세코…"

"아무리 그러셔도 소용없습니다, 카레라 선생님. 의사 협회에 고소하려면 하십시오. 고소당해도 할 말이 없습니다. 다 제 불찰이니까요. 그래도 억지로 말할 수는…"

"이봐요. 상상이 아닙니다."

"지금 뭐라고 하셨죠?"

"루이사 이야기 말입니다. 상상이 아니에요. 사실입니다. 우리는 만나기도 하고 편지를 주고받기도 해요. 하지만 바람피우는 것은 아닙니다. 마리나를 배신한 적은 없어요. 저와 루이사의 관계는 뭐라 정의 내릴 수 없는 특별한 사이죠. 하지만 마리나가 도대체 어떻게 우리 사이를 눈치챈 건지 모르겠군요."

"아직도 그녀를 사랑하나요?"

"지금 그게 중요한 게 아니잖습니까. 중요한 것은…"

"죄송하지만 다시 한번 묻겠습니다. 아직도 그녀를 사랑하나요?"

"네."

"작년 유월에 둘이 로바니오에서 만난 적이 있나요?"

"그렇습니다. 하지만…"

"몇 년 전에 라테스씨에게 그녀가 강물에 다이빙하는 모습을 보는 것이 좋다고 편지에 쓴 적이 있나요?"

"그렇습니다만 대체 그걸 어떻게…"

"두 분은 정절 서약을 하셨나요? 아무리 서로를 원해도 육체적 관계를 맺지 않기로 했나요?"

"네. 대체 어떻게 마리나가 이 모든 사실을 알고 있죠? 당신도 해 줄 말이 있다면서 무슨 서론이 이렇게 긴 거요? 젠장, 우리 부부의 결혼과 아이 인생이 걸린 일이지 않소!"

"이런 말씀을 드려서 죄송하지만, 선생님 결혼은 이미 오래전에 파탄이 났습니다. 아이로 말하자면 곧 다른 아이가 태어날 텐데 당신 아이는 아닙니다."

불행히도 (1981)

수신: 루이사 라테스

이탈리아 피렌체

프루사가 14번지 50131

오, 루이사. 나의 루이사.

아니, 아니야. 불행히도 너는 나의 루이사가 아니야. 그냥 루이사일 뿐이지 (루이사, 루이사, 루이사, 루이사, 루이사, 루이사, 루이사, 루이사. 네 이름이 머릿속을 맴돌아. 어떻게 해야 이 소리를 멈출 수 있는 걸까). 넌 내게 도망쳤다고 했지. 맞아. 하지만 영원히 끝나지 않을 것 같았던 지난 며칠 동안, 나는 죄책감에 사로잡힌 나머지 제정신이 아니었어. 지난 며칠 동안 나는 내가 아니었어. 넋이 나가서 모든 것이 내 탓이라고 생각했어. 그 일이 일어날 때 너와 함께 있었으니까. 그 순간 너와 함께 너무나 행복했으니까. 지금도 그 생각에는 변함이 없어.

모두 하늘의 뜻이었다는 둥, 운명이었다는 둥 헛소리만 지껄여 대. 자코모와 심하게 다퉜어. 그 애에게 이게 다 네 놈 책임이라고 했어. 부모님은 꼴도 보기 싫어. 같은 공간에 있기 싫어서 계속해서 식구들이 어디에 있는지 확인을 해. 나의 루이사. 아니, 불행히도 너는 나의 루이사가 아니야. 그냥 루이사지 (루이사, 루이사, 루이사, 루이사, 루이사, 네 이름이 머릿속을 맴돌아. 그렇지만 이 소리를 멈추고 싶지는 않아). 네 말대로 나는 도망친 것일지도 몰라. 하필이면 잘못된 길로. 예전에 소방관으로 근무할 때 산불이 나서 도망치는 꿩들을 본 적이 있어. 녀석들은 겁에 질린 나머지 미친 듯이 불길을 향해 날아가더군. 불길에서 멀어지기는커녕 오히려 가까이 다가가다 결국 불길에 휩싸이고 말았지. 그날 내가 꼭 녀석들 같았어.

나는 내가 도망치는지도 몰랐어. 정말이야. 신경쓸 일이 한둘이 아니었는데, 하나같이 끔찍한 일이었지. 게다가 로미오와 줄리엣에 나오는 카풀레트가와 몬태규가처럼 서로 못 잡아먹어 안달인 부모님들 때문에 우리 집과 너의 집을 가로막는 나무 울타리를 넘어 네게 갈 수 없었어. (아니, 사실은 마음만 먹으면 그렇게 할 수도 있었을 거야. 루이사. 부정하지 않을게. 루이사, 루이사, 루이사, 루이사) 나는 나무 울타리를 넘지 않았고, 네게 작별 인사조차 하지 못했지.

지금, 이 순간 나는 홀로 이곳에 있어. 말 그대로 정말 혼자야. 모두 떠나버렸거든. 다시는 이곳에 오지 않겠대. 이 집을 팔아버리고 다시는 이 해변을 밟지 않을 거래. 다시는 여름 휴가를 떠나지 않을 거래.

너희 집 식구마저 모두 떠난 후에야 나는 나무 울타리를 넘었어. 울타리를 넘고, 또 넘었어. 나를 볼 사람은 아무도 없어. 나는 지금 해변으로 가고 있어. 물리넬리 해변으로. 모래언덕 너머로 가봤지만 아무도 없어. 공부해야 하는데 엄두가 안 나. 그러면서도 너를 생각해. 이레네 누나를 생각해. 같은 장소, 같은 순간에 나를 덮친 행복과 절망을 생각해. 나는 그 무엇도 놓치고 싶지 않아. 그래. 나는 행복과 절망을 동시에 원해. 둘 중 하나라도 놓칠까 봐 겁이 나. 이 고통을 놓칠까 봐 겁이 나. 이 행복을 놓칠까 봐 겁이 나. 너를 놓칠까 봐. 너마저 누나처럼 잃을까 봐 겁이 나. 어쩌면 나는 너를 이미 잃어버린 것일지도 몰라. 도망쳐버렸다고 네가 나를 비난했으니까. 불행히도 네 말이 맞아. 나는 도망쳤어. 하지만 네게서 도망치려 했던 건 아니야. 그 꿩들처럼 잘못된 방향을 선택했을 뿐이야. 루이사, 루이사, 루이사, 루이사, 루이사. 부탁이니 너까지 죽지 말아줘. 너는 이제 막 태어났잖아. 비록 도망쳤지만, 그래도 나를 기다려줘. 나를 용서해 줘. 나를 안아줘. 내게 입 맞춰 줘.

네게 아직 해야할 말이 남아있는데, 편지지가 모자라.

마르코

태풍의 눈 (1970-79)

두치오 킬레리는 키가 멀대같이 큰 데다 생김새가 볼품이 없었지만, 운동신경은 뛰어났다. 비록 그 아버지의 기대치에는 못 미쳤지만 말이다. 그는 새까만 머리에 웃을 때면 말처럼 커다란 이빨이 드러났고, 정면과 옆면이 별 차이가 없어 보일 정도로 삐쩍 말랐으며 가는 곳마다 불운을 몰고 다니기로 유명했다. 그런 소문이 언제 어떻게 시작된 것인지 아무도 몰랐기에 다들 원래 재수가 없는 놈이려니 생각했다. 그로 인해 '재앙'이라는 별명을 얻었지만, 사실 어린 시절 그는 블리자드라 불렸었다. 블리자드는 그가 한창 스키대회에서 우승을 휩쓸던 시절 사용하던 스키 상표였다.

두치오 킬레리는 토스카나와 에밀리아 로마냐 지역을 관통하는 아펜니노 산맥 지역에서 열리는 스키대회 유년부 유망주였다. 조금 나이가 들어서는 청소년부 선수로 국가대표 선발 경기까지 참가할 정도였다. 모든 일이 그렇듯 킬레리의 별명에도 기원이 있었는데 그 이야기를 하려면 줌 제리 파소 데이 두에 산티 스키 리조트에서 열린 자이언트 슬랄롬 국제 선수권 대회로 거슬러 올라가야 한다. 국제 선수권이 걸린 그 경기의 첫 라운드에서 두치오는 타벨라라는 거들먹거리기 좋아하는 모데나 출신 선수에 이어 두 번째로 높은 점수를 기록했었다. 그날 기상 조건은 최악이었다. 바람은 거세게 부는데 심판단이 경기 취소를 고려할 정도로 안개가 자욱했다. 바람이 잔잔해지자 심판단은 안개가 짙은데도 2라운드를 강행하기로 했다. 아들의 코치였던 두치오의 아버지는 출발 전에 그의 다리 근육을 풀어주면서 쫄지 말고 어서 가서 타벨라 자식을 박살 내 버리라고 했다. 두치오가 잘 보이지도 않는 트랙을 향해 뛰어내리려고 출발선 앞에 서는 순간까지 아버지가 쉴 새 없이 '너는 할 수 있어. 이길 수 있어. 그 자식을 박살 내 버려'라고 닦달을 하자 두치오는 이렇게 말했다.

"어차피 녀석은 넘어져서 다칠 거예요."

두치오는 그날 경기에서 최고 기록을 세웠다. 타벨라의 순서는 두치오 다음이었다. 안개가 너무 짙어서 그에게 무슨 일이 일어났는지 제대로 목격한 사람은 아무도 없었다. 확실한 것은 그가 가파른 경사를 지나 결승지점에 거의 다다랐을 때 끔찍한 비명을 질렀다는 사실이다. 심사단이 도착해 보니 타벨라는 허벅지에 나무가 박힌 채 땅에 쓰러져 있었다. 그때만 해도 나무로 기문을 만들던 시절이라 가끔 기둥이 부러지곤 했다. 허벅지에서 뽑어져

나온 피 웅덩이가 희뿌연 눈과 안개 속에서 에나멜처럼 새빨갛게 반짝였다. 흡사 인디언에게 습격이라도 당한 것 같았다. 다행히 나무가 넓적다리 동맥을 피해 근육만 뚫고 지나가서 출혈로 생명을 잃지는 않았지만, 그날 사건은 그 경기장에서 일어난 사고 중에서 가장 심각한 사고로 기록됐고 두치오 킬레리가 출발 전에 한 말은 오랫동안 많은 이들의 입에 오르내렸다.

이 사건으로 두치오는 사춘기가 시작될 무렵 갑자기 불운의 상징으로 낙인찍혔다. 그때만 해도 '블리자드'가 영어로 '눈보라'라는 사실에 신경을 쓴 사람은 아무도 없었지만, 그 별명은 후에 두치오가 어른이 된 후에 그의 또 다른 이름으로 사용될 터였다. 토스카나 일부 지역에서만 쓰는 킬레리라는 성이 (두치오도 토스카나 출신이었다) 영어로 킬러와 발음이 유사하다는 사실에 주목한 사람도 없었다.

실제 킬레리와 킬러 사이에는 아무런 관계가 없었다.

킬레리는 킬레미라는 성에서 자음 하나만 바뀐 것일 가능성이 컸다. 킬레미는 롬바르디아 지역을 다스리던 귀족의 성이었지만 시칠리섬에서는 평민들 사이에 사용되는 흔한 성이기도 했다.

그도 아니면 킬레리라는 성은 옛 프랑스 자작령을 다스리던 킬레르 가문과 연관이 있을 수도 있었다.

굳이 이런 설명을 늘어놓는 것은 소문이란 것이 얼마나 우연히 쉽게 퍼지는지 이야기하기 위해서다. 사람들은 깊이 생각하지 않고 그냥 그가 불행을 가져온다고 믿었다.

두치오의 별명이 블리자드에서 '재앙'으로 바뀌는 동안 선수 생활을 하면서 가까이 지내던 친구들은 하나둘씩 그와 멀어졌다. 열여섯 살이 되었을 때 피렌체를 통틀어 두치오 곁에 남은 유일한 친구는 마르코 카레라뿐이었다. 둘은 초등학교부터 중학교까지 같은 반 짝꿍이었다. 피렌체 테니스 클럽에도 같이 다녔고, 마르코가 스키를 그만두기 전까지 스키도 같이 배웠다. 고등학교는 달랐지만, 스포츠 외 활동을 위해서 하루가 멀다고 만났다. 여기서 스포츠 외 활동이란 음악을 뜻한다. 당시 웨스트 코스트 포크락에 푹 빠져 있던 마르코와 두치오는 이글스, 크로스비 스틸스, 내쉬 앤 영, 그레이트풀 데드의 음악을 들으며 시간을 보냈다. 하지만 두치오와 마르코의 우정이 돈독하게 된 가장 큰 이유는 바로 도박이었다. 둘 중에서 타고난 도박사는 두치오 쪽이었고 마르코는 친구의 열정에 전염된 쪽이었다. 그렇게 둘은 도박이라는 일탈 행위로 인해, 어쩌면 해방감이라고도 부를 수 있는 가슴 떨리는 자유를 만끽했다. 카레라 가문도, 칼레리 가문도 도박이라는 악마와는 거리가 멀었다. 먼 친척이나 선조 중에서 도박에 빠진 사람은 없었다. 바카라 카드 테이블 앞에 앉아서 가족을 파멸로 몰아넣은 귀족 출신의 파시스트 종조부나 세계 1차대전에 참전했다 정신이 나가서 가문의 재물을 탕진한 증조부가 있는 것도 아니었다. 도박은 순전히 마르코와 두치오 대에서 시작됐다. 특히 두치오에게 도박은 부모님이 자신을 가두어 놓은 황금 우리(당시에는 그런 표현을 썼다)에서 탈출하기 위한 열쇠였다. 그는 부모님이 옷가게를 하면서 열심히 모은 재산을 카지노와 도박판에서 탕진하고 싶다는 생각에 사로잡혔고 그 욕망은 재물을 모으려는 부모님의 열정만큼이나 강했다.

하지만 그래봤자 그는 사춘기 소년일 뿐이었다. 열다섯, 열여섯, 열일곱 살 소년이 돈을 잃어봤자 얼마나 잃겠는가. 용돈이 아무리 많아도 (당시 두치오의 일주일 용돈은 마르코보다 두 배는 많았다) 가산을 탕진할 정도는 아니었다. 운 나쁘게 돈을 잃어도 두치오와 마르코가 수입 레코드판을 사러 자주 들리던 콘티가의 단골 레코드점 몬도 디스코 외상이 느는 정도였는데 그 정도는 부모님이 눈치채기 전에 1, 2주 안에 충분히 갚을 수 있는 금액이었다.

두치오는 도박에 소질이 있어서 돈을 딸 때가 더 많았다. 친구들과 포커를 하면 (아무리 많이 따도 판돈이 2만 리라를 넘지 않는, 친구들끼리 재미삼아 벌이는 토요일 밤의 포커판이었다) 그에게 대적할 상대가 없었다. 여기에 '재앙'이라는 악명까지 따라붙자 결국 두치오는 모임에서 쫓겨나고 말았다. 두치오와 달리 마르코는 쫓겨나지 않았다. 그는 그 후에도 얼마간 모임에 계속 나갔고 매번

돈을 땄다. 그러다 두치오를 따라서 더 큰 판에 뛰어들기 위해 스스로 애송이들의 모임에서 발길을 끊었다. 두치오와 마르코는 경마로 본격적인 도박의 세계에 발을 디뎠다. 둘 다 미성년자여서 불법 도박장이나 카지노에는 드나들 수 없었지만, 물리나 경마장의 마권업자들은 신분증을 요구하지 않았기 때문이다. 두치오는 경마에도 재능이 있었다. 단순히 감으로 찍는 정도가 아니었다. 결국, 그는 아예 학교 수업을 빼먹고 오전 내내 경마장에 죽치고 앉아서 자신을 은밀한 경마의 세계로 인도해 주는 노인들의 가래 끓는 목소리에 귀 기울이다, 선수들이 연습하는 모습을 구경하기에 이르렀다. 마르코는 점점 자주 두치오와 경마장을 드나들었고, 언젠가부터는 그 역시 학교 수업을 빼먹고 오전마다 두치오와 함께 소중한 경마 수업에 참석했다. 오후에 마권 판매소에 들렀다가, 날이 저물면 다시 물리나 경마장으로 갔다. 마르코와 두치오는 자기들이 찍은 말에 돈을 걸기도 하고 귀동냥으로 얻어들은 유망주에게 돈을 걸기도 했다. 그때까지도 돈을 잃을 때보다 딸 때가 더 많았다.

마르코는 그런 생활을 하면서도 다른 친구들과 친하게 지냈다. 운동도 하고, 여자도 만났다. 무엇보다 가족에게 자신의 은밀한 취미를 철저히 숨겼다. 그 모든 것이 예정된, 성공한 인생으로 돌아갈 수 있는 일종의 보증수표였다. 두치오는 달랐다. 그에게 도박은 중산층으로서 그가 누리게 될 미래와의 모든 연결고리를 잘라내기 위한 수단이었다. 처음 자신의 별명을 들었을 때는 너무나 수치스러웠지만, 나중에는 그로 인해 더 강해지는 법을 터득했다. 두치오는 예전에 친하게 지내던 친구들이 이제는 전염병 피하듯 자신을 피해 다닌다는 것을 알고 있었지만, 학교에 가면 매일 그들과 마주치지 않을 수 없었다. 피렌체는 로스앤젤레스와 같은 대도시가 아니었기 때문에 영화관, 바, 시내에서 그들과 마주치곤 했다.

그때마다 두치오는 자신이 무슨 말을 하든, 사람들 귀에는 저주처럼 들린다는 사실을 깨달았다. 내용은 중요하지 않았다. 살다 보면 어차피 안 좋은 일이 생기기 마련이니 결과론적으로 안 좋은 의미를 가져다 붙이기는 쉬웠다. 얼굴이 좋아 보인다고 하던 기분이 안 좋아 보인다고 하던 상대방은 그의 말을 위협적으로 받아들이고 기분 나빠했다. 어이없게도 21세기를 코앞에 둔 1970년대에 사람들은 정말로 두치오 킬레리가 재앙을 몰고 다닌다고 믿었던 거다. 물론 마르코는 그렇게 생각하지 않았다. 사람들이 마르코에게 대체 왜 그런 녀석과 같이 다니는 거냐고 물을 때마다 마르코의 대답은 한결같았다. "우린 친구니까."

마르코는 절대로 인정하고 싶지 않겠지만 사실 그가 두치오와 가깝게 지내는 데는 그보다는 덜 순수한 두 가지 이유가 있었다. 첫째는 이미 언급한 바와 같이 도박 때문이었다. 두치오와 함께 도박할 때 마르코는 아드레날린이 치솟는 것을 느꼈다. 수입도 짭짤한 데다 어둠의 세계 매력을 맛볼 수 있었으니까. 그것은 우아하기 그지없는 마르코의 어머니나, 온화한 아버지, 남자 문제로 정신이 없는 네 살 위 누나 이레네나, 형에 대한 경쟁심에 눈이 먼 나이 차이가 얼마 안 나는 동생 자코모는 상상조차 못 할 세계였다. 두 번째는 오직 자신만이 추방자와 어울릴 수 있다는 사실이 마르코의 나르시시즘을 만족시켜 주었기 때문이다. 똑똑해서인지, 성격이 좋아서인지, 관대해서인지 마르코에게는 무리의 규율을 어겨도 아무런 제재를 받지 않고 인정받는 힘이 있었고, 그는 그런 권력을 누릴 수 있음에 뿌듯함을 느꼈다. 솔직히 말하면 세월이 갈수록 어린 시절 그들의 우정을 돈독하게 해 주었던 이유는 하나둘씩 사라져 가고 나중에는 이 두 가지 이유만 남게 되었다. 실제 세월이 흐르면서 두치오는 많이 변했다. 그때부터 이미 마르코는 변화는 무조건 좋지 않다고 생각하고 있었는데, 그런 그의 생각을 증명이라도 하듯 두치오 역시 안 좋은 방향으로 변해갔다. 우선 같이 다니기 창피할 정도로 외모가 망가져 버렸다. 말할 때 입가에 하얀 거품이 맺혔고 시꺼먼 머리는 항상 떡이 지고 비듬이 껴 있었다. 몸을 잘 씻지 않아서 악취가 나지 않을 때가 드물 정도였다. 음악에 대한 열정도 식어서 클래쉬, 더 큐어, 그래험 파커 & 더 루머와 같은 영국 록펑크 음악에서 엘비스 코스텔로의 빛나는 세계에 이르는 영국 음악의 재 전성

기가 도래했는데도 전혀 관심을 보이지 않았다. 그는 이제 더 이상 레코드도 사지 않고 마르코가 녹음해 준 테이프도 듣지 않았다. '경마일보' 외에는 책도, 신문도 읽지 않았다. 언어능력도 퇴화했는지 '죽여주는데', '오키토키', '어이구', '따봉', '옛말에'처럼 나이에 어울리지 않는 표현을 썼다. 여자한테도 관심이 없어서 육체적 욕구는 카시네에 있는 사창가에서 해소했다.

마르코는 두치오를 아꼈지만, 그 상태로는 친구 관계를 유지하기 힘들었다. '재앙'이라는 악명 때문은 아니었다. 마르코는 최선을 다해 그에 얽힌 소문을 부정했다. 사귀는 여자들이 두치오로 인해 일어난 온갖 사망, 사고를 열거하기 시작하면 말도 안 된다며 화를 냈다.

"나를 봐. 매일 녀석과 어울려 다니는데 멀쩡하잖아."

하지만 마르코가 아무리 설명해도 두치오에 관한 고정관념을 깰 수는 없었고, 두치오를 두둔하는 마르코의 주장을 반박하기 위해 사람들이 생각해 낸 것이 바로 '태풍의 눈' 이론이다. 태풍이 해안과 도시를 쑥대밭으로 만들어도 그 중심에 있으면 오히려 피해를 입지 않듯이 두치오 옆에 붙어 다니면 무사하고 오히려 두치오와 우연히 마주치거나, 그를 차에 태워주거나, 멀리서 인사를 주고받는 식으로 스쳐지나가면 태풍이 휩쓸고 지나간 마을 꼴이 날 수 있다는 이론이었다. '태풍의 눈' 이론에 따라 친구들은 두치오를 사메디 남작(죽음을 관장하는 부두교 신으로 로아*부두교의 신, 보코*부두교 신을 섬기는 마법사, 메피스토, 입소와 함께 두치오의 수많은 별명 중 하나)과 비교하면서 그가 정말 불운을 가져오는 존재라고 생각했다. 그리고 마르코가 아무런 사고 없이 두치오와 어울려 다닐 수 있는 것은 그가 태풍의 눈 중심에 있기 때문이라고 믿었다. 이 이론은 모든 상황에 딱 맞아 떨어졌고, 덕분에 마르코는 미신을 믿는 친구들을 타박하면서 자신은 마음 놓고 두치오와 가깝게 지낼 수 있었다.

그것 (1999년)

수신인: 마르코 카레라

이탈리아 로마 카탈라니가 21번지

아델리노 비에스폴리 00199

네 편지를 받았어. 아! 다행히 아무도 눈치채지 못했어. 심각한 내용이더라. 언제나처럼 나는 무슨 말을 해야 할지 모르겠어.

네 말이 맞아. 나는 행복하지 않아. 그 누구의 잘못도 아니야. 문제는 내게 있어. 아니, 아니다. 문제라는 표현은 틀렸어. 문제라기보다는 '그것'이라고 해야겠지.

나는 '그것'을 가지고 태어났고 지난 33년간 그것을 짊어지고 살아왔지. 그건 누가 어떻게 할 수 있는 게 아니야. 그냥 내가 그렇게 타고난 거야.

무슨 말을 해야 할까? 그래. 너는 이제 지금까지 네가 했던 말이 사실인지 알게 될 거야. 너는 이제 새처럼 자유로우니까. 네겐 죄가 없어. 원하면 처음부터 다시 시작할 수 있어. 실수해도 괜찮아. 다시 돌아가면 그만이니까. 하지만 나는 그렇지 않아, 마르코. 내 상황은 전혀 달라. 나는 내 삶을 완전히 바꾸어야 해. 그러면 결국 모든 것이 내 잘못이 될거고, 나는 다시는 평온을 찾지 못 할거야. 너는 나를 이해하지? 너와 나는 닮았으니까. 우리는 똑같은 방식으로 사랑을 해. 둘 다 주변 사람에게 상처를 줄까 봐 두려워하지.

너는 거짓도 속임수도 분노도 없는, 내 삶의 가장 소중한 부분을 구성하는 사람이야. (지금 전화가 울리고 있어. 아마도 네 전화겠지. 하지만 나는 네 전화를 받지 못해) 넌 나의 꿈이야. 아직도 밤이면 나는 네 꿈을 꾸곤 해.

모든 것이 꿈으로 끝날까 아니면 현실이 될까? 무슨 일이라도 좋으니 일어났으면…. 나는 그냥 여기서 기다리고 있을게. 나는 아무것도 하고 싶지 않아. 모든 일이 그냥 저절로 일어났으면 좋겠어. 말도 안 되는 생각이라는 거 알아. 결국은 아무런 일도 일어나지 않을 테니까. 하지만 그렇다고 내가 먼저 결정을 내릴 수는 없어. 특히 이 순간 그것에 대한 문제라면. 지금껏 살아오면서 아무것도 하지 않는 연습을 한 것도 그것을 이루기 위해서였는지도 몰라. 하지만 그것이라니. 그것이 뭐지? 나도 몰라. 정말 모르겠어. 이게 대체 무슨 소리람. 여기서 멈춰야겠다.

1999년 12월 16일 파리에서

루이사

행복한 아이 (1960-70)

어린 시절 마르코 카레라는 아무것도 몰랐다. 부모님의 불화도, 어머니의 적대감 서린 냉담함도, 아버지의 초조한 침묵마저도. 한밤중에 부모님이 아이들이 못 듣게 소리 죽여 싸우는 것도 몰랐었다. 마르코보다 네 살 많은 이레네는 부모님이 싸우는 소리를 몰래 듣고 시시콜콜한 내용까지 되새김질하며 자기 학대적인 만족감을 느꼈다. 이레네 눈에는 빤히 보이는 불화와 다툼의 원인을 마르코는 몰랐다. 마르코의 부모님이 싸우는 이유는 한 마디로 둘이 잘 안 맞았기 때문이었다. 둘 다 타지 출신으로 피렌체에 정착한 이방인이라는 공통점이 있었지만, 그것은 부부관계에 별 도움이 안 됐다. 그의 어머니 레티치아는 (레티치아의 뜻이 '기쁨'이라는 것을 생각하면 너무나 반어법적인 이름이었다) 이탈리아 남부 풀리아 지역 살렌토 출신이었고 아버지 프로보는 (프로보의 뜻이 '정직'이라는 것을 생각하면 딱 들어맞는 이름이었다) 이탈리아 북부 손드리오 지역 출신이었다. 둘은 공통점이 하나도 없었다. 공통점이 없는 정도가 아니라 극과 극이었다. 아니, 솔직히 말하면 이렇게 닮은 구석이 없기도 힘들 정도다. 마르코의 어머니는 이상적이고 진취적인 성향의 건축가였고 아버지는 꼼꼼하고 실용적인 엔지니어였다. 마르코의 어머니는 실험적인 건축에 푹 빠져 있었고 아버지는 이탈리아 중부 최고의 축적모형 제작가였다. 겉보기에는 안락하지만, 그 기반은 빈약하기 이를 데 없는 자신의 성장환경 이면에 파탄 난 결혼이 있다는 사실을 마르코는 몰랐다.

부모님의 결합의 산물이 씁쓸함, 불만, 불평, 도발, 굴욕, 죄책감, 원망과 체념뿐이라는 사실을 몰랐다. 마르코는 어머니 아버지가 서로 사랑하지 않는다는 걸 꿈에도 몰랐다. 사랑이라는 표현에 내포된 상호성이 결여되었음을 몰랐다. 사실 둘 사이에 사랑이라는 감정이 아예 없는 것은 아니었다. 하지만 그것은 어머니에 대한 아버지의 일방적인 사랑이었다. 그것은 불행한 사랑이었다. 영웅적이고 개처럼 순종적이고, 영원히 변치 않고, 설명할 수 없는, 자기 파멸적인 사랑이었다. 어머니는 끝내 그런 사랑을 받아들이지도, 되돌려주지도 않았다. 그렇다고 그 사랑을 거부한 것도 아니었다. 그 어떤 남자도 자신에게 남편과 같은 사랑을 주지 못할 것을 너무나 잘 알기 때문이었다. 그렇게 해서 그녀를 향한 그의 사랑은 암이 되었다. 그렇다. 가족의 내면을 좀먹으며 증식하는 악성 종양이 되었다. 그 종양은 그녀를 불행 속에 못 박았고, 마르코는 그런 사실을 인지하지 못한 채 그 안에서 성장했다.

마르코는 불행이 자기 집 벽을 타고 흘러내린다는 사실을 몰랐다. 그 집에는 섹스가 존재하지 않는다는 사실을 몰랐다. 어머니가 건축, 디자인, 사진, 요가, 정신과 치료에 열정을 쏟아붓는 이유를 몰랐다. 그 모든 것이 균형점을 찾기 위한 몸부림이었다는 사실을 몰랐다. 그 과정에서 어머니가 아버지를 배신했다는 사실을, 그것도 보란듯이 대놓고 배신했다는 사실을 몰랐다. 그의 어머니는 피렌체를 국제적으로 만든 70년대 피렌체의 엘리트 집단에서 애인을 물색했다. (피렌체가 국제적인 주목을 받은 것은 아마도 그때가 마지막이었을 것이다) 그녀는 이른바 '대제사장들'이라 불리던 수퍼스튜디오*70년대를 주름잡았던 이탈리아의 아방가르드 건축가 그룹. 주로 피렌체 대학 건축과 출신으로 구성되었으며 기성의 건축과 디자인을 부정하고 기본적인 인간성을 중시하면서 폭넓은 시야로 새로운 방향을 모색했다의 멤버들이나 아키줌*건축가 안드레아 브란지가 만든 급진적인 성향의 디자인 스튜디오 그룹 같은 급진적인 건축가 그룹의 주도자들을 비롯한 그들의 추종자들과 어울렸다. 마르코의 어머니는 이들보다 선배였지만 이들과 같은 그룹에 속한다고 생각했는데 그것은 부유한 집안 덕분에 돈 한 푼 벌지 않고 나이 어린 우상들이 기획한 행사란 행사는 다 쫓아다닐 수 있었기 때문이기도 하다.

마르코는 아버지가 어머니의 부정을 알고 있다는 사실도 몰랐다. 어린 마르코는 아무것도 몰랐고 그 덕에 행복한 유년 시절을 보낼 수 있었다. 그뿐만이 아니었다. 이레네와 달리 아버지, 어머니를 조금도 의심하지 않았기에, 이레네처럼 부모님의 본질을 간파하지 못했기에, 두 사람을 자신의 롤모델로 삼고 닮으려고 했다.

결국 마르코의 정체성은 아버지와 어머니의 특성 중에서 아무리 애를 써도 조화를 이루지 못했던 것들만 빌려와 섞어놓은 기묘한 혼합물이 되고 말았다. 순진했던 어린 시절, 마르코는 어머니에게서 무엇을 취하고 또 아버지에게서는 무엇을 취했을까? 반대로 진실을 안 후에는 평생 부모님의 어떤 성향에 반감을 품고 살았을까?

마르코는 어머니의 조바심 많은 성격을 닮았지만, 그녀의 급진성은 취하지 않았다. 어머니처럼 호기심은 많았지만 변화에 대한 강박관념은 없었다. 아버지처럼 인내심은 컸지만, 그 정도로 신중하지는 못했고 고통을 감내하되 모든 일에 침묵하지는 않았다. 어머니처럼 눈썰미가 좋아서 사진을 잘 찍었고 아버지처럼 손재주가 좋았다.

그토록 다른 성향의 부모님 사이에 놓인 간극이 사라지는 유일한 순간이 있었으니, 그것은 바로 물건을 고를 때였다. 부모님이 산 물건으로 가득 찬 집에서 성장하면서 마르코는 6-70년대 이탈리아 중산층 특유의 거만한 우월감을 가지게 되었다. 태어날 때부터 똑같은 의자에 앉고, 똑같은 소파에서 잠들고, 똑같은 식탁에서 식사하고, 똑같은 조립식 책장에 둘러싸여 똑같은 전등 아래 똑같은 책상에서 공부하면서 마르코는 세계 최고까지는 아니더라도 자신이 정말 좋은 환경에서 성장했다는 사실을 느꼈고, 부모님의 수집품은 그러한 생각을 뒷받침하는 근거였다.

마르코가 자기 가족을 둘러싼 진실을 알고 난 뒤, 심지어는 실질적으로 가족이라고 부를 만한 것이 아예 존재하지 않는다는 사실을 깨달은 후에도 어린 시절 쓰던 물건들을 그토록 정리하기 힘들어한 것은 과거에 대한 향수 때문이라기보다는 그 물건들이 아름다웠기 때문이었다. 지금도 여전히 아름답고, 앞으로도 영원히 아름다울 것이기 때문이었다. 그 아름다움은 아버지와 어머니를 붙들어 두었던 치욕이기도 했다. 부모님이 돌아가시고 나서 사보나롤라 광장의 집을 팔아야겠다는 가슴 아픈 결정 내린 마르코는 집을 처분하려고 가구 목록까지 만들지만 (그의 동생 자코모는 다시는 이탈리아 땅을 밟지 않으리라는 맹세가 변치 않았다면서, 전화로 그 집을 없애 버리라고 했다) 그로 인해 오히려 부모님이 남기고 간 물건에 얽매이고 만다.

아버지의 편집증에 가까운 정리벽 때문에 (물론 아버지는 다른 사람에게까지 정리를 강요하지는 않았다. 하지만 그의 정리 욕구는 절대적이고, 위협적이었으며, 때로는 폭력적이기까지 했다) 마르코는 오히려 정리정돈과 지나치게 거리가 먼 사람이 됐다. 반면에 어머니로 인해 정신 치료에 대한 병적인 적대감을 품게 되는데 이러한 적대감은 향후 그의 관계에 결정적인 영향을 미친다. 운명의 장난인지 어머니부터 시작해서 누나인 이레네, 여자친구, 약혼녀, 동료, 아내, 딸까지 마르코의 삶에 중요한 여인들은 한 명도 빠짐없이 다양한 형태의 심리치료를 받았고 그로 인해 그들의 아들이자, 남동생이자, 친구이자, 약혼자이자, 동료이자, 아버지였던 마르코는 '수동적 정신 치료'야말로 진정 해로운 것이라는 자신의 직관에 대해 확신을 가지게 되었다. 하지만 이들 중 누구도 마르코의 말에 신경을 쓰지 않았다. 마르코가 대놓고 불만을 토로해도 마찬가지였다. 이들은 입모아 인간이란 가족을 포함한 모든 인간관계로 인해서 상처를 입기 마련이니 정신 치료가 체스보다 해롭다고 생각하는 것 자체가 선입견이라 했다. 어쩌면 그들의 말이 맞을지도 모른다. 하지만 그에 대한 대가는 언제나 마르코의 몫이었기 때문에 그는 자기 생각이 옳다고 확신했다. 정신 치료는 흡연과도 같다고 생각했다. 그러니 담배를 끊는 데 그치지 않고 다른 흡연자들로부터 자신을 보호해야 한다고 생각했다. 문제는 정신 치료를 받는 이들로부터 자신을 보호할 수 있는 유일한 방법은 자기도 정신 치료를 받는 것이라는 거다. 하지만 그 점에서만큼은 마르코도 절대로 자신의 소신을 굽히지 않았다.

이 정도면 굳이 정신과 의사가 아니더라도 떠올릴 법한 질문이 있을 것이다.

그는 왜 많고 많은 여자 중에서 하필이면 정신 치료를 받는 여자들하고만 엮이는 걸까?

게다가 그는 잘 알지도 못하면서 함부로 말하지 말라는 핀잔을 들을 줄 뻔히 알면서도 유독 정신 치료를 받는 여자들에게만 '수동적 정신 치료'에 대한 반대 의견을 내세웠다. 그런 말은 정신과 치료를 받지 않는 여자들에게나 통할 거라는 걸 뻔히 알면서 말이다.

인벤토리 (2008)

보낸사람:마르코 카레라

받는사람:jackcarr62@yahoo.com

발송: Gmail: 2008.9.19. 16:39

제목: 사보나롤라 광장 본가 물품 목록

사랑하는 자코모

너는 여전히 답장이 없지만, 그래도 나는 이메일을 보내. 사보나롤라 광장의 본가 매각이 어떻게 진행되고 있는지 알려줄게. 네가 계속해서 답장을 보내지 않아도 상관없어. 오늘 들려줄 소식은 피에로 브라키씨에게 연락을 했다는 거야. 기억하니? 스튜디오 B STUDIO B의 주인장 말이야. 지난 20년 동안 우리 집에 있는 거의 모든 물건을 그 집에서 사들였지. 그 브라키씨가 지금은 일흔이 훌쩍 넘은 나이에 6-70년대 가구 옥션 사이트를 운영하고 있어. 나는 브라키씨에게 부모님 집에 있는 가구와 인테리어 용품의 가치를 산정해 달라고 부탁했어. 예상했던 대로 어떤 것은 가격이 상당하더라. 우리 가족을 파멸로 몰아넣은 수많은 불행으로 인해 하나둘 그 집을 떠나고 오랫동안 방치되어 있었던 것을 생각하면 보관 상태가 아주 양호하다고 해. 덕분에 깜짝 놀랄 정도로 높은 감정가가 나왔어. 브라키씨 말이 우리 집 물건 중에는 뉴욕 현대 미술관에 전시된 것과 같은 모델도 있대. 그러니 이제 집을 팔 때 그 물건들을 어떻게 할지 결정해야 해. 물건들을 그대로 놔둔다고 집 매매가가 올라가지는 않는대. 브라키씨에게 알아서 처분해 달라고 부탁하는 것도 방법이야. 인터넷 사이트를 통해서 천천히 팔아달라고 하는 거지. 아니면 너와 내가 각자의 필요와 애착에 따라 나누어 가질 수도 있어. 잘 생각해 봐. 이건 단순히 돈 문제가 아니야. 이제는 사라져 버린, 지난 20년 동안 너와 내가 속했던 삶과 가족이 남긴 유일한 흔적이야. 그 후로도 힘든 일이 많았지만 제발 부탁이니 지난 번처럼 그냥 없애버리라는 말만은 말아줘. 그런 말은 해묵은 상처를 헤집어 놓을 뿐이야. 브라키씨도 자기가 팔았던 그 아름다운 물건들을 다시 보니 감정이 복받친 것 같았어. 하물며 브라키씨도 그런데 네가 그 물건들의 운명에 전혀 관심이 없다고는 생각하고 싶지 않아. 복잡한 일은 절대 없을 거야. 나는 그냥 네가 하라는 대로만 할게. 제발 가져다 버리라고만 하지 말아줘. 물건에는 죄가 없으니까.

브라키씨가 책정한 금액을 명시한 목록을 보낼게. 개인적인 감정이 배제된, 지극히 무미건조한 목록이야. 브라키씨는 물건 하나하나에 얽힌 사연을 잘 알고 있어. 누가 누구를 위해 무엇을 샀고, 어떤 방에 있었는지 까지. 그런데도 나는 그런 식으로 목록을 작성해 달라고 했어. 네게도 그편이 좋을 것 같아서

사보나롤라 광장 집 가구 목록:

모델명 'Le Bambolę' 2인용 소파 × 2,: 메탈, 그레이 레더, 폴리우레탄(소재), 마르코 벨리니(디자인), B&B(제조사), 1972년(제조 연도), €20,000(감정가)

모델명 'Amanta' 안락 의자 × 4,' *: 섬유 유리, 블랙 레더, 마르코 벨리니, B&B, 1996년, €4,400

모델명 'Zelda' 안락의자 × 1: 자단목, 탠 레더, 세르지오 아스티와 세르지오 파브리, Poltronanova,1962년, €2,200

모델명 'Soriana' 안락의자 × 1: 스탠레스, 스틸, 브라운 아날린 레더, 토비아와 아프라 스카르파, Cassina, 1970년, €4,000

모델명 'Sacco' 안락의자 × 1: 폴리스티렌, 갈색 가죽, 가티와 테오도로 파올리니, Zanotta, 1969년, €450

모델명 'Woodline' 안락의자 × 1: 열처리 곡목(曲木), 검은색 가죽, 마르코 자누소, Arflex, 1965년, €1,000

모델명 'Amanta' 커피 테이블 × 1: 검은색 섬유 유리, 마리오 벨리니, B&B, 1966년, €450

모델명 '748' 사이드 테이블 × 1: 브라운 티크, 이코 파리시, Cassina, 1961년.

€1,100

모델명 'Demetrio 70' 사이드 테이블 × 1: 오렌지 플라스틱, 비코 마지스트레티, Artemide, 1966년, €150

모델명 'La Rotonda' 테이블 × 1: 내추럴 체리 우드, 크리스탈, 마리오 벨리니, Cassina, 1976년, €4,000

모델명 'Dodona' 모듈 책장 × 1: 블랙 플라스틱, 에르네스토 지스몬디, Artemide, 1970년, €4,500

모델명 'Sergesto' 모듈 책장 × 2: 화이트 플라스틱, 세르지오 마차, Artemide, 1973년, €1,500

모델명 'O-look' 천장 등 × 1: 알루미늄, 수퍼스튜디오, Poltronova, 1967년, €4.400

모델명 'Passiflora' 테이블 램프 × 1: 투명 아크릴 수지 (yellow and opal), 수퍼스튜디오, Poltronova, 1968년, €1,900

모델명 'Saffo' 테이플 램프 × 1: 은도금 알루미늄, 유리, 안젤로 만지아로티, Artemide, 1967년, €1,650

모델명 'Baobab' 전등 × 1: 화이트 플라스틱, 하비 구치니, iGuzzini, 1971년. €525

모델명 'Eclisse' 전등 × 1: 레드 메탈, 비코 마지스트레티, Artemide, 1967년, €125

모델명 'Gherpe' 테이블 램프 × 1: 투명 아크릴 수지, 크롬강판, 수퍼스튜디오, Poltronova, 1967년, €4,000

모델명 'Mezzachimera' 테이블 램프 × 1: 화이트 아크릴, 비코 마지스트레티, Artemide, 1970년, €450

모델명 'Parentesi' 천장 등 × 3: 메탈 & 플라스틱, 아킬레 카스틸리오니 와 피오 만주, Flos, 1970년, €750

모델명 'Teti' × 12 천장 등/ 벽등: 화이트 플라스틱, 비코 마지스트레티, Artemide, 1974년, €1,000

모델명 'Hebi' 서재용 스탠드 × 1: 메탈, 화이트 골판지 플라스틱, 이사오 호소에, Valenti, 1972년, €350

모델명 'Telegono' 테이블 램프 × 3: 레드 플라스틱, 비코 마지스트레티, Artemide, 1968년, €350

모델명 'Graphis' 책상 × 3: 목재, 화이트 락카 메탈, 오스발도 보르사니, Tecno, 서랍 포함, 1968년, €3.000

모델명 'TL 58' 테이블 × 1: 코아 합판과 월넛, 마르코 자누소, Carlo Poggi, 1979년, €3,000

모델명 'Uten.Silo 1' 붙박이장 × 3: 레드, 그린, 옐로우 플라스틱, 도로시 베커, Ingo Maurer, 1965년 €1,800

모델명 'Boby' 카트형 보관함 × 4: 프로팔렌, 화이트, 그린, 레드, 블랙 ABS, 조 콜롬보, Bieffeplast, 1970년, €1,000

모델명 'Modus' 회전의자 × 7: 메탈 & 플라스틱, 다양한 색상, 오스발도 보르사니, Tecno, 1973년, €700

사무용 의자 × 4: 크롬 강판, 조반니 카리니, Planula, 1967년, €800

모델명 'Plia' 의자 × 7: 알루미늄, 투명 플렉시 글라스, 잔카를로 피레티, Castelli, 1967년, €1,050

모델명 'Loop' 굽힘 나무 의자 × 4: 프랑스제,1960년대, €1,200

모델명 'Selene' 의자 × 4: 베이지 폴리스터, 비코 마지스트레티, Artemide, 1969, €600

모델명 'Basket' 의자 × 4*:강철, 베이지 라탄, 프랑코 캄포와 카를로 그라피, Home, 1956년, €1,000

모델명 'Wassily Modello B3' 의자 × 1: 브라운 레더, 크롬 도금 강철, 마르셀 브로이어, Gavina, 1963년, €1,800

스프링 제도기 × 1: 손잡이 부분을 강철 처리한 나무 재질 제도기 M. 사키, CEn for M. Sacchi CEn Ltd., 1922년, €4,500

빈티지 침대 탁자 × 2: 브라운 틱, 악셀 케르스가드, Kjersgaard, 1956년, €1,200

모델명 'Sciangai' 코트걸이 × 1: 내추럴 비치우드, 데 파스 두르비노와 로마치, Zanotta, 1974년, €400

모델명 'Dedalo' 우산 꽂이 × 1: 오렌지 플라스틱, 엠마 지스몬디 슈바인베르거, Artemide, 1966년, €300

모델명 'Valentine' 타자기 × 1: 메탈 & 레드 플라스틱, 에토레 소사스와 페리 A. 킹, Olivetti, 1968년, €500

모델명 'Grillo' 전화기 × 3: 마르코 자누소와 리처드 쉐퍼, Siemens, 1965년, €210

모델명 ‘Cubo ts522’ 라디오 × 1: 강철 크롬 & 레드 플라스틱, 리처드 쉐퍼, Brionvega, 1966년, €360

모델명 ‘Totem’ 하이파이 사운드 시스템*: 마리오 벨리니, Brionvega, 1970년, €700

모델명 ‘FD 1102 n.5’ 유선방송 수신기 × 2: 마르코 자누소, Brionvega, 1969년, €300

모델명 ‘RR 126 Mid-Century’ 레코드 플레이어 × 1* (스피커, 앰프 내장형): 베이클라이트, 베이지 우드, 베이지 플렉시 글라스, 피에르 자코모 카스틸리오니와 아킬레 카스틸리오니, Brionvega, 1967년, €2,000

모델명 ‘Penny’ 레코드 플레이어 × 1 : Musicalsound, 1975년, €180

* 표시가 되어 있는 물품은 보관 상태가 좋지 않아서 원래 가치보다 50퍼센트 낮은 가격으로 책정했음.

감정가 총액: €92,800

알겠니, 자코모? 그 집은 박물관이야. 물건들을 어떻게 할 건지 말해줘. 네 말을 따를게. 대신 버리라는 말은 하지 말아줘.

참, 눈치챘는지 모르겠지만 별표는 우리 둘이 동점이야. 각자 레코드 플레이어를 하나씩 망가뜨렸으니까.

안녕.

형이

비행기 (2000)

마르코 카레라가 태어난 1959년은 최초로 비행기 탑승객이 배 탑승객을 추월한 해다. 너무 어려서 그 말의 의미조차 모를 때부터 아버지에게 귀에 못이 박이도록 들어서인지 엄마 뱃속에서부터 알고 있던 것처럼 익숙한 이야기였다. 아버지는 그 일을 두고 역사에 한 획을 그을만한 사건이라 했다. 공상과학 소설 팬이었던 아버지는 미래의 이동수단은 육지나 바다가 아니라 창공을 누빌 거라고 믿었다.

사람들은 익숙한 정보를 과소평가하는 경향이 있다. 마르코도 마찬가지였다. 그 우연한 사실이 내포하는 숙명성을 몰랐기에 그저 아버지의 쓸데없는 집착 정도로만 여겼지만, 현실은 달랐다.

비행기는 마르코의 삶에 결정적인 영향을 미쳤다. 그 사실을 깨달을 수 있는 소소한 사건들은 그전에도 많았지만, 마르코가 그 운명적인 상관 관계에 대해 확신하게 된 것은 마흔한 살의 어느 날, 이제는 전 부인이 되어 버린 마리나가 마르코를 상대로 낸, 기가 찬 내용의 고소장을 읽으면서였다. 그날은 전형적인 로마의 아침이었다. 마르코는 카파렐리 궁 근처에 있는 19세기 건축물 그라니노네 밖, 몬테 카프리노 길을 따라 늘어선 소나무 아래 나무 울타리에 앉아 고소장을 읽었다. 그곳은 가히 세상에서 가장 아름답다 해도 부족함이 없는 장소였다. 건물 자체는 이렇다 할 특징이 없었지만, 위치가 좋았기 때문이었다. 그곳에서는 캄피돌리오 언덕에서부터 테베레 강까지 이어지는 로마의 남서쪽 풍경이 훤히 내려다보였다. 야누스의 신전, 로마의 수호여신 유노 소스피타의 신전, 스페란차 신전, 아폴로 소시아누스 신전, 성 오모보모 신전과 같은 로마의 수많은 신전과 로마 공화정 시대의 주랑이 남아있는 홀리토리움 포럼, 옥중의 성 니콜라 성당, 타르페아 절벽과 마르셀루스 극장의 일부 모습이 한눈에 들어왔다. 중세시대 염소 방목지여서 몬테 카프리노(새끼 염소의 산)*이탈리아어로 염소를 'CAPRA-카프레'라고 한다. 라는 이름을 얻었다.

16세기 말, 로마 귀족인 카파렐리 가문이 몬테 카프리노 언덕 꼭대기에 저택을 지었는데 이것이 바로 카파렐리궁이고 19세기 들어 언덕을 구입한 프로이젠인들이 궁전 근처에 지은 건물들 중 하나가 바로 앞서 언급한 '그라나노네'이다. 그라나노네는 게르만 고고학 연구회 건물로 사용되다 1918년 프로이센 제국의 멸망 후 로마시 소유가 됐다.

이렇게 해서 세상에서 가장 아름다운 장소에 세워진 그라나노네는 현재 로마시 변호사 협회 본부이자 모든 판결문의 보관 및 통보를 담당하는 로마시청의 분관으로 사용되고 있다. 분쟁 또는 소송 중이거나 고소를 당한 이들이 소환장을 받으려면 무조건 그라나노네를 찾아야 했다.

서류를 받아들고 건물 밖으로 나온 사람들은 밀봉된 봉투를 열고 나무에 기대거나, 땅바닥에 주저앉거나 마르코처럼 나무 울타리에 걸터앉은 채 내용을 읽었다. 당연한 말이겠지만 그럴 때 황홀한 주변 풍경이 그들의 눈에 들어올 리 없었다. 그날 마르코 근처에는 그와 비슷한 처지의 불행한 남자 셋이 있었다. 작업복 차림의 앳된 정비사와 오토바이 헬멧을 쓴 멋쟁이 신사와 반백의 떡진 머리에 초라한 모습의 남자가 열심히 손에 든 서류를 읽고 있었다. 서류를 읽으면서 '말도 안 돼!', '죽일 년', '미친년'이라고 외치는 모습을 보아하니 젊은 정비공이 읽고 있는 서류 내용은 마르코와 거의 비슷한 듯 했다. 떨리는 손으로 들고 있던 종이를 향해 주먹이라도 날릴 기세였지만, 사실 그의 폭력성은 공격적이라기보다는 방어적이었다. 그의 얼굴에 나타난 감정은 분노보다 두려움에 가까웠다. 이제 곧 마르코의 얼굴에도 그런 표정이 나타날 터였다. 눈부시게 아름다웠던 그날 아침, 로마의 유서 깊은 건물과 아름다운 풍경 속에서 소환장을 읽으면서, 지난 몇 달간의 불안감에 종지부를 찍고 자신의 전 부인이 얼마나 독하고 잔혹한 방법으로 자신에게서 벗어나려고 마음을 먹었는지 깨닫게 될 것이기 때문이다.

환자의 비밀 보장이라는 의사의 의무를 깨고 남편에게 자신의 계획을 일러바친 정신과 의사 때문에 1안을 실천에 옮기지 못한 마리나는 2안을 선택했다. 그것은 원래 계획보다는 덜 피비린내 나는 방법이었지만 그에 못지않게 증오로 가득 차고 고통스러운 계획이었다.

마르코에게 이혼을 요구하면서, 마리나는 남편이자 아버지로서, 그에게 덮어씌울 수 있는 모든 죄목을 뒤집어씌웠다. 물론 모두 새빨간 거짓말이었다.

하지만 그로 인해 마르코는 마리나가 벌인 수많은 추잡한 일에 대해 소송을 걸 기회를 놓치고 말았다. 마르코에게 마리나의 계획을 털어놓았던 정신과 의사가 법정에서는 절대 진술하지 않겠노라 선언했기 때문에 마리나의 1안에 대해서는 말을 꺼낼 수도 없는 상황이었고, 그로 인해 마르코는 이미 만삭인 마리나가 혼외임신을 했으며 가출을 하고 딸을 정기적으로 보여줄 의무를 지키지 않은 것에 대해 따지기 전에 먼저 마리나가 제기한 정신적, 육체적 학대와 불법감금, 친딸 폭행 및 학대, 상습 간통 혐의에 대해서 해명해야 했다. 그뿐만이 아니었다 마리나는 마르코가 슬로베니아에 있는 자기 가족을 죽이겠다고 위협했으며, 부부

의무를 이행하지 않았고, 탈세를 하고 건축법을 위반했다고 했다. 이 중 대부분은 꾸며낸 이야기였다. 심지어 탈세는 마리나가 저지른 잘못을 마르코가 감싸준 것이었고 건축법 위반은 20년 전인 1981년, 이레네가 죽은 그 비극적인 여름에 마르코의 부모님이 암암리에 실행한 볼게리 별장 증축 공사를 신고한 것인데 마르코와 마리나가 만나기 무려 7년 전에 있었던 일이었다. 마리나는 조잡하기 짝이 없는 이야기에 거짓 디테일을 덧붙였다. (악마는 디테일에 있다고들 하지 않나)

진짜 일어난 사건이 딱 하나 있긴 했다. 터무니없는 다른 이야기에 비해서는 하찮게 보였지만, 중요한 건 사건의 진위가 아니던가. 마리나가 그 모든 거짓말 가운데 굳이 그 일을 끼워 넣은 것은, 마르코에게 그가 끔찍한 모함의 희생자일지는 모르지만, 완전무결하지는 않다는 사실을 일깨워주기 위함이었다.

그 일은 10년 전, 그러니까 아델레가 아직 갓난아기였을 때 일어났다.

여름에, 다른 곳도 아닌 볼게리에서.

마르코 역시 그 일을 기억 속에 묻어 두었지만, 완전히 지우지는 못했던 모양이다. 그랬다면 고소장을 읽는 순간 쓰라린 진실이 그토록 적나라하게 떠오르지 않았을 테니까.

칠월의 이른 오후

어슴푸레한 빛

커튼을 흔드는 바닷바람

귀청 찢어질 듯한 매미 울음소리

마르코와 마리나는 침실에서 꾸벅꾸벅 졸고 있다.

(참고로 그 방은 1981년에 건축법을 위반하고 증축해서 만든

바로 그 방이다)

마리나 쪽 침대 옆 요람 안에는 아이가 잠들어 있다.

깨끗한 침대 시트와 깨끗한 베개.

갓난아이에게서 나는 깨끗한 체취….

모든 것이 평화롭다.

그러다 갑자기 어디선가 들려오는 굉음. 길고, 요란하고, 처참하고, 두렵고, 끔찍한, 세계의 종말을 알리는 듯한 소리다. 졸음에 취해 수면 위를 부유하는 듯한 상태에서 정신을 차린 마르코는 발코니로 통하는 유리문 밖으로 뛰쳐나가 소나무에 기댄 채 온몸을 바들바들 떨면서 숨을 헐떡이고 있는 자신을 발견한다. 아드레날린이 분출하면서 심장이 터질 듯 뛰고 목이 꽉 잠겨 숨이 막힌다. 그렇게 5초, 아니 10초쯤 지났을까. 그제야 마르코는 무슨 일이 일어났는지 깨달음과 동시에 아내와 딸이 아직 방에 있다는 사실도 깨닫는다. 마르코는 돌아가 침대에 앉아있는 마리나를 껴안는다. 그녀 역시 화들짝 놀라 잠에서 깨어나, 무슨 일인지 몰라 두려움에 떨고 있다. 마르코는 그녀를 안심시키고 안정

을 되찾도록 상황을 설명해 준다. 다행히 그 와중에도 아이는 새근새근 잠자고 있다. 불과 5초, 아니 아마도 10초 동안 일어난 일이었을 것이다….

기억 속에 묻어 두었던 사건이었다. 하지만 그날 아침, 그 일은 타인의 기억을 통해 하나도 빠짐없이, 그 어느 때보다 생생하게 되살아났다. 그것은 마르코를 세상에서 제일 파렴치한 인간으로 만들기 위해 조작된 거짓의 대향연 속에서 유일하게 실제로 일어난 사건이었다.

이 일을 두고 마리나는 마르코가 '위험한 순간 아내와 딸을 방에 내버려 두고 혼자 도망친 비열한 인간'이라고 비난했다. 물론 그 굉음은 집 바로 위에서 음속 장벽을 깨고 비상하던 제트기가 낸 소리였고, 전혀 위험한 상황이 아니었지만, 그보다 훨씬 심각한 일이었을 수도 있지 않은가.

사실 그것은 심각한 일이었다.

당연한 일이지만 고소장에는 그런 마르코의 행동이 일종의 반사작용이었을 뿐이었고 남편과 아버지의 의무를 수행하지 못한 건 불과 5초에서 10초에 지나지 않았다는 내용은 없었다. (어쩌면 15초였을 수도 있다) 고소장만 보면 그가 눈앞의 위험을 피하려고 아내와 딸을 버리고 의도적으로 혼자 도망친 것 같았다. 물론

이는 부당한 진술이었다. 하지만 그 고소장에는 마르코가 정신을 차리고 남편과 아버지로서 의무를 수행하기 전, 짧은 순간 어떤 생각이 그의 머릿속을 스치고 지나갔는지 아무런 언급이 없었다. 예기치 못한 미칠듯한 공포심에 사로잡혔던 그 순간, 그의 마음이 누구를 향했었는지 아무런 언급도 없었다. 마리나가 만들어낸 그 수많은 거짓 죄목 중에 실제 그가 저지른 유일한 죄가 무엇인지는 마리나도 알지 못했다. 그런데 마르코 스스로 의도적으로 기억에서 지워낸 그 죄목이 갑자기 망각으로부터 되살아난 것이다.

태어난 해와 비행기와의 상관 관계에 대한 아버지의 집착이, 실은 일종의 예지였다는 사실을 퍼뜩 깨달은 것은 바로 그 순간이었다. 비행기 사고를 아슬아슬하게 피하고, 자신과 똑같은 사고를 피했다고 생각한 비행기 승무원과 결혼한 후에도 마르코는 모든 것을 대수롭지 않게 여겼다. 하지만 그 순간, 마리나가 그에게 덮어씌운 백만 가지 죄목 중에서 한 가지에 대해서만은 유죄임일 스스로 인정하면서, 그는 아버지가 옳았음을 깨달았다. 마르코의 죄는 그로세토 군부대의 전투기가 집 위에서 굉음을 토할 때 아내와 딸을 내버려 두고 달아난 것이 아니었다. 그 짧은 순간, 두려움에 사로잡힌 채 소나무에 기대어 헐떡대면서 자기 집과 이웃집 사이를 가로막은 섬엄나무 울타리를 바라보며 떠올린 이름이었다. 자, 이제 10초를 세어보자.

루이사 루이사 루이사 루이사 루이사 루이사 루이사 루이사 루이사 루이사….

신기한 문장 (1983)

수신인: 마르코 카레라

주소: 이탈리아 피렌체 사보나롤라 광장 12번지, 50132

사랑하는 마르코

이 편지를 받아보면 파리에서 겉봉투 주소까지 타자기로 쳐서 편지를 보낸 사람이 대체 누군지 궁금할 거야. 어쩌면 누가 서명했는지 보려고 마지막 페이지 먼저 들춰봤을 수도 있겠다. 봉투에 적힌 발신자 이름을 봤을 수도 있고. 하지만 봉투에는 내 이름 이니셜만 썼어. 어쩌면 내가 보낸 편지라는 것을 짐작했을 수도 있는데, 솔직히 네가 그래주었으면 좋겠어. 그래, 나야. 파리에서 아버지 타자기로 네게 편지를 써. 그래. 파리로 이사 온 후 네게 한 번도 연락하지 않았지.

무엇을 하면서 어떻게 지내고 있냐고? 나는 요즘 열심히 공부하고 있어. 지금 다니는 학교가 마음에 들기도 하고. 하지만 이런 이야기를 하려고 네게 편지를 쓰는 것은 아니야.

네 생각을 자주 해. 이탈리아에서 알고 지내던 사람 중에서 지금까지 생각나는 사람은 너뿐이야. 너랑 기억을 지우고 싶어도 지워지지 않는 다른 소년. 힘들 때는 그 애를 생각하고 행복할 때는 너를 생각해. 오늘 네 빨간 스웨터를 입어서 그러는 게 아니야. 택시를 타고 갈 때도 네 생각을 자주 해. 통금시간을 어기고 집으로 들어갈 때 말이야. 그럴 때 너는 새벽에 구운 따뜻한 빵을 사러 가는 것을 좋아했었지. 네 어머니와 네 어머니의 친구들과 마주칠까 봐 두려워하면서도 말이야. 늦은 밤 파티가 끝나고 술에 약간 취한 채 택시를 타고 집으로 돌아오면서, 나는 너를 생각해. 언젠가 내가 '자발적으로 재능을 허비하고 있는 사람'처럼 보인다고 했지? 택시를 타고 집에 가는 동안에는 정말 그런 사람이 된 것 같은 기분이 들어.

파리에 오기 전에는 한 번도 택시를 타본 적이 없어. 피렌체에서는 혼자서 택시를 탈 생각은 절대로 못했을 거야. 밤늦게 택시를 타고 시내를 돌아다니는 것이 얼마나 멋진지 전에는 미처 몰랐어. 영화에 나오는 것처럼 인도에 서서 손을 들면 택시가 서. 난 택시 잡는 법도 잘 몰랐어. '파리 택시'라는 글씨가 오렌지색으로 빛나면 택시에 승객이 이미 탔다는 것도, 하얀색으로 빛날 때는 빈 택시라는 것도 몰랐어. 글씨가 하얗게 되면 팔만 살짝 들어도 택시가 바로 내 앞에 멈춰 서. 정말이야! 그럴 때면 기분이 정말 끝내주지. 어쩌면 너는 이미 다 알고 있는 이야기일지도 모르겠다. 분명 그럴 거야. 하지만 나는 몰랐어. 운전 기사에게 주소를 알려주고 택시가 미끄러지듯 밝게 빛나는 텅 빈 길과 광장을 지나갈 때면 기나긴 밤에 일어난 모든 일이 사라져 버리는 것만 같아. 함께 춤추고, 술을 마시고, 담배를 피운 남자들의 얼굴도, 뻔한 대화도. 그러고 나면 기분이 좋아져. 네 생각이 나는 건 바로 그런 순간이야. 그러면 나를 둘러싸고 있던 모든 부질없는 것이 사라져 버리는 것 같아. 내 삶에서 그 모든 것을 지워낸 후에 남는 유일한 존재는 오직 너뿐이라는 걸 깨달아.

하지만 네 생각을 하기가 그리 쉽지만은 않아. 특히 그 일이 일어난 후로는. 붙잡을 수 있는 이미지가, 기댈 수 있는 기억이 그리 많지 않아. 그럴 때면 거의 항상 볼게리의 별장 소파에 앉아있는 네 모습을 떠올려. 내가 친구들이랑 라비올리를 먹는 동안 헤드폰을 끼고 워크맨에서 나오는 음악을 들으며 세상과 단절된 채 홀로 있는 네 모습. 밤이 늦어서인지, 택시를 타고 있어서인지 그 기억이 왠지 아름답게 느껴져.

가끔 네 꿈을 꾸기도 해.

사실, 지난밤에도 네가 꿈에 나왔어. 그래서 이렇게 편지를 쓰는 거야. 정작 네게는 절대로 내게 편지를 쓰지 않겠다는 약속을 억지로 받아냈으면서. 대체 왜 그랬는지 이제는 이유도 잘 기억이 안 나. 아무튼, 내가 먼저 이렇게 너와의 약속을 어기게 되네.

마르코, 참 아름다운 꿈이었어. 생생하고 평화로웠어. 중간에 깨서 안타까워. 다시 잠들지 못해서 몇 시간 동안이나 꿈을 되씹은 덕에 아직도 꿈 내용이 똑똑히 기억나. 꿈에서 나는 멕시코 풍 파티오 아래 해먹에 누워있었어. 천정에는 거대한 선풍기가 천천히 돌아가고 있었고, 너는 새하얀 옷을 입고 해먹 끄트머리에 앉아 나를 흔들어 주고 있었어. 우리는 이상한 놀이를 하면서 특별히 웃기지도 않은데 계속 웃고 있었어. 네가 나한테 신기한 문장을 따라해 보라고 하는데 내가 계속 틀리는 거야.

이상한 문장이었어. 꿈에서 깨자마자 적어놔서 기억해.

"열여덟 살이 되던 해 베네딕트수도회 수도사들이 내게 말하는 법을 가르쳐준 덕분에 나는 말을 배울 수 있었다."

정말이야. 정말 그런 문장이었어. 나는 그 말을 제대로 못 따라하고 계속 틀렸어. 틀릴 때마다 함께 계속 웃었고 웃을수록 더 틀렸어. 얼마나 웃었는지 나중에는 너까지 제대로 발음을 못했어. 그때 네 아버지가 파티오에 들어오셨어. 예의 그 속을 알 수 없는 묘한 표정으로 말이야. 네 아버지에게도 그 문장을 따라하게 했는데 네 아버지도 계속 틀리는 거야. 우리 둘이 얼마나 웃었는지 몰라. 나중에는 네 아버지까지 웃음을 터뜨리셨지. 네 아버지도 아무리 애를 써도 그 문장을 제대로 말하지 못했어. "열여덟 살이 되던 해 프란시스코 수도회 수도사들은…" 이라고 하는가 하면 "내게 가르주는 법을 말했고"라고 하지를 않나. 정말이지 신기한 문장이었어. 그렇게 배꼽이 빠져라 웃다 꿈에서 깼어. 이렇게 써놓고 보니 개꿈 같지만 그렇지 않았어. 정말이야. 꿈에서 우리 사이에 어색함이 전혀 없었어. 네 아버지와도. 모든 것이 자연스러웠어. 하지만 어쩌겠어. 모든 것이 꿈이었을 뿐인 걸.

꿈에서 완전히 헤어나오지 못한 채, 일어나 헬스장에 갔어. (그래, 나 요즘 헬스장에 다녀) 그런데 밖으로 나왔을 때 놀라운 광경을 봤어. 해가 있는데 눈이 오는 거야. 정말이야. 개선문 아래로 무겁고 축축한 커다란 눈송이가 내리는데 그 위로 밝고 청명한 하늘이 펼쳐져 있었어. 멀리 노트르담 사원은 햇살에 반짝였지. 그것은 꿈이 아니라 현실이었어.

두서없고 장황한 편지라는 거 알아. 하지만 그래도 상관없어. 편지를 받고 당황해서 괜히 걱정하지는 마! (지금 막 우리가 마지막으로 본 것이 그때 그 헬스장이었다는 사실이 생각났어. 벌써 10년은 지난 것 같아. 그때 정말 민망했었는데) 내 말은 택시에서 네 생각을 하고, 지난밤처럼 네 꿈을 꾸는 게 내겐 너무 소중하다는 거야. 네 꿈을 꾼다는 건 잠들었다는 뜻이기도 하니까. 불면증 때문에 정말 힘들어. 가끔 갑자기 내 머릿속에 불쑥 침입해 들어오는 그 애도.

허락한다면 멀리서나마 너를 껴안아 줄게.

1983년 3월 15일, 파리에서

루이사

마지막 순수의 밤 (1979)

마르코와 두치오는 스무 살 무렵부터 해외 도박장을 드나들기 시작했다. (그들의 목적지는 주로 오스트리아나 유고슬라비아에 있는 카지노였다) 두치오는 기나긴 자동차 여행 도중에 쉬어갈 창녀촌에서부터 레스토랑까지 세심한 계획을 세웠지만 언젠가부터 마르코는 이 모든 것이 시들해졌다. 두치오의 피아트 X1/9 운전석에 앉아 그와 열 시간에서 열두 시간을 함께 보내는 것이 갈수록 힘들어지는 것도 있었지만, 가장 중요한 이유는 마르코가 이제 전문적인 원정 도박을 원하게 되었기 때문이었다. 그는 중간에 빈둥거리거나 창녀와 시시덕거리지 않고 온전히 게임에 집중할 수 있기를 바랐다. 앞서 말했듯이 마르코에게는 두치오에 대한 우정이라고 부를 만한 감정이 조금도 남아 있지 않았다. 그와 어울려 다니고 함께 시간을 보내고 싶은 마음도 없었다. 단지 다른 것은 몰라도 도박에는 놀라운 재능의 소유자인 자신의 친구와 도박장에 가고픈 욕망만 남아있을 뿐이었다. 두치오는 룰렛 게임에 빠삭한 데다, 크랩스게임* 주사위 두 개로 하는 도박의 일종에 대한 육감이 뛰어나고, 블랙잭에 동물적인 감각이 있었다.

이런 이유로 마르코는 두치오의 비행 공포증에도 불구하고, 해외에 갈 때 비행기를 타자고 친구를 꼬드겼다. '철로 만든 새'에 대한 두치오의 반감을 누그러뜨리는 데만 꼬박 나흘이 걸렸다. 더 기가 막힌 것은 두치오를 설득하기 위해서 자기가 평소에 주변 사람들에게 '재앙'을 두려워할 필요가 없다는 사실을 강조하기 위해 썼던 지극히 논리적이고 미신과는 거리가 먼 것처럼 들리는 설명을 지껄였다는 거다.

결국 마르코는 두치오를 설득하는 데 성공했고, 그 결과 꽃내음이 가득한 어느 향기로운 오월 오후, 두 친구는 그 전해 방문했을 때 큰돈을 땄던 류블라나의 카지노에서 긴 주말을 보낼 생각으로 피사 공항으로 향했다. 긴 건 주말뿐 아니라 여행도 마찬가지였다. 마르코가 샅샅이 뒤져서 찾아낸 유고슬라비아 코퍼 아비에프로메트 항공사 전세기의 싸구려 티켓은 알 수 없는 이유로 피사와 류블라나 중간에 사이프러스라는 말도 안 되는 경유지를 끼워 넣었고, 그 말도 안 되는 항로로 인해 여행 시간은 네 배로 늘었지만, 푯값은 신기하게도 반으로 줄었다.

두치오는 비행기에 탈 때부터 신경이 예민했다. 마르코는 항정신성 약물 신봉자인 누나의 비밀 약상자에서 몰래 훔쳐 온 신경 안정제 두 알을 억지로 친구 손에 쥐여 주었지만, 두치오의 불안감은 사그라지지 않았다. 자리에 앉자마자 두치오는 좌석과 선반의 헤진 부분을 물고 늘어지면서 비행기 관리가 제대로 안 되고 있다는 증거라며 투덜거렸다. 하지만 그보다 더 큰 공포의 대상은 끊임없이 이어지는 승객들의 행렬이었다. 그는 승객들을 바라보며 계속해서 이 사람은 불행한 자라느니, 저 사람은 저주받은 자라느니 하는 말을 되뇌었다.

"저 사람들을 좀 봐. 꼭 시체 같아. 저 남자도, 저기 저 남자도 마찬가지야. 신문 부고란에 실린 사진 같아." 그때마다 마르코는 두치오를 진정시키려 했지만, 시간이 갈수록 그는 더 안절부절못했다.

그러다 결국에는 갑자기 자리에서 벌떡 일어나더니 아직 탑승 중인 사람들을 향해 이 비행기에 유명인이 있냐고 악을 쓰기 시작했다. 운이 특별히 좋은 축구선수나 배우같은 VIP가 비행기에 탔느냐는 것이다. 자기 좌석에 가려고 힘겹게 통로를 지나던 승객들은 어안이 벙벙해서 그를 바라보았다. 누군가가 두치오를 향해 대체 누구에게 불만이 있는 거냐고 물었다. 그러자 두치오는 당신네 모두라고 했다. 당신네 모두 이미 죽은 목숨인데 순순히 가기 싫어서 자기까지 저세상으로 끌고 가려는 거라고 했다. 마르코는 그의 어깨를 붙잡아 억지로 끌어 앉힌 후 어떻게든 진정시키려 했다. 식당에서 밴 음식 냄새에 찌든 재킷에서 나는 악취를 참으며 그를 껴안고 상냥하게 말을 걸면서 한편으로는 슬슬 예민해지기 시작한 주변 승객들도 진정시켜야 했다.

하지만 아무리 마르코가 별 일 없을 거라고 해도 두치오는 혹석을 떨면서 몽땅 다 죽게 생겼는데 아무 일도 안 일어나긴 뭐가 안 일어나냐고 소리를 질렀다. 그러다 결국에는 자신의 운명을 받아들였는지 투덜거리면서도 사람들에게 시비 걸기를 멈추고 두 손으로 얼굴을 가린 채 애써 눈물을 참았다.

그렇게 상황이 일단락되는가 싶었지만, 보이스카우트 단원들이 탑승하는 바람에 상황은 극단으로 치달았다.

"안돼! 보이스카우트만은 안 돼!" 갑자기 자기를 박차고 일어난 두치오가 보이스타우트단 맨 앞에 서 있던 단장복이 유난히도 어색해 보이는 건장한 더벅머리 소년 앞을 막아서며 외쳤다.

"감히 어디 가려고?" 당황한 표정으로 두치오를 쳐다보던 소년은 그를 승무원으로 착각하고 쭈뼛쭈뼛 탑승권을 내밀어 보였다.

"당장 꺼져! 어서! 꺼지라니까!"

마르코도 자리에서 일어나 그를 진정시키려 했지만, 이번만큼은 완전히 통제 불능 상태였다. "이 살인자들아! 냉큼 꺼지지 못해?" 그가 겁에 질린 보이스카우트 단장의 머리를 붙잡고 마구 흔들며 외쳤다. 보다 못한 몇몇 사람들이 참지 못하고 두치오를 밀치며 욕을 하기 시작한 순간, 마르코는 류블라나에서의 주말은 물 건너갔다는 사실을 깨달았다. 그는 자기가 의사라고 속이고 (당시 마르코는 겨우 의대 2년 차였다) 친구가 B형 간질환자라고 되는대로 둘러대면서 비행기에서 내려달라고 했다. 미친놈을 떼어낼 절호의 기회를 놓치고 싶지 않았던 승무원들은 바로 화물선에서 짐을 꺼내 그 둘을 비행기 활주로에 내려 주었다. (당시 피사 공항 수준에서는 충분히 있을 수 있는 일이었다) 그렇게 해서 마르코와 두치오는 활주로를 달리는 비행기를 뒤로하고, 터미널로 돌아갔다.

더 기가 막힌 것은 비행기에서 내리는 순간 두치오가 정상으로 돌아왔다는 사실이다. 아니, 지옥에서 살아 돌아오기라도 한 양 비정상적으로 기분이 들떠 있었다. 마르코는 화가 머리끝까지 치솟았지만 다들 보는 앞에서 또 못 볼 꼴을 보이고 싶지 않아 분노를 억누르고 암울한 침묵에 잠겼다.

시간이 지날수록 암울함은 불길함으로 변했다. 최대한 빨리 두치오와 헤어지고 싶은 마음으로 피렌체를 향해 차를 몰면서, 가슴이 터질 듯한 분노와 수치심을 접어두고 (마르코가 자신들의 만행이 비행기 밖으로 새어나갈까 봐 두려워 한밤의 도둑처럼 도망친 것도 바로 그 수치심 때문이었다) 처음으로 제삼자의 시선으로 그날의 사건을 바라보았다.

비행기에서 실제 무슨 일이 있었던가? 두치오가 비행기에서 패닉에 빠지는 바람에 세심하게 준비했던 주말여행이 엉망이 되었다는 것이 현상에 대한 표면적인 해석이었다. 마르코의 눈에 보인 것은 그게 다였지만 두치오 킬레리를 아는 사람들의 눈에는 그날 사건이 과연 어떻게 보였을까? '재앙'은 그 비행기에 어떤 끔찍한 불행을 가져온 걸까?

그들의 시선으로 사건을 보는 순간, 마르코는 배를 쥐어뜯는 듯한 고통을 느꼈다. 작별 인사 한마디 없이 두치오를 자기 집 앞에 내려다 준 뒤, 집으로 돌아와 부모님에게 주말 일정이 바뀌게 된 거짓 이유를 늘어놓은 후에도 그 느낌은 사라지지 않았다. 마르코는 침대에 누워 몸을 뒤척이며 각자의 운명에 버려진 이름 모를 길동무들의 얼굴을 떠올렸다. 자기들이 무슨 대단한 곳에 가는 줄 알고 들떠 있던 아무것도 모르는 불쌍한 보이스카우트 단원들과 난동의 주범들이 비행기에서 내리는 모습을 보며 두꺼운 화장 아래로 안도하는 표정을 짓던 순진한 유고슬라비아 스튜어디스들의 얼굴을 떠올렸다. 《태풍의 눈》 이론에 따르면 안심할 일이 아니었다. 어떻게든 인간 사슬이라도 만들어 두치오가 못 내리게 막았어야 했다. 마르코가 이런 생각에 사로잡혀 반쯤 열린 창문을 통해 들어오는 자스민 향조차 느끼지 못하고 침대 시트에 땀을 적시며 불안함에 잠 못 이루던 때는, 이미 사이프러스 남쪽 연안에서 비극적인 사고가 일어난 후였다. 하지만 마르코는 아직 그 사실을 몰랐다. 코퍼 아비오프로메트 DC-9-30편이 라르카나 공항에 당도하지 못했다는 사실을 몰랐다. 지중해가

코파이비오프로메트 DC-9-30편을 집어삼켰다는 사실을 몰랐다. 연민과 걱정의 대상이었던 여행 동무들이 이미 목숨을 잃었다는 사실도 몰랐다.

그로 인해 두치오가 이들에게 내렸던 사형 선고를 기억하고 있는 이들이 영원히 사라졌음을 몰랐다. 자신이 지구상에서 그 일을 아는 유일한 사람이 되었다는 사실을 몰랐다.

이 모든 것을 알지 못한 채 마르코 카레라는 결국 잠이 들었다. 깊은 밤, 여전히 걱정에 잠긴 채. 그날 이후 그의 삶은 수많은 '마지막 밤'들로 채워졌지만, 그날은 그가 순수했던 마지막 밤이었다.

우라니아 SF 소설 컬렉션 (2008)

보낸사람:마르코 카레라

받는사람:jackcarr62@yahoo.com

발송: Gmail: 2008. 10.17. 23:39

제목: 우라니아 시리즈

사랑하는 자코모

오늘은 아버지가 (거의 완벽하게) 모은 우라니아 SF소설 시리즈에 관해 이야기하려 해. 빠진 책이 몇 권 있긴 하지만 아버지가 워낙 정성스레 보관해서 평가가치가 높게 나왔어. 광택지로 표지를 일일이 싸 놓은 덕분에 5-60년 전에 출간된 책들이라고는 믿기지 않을 정도로 상태가 좋거든. 이런 말을 하려고 연락한 건 아니야. 내 생각에 이 컬렉션은 네가 물려받아야 할 것 같아. 자리를 많이 차지하지 않으니 가져가기 싫으면 내가 대신 보관해 줄게. 하지만 그 컬렉션을 팔고 싶지는 않아. 아버지가 모은 시리즈는 창간호부터 899호까지야. 1952년부터 1981년까지 발간된 시리즈가 완벽하게 보존되어 있어. 딱 여섯 권 빼고. 이제부터 어떤 책이 어떤 이유로 빠졌는지 이야기해 줄게.

우주의 조약돌, 이삭 아시모프(우라니아 N.20 - 1953년 7월 20일 호)

이상하지 않아? 대학을 갓 졸업한 스물일곱 살의 아버지가 창간호부터 하나도 빠짐없이 사 모으던 시리즈 중에서 왜 하필 제일 좋아하는 작가의 작품이자 SF 소설 최고 걸작 중 하나로 손꼽히는 책을 사지 않은 걸까? 사실 아버지는 그 책을 샀었어. 우라니아 시리즈를 꽂아두던 아버지 서재 책장에서 내가 뭔가를 찾아냈거든. 브라키 씨가 지난달 작성한 인벤토리에 '세르제스토 모듈 책장'이라고 명시되어 있는 책장 말이야. 어떤 책장인지는 너도 잘 알 거야. 네 방에도 똑같은 책장이 있었잖아. 네 책장은 《텍스》를 비롯해서 네가 즐겨읽던 만화책이 가득 꽂힌 채 아직도 네 방에 그대로 있어. 어디까지 말했더라? 아, 그러니까 19호였던 아서 클라크의 《우주의 서곡》과 21호였던 지미 기유의 《공포의 세계》 사이에 '1970년 4월 9일 A에게 빌려줌'이라고 쓰인 메모지 한 장이 끼어 있었어. 너도 동의하겠지만 A는 분명 아버지 친구 알도 만수티 아저씨일 거야. 아버지는 아저씨를 알디노라는 애칭으로 불렀지. 아저씨는 어처구니없는 오토바이 사고로 목숨을 잃었어. 아버지와 어머니는 한동안 그 사고의 충격에서 헤어나오지 못했지. 두 분이 우리에게 오토바이를 안 사주겠다고 그렇게 버텼던 것도 아마 아저씨 때문이었을 거야. 온 식구가 알디노 아저씨 장례식에 참석했던 것도 기억나. 그때 나는 중학생이었는데, 1학년 아니면 2학년 1학기 때니까 1970년이었을 거야. 우라니아 시리즈 이야기로 다시 돌아가면, 아마도 이렇게 된 것 같아. 아버지는 알디노 아저씨에게 책을 빌려준 사실을 잊어버리지 않으려고 책장에 메모지를 끼워놓았을 거야. 워낙 그 컬렉션을 아꼈으니까. 그런데 얼마 후 알디노 아저씨가 사고로 죽었고 아버지는 차마 티티 아주머니에게 책을 돌려달란 말을 못 한 거지. 아저씨 부인 티티 아주머니 기억하지? 며칠 전에 다른 일로 만났는데 많이 늙으셨더라. 무슨 일로 만났는지는 다음에 말해 줄게. 하지만 20호가 없어지기 전부터 아버지의 우라니아 컬렉션은 이미 완벽하지 않았어.

빠진 책이 다섯 권 더 있었으니까. 203호, 204호, 449호, 450호, 451호. 내 글을 끝까지 읽어봐, 자코모. 책 다섯 권이 부족한 이유를 생각해 보자.

썰물이 빠지면, 찰스 에릭 메인 (우라니아 N.203- 1959년 5월 10일 호)

불멸의 종, 고든 R.딕슨 (우라니아 N.204- 1959년 5월 24일 호)

203호와 204호가 있어야 할 자리에는 빌려준 사람의 이름이 적힌 메모지가 없었어. 아예 사지 않은 거지. 발행일을 보고 가만히 생각해 보니 그 이유를 알 수 있었어. 이레네 누나가 아기 의자에서 떨어진 사건, 기억나니? 귀에 딱지가 앉도록 지겹게 들었잖아. 달마치아

광장 집에 살 때 누나가 아기 의자에서 떨어져서 바닥에 머리를 부딪치는 바람에 혼수상태에 빠져서 이틀 동안 메이에르 병원에 입원해 있었던 일 말이야. 그때 어머니는 아이만 살려주면 담배를 끊겠다고 맹세했었지. 하지만 누나가 살아나고도 어머니는 담배를 끊지 않았어. 누나는 다 나았지만, 나중에 커서 자기한테 문제가 있는 건 다 그 사고 때문이라고 했고….

우리 둘은 아직 태어나지도 않았을 때지만 그 일은 우리 집에서 일어난 가장 극적인 사건이었어. 적어도 누나가 죽기 전까지는 말이야. 아버지가 두 번이나, 그러니까 무려 28일 동안이나 우라니아 시리즈를 못 산 것만 봐도 사건의 심각성을 알 수 있지. 이제는 내 생각이 맞는지 확인해 줄 사람이 아무도 없지만, 계산이 틀리지 않는다면 충격적인 소식이 하나 더 있어. 당시 어머니가 나를 임신하고 있었다는 사실이야. 물론 어머니가 임신 중이었는데도 담배를 못 끊었다는 사실도 그에 못지않게 충격적이라 할 수 있겠지.

예전부터 나는 어머니가 커다랗게 부푼 배를 끌어안고 땅에 떨어져 기절한 아이와 함께 앰뷸런스에 오르고, 병상을 지키는 모습을 상상하곤 했어. 하지만 실제로 당시 어머니는 임신 2개월째였을 거야. 그래야 계산이 맞아. 내 생일이 12월 2일이잖아? 그 말인즉슨 어머니가 나를 임신한 건 3월 초였다는 거지. 컬렉션에서 빠진 책은 둘 다 5월 호니까 임신 2개월에서 3개월째였을 테니 아직 배가 나왔을

리가 없지. 아무튼, 아버지가 그때 우라니아 시리즈를 사지 못했던 건 처음에는 누나가 중환자실에 있었기 때문이고 나중에는 일반 병동에서 치료를 받은 후 집으로 돌아온 누나에게 신경을 써주어야 했기 때문이야. 그러다 한 달 후 최악의 상황이 지나고 나서야 다시 열심히 우라니아 시리즈를 사기 시작한 거지. (정확히 말하자면 1959년 6월 7일에 발행된 205호, 로버트 렌달의 《여명의 빛》부터) 그날 이후 아버지는 7년 내내 우라니아 시리즈를 한 권도 빠짐없이 다 모았어. 그러다 세 번 연속 책을 사지 못하는 일이 벌어지는데 그 이유는 이러해.

제노사이드, 토마스 디시 (우라니아 N.449- 1966년 11월 20일 호)

전쟁은 사라지지 않는다, SF 단편 모음집-월터 무디, 폴 앤더슨, 로버트 마그로프, 파이어스 앤서니, 앤드류 오펏 (우라니아 N.450- 1966년 12월 4일 호)

신적인 힘, 맥 레이놀즈 (우라니아 N.451- 1966년 12월 18일 호)

이 세 권이 부족한 이유는 명확해. 1966년 피렌체 대홍수. 아버지는 피렌체시에서 제공한 고무보트를 타고 물에 잠긴 들판을 둥둥 떠다니는 가축을 구하고 '진흙의 천사들'*1966년 피렌체 대홍수 때 이탈리아 전역과 유럽에서 피렌체를 돕기 위해 찾아온 자원봉사자들을 일컫는 명칭과 함께 국립 도서관에 보관되어 있던 책들을 수거하느라 정신이 없었을 거야. 이 시점에서 떠오르는 질문이 있어. 11월 20일 호는 못 샀는데 어떻게 11월 6일에 448번째로 출간된 존 윈덤의 《번데기》를 살 수 있었던 걸까? 11월 6일이면 이미 홍수가 시작해서 피렌체가 온통 물바다였을 때인데.

그 이유를 알려면 내가 왜 이 컬렉션을 네가 물려받아야 한다고 생각하는지도 알아야 해. 순전히 우연히 알게 된 사실인데, 그 때문에 더 소중하게 느껴지는 일이야. 사건의 정황은 이래.

세르제스토 책장에 순서대로 가지런히 꽂혀있는 우라니아 시리즈 제목을 훑어보다 익숙한 제목이 눈에 띄었어. 로버트 A. 하인라인의 《우주의 보병부대》. 하인라인은 내가 아는 몇 안 되는 SF작가 중 한 명이고 책 제목이 내가 본 영화랑 비슷했거든. 확인해 보려고 책을 꺼내 펼쳐보니 정말로 소설 원제가 '스타쉽 트루퍼즈'였어. 1990년대 말에 그 책을 원작으로 한 형편없는 영화가 제작되었는데 이탈리아에서는 '스타쉽 트루퍼즈-우주의 보병대'라는 제목으로 개봉했지. 이제 본론으로 들어갈게. 원제를 확인한 다음에 페이지를 넘겼는데….

참, 커버 바로 다음 페이지를 뭐라고 부르더라? 책 제목, 작가, 출판사가 한 번 더 써 있는 페이지 말이야. 작가들이 헌사를 쓰기도 하는…. 그 페이지를 뭐라고 하더라? 속표지? 한 번 찾아볼게.

그래, 맞아. 속표지. 위키피디아에 의하면 책의 첫 페이지 혹은 독자가 커버를 펼치면 바로 다음에 있는 페이지래. 그래 맞아, 속표지야.

속표지에 연필로 쓴 아버지의 필체가 있는 거야. 짧은 글이니 여기에 그대로 옮겨볼게.

"신사 숙녀 여러분. 제 새로운 친구를 소개해 드리겠습니다. 조반나양이 될지 자코모 군이 될지는 아직 모르겠지만요. 자, 모두 주목해 주세요. 간호사가 다가옵니다. 아직 잘 안 보이네요…. 와! 신사 숙녀 여러분! 자코모를 소개합니다!"

멋지지 않니? 어머니가 너를 낳는 동안 젊은 아버지는 그 모든 과정에서 소외된 채 안절부절못하면서 병원 복도에서 혼자 기다리고 있었던 거야. 아들인지 딸인지도 모르는 상태로 무라티 담배를 피면서 우라니아 시리즈 SF 소설 속표지에 낙서나 끄적이고 있었던 거지. 우리 세대와는 달라. 우리는 녹색 가운을 입고 아이들의 탄생을 함께할 수 있잖아. 성별도 먼저 알고, 출산할 때 아내의 어깨를 감싸줄 수도 있지.

우라니아 컬렉션을 체플 힐에 있는 너희 집에 보관했으면 좋겠다고 생각하게 된 것은 바로 이런 이유 때문이야. 비록 나는 네가 사는 집을 구글 어스 사진으로밖에 못 봤지만.

그럼 이제 1966년 11월 6일자 발행 소설로 돌아가 보자. 속표지에 쓴 아빠의 글을 읽고 나서 왠지 울컥해서 책을 덮고 잠시 상념에 잠겼어. (상념에 잠긴다는 표현 기억나? 이 말을 자주 하던 사람이 누구였는지 기억나니?) 그러다 정신을 차리고 무심결에 책 표지를 보니 맨 아래 오른쪽에 가격과 (150리라였어) 1962.2.25.라는 출간일이 표기된 빨간색 박스가 보이는 거야. 네 생일은 2월 12일인데 어떻게 아버지는 13일 후에 발간된 책을 갖고 있었던 걸까? 이상했지만 조금 생각해 보니 그 이유를 알 수 있었어. 한참 테니스를 배울 때 《매치볼》이라는 테니스 격주간지를 구독한 적이 있는데 당시 표지에 표기된 출간 날짜보다 먼저 잡지가 집에 배달되곤 했어. 처음에는 정기 구독자를 위한 특별 서비스라고 생각했는데 우연히 가판대에서도 출간 날짜보다 훨씬 빨리 《매치볼》을 판다는 걸 알고 괜히 나만의 특권을 박탈당한 것 같아 기분이 상했었지.

알고 보니 《파노라마》나 《에스프레소》처럼 집에서 구독하는 주간지 대부분도 그랬어. 심지어는 《주간 십자말풀이》까지. 독자들이 출간일이 나흘 이상 지난 신문이나 잡지를 보면서 이미 한물간 내용이라는 생각이 들지 않게 만들려는 일종의 심리적 트릭이었던 것 같아. 우라니아 시리즈를 출간한 몬다도리사도 그런 논리를 따른 거고. 아마도 표지에 찍힌 발행일은 가판대에서 유통되는 마지막 날짜일 가능성이 커. 그래서 아버지가 1962년 2월 12일 산통을 시작한 어머니를 병원으로 데려다주면서 집에서 가져간 책은 (인터넷에 찾아봤더니 월요일이었더라) 발행일이 13일 후인 2월 25일이었을 거야. 어쩌면 어머니가 분만실로 들어간 후에 가판대에서 샀을 수도 있고.

아버지가 1966년 11월 6일자 우라니아 시리즈를 가지고 있는 것도 같은 이유에서야. 13일 전에 발행되었기 때문이지. 정작 잡지에 찍힌 발행일에는 꼬박 이틀째 소방서 고무보트를 타고 다니면서 건초더미에 매달린 채 떠내려오는 가축들을 구하고 있었을 테니까.

1966년에 빠진 세 권을 마지막으로, 아버지는 무려 15년 동안 우라니아 시리즈를 한 권도 빠짐없이 다 모으셨어. (놀랍지 않니?) 실제로 우라니아 시리즈 452호 (아시모프, 터커, 반 보트, 마르티노, 필립 K. 딕의 단편 모음집 '시크릿 서비스')에서 899호로 발행된 맥 레이놀즈의 《서기 2000년 코뮌》까지 무려 447권이 나란히 책장에 꽂혀있어. 아버지는 그 책들을 사서 읽고 일일이 광택지로 싸서 책장에 고이 꽂아놓았던 거야. 그동안 책 가격은 200리라에서 1,500리라로 뛰고 이탈리아와 피렌체와 우리 집에도 별의별 일이 다 있었지.

아버지의 우라니아 컬렉션 마지막을 장식하는 책은 '종결'의 상징과도 같은 작품인데 지금 바로 내 앞에 놓여 있어. 새하얀 표지에 제목은 빨간색으로 쓰였고 한 쌍의 소년 소녀가 공원에 서서 벤치에 앉아있는 노인과 대화를 나누고 있는 그림이 그려져 있어. 셋 다 알몸이고 마찬가지로 알몸인 사람들이 멀리 나무 사이에 그들을 지켜보고 있는 그림이지. 책 제목은 《서기 2000년 코뮌》작가는 맥 레이놀즈이고 발행일은 1981년 8월 23일이야.

우리 가족에게 1981년 8월 23일은 세상의 종말이었지. 하지만 그 책 역시 아무도 세상의 종말을 예측하지 못했던 13일 전인 8월 10일에 나왔을 거야. 아버지는 분명 그 책을 8월 15일 성모승천일 전에 항상 신문을 사던 카스타녜토의 가판대에서 샀을 거야. 그리고는 언제나 그렇듯 이틀 만에 다 읽어버렸겠지. 일부는 해변에서 읽고 일부는 자기 전에. 볼게리 집은 방이 모자라서 각방을 쓸 수가 없었기 때문에 아버지는 침대 오른편에 누워 침대 머리맡에 둔 탁자 쪽으로 몸을 최대한 붙이고, 어머니에게 등을 돌린 채 그 책을 읽었을 거야. 8월 24일부터는 900호가 판매됐겠지만, (카스타녜토는 시골이어서 어쩌면 화요일이나 수요일까지 기다려야 했을 수도 있겠다) 다른 모든 것처럼 아버지에게는 무의미한 일이 되고 말았어. 그리고 이번에는 소설을 모을 마음을 영원히 잃어버렸지. 그렇게 해서 899호, 마크 레이놀즈의 《서기 2000년의 코뮌》은 아버지가 사서 읽은 우라니아 시리즈의 마지막 책이자 아버지가 살아생전 1호부터 899호까지 (거의) 완벽하게 모은 컬렉션의 마지막 책이 되었어.

그래, 자코모. 나는 너를 원망했어. 그것은 정말이지 잘못된 행동이었어. 제기랄. 하지만 이제는 30년이 흘렀잖아. 너를 탓해서 미안해. 그렇게 오랜 시간 동안 정상적인 가정생활을 할 수 없을 정도로 상황을 힘들게 만들어서 미안해. 아무리 오랜 시간이 흘러도, 그 저주받은 날과는 너무나 가깝게 느껴졌어. 아무리 그래도 이제는 30년이나 흘렀잖아. 그때는 철부지 소년이었지만 우리도 이제는 어른이야. 우리는 남남이 되고 싶어도 될 수 없어. 보통 형제들은 부모님이 돌아가시면 유산 때문에 싸우지. 우리가 그 반대로 유산으로 인해 화해하면 얼마나 좋겠니. 게다가 우리 가족은 원래 뭐든 반대로 하는 것을 좋아하잖아.

답장 부탁해.

형이

고스포디네! (1974)

일요일 이른 아침이었다. 사보나롤라 광장은 사라지고 없었다. 나무도, 하늘도, 도로의 자동차들도. 모든 것이 사라져 버렸다. 지난 크리스마스 마르코가 어머니와 함께 본 영화에서처럼. 안개 때문에 자기 집 바로 앞에서 길을 잃은 영화 속 노인처럼 마르코도 안개 때문에 집 앞에서 길을 잃었다. 피렌체에서 안개는, 그것도 발밑이 보이지 않을 정도로 짙은 안개가 내리는 것은 극히 드문 일이었다.

일요일 이른 아침이었다. 그날은 어이없는 날이었다. 이른바 '긴축령'이라 불리는 법령에 따른 교통 통제가 있는 날이었다. 그 법은 마르코를 골탕 먹이려고 일부러 만든 법 같았다. 부모님에게 베스파를 얻어내기 위해서 자질구레한 집안일을 돕고, 누나, 동생과 사이좋게 지내고, 좋은 성적을 받으면서 1년 동안 꾹 참고 얌전히 버텼는데, 막상 생일 선물로 베스파를 받자마자 일요일에 오토바이를 못 타게 하는 법이 만들어진 것이다. 그런 말도 안 되는 긴급법이 통과된 것은 석유가 배급받아야 할 원료가 되는 바람에 (그것도 하루아침에) 자동차 연료까지 그렇게 되어버렸기 때문이다. 마르코는 뉴스에서 떠들어대는 말을 이해할 수 없었다. 그는 어떠한 물건이 배급해야 할 정도로 귀해지려면 중간 과정이 있어야 한다고 생각했다. 구하기 힘들어진 것을 체감할 수 있는 기간 말이다. 그런데 석유는 하루 아침에 귀해졌다. 지구 반대편 어디선가 전쟁 일어나고 오펙의 산유국들이 석유 수출을 제한하기로 하자, 정부는 갑자기 모든 전기 코드를 뽑으라고 했다. 한 달도 채 안 돼서 가로등 불빛이 꺼지고, TV 방송 종료시간이 앞당겨지고, 난방이 금지되고, 일요일에는 오토바이를 포함한 개인차 사용이 금지됐다. 문명을 굴복시키는 것이 이다지도 쉬운 일이었다니! 이제 한참 어른 흉내를 내고 싶은 열네 살인데. 일요일에 베스파를 타고 돌아다니려고 겨울 스키까지 그만두었는데. 그는 이제 겨울마다 아베토네 스키 연습장에서 주말을 허비하고 싶지 않았다. 주말 내내 연습과 시합이 반복했지만 그래봤자 아베토네 토박이들이 두세 배는 더 빠르게 마르코를 앞지르는 모습을 지켜봐야 할 뿐이었다.

안개가 자욱했지만, 어쩔 수 없었다. 그냥 걸을 수밖에.

일요일 이른 아침이었다. 마르코는 몇 발자국 채 못가서 집 근처에서 방향을 잃고 멈춰 섰다. 여기가 어디지? 인도인가 아니면 도로인가? 집 왼편일까 아니면 집 앞일까 아니면 집 뒤일까? 감을 잡는 데 도움이 될만한 자동차 소리조차 들리지 않았다.

그날 아침 마르코는 8시 30분까지 기차역에 가야 했다. 그곳에서 베르디, 피엘레제로, 솔리마 쌍둥이 자매와 제1회 토스카나 실내 테니스 챔피언십 복식 결승전에 참가하기 위해 루카행 열차에 타야 했다. 코치와 테니스 클럽 매니저가 그들과 동반하기로 되어 있었다. 사실 실내 경기장이 보급되면서 겨울에도 테니스 시합이 열리게 된 것도 스키를 그만두게 된 이유 중 하나다. 마르코는 두 가지 운동에 집중력을 분산시키는 것보다는 테니스에 집중하는 편이 낫다고 생각했다. 실제로 작은 키에도 불구하고 마르코의 테니스 실력은 날로 좋아지고 있었다. 갈수록 정확도와 공격력이 높아졌다. 게다가 경쟁자들이 왜소한 몸집 때문에 그를 만만하게 본 덕분에 마지막 해에는 놀랄만한 성적을 기록했다. 그에 비해서 스키는 심리전도, 전략도, 직접 싸워야 할 상대도 없었다. 오직 중력의 힘과 겨뤄야 할 뿐이었다. 이 싸움에서 1미터 50센티미터의 신장과 무엇보다 44킬로그램의 몸무게는 극복하기 힘든 핸디캡이었다.

일요일 이른 아침이었다. 광장의 가로등은 긴축령 때문에 꺼져 있었고, 마르코 주변에는 오직 안개뿐이었다. 그는 자코미니 가 버스 정류장에서 버스를 타고 (그나마 버스는 운행을 했다) 산타 마리아 노벨라 기차역까지 가야 했다. 그 간단한 일이 갑자기 어려워졌다. 자코미니 가는 어디에 있지? 집을 기준으로 광장의 맞은편, 성 프란체스코 성당 옆에 있다. 아무리 생각해도 부질없었다. 그의 집은 대체 어디에 있단 말인가. 광장은 어디에 있고 또 성당은 어디에 있단 말인가.

모든 사고가 그렇듯 그 사고 역시 갑작스럽고 끔찍했다. 마르코는 여전히 안개구름 속에서 헤매고 있었고 주변에는 아무것도 없었다. 아무런 소리도 들리지 않고, 지표가 될만한 건물도 보이지 않았다. 그러다 한순간에 난리가 난 거다. 굉음과 폭발음, 무엇엔가 눌려서 멈추지 않는 기나긴 경적 그리고 비명 소리. 그 모든 것이 뭐가 먼저라 할 것 없이 한꺼번에 터져 나왔다. 하긴 친애하는 알버트 아저씨*알버트 아인슈타인을 가리킴도 그러지 않았던가. 공간이 없으면 시간도 존재할 수 없다고.

첫 비명은 생전 처음 들어보는 단어였다.

"고스포디네에에!"

그 한 마디가 조명탄처럼 안개를 뚫고 튀어 나왔다. 누군가에게 (주변에 아무도 없었으니 결국 마르코에게) '도와주세요! 여기에

요! 여기에서 사고가 났어요!'라고 외치는 것 같았다.

하지만 그 여기가 대체 어디인 걸까?

"고스포디네에에!"

마르코는 비명이 나는 쪽을 향해 다가갔다. 발걸음을 떼는 순간 시간도 다시 흘러가는 듯했다. 순간 긴 경적이 멈추고 철커덩 하는 소리가 났다. 알 수 없는 단어를 쏟아내는 남자 목소리가 들렸다. 하지만 '고스포디네에에'는 여자의 외침이었다.

갑자기 하얀 안개 벽에서 어떤 여자가 흠칫 놀랄 정도로 가까이서 튀어나왔다. 집시여인이었다. '고스포디네에에'라고 외치는 그녀의 얼굴은 피범벅인데다 심하게 일그러져 있었다. 뭔가를 중얼거리는 남자의 목소리도 가까이에서 나는 것 같았지만 아직 보이지는 않았다. 그러다 마침내 남자가 나타났다. 늙은 집시였다. 피가 이마에서 목까지 흘러내리고 있었다. 하지만 중얼거리는 소리는 그의 목소리가 아니었다. 늙은 집시 옆에 포드 타우너스 한 대가 문이 죄다 열린 채 보네트에서 연기를 내뿜고 있었다. 마르코는 그 거대한 우유통 같은 안개를 헤치고 계속해서 걸어 나갔다. 무엇을 해야 할지, 무엇을 찾아야 할지 아무런 생각이 없었다. 상대방의 차를 찾으려는 걸까? 또 다른 사고 차량을? 어떤 예감이라도 들었던 걸까? 경적을 알아들었던 것일까?

"고스포디네에에!"

다른 사고 차량이 보였다. 가로등을 들이박아 앞부분이 박살이

나 있었다. 아버지 차와 똑같은 푸조 504처럼. 색상도 아버지의 차처럼 메탈 그레이 같았다. 처음 목격한 남자보다 젊은 집시가 차 문을 열고 뭐라고 중얼거리며 누군가를 운전자석에 끌어내고 있었다. 집시 남자는 눈에 보이는 부상은 없었다. 그가 차에서 끌어내고 있는 사람은 의식이 없거나 아니면 죽은 것처럼 보였다.

젊은 여자인 것 같았다.

이레네 누나인 것 같았다.

"고스포디네에에!"

'차 좀 빌려주세요, 아빠.' '또 시작이니? 안된다, 이레네.' '아베토네에 가야 한단 말이에요' '볼게리에 가야 한단 말이에요.' '임프루네타에 파티가 있는데 어떻게 해요?' '친구에게 데려다 달라고 하렴.' '남자친구가 없어서 데려다줄 사람이 없어요.' '얘야, 너 아직 운전면허도 없잖니.' '연습 면허증이 있잖아요.' '연습 면허증으로 운전할 때는 누군가 옆에 있어 줘야 해.' '친구들은 다 연습 면허증으로 차를 끌고 다녀요.' '너는 안 돼.' '제발요, 아빠. 조심할게요. 맹세해요.' '안된다니까.' '경찰한테 걸릴까 봐 그래요?' '그래.' '안 걸릴 거라니까요!' '아, 글쎄 안 된다면 안 되는 줄 알아.' '상관없어요. 허락 안 해 주셔도 가져갈래요.' '가져가기만 해 봐라….'

마르코는 최근 몇 주 동안 둘이 이런 대화를 나누는 장면을 수없이 보아왔다. 아버지와 누나가 옥신각신할 때마다 마르코는 거의 항상 누나를 응원했고 그것은 자동차 문제에 대해서도 마찬가지였다. 명석하기 그지없지만, 언제나 번민에 가득 찬 이레네 누나. 누나는 그의 북극성이자 인생의 모델이자 청춘의 상징이었다. 누나 특유의 불안함과 분노와 격렬한 성격과 관자놀이에 툭 튀어나온 푸른 혈관은 누나를 남들과 다른 특별한 존재로 만들었다. 고귀하고 반항적이고 우월한 존재로 만들었다. 그랬던 누나가 지금 마르코의 눈앞에서 바닥에 쓰러져 있는 것이다. 젊은 집시는 그녀를 바닥에 눕혀놓고 긴급 조치의 기본 수칙을 철저히 위반하며 (하지만 당시 그 현장에 있던 그 누구도 그런 사실을 알지 못했다) 정성을 다해 심폐소생까지 시도하고 있었다. 눈에 보이는 상처는 없었지만, 누나는 얼굴도 창백하고 의식도 없었다. 누나는 죽은 것일까?

"고스포디네에에!"

아니다. 누나는 죽지 않았다. 정신을 잃었을 뿐 상처하나 없이 멀쩡했다. 1분 후면 마르코도 이 사실을 알게 될 터였다. 하지만 7년 후 마르코는 그날 누나를 바라봤던 것과 똑같은 시선으로 누나의 시체를 바라보게 된다. 아침 7시 체치나 병원의 영안실에서. 7년 전과 똑같은 절망과 연민과 분노와 무기력함과 공포와 안타까움이 뒤섞인 눈빛으로. 신기하게도 마르코는 어렸을 때부터 언젠가는 자신이 그런 시선으로 누나를 바라보게 될 것을 알고 있었다. 주변 사람들이 들려준 이야기가 사실이라면 다섯 살도 안 됐을 때부터 마르코는 그 사실을 알고 있었다. 성 로렌초 축일에, 후에 누나가 숨을 거둘 볼게리의 해변에서 있었던 일이다. 커다란 별똥별이 떨어져서 그 자리에 있던 사람들이 (마르코의 어머니, 어머니의 친구, 어머니 친구의 딸들과 이레네 누나까지) 마르코에게 소원을 빌라고 한 적이 있다. 그때 마르코는 자기가 하는 말이 무슨 뜻인지도 모르면서 '이레네 누나가 스스로 목숨을 끊지 않게 해 주세요'라고 빌었다.

정작 이레네는 마르코에게 별로 관심이 없었지만, 누나는 그의 우상이었다. (사실 누나는 아무에게도 관심이 없었다. 적어도 가족 중에는 관심 있는 사람이 없었다) 누나는 열여덟 살부터 이미 카레라 가문의 십자가였다. 떨어지고, 다치고, 뼈가 부러지고, 싸우고, 우울증에 시달리고, 마약을 하고, 정신 치료를 받으면서 주변에 불행을 뿌리고 다니는 통에 어느샌가 모든 사람이 이레네를 대할 때는 어느 정도의 인내심과 동정심이 필요하다는 생각을 가지게 되었다. 아마도 그런 감정에 동화되지 않은 사람은 마르코뿐이었을 것이다. 마르코만은 언제나 누나를 이해하고, 누나의 행동에 정당성을 부여하고, 누나 편이 되어 주었다. 누나의 셀 수 없는 기행에도 불구하고 그녀를 있는 그대로 사랑해 주었다. 하지만 그날 아침 안개 속에서 일어난 일은 누나가 저지른 수많은 사건사고 중에서 가장 어이없는 사고로 손꼽힐 만했다.

수십 년이 지난 후, 그날 사고뿐 아니라 (자살을 포함해서) 이레네가 가족에게 초래한 수많은 불행이 모두 끝난 후에, 부모님이 돌아가신 지 수십 년이 지난 후에, 그리고 (차마 입에 담을 수조차 없는) 아델레의 죽음 뒤 오랜 세월이 지난 후에, 그러니까 그 모든 일이 끝나고 노인이 되어 주변에 남은 사람이 거의 없이 혼자가 된 마르코는 어느 날 죽음을 목전에 두고 소설을 읽다 갑자기 누나가 생각나 어떤 문장에 밑줄을 그을 것이다.

"어둠과 혼란을 가슴 속에 품은 자"

밑줄을 그으며 마르코는 그날 아침 안개 속에서 죽지 않았고, 그 후로도 간발의 차이로 아슬아슬하게 살아남았지만 결국에는 한창때 너무나도 빨리 정말로 죽어버린 누나를 생각했다.

일요일 이른 아침이었다.

'고스포디네'는 세르비아어로 '오! 하나님!'이다.

벌새에 대한 두 번째 편지 (2005)

수신자: 마르코 카레라

주소: 이탈리아 리보르노주 카스타녜토

카르두치군 빌라 레 사비네 포르나치 117/b가 (57022)

종이에 '벌새'라고 써서

봉투에 고이 넣어

저기 저 언덕 아래

편지함에 넣어놔 달라고

여름에게 부탁했어요.

그 편지를 읽으면 당신은

과거의 추억과 함께 내가 얼마나

얼마나 당신을 사랑했는지

기억해 주겠죠.

2005년 8월 8일, 카스텔로리조에서

레이먼드 카버

루이사

줄과 마법사와 세 개의 틈 (1992-95)

사람의 관계는 첫 만남에서 결정되고 일단 결정되면 평생 바뀌지 않는다. 관계의 결말을 알고 싶으면 관계의 시작을 보면 된다.

의외로 알려지지 않은 이 사실을, 더 많은 이들이 알아야 한다.

관계의 초기에 모든 것이 명확해지는 순간이 있다. 관계가 어떻게 시작되고, 시간이 흐르면서 어떻게 발전하고, 어떻게 끝날지 한꺼번에 또렷이 보이는 순간이 있다. 그것은 결국 시작이 다이기 때문이다. 모든 사물의 형태가 그것이 최초로 발현된 모습 속에 고스란히 담겨 있는 것처럼. 하지만 그 순간은 스치듯 지나가 버리고, 짧은 빛 비춤 아래 나타났던 환영도 사그라지거나 지워져 버린다. 상대방의 예상치 못한 행동에 당황하고, 상처받고, 기뻐하고, 상상할 수 없는 아픔을 느끼는 것도 다 그런 이유 때문이다. 찰나의 빛 비춤으로 인해 깨달았던 사실을 평생 잊고 살기 때문이다. 한밤중에 잠에서 깨어나 화장실을 찾기 위해 더듬더듬 앞으로 나아갈 때처럼. 잠시 불을 켜면 가야할 길이 보이지만, 그래봤자 겨우 일을 보고 침대로 돌아갈 때까지만이다. 다음에 일어나면 또다시 길을 잃을 것이다.

세 살배기 딸 아델레가 처음 인지장애 증상을 보였을 때, 마르코도 그런 경험을 했다. 섬광 아래 앞으로 일어날 일이 똑똑히 보였다. 하지만 그것은 너무나도 고통스러운 환영이었기에 (이레네 누나와 관련된 환영이었다) 마르코는 그 즉시 모든 기억을 지워버리고 그런 환영을 한 번도 못 본 것처럼 평생을 살았다. 정신 치료를 받아보았다면 기억을 되찾을 수 있었을지도 모른다. 하지만 어린 시절부터 정신 치료를 맹신하는 사람들에게 둘러싸여 살았던 마르코에게는 그에 대한 뿌리 깊은 반감이 있었다.

정신과 의사라면 그런 마르코의 반감조차 자신이 본 환영을 기억에서 지워버린 이유를 정당화하기 위해 스스로 차용한 방어기제에 지나지 않는다는 사실을 짚어냈을 것이다.

어쨌든 마르코는 그 환영을 지워버리고, 평생 다시 떠올리지 않았다. 모든 일이 운명대로 이루어진 후에도 말이다. 잠시나마 알았던 미래를 잊은 채 평생을 산 것이다.

아델레의 증상이 나타난 것은 아이가 세 살이 됐을 때였다. 그때까지 다소 모호했던 부녀 관계가 정립된 것도 바로 이때부터였는데, 그 계기를 제공한 사람은 다름 아닌 아델레 본인이었다. 모든 것은 아델레의 선언에서 시작된다. 그것은 아마도 아이가 태어나 처음으로 내린 주체적인 결정이었을 것이다. 팔월의 어느 눈부신 일요일 아침, 마리나는 아직 잠들어 있고 마르코와 아델레는 볼게리 집 부엌에서 아침 식사를 하고 있었다. 그때 아델레는 아버지에게 자기 등에 줄이 달렸다고 했다. 아델레가 말하기를 자기 등에 줄이 달렸는데, 그 줄은 가장 가까이에 있는 벽에 이어져 있다고 했다. 이유는 알 수 없지만, 그 줄은 자기한테만 보여서 사람들이 줄에 걸려 넘어지거나 발이 묶이지 않게 자기는 항상 벽에 붙어있어야 한다고 했다. 어린 아이치고는 매우 상세한 설명이었다.

"벽에 붙어있지 못할 때는 어떻게 하니?" 마르코가 물었다. 아델레는 그럴 때는 매우 조심해야 한다고 했다. 누군가 자기 등 뒤를 지나다 줄에 발이 엉키면 자기가 반대로 돌아서 풀어줘야 한다면서 아빠 앞에서 어떻게 줄을 풀어주는지 직접 보여주었다. 마르코는 질문을 계속했다.

"다른 사람들도 등에 줄이 달렸니, 아니면 네게만 줄이 있는 거니?"

아이는 자기한테만 있다고 했다. "이상하지 않니?" 아이는 이상하다고 했다.

"뭐가 이상하다는 거니? 다른 사람들한테는 줄이 없는데 네게만 줄이 있는 것이?" 아이는 그렇다고 했다.

"그러면 집에서나 성당에서는 어떻게 하니? 아빠랑 엄마랑 있을 때는 어떻게 해?"

"아빠는 절대 내 뒤로 지나가지 않잖아요." 아이가 말했다.

아빠는 절대로 자기 뒤를 지나가지 않는다는 그 놀라운 고백을 듣는 순간, 마르코는 온몸에 소름이 돋았다. 마르코 부녀의 특별한 관계는 그렇게 시작되었다. 마르코의 눈 앞에 어떠한 환영이 나타난 것은 바로 그 순간이었다. 그는 그 장면을 보고, 무엇인가를 깨닫고, 겁에 질렸다. 그래서 자신이 보고, 깨달은 사실과 겁에 질렸던 기억을 모두 지워버렸다.

그해 여름 아델레의 줄은 아빠와 딸만의 비밀이었다. 사실 마르코는 아델레에게 들은 말을 바로 마리나에게 들려주었지만 아델레가 비밀로 해달라고 부탁했기 때문에 아이에게는 알리지 않았다. 그해 8월 마리나는 아이 뒤를 지나지 않으려고 노력했다. 해변에서도, 집에서도, 정원에서도. 하지만 항상 생각이 늦게 나는 바람에, 노력보다 성과는 좋지 못했다. 그때마다 마리나는 그 어린아이가 엉킨 줄을 풀어주려고 반대 방향으로 자기 앞을 지나가는 모습을 바라보았다. 인내심을 가지고 정확한 동작으로 움직이는 아이를 보며 마리나는 마음이 애틋해졌다. 아무것도 모르는 할아버지 할머니는 마치 일부러 그러는 것처럼 언제나 아이 뒤로만 지나다녔다. 그때도 아이는 변함없이 인내심을 가지고 정확하게 반대 방향으로 돌았고, 그 모습을 본 마리나는 마음이 다시 애틋해졌다.

마리나는 새로운 부녀 관계를 관찰하기 시작했다. **절대로** (정말 그랬다) 아이 뒤를 지나가지 않는 남편의 재능에 감탄하면서 또 애틋함을 느꼈다. 마르코는 아내가 애틋해하는 모습에 애틋함을 느꼈다. 마리나와 마르코 부부에게 그해 여름은 애틋한 여름이었다. 둘 다 심각한 일이라고 생각하지 않았다.

그해 9월부터 아델레는 유치원에 다니기 시작했다. 마르코는 유치원에 가기 전에 엄마에게도 줄 이야기를 해 주자고 아델레를 설득했다. 그렇게 해서 아델레는 몇 달 전에 아빠한테 비밀을 털어놓았던 바로 그 자리에서, 엄마에게도 똑같은 이야기를 들려줬다. 아이의 이야기를 들은 마리나는 마음이 애틋해졌다. 마리나도 아이에게 몇 가지 질문을 했는데 마르코와는 전혀 다른 질문이었다. 훨씬 현실적이고 덜 낭만적인 엄마의 질문이 아이에게는 더 어렵게 느껴졌다.

'언제 등에 줄이 있다는 것을 알았니?' '줄은 무엇으로 만들어졌니?' '줄을 끊을 수 있니?' 다소 혼란스럽기는 했지만, 아이의 대답을 바탕으로 마르코와 마리나는 아델레가 아빠 엄마와 함께 바르셀로나 올림픽 여자 펜싱 단체 경기를 보면서 그런 상상을 하기 시작했을 거라는 사실을 유추해냈다. 이탈리아 펜싱 국가대표 조반나 트릴리니 선수의 경기와 여자 플뢰레 팀의 경기 말이다. 검의 움직임을 감지하기 위해 새하얀 경기복에 매달아 놓은 줄과 선수들이 금메달을 타고 기뻐하는 모습과 마스크 뒤에서 갑자기 나타난 미소짓는 여자들의 얼굴과 흐트러진 머리가 인상 깊었었나 보다. 이때도 마르코와 마리나는 별로 심각하게 생각하지 않았다.

부부는 특별한 사고가 없는 한 유치원 선생님들에게는 줄 이야기를 하지 않기로 했고, 다행히 특별한 사고는 일어나지 않았다. 당시 아델레는 라르고 키아리니의 아파트 건물 안에 있는 유치원에 다니고 있었는데 규모가 작아서 다른 사람 눈에 뜨이지 않고도 벽 가까이 붙어있을 수 있었다. 어른들이 보기에 아델레는 또래 여느 아이들과 별다른 바가 없었다. 다른 아이들처럼 부모님과 떨어져 있는데 익숙해지고 새로운 환경과 일상에 적응해야 할 뿐이었다. 줄의 존재를 알아챈 사람은 아무도 없었다. 게다가 아델레는 누가 자기 뒤로 지나갈 때마다 인내심을 가지고 침착하게 행동했다. 선생님들도 친구들도 아이가 등 뒤로 지나간 사람을 줄에서 풀어주기 위해 조심스레 반대 방향으로 지나가는 것을 몰랐다. 마르코와 마리나는 집에서 아델레의 줄을 가지고 장난을 쳤다. 마르코는 줄을 뛰어넘거나 줄에 걸려 넘어지는 시늉을 했고 마리나는 줄에 빨래를 거는 시늉을 했다. 그해는 행복했고 줄 때문에 걱정하지 않았다. 다음 해까지 모든 것이 순조로웠다. 딱 한 번만 빼고.

어린이집에서 아이들을 데리고 마카레제에 있는 동물농장으로 견학을 갔는데 아델레가 버스에서 내리기 싫다고 한 거다. 평소 아델레는 바깥에 있는 것을 피하지 않았다. 어떡하든 등에 줄을 달고도 안전하게 다닐 방법을 찾아냈기 때문이다. 하지만 그날따라 유독 고집을 부리는 바람에 두 인솔 선생님 중 한 명이 아델레와 함께 버스에 머물러야 했다. 아이를 데리러 간 마리나는 그날 있었던 일 이야기를 전해 듣고 선생님들이 '변덕'이라고 표현한 아이의 행동의 이유가 무엇인지 파악했다. 하지만 그날따라 바쁘기도 하고 굳이 그럴 필요까지는 없다는 생각에 선생님들에게 자초지종을 설명하지는 않았다. 아이를 차에 태우고 버스에서 안 내린 이유가 줄 때문이냐고 묻자 아델레는 그렇다고 했다. 동물이 많을 때 돌아다니면 위험한데 그곳에는 동물이 너무 많았다고 아이는 조단조단 말했다. 진정으로 주변 사람들의 안전을 걱정하는 듯한 아이의 말투에 마리나는 또 마음이 애틋해졌다. 그날 저녁 마르코에게 이야기를 들려주자 그 역시 마음이 애틋해졌다. 둘은 아델레와 함께 줄을 가지고 놀아주었다. 그때도 특별히 심각하게 생각하지 않았다.

그 후 마르코네 가족은 이사를 했고, 여름 방학을 마친 후 유치원을 옮겼다. 통원하기 편한 곳은 아니었다. 오가는 길이 전에 다니던 유치원보다 불편했다. 새 유치원은 토르 마란치아너머 아피아 가와 아드레아티나 가 사이에 있는 토르 카르보네 가에 있었는데 거의 시골이나 마찬가지였다. 하지만 명문 유치원인 데다 시설도 좋고 공기도 깨끗했다. 유치원 건물은 한때 안나 마냐니* 이탈리아 유명 여배우 소유의 저택이었다. (적어도 마리나 말에 따르면 그랬다) 하지만 마르코는 쓸데없이 유치원을 옮기는 바람에 불편하기만 하다고 생각했다. 대체 왜 사람들은 항상 변화하고, 발전하고, 확장하고, 성장하려고만 하는 걸까?

마르코 생각에는 유치원 위치가 말도 안 되게 먼데다 도시나 시골이나 공기에서 악취가 나기는 마찬가지였으며 학비도 너무 비쌌다. 마리나의 의견을 받아들인 것은 아델레의 통원을 그녀가 전담하기로 약속했기 때문이었는데 이로 인해 부부 사이에 최초의 틈이 생긴다. 그것은 흠집 하나 없이 무결했던 그들의 부부관계에 생긴 첫 번째 상처였다. 당연히 항상 마리나만 아델레를 바래다줄 수는 없었기 때문에 가끔은 마르코도 45분이나 차를 몰고 아이를 유치원에 데려다 주고 데리고 와야 했다. 그럴 때마다 마르코와 마리나는 서로를 원망했다. 마리나는 마르코가 충분히 도와주지 않는다고 했고, 마르코는 마리나가 약속을 지키지 않는다고 했다. 그뿐만이 아니었다. 새 유치원에 가자마자 문제점들이 드러나기 시작했다. 우선 아델레는 유치원에 가기 싫어했다. 유치원에 데리러 갈 때마다 아이는 언제나 구석에 틀어박혀 울고 있었다. 마르코는 이런 상황을 유치원을 바꾼 것이 실수였다는 자기 생각이 옳다는 증거로 해석했다. 잘 다니고 있던 유치원을 괜히 바꾸는 바람에 아이가 예전 선생님들과 친구들을 그리워한다고 했다. 그러자 마리나는 마르코가 보는 앞에서 아델레에게 줄 때문에 슬픈거냐고 물었고, 아이는 그렇다고만 하고 입을 꾹 다물어 버렸다. 마르코와 마리나가 원장과 약속을 잡기도 전에 유치원에서 먼저 부부를 소환했다. 원장이 부모를 소환한 이유를 미처 말하기 전에 마르코와 마리나는 아델레의 줄 이야기를 들려주었다. 원장은 그 이야기를 좋게 받아들이지 않았다. 그토록 심각한 일을 숨겼다는 사실에 놀란 것 같았다. 마르코와 마리나는 심각한 일이 아니라며 원장을 안심시키려 했지만, 오히려 지난 2년 동안 문제의 심각성을 과소평가했다는 이유로 한 소리 듣고 말았다. 원장은 아델레에게 장애가 있다고 했다. 강박에 의해 환각이 보이는 명백한 인지장애라고 했다. 부추길 일이 아니라 치료해 주어야 한다고 했다. 원장은 자기 전공이 유아 심리학이라 했다. 그 방면으로는 전문가라면서 준비 안 된 두 학부모에게 정신과 의사를 소개해 주고 최대한 빨리 상담을 받으라고 했다.

이렇게 해서 마르코의 딸, 아델레의 삶에 생애 첫 정신과 의사가 등장하게 되는데, 그가 바로 노체티 박사였다. 노체티 박사는 노인과 아이의 얼굴을 동시에 가진, 나이를 가늠할 수 없는 묘한 인상의 의사였다. 늙어서 어깨가 구부정했지만, 눈빛은 어린아이처럼 반짝였다. 가느다란 잿빛 머리카락이 머리를 듬성듬성 덮고 있었지만, 피부는 놀라울 정도로 팽팽했다. 목에 언제나 안경 줄을 걸고 있었지만, 안경을 끼는 것은 한 번도 보지 못했다. 똑똑한 사람임이 분명했지만, 마르코와는 공통점이 하나도 없었다. 둘은 전혀 다른 세상에 사는 사람들 같았다. 마르코는 노체티 박사가 자신이 읽지 않은 책만 읽고, 보지 못한 영화만 보고, 듣지 않는 음악만 들은 것 같았고, 노체티 박사도 마르코에 대해서 그렇게 느꼈다. 그렇다 보니 둘 사이는 의사와 환자 부모 이상의 관계로 발전하기 힘들었는데, 차라리 그게 더 편했다.

기본적으로 심리치료에 대한 반감이 있는 마르코는 딸을 정신과 의사에게 맡기기 전에 마음을 다잡아야 했다. 노체티 박사를 소개해 준 원장과 콜리 델라 파르네시나 (거기까지 차를 몰고 가는 것도 만만치 않은 일이었다)에 있는 박사의 진료소에 걸려 있는 자격증의 권위를 믿기 위해 노력해야 했다. 무엇보다 처음부터 그 이상한 남자를 보고 안심이 된다고 한 마리나의 직감을 믿기 위해 노력해야 했다. 일단 노력을 하니, 모든 일이 간단해졌다. 부부는 일주일에 두 번 아델레를 노체티 박사에게 데리고 갔고 (그마저도 거의 항상 마리나가 도맡았지만) 그러면서 유치원 원장 앞에서 느꼈던 준비성 없고 무책임한 부모라는 죄책감은 서서히 사라져 갔다.

처음 두 달 동안 아델레는 여전히 유치원에 가기 싫어했고 아침마다 아이를 등교시키려면 한바탕 난리를 치러야 했다. 대신 일주일에 두 번 마법사 만프로토를 만나러 가는 것은 좋아했다. 노체티 박사는 아이들에게 자기를 그렇게 부르라고 했다 (만프로토라니. 도대체 어디서 주워들은 이름인 걸까?)

상담을 마치고 집으로 돌아와 조심스레 마법사 만프로토와 50분 동안이나 방에서 무엇을 하느냐고 물어보면, 아델레는 그저 "같이 놀아요"라고 할 뿐 무엇을 하고 노는지 절대로 말해 주지 않았다. 그러다 크리스마스를 불과 며칠 앞두고 노체티 박사가 마르코와 마리나를 콜리 델라 파르네시나의 진료실로 호출했다. 박사는 아이 없이 부모님이 둘 다 함께 와 주셔야 한다고 당부했다.

노체티 박사는 마르코의 올림픽 펜싱 경기 이론을 완전히 무시하고 다짜고짜 자기 생각에 아이의 등에 붙어있는 줄은 아이를 벽에 연결하는 것이 아니라 아빠와 연결하고 있는 것 같다고 했다. 이유는 알 수 없지만 아델레는 아빠를 잃을까 봐 두려워하고 있는데 그래서 아빠와 자신을 이어줄 튼튼하고 특별한 연결고리를 만들어냈다는 것이다.

노체티 박사의 해석이 뜻밖이기는 했지만, 충분히 신빙성이 있었기 때문에 마르코와 마리나는 반박하거나 더 자세한 설명을 요구하는 대신 같은 질문을 동시에 던졌다.

"그러면 이제 어떻게 해야 하나요?"

"이제부터 아델레는 되도록 아버지와 많은 시간을 보내야 합니다." 마법사 만프로토가 말했다.

"지금보다 훨씬 많이요. 어머니보다 아버지와 더 많은 시간을 보내는 것이 좋습니다. 가능한 한 많은 시간을요."

그것은 가능한 일이었다. 마르코는 딸과 있는 것을 좋아했으니까. 하지만 그러려면 그때까지 아버지보다는 어머니가 주로 아이를 돌보던 전통적인 생활 방식을 완전히 바꿔야 했다. 마르코 자신은 전통적인 가정에서 자라지 않았지만 (마르코의 가정은 전통적인 것과는 거리가 멀었다) 그런 생활은 마르코에게 꽤 편했다. 전통적인 가정에서 으레 그렇듯 설거지는 늘 마리나 차지였고, 마르코는 최소한의 가사 일만 도와주면 나머지 시간에는 하고 싶은 일을 할 수 있었기 때문이다. 하지만 아델레를 위해서라면 그 정도는 바꿀 수 있었다.

결국, 그들은 생활 방식을 완전히 바꿨다. 마르코는 체념하고 하루에 두 번 45분 동안 차로 아이를 토르 카르보네까지 데려다주기로 했다. 아델레를 위한 일이라는 생각에 이번에는 마리나를 원망하지 않았다. 그리고 그때까지 엄마에게 맡겨뒀던 아이와 관련된 모든 일을 도맡았다. 마르코는 사진, 테니스, 포커게임 같은 취미 생활을 거의 끊다시피하고 집에서 훨씬 많은 시간을 보냈다. 심지어는 본업에 투자하는 시간도 줄였다. 학술회와 경력에 중요한 기회도 포기했다. 하지만 신기하게도 그 모든 것이 희생으로만 느껴지지는 않았다. 오히려 전보다 마음이 훨씬 평안해졌다. 마리나는 그렇지 않았다. 아이를 돌봐야 한다는 의무에서 벗어나자 그녀 앞에 갑자기 깊은 심연이 펼쳐졌다. 솔직히 말하면 마리나는 마르코보다 변화를 받아들이는 것을 훨씬 힘들어했다. 처음으로 여유 시간이 많이 생겼는데, 정신적으로 불안한 이들에게 여유 시간은 독약보다 위험한 법이다. 실제로 이로 인해 부부간에 두 번째 틈이 생긴다. 옛말처럼 '게으른 손은 악마의 도구'이기 때문이다. 적어도 이 경우에는 정말 그랬다.

하지만 마르코와 마리나의 결혼 생활이 치명타를 입는 것은 먼 훗날의 일이다. 중요한 것은 아델레의 줄인데, 결론부터 말하자면 줄은 사라진다.

매일 저녁 8시가 돼야 모습을 드러내는 아빠였던 마르코가 아델레를 도맡아 보살피게 된 후부터는 매일 교통체증을 뚫고 아이를 유치원에 데려다줘야 했다. 그뿐만이 아니었다. 마법사 만프로토를 만나러 갈 때도, 병원에 갈 때도 아델레를 데려다주는 것은 마르코 몫이 되었다. 옷도 사주고 목욕도 시켜주고 식사도 준비했다. 그러다 보니 자연스레 아델레에 대한 결정권이 커졌고 이듬해 순전히 자기 재량으로 아델레를 집 근처 몬티 구역 빅토리오 펠트레가에 있는 동명의 공립 초등학교에 보내기로 한다. 사립 학교 신봉자인 마리나는 내키지 않아 했지만, 과거 마르코가 아델레를 아르데아티나에 있는 유치원에 보내는 것을 받아들였듯, 남편의 결정을 받아들였다. 아이를 돌보는 것은 권력을 의미했다. 그 놀라운 사실을 깨달은 마르코는 그 힘을 행사하면서 용기를 얻어 아이에게 펜싱 수업을 받게 해야겠다고 마음 먹었다. 마르코는 그 결심을 바로 실행에 옮겨 해가 짧고 안개가 자욱한 어느 1월 오후, 아이를 펜싱 학원에 데리고 갔다. 마르코는 짧은 시범 수업 후 아내와 상의하지도 않고 일주일에 두 번 직접 바래다주기로 하고 아델레를 학원에 등록시키고 아내에게 이 소식을 통보했다. 아델레에게 펜싱을 가르쳐서 해로울 것은 없었다. 설사 자기 생각이 틀렸다 해도 아이에게 운동을 시켜서 나쁠 것은 없지 않은가. 하지만 그의 생각은 틀리지 않았다. 아니, 효과가 있었다. 펜싱 학원에 다닌 지 얼마 안 돼서 아델레의 등에 달린 줄이 사라진 것이다.

어린 아이들은 전깃줄이 달린 펜싱복을 입지 않았기 때문에 마르코가 생각했듯이 등에 진짜 줄을 닮으로 인해 상상의 줄이 사라진 것은 아니었다. 대신 첫 수업부터 마스크는 썼다. 이렇게 해서 아델레는 마스크와 유연한 검과 빠르게 찌르고 빠질 때마다 솟구치는 아드레날린의 세계에 푹 빠지게 되었다. 처음 상상의 줄이 나타난 그때처럼 말이다. 마르코에게 미지의 스포츠였던 아델레의 문제를 단숨에 해결한 것이다. 마치 처음부터 아무런 문제도 존재하지 않았던 것처럼. 언젠가부터 아델레는 별다른 설명 없이 사람들이 자기 뒤를 지나도 반대 방향으로 돌기를 멈췄다. 집에 와서도 더 이상 줄 이야기를 하지 않았다. 그걸로 끝이었다. 유치원에 가기 싫다고 고집을 부리지도 않고 유치원 구석에서 울지도 않았다. 줄 문제는 그렇게 일단락이 났다.

의외로 마법사 만프로토는 자신의 이론을 조금도 수정하지 않았다. 그는 여전히 펜싱은 상관이 없다고 했다. 줄이 사라진 것은 부녀 관계가 안정화 돼서 아이가 줄의 필요성을 더는 느끼지 않게 되었기 때문이라고 했다. 잠시나마 마르코의 펜싱 이론을 믿었던 마리나도 마법사의 말에 동의했다. 펜싱을 시작하자마자 아델레의 줄이 사라진 것은 순전히 우연이라는 거다. 이렇게 아델레의 줄 문제는 해결됐다. 초등학교 들어가기 전이었으니 시기적으로도 적합했다. 줄 문제를 해결하지 못하고 학교에 갔다면 상황이 훨씬 복잡해졌을 거다. 이것은 물론 큰 성과였고 덕분에 가족 모두 마음을 놓을 수 있었다.

하지만 이로 인한 심리적인 대가는 오롯이 마르코의 몫이었다. 모든 일이 한 가지 관점에서만 기록되었기 때문이었다. 그 관점에 따르면 아델레의 줄은 마르코가 자기 딸과 시간을 너무 안 보내서 생겨난 것이었다. (그 말인즉슨 다 마르코 책임이었다는 거다) 줄이 사라진 것도 마르코가 줄이 탄생한 멋진 펜싱의 세계로 아이를 데려가 주었기 때문이 아니라 (그 말인즉슨 마르코 덕분에 문제가 해결된 것이 아니라는 거다) 노체티 박사의 직감이 옳았기 때문인 것이다. 마르코는 그래도 상관없다고 생각했다. 진실은 아니었지만, 그것이 모두가 받아들일 수 있는 유일한 설명이라고 생각하기로 했다. 그 정도의 희생은 치를 수 있다고 생각했다. 따지고 보면 이번 일을 아는 사람은 많지 않았다. 아내와 노체티 박사와 유치원 원장과 마르코 자신뿐이었다. 그러니 이 일을 두고 다퉈봤자 무슨 소용이 있겠는가. 결국 마르코는 아무런 이의를 제기하지 않고 마법사 만프로토에게 고맙다고 했다. 조용히 살고 싶은 마음에. 사랑하는 딸을 위해서. 불평 한마디 하지 않았다.

그리고 이로 인해 세 번째 틈이 생겼다.

최상품 (2008)

보낸사람: 마르코 카레라

받는사람: jackcarr62@yahoo.com

발송: Gmail: 2008. 12.12. 23:31

제목: 최상품

사랑하는 자코모, 오늘은 아버지가 남긴 세 개의 모형 기차를 어떻게 처리했는지 알려줄게. 쉽지 않았지만, 다름대로 대단한 일을 해냈다고 자부해. 모형 기사에 비하면 모형 건축물은 처리하기 쉬웠어. 공모전에서 우승한 뒤 건축가에게 선물로 받은 인디아노 다리 모형은 공과대학에 기증했더니 바로 대강당에 전시하더라. 푼타 알라의 만수티 저택 모형은 알디노 아저씨 미망인인 티티 아주머니에게 선물했어. 3-40년 만에 아주머니를 처음 봤는데 아직 정정하시고 정신도 멀쩡하셔. 저택을 판지 오래지만 그래도 기쁘게 모형을 받아주셨어. 모형을 보니까 감정이 복받치셨나 봐. 브루넬레스키의 돔 모형 알지? 작은 모형 말고 큰 모형 말이야. 작은 것은 아버지가 이미 누군가에게 선물하고 없거든. 아무튼, 그 모형은 너도 기억할 거야. 너 어렸을 때 모형을 배경으로 장난감 병정을 가지고 전쟁놀이를 하다가 엄청나게 혼났었잖아. 브루넬레스키의 돔 모형은 피렌체 기술공학 연구소에 기증했어. 모형을 보고 모두 입이 딱 벌어졌지. 연구소 측에는 모형을 기증하는 대신 아버지 앞으로 연회비 청구서며 독촉장을 그만 보내 달라고 했어.

말도 많고 탈도 많았던 볼게리 집의 증축 모형은 별로 멋있지는 않지만 내가 가지기로 했어. 아빠가 이레네 누나에게 만들어 준 폭포 위 인형집은 (프랭크 라이트의 낙수장과 똑같이 만든 모형 말이야) 손도 대지 않고 그대로 누나 방에 놔뒀어. 집이 팔리면 어떻게 할지 생각해 보려고. 여기까지는 어렵지 않았어.

문제는 아버지가 만든 세 개의 모형 기차야. 그중 하나는 네가 이미 집을 떠난 후에 만들어서 한 번도 못 봤을 거야. 미니멀하고 독창적인 모형이지. 길이가 3.5미터인데 비해 폭은 불과 65센티미터이고 무려 11칸짜리 기차를 작동시킬 수 있어. 그 마법 같은 기술의 비밀은 의외로 단순해. 철도는 2층구조로 만들어졌는데 한 층은 눈에 보이고 지하층은 받침대 아래 숨겨져서 보이지 않아. 기차가 막다른 곳에 도착하면 터널로 들어가게 되는데 여기서 통행 방향을 바꾸고 선로를 변경하면 기차가 아래층으로 진입했다가 아무도 눈치채지 못하게 다시 한번 방향을 바꿔서 반대편 출구로 머리를 내미는 거야. 왜 유명한 코미디언 스탠 로렐이 사다리를 매고 가는 장면처럼 말이야. 스탠 로렐이 기다란 사다리를 매고 가다 어느새 사다리 반대편에서 다시 나타나는 장면 말이야.

버리기엔 아까운 걸작이야. 다른 두 개의 모형도 마찬가지지만.

아마 너도 기억날 거야. 60년대 철도를 재현한 대형 모델과 포레타나의 피테치오 급커브를 재현한 오르막 기찻길. 둘 다 버리기는 아깝지. 그렇다고 집을 방 한 칸을 몽땅 차지하고 있는 고대 유물들과 함께 팔 수는 없는 노릇이어서 모형 기차의 가치를 알만한 사람을 수소문하기 시작했어. 그러다 병세가 악화하기 전에 아버지가 어떤 건물 지하에 있는 기차 애호가 클럽에 거대한 모형 기차를 제작한 적이 있다는 말을 들은 기억이 떠올랐어. 테니스 클럽이 있던 카시네 기억나니? 그 근처에 있는 건물이었어. 그래서 직접 그곳에 가봤지. 무려 40년 전의 기억을 더듬어서 말이야. 당연한 말이지만 많이 변했더라. 클럽을 아는 사람을 찾는 데만 한참이 걸렸어. 모형 기차를 만드는 사람들은 특별히 정해진 날짜도, 시간도 없이 나타났다 사라진다고 해. 아무도 없을 때 지하실은 잠겨 있었고 다른 회원들은 그 아래 뭐가 있는지 몰랐어. 한 달을 쫓아다니다 결국 어느 토요일 아침 모형 기차 협회 회장을 만났어. 베페라는 사람인데 다른 회원들과 루미 카드놀이를 하고 있었어. 아버지 이름을 말하자마자 그는 카드를 내던지고 나를 지하로 데리고 갔어. 아버지 말이 맞았어. 그곳에 전시되어있는 모형 철도는 정말 굉장했어. 베페씨가 나를 위해 작동시켜 주었는데, 정말 장관이었어. 비율에 맞게 축소한 건물, 도로, 자동차, 사람 모형까지 완벽하게 커다란 도시철도 모형이 방 전체를 차지하고 있었어. 그에게 내가 찾아온 이유를 설명하자 그도 아버지의 모형을 버릴 수 없다는 데 동의했어.

실제로 아버지의 작품을 보지는 않았을 테니 원칙적인 차원에서 그랬던 것 같아. 확실히 베페씨는 아버지를 존경하는 것 같았어. 하지만 아버지는 매우 과묵한 사람이었기 때문에 베페씨와도 거리를 두었던 것 같아. 자신이 만든 작품에 대해서도 별로 언급하지 않고 고작 기술적인 부분에 대한 정보 교환 수준의 대화만 나눴던 것 같아. 사실 베페씨는 내가 말하는 모형들의 수준이 어느 정도인지는 잘 몰랐기 때문에 최대한 이른 시일 내에 보러오기로 했어. 그렇게 우리는 한 달 뒤에 만나기로 했어. 왜 한 달이나 뒤로 약속을 잡았는지는 나도 잘 모르니까 묻지 말아줘. 모형을 직접 본 베페씨는 말문이 막혔어. 특히 포레타나 급경사를 재현한 철도를 보고 놀라더라. 나머지 두 모형을 보고도 감탄했지만. 그는 세 모델 다 자기들이 가져가겠다고 했어. 여기서 '자기들'이란 그가 회장직을 맡고있는 모형 기차 협회를 뜻해. 네가 한 번도 못 본 철도 모형은 자기들 학교에 전시하면 딱 좋을 것 같다고 했어. 그거 아니? 학생들에게 모형 기차 만들기를 가르쳐주는 학교가 있대. 아무튼, 베페씨는 기뻐서 어쩔 줄 몰랐어. 모형을 실을 만한 차를 구하는 대로 가지러 오겠다고 했지. 전화번호까지 교환하고 헤어졌는데, 그 후 그 사람은 사라져 버렸어. 말 그대로 두 달 동안 증발해 버렸지. 두어 번 전화를 걸어봤지만, 전화기가 꺼져 있었어. 베페씨의 행방을 묻기 위해 클럽까지 가봤는데도 아무도 그의 행방을 몰랐어. 안 좋은 일을 당한 것은 아닌지 걱정이 됐는데 아는 사람이 한 명도 없었어. 그러다 2주 전에 그에게서 전화가 왔어. 드디어 트럭을 구했다더군. 그때 바로 날짜를 정해서 지난주에 '친구들'과 함께 모형 철도를 가지러 왔어. 그가 '친구들'이라 부르는 사람들은 다들 오십 줄이 훌쩍 넘은 장년이었지. 자코모. 그 '친구들'은 아버지에 대한 존경심이 대단했어. 베페씨까지 모두 여섯이었는데 하나같이 손에 모자를 들고 있었지. 다들 한물간 페도라를 쓰고 왔더라고. 이유는 나도 모르니까 묻지 말아줘. 아무튼, 이들은 모자를 손에 들고 눈가가 촉촉해진 채 아버지가 50년에 걸쳐서 만든 걸작을 홀린 듯 바라보았어. 그중 한 명은 그 자리에 함께할 수 있고 '엔지니어님'의 유산을 물려받게 된 것이 더없이 큰 영광이라고 수줍게 털어놓았지. 그들은 아버지를 '엔지니어님'이라고 불렀어. 그 사람은 예전에 아버지가 모형 기차를 사러 가던 단골 가게 사장이었어. 지금은 은퇴했지만. 아버지와 기술적인 문제에 관해 즐겨 이야기를 나누었었대. 그가 고백하길, 아버지의 작품을 보는 것이 꿈이었지만 아버지 앞에 서면 왠지 주눅이 들어서 부탁하지 못했다는 거야. 생각해 보면 아버지는 그 누구와도 마음을 터놓고 지내지 못했어. 특별히 다른 사람의 마음을 얻으려고 해 본 적도 없고. 그러니 똑같은 열정을 공유하고 서로 존경하면서도 수십 년 동안 전혀 다른 세상에서 살았던 거지. 서로 마주친 적도 거의 없었고. 도쿄 같은 대도시도 아닌 피렌체에 살면서 말이야.

덕담을 마친 후 그들은 작업에 착수했어. 모형을 보호하기 위해서 맞춤형 버팀목 같은 것을 부착하더라. (빵집에서 케이크가 찌그러지지 않게 하려고 쓰는 길이 조절이 가능한 삼각대 같은 것 말이야) 그런 다음 모형을 버블랩으로 꽁꽁 싸서 어깨에 메고 운반했어. 제일 큰 모형은 현관으로 나가지 못해서 와이어에 매달아 창문 밖으로 내려야 했지. 작업을 끝내는 데 한 시간 반이 걸렸어. 마지막에 다들 감격에 겨운 표정으로 내게 고맙다고 인사를 하고는 트럭을 몰고 떠났어. 베페씨가 운전대를 잡고 조수석에 두 명이 타고 1미터 정도 튀어나온 모델이 떨어지지 않게 붙잡기 위해 나머지 세 명은 짐칸에 탔어. 사생활에 민감했던 아버지를 존중하는 의미에서라도 아마 그들은 다시는 내게 연락하지 않을 거야. 이야기를 마치기 전에 그 협회가 얼마나 대단한 조직이었는지 어제 있었던 일을 들려줄게. 정말 무슨 비밀 결사대라도 되는 것 같았어. 어제는 일요일이어서 로스트 치킨을 살 겸 단골 델리샵에 들렀어. 그런데 가장 나이가 많은 직원이 내게 다가와서 귓속말을 하는 거야. 안지 오래된 직원이었어. 삐쩍 마르고 피부가 축처진 커다란 얼굴에 이빨은 몽땅 썩은 노인이었어.

"친구들이 자네 집에 갔었다면서?"

내가 무슨 말인지 못 알아듣자 그는 내게 윙크를 해 보이더니 목소리를 한층 더 낮추더니 다른 손님들이 들어서는 안 되는 것처럼 조용히 속삭였어.

"자네 아버지 모형 말이야. 최상품이라고 하더군."

그래, 그렇게 말했어. "최상품"이라고.

여기가 어떤 곳인지 알겠니?

아니. 너는 아마 내가 무슨 말을 하는 건지 이해하지 못할 거야.

하지만 설명을 제대로 못 한 내 탓이지. 다 내 탓이야.

즐거운 크리스마스 보내.

형이

패털리티 (1979)

전원 사망. 이것이 이른바 '라르카나의 비극'이라 불린 비행기 사고의 최종 결과였다. 전원 사망은 항공청이 발행한 사고 보고서에 기록된 '사망자 94명 94 fatalities'보다 훨씬 잔혹하게 느껴지는 표현이었다.

출발지가 피사 공항이었기 때문에 사망자 대부분은 이탈리아 국적이었고, 당연히 신문과 뉴스는 참사에 대해 신나게 떠들어댔지만, 사망자 외에 숙명과 우연이라는 뜻도 있는 패털리티 fatality의 의미에 부합하는 일련의 사건이 잇달아 일어나는 바람에 원래 라르카나의 비극에 할애되어야 했을 지면이 줄어들고 말았다.

우선 라르카나행 비행기가 추락한 지 불과 몇 시간 만에 미국 최악의 비행사고가 일어났다. 시카고 공항을 이륙하던 아메리칸 항공 DC-10기가 추락하면서 271 패털리티, 즉 271명의 사망자를 기록한 것이다. 언론은 기다렸다는 듯이 이 두 사건을 연관지어 보도하기 시작했다. 비행기 제조사 빼고는 겹치는 것이 하나도 없는 두 사건을 (심지어는 모델도 달랐다) 뒤섞어서 하나의 끔찍한 이야기를 만들어냈다. (언론의 속성이 원래 그렇지 않은가)

하지만 그로부터 불과 사흘 만에 이탈리아에서 가장 악명높은 붉은 여단*1970년 결성된 이탈리아의 극좌파 테러조직 단원이었던 발레리오 모루치와 아드리아나 파란다가 체포되는 바람에 온 국민의 신경은 그쪽으로 쏠렸다. 그로부터 닷새 후에는 제8공화국의 시작을 알리는 조기 총선이 있었고, 그로부터 또 일주일 후에는 최초의 유럽의회 선거가 있었다.

상황이 이렇다 보니 라르카나의 비극에 대한 증언과 상세한 이야기를 취재할 시간은 점점 줄어들었고 결과적으로 비행기에서 내린 마르코와 '재앙'에까지 신경을 쓰는 사람은 아무도 없었다. 언론의 관심은 둘이 비행기에서 내리기 전 상황에서 멈췄다. 언론에서는 '안타깝게 목숨을 잃은 희생자', 그중에서도 류블라나성에서 열릴 예정이었던 보이스카우트 총회에 참석하기 위해 비행기에 올랐다가 목적지에 도달하지 못한 어린 보이스카우트 단원들 이야기를 주로 다뤘다. 솔직히 말하면 언론은 시신 송환과 뒤이어 치러진 장례식과 바다에서 회수된 블랙박스 분석 결과도 제대로 다루지 않았다. 사고 이틀 만에 라르카나의 비극은 냉혹하리만큼 작은 지면의 신문 뒷면 단신으로 처리됐다.

마르코 카레라가 그 사건의 생존자라는 사실이 언론에 밝혀져 그가 유명 인사가 되었다면 그의 삶은 어떻게 달라졌을까? 경찰이 그 사실을 알았다면? 다음 날 아침 비행기 사고 소식을 들은 마르코는 넋이 나가서 신문 기자들이 벌떼처럼 집 앞으로 몰려들고 경찰에 소환될 거로 생각했다. 하지만 그런 일은 일어나지 않았다. 언론이 지나치게 빨리 다른 쪽으로 관심을 돌린 이유는 분명했지만, 교통부 산하 항공청이나 경찰에서 마르코와 두치오를 조사하지 않은 이유는 유추하기 힘들었다. 물론 나중에 블랙박스를 분석해서 비행기 추락 원인이 구조적인 결함으로 판명되기는 했지만, 그전까지는 테러리즘이 만연하던 시절 20대 청년 둘이 바다에 추락하기 두 시간 전에 제 발로 비행기에서 걸어 나온 것은 의심하고도 남을 일이었다. 하지만 둘은 의심받지 않았고 결국 아무 일도 일어나지 않았다. 이탈리아에서나 있을 법한 미스터리한 상황이었다. 다른 사건들에 비해서는 사소하다고도 할 수 있지만, 두 청년의 미래에는 결정적인 영향을 미친 사건이었다.

예상과 달리 사건에서 완전히 배제되자 둘은 그 일에 대해 함구했다. 이틀이 지나고, 사흘이 지나고, 나흘이 지나고, 닷새가 지나고 나니 마지막 순간에 비행기에서 내렸다는 사실을 뜬금없이 털어놓기가 힘들어졌다. 심지어는 말해도 아무도 안 믿을 수 있었다.

하지만 마르코와 두치오가 사람들의 관심이 쏟아지기를 기다리던 며칠 동안 그토록 얼이 나가서 침묵을 지킬 수밖에 없었던 데는 또 다른 이유가 있었다.

그날 비행기에서 일어난 일이 알려지면 두치오는 어떻게 될까?

두치오가 그 불쌍한 영혼들을 향해 쏟아낸 끔찍한 저주에 대해 굳이 말하지 않고 단순히 몸이 안 좋아서 비행기에서 내렸다고 말한다 해도, 일단 그 사실이 알려지면 피렌체 시민이라면 누구든 두치오가 다가오기만 해도 두려움에 떨며 비명을 지르며 도망칠 터였다. 두치오를 둘러싼 소문이 완전히 사실로 굳어지고 마르코 카레라의 생존은 태풍의 눈 이론의 객관적인 증거가 될 터였다. 그런 이유로 둘은 자기들끼리도 속내를 털어놓지 못했다. 두세 번 대화를 나누려다가도 분위기가 너무 가라앉아서 결국은 말을 꺼내지 못했다. 가슴 속에 품고 있는 말이 입 밖으로 나온 말보다 훨씬 많았다.

사실 마르코는 그 일을 털어놓을 기회가 딱 한 번 있긴 했다. 초인적인 직감의 소유자인 이레네 누나가 모든 것을 알아챘기 때문이었다.

"솔직히 말해 봐. 너랑 네 친구가 타려던 비행기가 추락한 거지?"

며칠 전 마르코가 침대에 누워서 데이비드 크로스비의 레핑

Laughing을 듣고 있는데 노크도 하지 않고 방에 불쑥 들어온 누나가 다짜고짜 물었다. 마르코는 누나가 대체 어떻게 그 사실을 눈치챘는지 알 수 없었다. 라르카나를 거쳐서 류블라나로 원정 도박을 떠난다는 계획은 비밀이었기 때문에, 식구들은 마르코가 바르셀로나로 주말여행을 간다고 알고 있었다.

마르코는 누나가 자신을 포함한 가족 모두를 염탐한다는 사실을 꿈에도 몰랐다. 그의 전화 통화를 몰래 듣거나 더 심한 경우 부엌에 있는 전화기로 두치오와의 통화 내용을 엿들을 거라는 생각은 꿈에도 하지 못했다. 누나가 처음부터 자기들이 어디로 무엇을 하러 가는지 알고 있었다는 것은 상상조차 하지 못했다. 마르코는 놀란 나머지 누나는 초자연적인 능력의 소유자임이 분명하다고 생각했고 그 때문에 더 겁에 질렸다. 그는 너무 무서워서 아니라고 했지만, 이레네는 물러서지 않았다.

"왜 사실대로 말하지 않니? 기분이 나아질 텐데."

마르코는 다시 한번 부정했지만 한편으로는 누나가 한 번만 더 물으면 모든 것을 털어놓기로 마음먹었다. 하지만 누나는 (이야말로 숙명이라 할 수 있는데) 더 이상 캐묻지 않고 들어왔을 때처럼 마르코만 홀로 방에 남겨둔 채 홀연히 나가버렸다.

"치지직, 치지직"

그 새 '만약 내 이름만을 기억할 수 있다면 If I Could Only Remember My Name' 앨범 A면 마지막 곡 레핑의 기나긴 연주가 끝나고 전축 바늘이 레코드판 홈을 헛돌면서 거친 마찰음이 났지만, 마르코는 충격 때문에 레코드판을 바꾸러 일어나지도 못했다.

그때 마르코가 누나의 질문에 대답했거나 이레네가 한 번만 더 물어봤으면 마르코의 삶은 어떻게 바뀌었을까? 아니, 그보다 두치오의 삶은 어떻게 변했을까?

누나에게 자기가 겪은 기막힌 일을 털어놓았다면, 마르코는 그 후 다시는 다른 사람에게 그 일을 언급하지 않았을 것이다. 사고가 일어난 후 마르코는 이 세상이 알 수 없는 힘의 지배를 받고 있으며, 어린 시절 친구가 그런 힘의 소유자라는 생각 때문에 괴로웠다. 똑똑한 이레네 누나에게 고민을 털어놓으면, 의구심이 사라질 것 같아 누나가 다시 이야기를 꺼내주기를 내심 바랐지만 그런 일은 일어나지 않았다. 그는 누군가 자기 뒤를 캐서 경찰에 소환되거나 언론에 추적당해서 자신의 의지와 상관없이 그 일이 알려지기를 은근히 기대했지만 아무도 그에게 연락하지 않았다. 두치오에게 친구로서 어떤 말로 이야기를 꺼내야 하나 고민했지만, 애초에 적당한 말은 있을 수 없었고 두치오는 이제 친구가 아니었다. 마르코는 모든 고뇌를 혼자 품으려 했지만 이마저도 힘들었다. 그렇게 해서 여름 휴가를 떠나기 하루 전, 그는 그 사건을 과거 친하게 지내던 두 명의 친구에게 털어놓았다. 그것도 매우 악의적이고 음흉한 방식으로.

마르코는 어울려 다니지 않은 지 오래인 두 친구를 우연히 만났다. (저녁 식사를 마치고 일부러 카르미네 광장에 있는 두 친구의 단골 바로 갔으니 사실 우연은 아니었다) 그날 밤 마르코는 한때 끊었던 마약에 다시 손을 대기로 마음먹은 중독자와 같은 뒤틀린 희열감에 들떠있었다.

철부지 시절 무용담과 옛사랑과 두치오에 얽힌 이야기 같은 옛 추억을 빼면 대화거리가 없는 친구들이었다. 마르코는 그날 일련의 잘못된 판단 끝에 최악의 선택을 하고 말았다.

그가 무슨 짓을 저질렀냐고?

마르코는 그들에게 지난 두 달 동안 아무에게도 말하지 않은 이야기를 털어놓았다. 이야기를 듣고 둘은 충격을 받아서 말을 잇지 못했다. 이야기 하는 내내 시종일관 마르코는 두치오에 대해 자기도 언제나 그들과 같은 생각이었다는 말투를 유지했다. 두치오를 징크스의 상징으로 낙인찍었던 냉소와 미신이 뒤섞인 편견 어린 시선에 끈질기게 맞서 싸웠던 과거의 모습은 찾아볼 수 없었다. 그는 '재앙'이 그 불쌍한 영혼들을 향해 쏟아부은 말을 그대로 옮겼다.

"네놈들 모두 이미 죽은 목숨이야! 그냥 가기 싫어서 나까지 데려가려는 거지!"

그는 승무원들이 그들 앞에 불어닥칠 운명도 모르고 자기들이 내리는 모습에 안도하는 장면을 연민에 찬 말투로 묘사했다. 마르코의 말을 듣고 있자니 그가 깊은 혼란 후에 신의 계시를 받은 개종자처럼 보였다. 마르코답지 않은 행동이었고 마르코 자신도 그런 식으로 이야기하려던 것은 아니었다. 적어도 처음부터 그럴 의도는 아니었다. 하지만 그날 저녁 옛 친구들과 이야기하면서, 마르코는 충격적인 폭로와 함께 자신의 마음의 짐을 그들에게 떠넘겼다. 그렇다. 마르코는 그런 짓을 저지름으로 인해 자신의 생명을 구해준 친구를 수년 동안 기를 쓰고 부정해 왔던 끔찍한 운명 속으로 떠밀어 버렸고 그날 이후 두치오 킬레리는 평생 운명의 굴레에서 헤어나오지 못했다.

다음날 생전 처음 죄책감과 홀가분함을 동시에 느끼면서, 마르코 카레라는 볼게리로 떠나 그곳에서 루이사 라테스와 사랑에 빠진다.

잘못된 바램 (2010)

5월 20일 수요일

안녕하세요. 실례지만 혹시 마르코 카레라 선생님이신가요? 이렇게 불쑥 연락드려서 죄송합니다.

20:44

네, 제 번호가 맞습니다만, 누구시죠?

20:44

안녕하세요. 카라도리 박사입니다. 부인되시는 분의 정신 상담을 했었죠. 이제는 전 부인이 되셨을 것 같지만요. 이렇게 오랜만에 연락드린 것이 실례가 아니기를 바랍니다. 혹시라도 불편하시다면 솔직히 말씀해 주시고 문자를 삭제해 주세요. 그렇지 않다면 통화가 편한 시간을 알려 주실 수 있을까요? 내일이나 아니면 아무 때나 괜찮습니다. 드릴 말씀이 있거든요.

20:45

내일 아침 9시 반에 전화 주시죠. 단, 조건이 하나 있습니다.
20:49

어떤 조건이죠?
20:49

'바랍니다'라는 말은 좀 지워주시죠
20:50

농담입니다. 기분 나빠하지 않으셨으면 좋겠군요.
20:50

죄송합니다. 부탁드린다고 해야 했는데. 내일 전화드리죠. 감사합니다.
20:54

그럼, 내일 연락 주시죠.
20:54

내일 연락드리겠습니다.

그 후의 이야기 (2010)

"여보세요?"

"안녕하세요, 선생님. 카라도리입니다."

"안녕하세요."

"통화 가능하신가요"

"네, 가능합니다"

"바쁘시지 않나요?"

"아닙니다. 어떻게 지내셨나요?"

"잘 지냈습니다. 선생님은요?"

"저도 잘 지내고 있습니다."

"그렇군요. 다행입니다."

"카라도리 박사님. 혹시 어제 '바랍니다'건 때문에 기분이 상하지는 않으셨나요? 농담으로 한 말인데 문자로 읽으면 의도가 제대로 전달되지 않을 때가 있어서요."

"전혀 아닙니다. 오히려 부끄러웠죠. 그런 실수는 좀처럼 안 하는데…"

"그럴 수도 있죠. 초면에 너무 무례했던 것 같아서 마음이 쓰였습니다."

"걱정하지 마세요. 전혀 기분 나쁘지 않았습니다. 농담이라고 하시지 않았습니까."

"다행이군요. 그런데 무슨 일이신가요?"

"그럼 바로 본론을 말씀드리겠습니다. 그 후의 이야기를 좀 해 주실 수 있을까요? 괜찮으시다면 말입니다."

"그 후의 이야기라뇨?"

"선생님의 삶 말입니다. 선생님 가족의 삶이요. 그동안 무슨 일이 일어났나요?"

"정말 알고 싶나요?"

"네. 대신 먼저 그동안 제가 어떻게 지냈는지 이야기해 드리죠. 괜찮을까요?"

"좋습니다."

"10년 전 선생님을 만나고 나서 저는 일을 그만두었습니다. 병원 문을 아예 닫아버렸습니다. 전문어로 번아웃이라고 하죠. 쉽게 말하면 선생님을 만나서 한번 시스템을 벗어나오니 다시 돌아갈 수 없었습니다."

"다 저 때문이군요."

"선생님 덕분인 거죠. 지금은 정신과 의사를 할 생각이 조금도 없습니다. 사실 그때도 이미 자유롭지 못했어요. 정신 치료는 덫과 같거든요."

"맞습니다. 그럼 지금은 어떤 일을 하시나요?"

"재난 심리상담사로 일하고 있습니다. 자연재해로 인해 피해를 입은 나라의 국민에게 심리치료를 지원하는 WHO 프로그램에 참여하고 있습니다."

"대단하시네요."

"덕분에 최근 몇 년 동안 거의 해외에 머물러 있었죠."

"차라리 그편이 마음이 편하셨을 겁니다."

"며칠 전에 아이티섬에서 돌아왔습니다. 2주 후에 다시 돌아갈 예정이고요."

"지진 피해가 심각하다죠?"

"현대사 최악의 재해로 기록될 만한 자연재해였죠. 정말입니다. 피해 규모가 상상을 초월합니다."

"상상이 갑니다. 아니, 상상이 안 된다고 하는 말이 맞겠네요."

"지금 제가 하는 일은 의미 있는 일입니다. 정말 필요한 일이죠. 모든 것을 잃어버린 이들과 홀로 남겨진 아이들과 노인들을 돕는 일이거든요. 그럼에도 불구하고 살아야 하니까요. 그것이 운명이니까요. 그들의 문제는 물질적인 것이 아닙니다. 그런 사람들에게 삶의 의미를 확인시켜주는 것은 제가 할 수 있는 가장 의미 있는 일입니다."

"이해합니다."

"선생님께 고백할 것이 있습니다. 지난 몇 년 동안 저는 선생님 생각을 자주 했습니다. 그동안 할 일도 너무나도 많고 온갖 어려움과 궁핍과 좌절을 경험했습니다. 아직도 정신과 치료를 기피하는 나라가 많거든요. 도움이 절실한 곳일수록 더 그래요. 이토록 바쁘게 살면서도 지난 몇 년간 선생님 생각이 자주 났어요. 정말입니다."

"그래요? 그 이유가 뭔가요?"

"우선 선생님은 제가 일을 그만둘 수 있는 계기를 제공해 줬으니까요. 그날 선생님을 찾아가지 않았더라면, 그때까지 충실히 지켜왔던 의사의 의무를 위반하지 않았다면 제 삶에는 변화가 없었을 겁니다. 하지만 무엇보다도 그 후 선생님과 딸과 부인 소식이 궁금했습니다. 아, 이제는 전 부인이겠군요. 맞죠? 이혼하셨죠? 지금껏 그것도 모르고 있었답니다."

"그렇습니다. 확실히 갈라섰죠."

"직업윤리까지 어겼는데 그 후의 이야기를 모르는 것을 참을 수 없었습니다. 선생님 가족에게 무슨 일이 있었는지 알고 싶었어요. 의사의 의무를 어기고 제삼자로 머물지 않고 선생님 가정사에 적극적으로 개입했으니까요. 그러니 말씀해 주세요. 그동안 무슨 일이 있었나요?"

"보시다시피 아내에게 살해당하지 않았습니다."

"우선 다행이군요."

"저도 아내를 죽이지 않았고요."

"그 또한 다행입니다. 그 외에 무슨 일이 있었죠?"

"많은 일이 있었죠…. 마리나만 알고 저는 모르던 일들이 밝혀졌고, 결국 우리는 이혼하기로 했습니다. 늦게라도 이혼을 하는 것이 안 하는 것보다는 나으니까요. 마리나는 자기 외도를 감추기 위해서 저를 말도 안 되는 혐의로 고발하고 박사님도 잘 아시는 그놈과 독일로 가버렸죠."

"따님은요?"

"딸아이는 올해 스물한 살이 됐어요. 전처가 독일로 떠날 때 그 애를 데리고 갔는데 일이 잘 안 풀렸죠. 이듬해 이탈리아로 돌아와 지금까지 제가 데리고 있습니다."

"다행이군요. 선생님 전처에게도 그렇게 하라고 조언했었죠. 제가 선생님께 찾아 가게 만든 그 계획을 세우고 있었을 때요. 아이를 선생님에게 맡기고 그 남자와 떠나라고 했습니다. 다른 아이는 어떻게 됐나요? 제게 상담을 받던 시절 임신했던 아이 말입니다."

"그 애도 태어났어요. 딸이었죠. 그레타라고 해요. 하지만 그 아이로 인해 전처의 삶이 더 엉망이 됐어요. 물론 그렇게 되기까지 아델레도 한몫했지만요."

"무슨 말씀이시죠?"

"줄이 다시 나타났거든요. 아델레가 어렸을 때 등에 줄이 달렸다고 상상했던 것 기억나시죠? 전처가 이야기했죠?"

"그럼요."

"선생님 동료 덕분에 초등학교에 입학하기 전에 줄이 없어졌었는데, 독일에서 그 줄이 다니 나타난 겁니다. 아델레가 집 밖으로 나가기를 거부해서 결국 고향으로 데려왔습니다."

"돌아온 후에 줄은 다시 사라졌나요?"

"그렇습니다. 오랫동안 저는 그 줄이 펜싱과 관련이 있다고 믿었답니다. 그런데 결국 노체티 박사 말이 맞았어요. 펜싱은 상관이 없었어요. 문제는 저였죠."

"그렇군요. 지금은 어떤가요?"

"아델레 말인가요?"

"네."

"지금은 잘 지냅니다."

"선생님 전 부인은요?"

"마리나는 상태가 안 좋아요. 뮌헨에 남았는데 결국 그레타 아빠와도 이혼했거든요. 일도 그만두고 정신병원을 드나드는 것으로 알고 있습니다. 꽤 심각한 치료를 받고 있다고 해요."

"얼마나 심각한데요?"

"솔직히 거기까지는 잘 모르겠습니다. 심각하다고만 들었어요. 언젠가부터 아델레마저 1년에 한 번 이상 엄마를 만나지 않았거든요. 여름마다 둘이서 2주 동안 오스트리아에 있는 요양원 같은 곳에 가곤했죠, 그마저도 그만둔 지 벌써 몇 년 됐고요."

"상태가 안 좋아졌나 보군요."

"그런 것 같습니다. 뭐에 홀린 사람 같아요. 제게 못할 짓을 수도 없이 저질렀지만, 전 와이프에 대한 악감정은 없습니다. 너무 망가져 버렸거든요."

"선생님은 혼자 어떻게 아이를 키우셨나요? 아직 로마에 사시나요? 아니면 이사를 하셨나요?"

"카라도리 박사님. 어떻게 전화로 10년의 세월을 이야기할 수 있겠습니까?"

"맞습니다. 그러면 한 가지만 이야기해 주세요. 고통스러우셨나요?"

"네. 꽤 힘들었습니다."

"지금은요? 지금 어떤가요? 적어도 가장 힘든 시기는 지났나요? 선생님과 따님 말입니다. 전 부인은 안타깝게도 희망이 없는 것같으니 두 분에 대해서만이라도 이야기해 주시죠."

"카라도리 박사님…."

"선생님과 따님만이라도 정상적인 삶을 살고 있는지만 이야기해 주세요. 부탁입니다."

"네, 그렇다고 할 수 있죠. 거의 정상적인 삶을 살고 있습니다."

"해내셨군요."

"글쎄요, 그럭저럭 버티고는 있습니다."

"감사합니다, 선생님."

"뭐가요?"

"솔직하게 말씀해 주셔서요. 정말 감사합니다. 이렇게 갑자기 연락을 드려서 죄송합니다."

"죄송하긴요. 오랜만에 반가웠습니다. 하지만 전화로는 긴 이야기하기가 쉽지 않군요."

"이제 더는 묻지 않겠습니다. 약속합니다. 사실 저는 선생님과 따님이 걱정이었습니다. 불행히도 전 부인에 대해서는 희망이 없다는 것을 알고 있었으니까요."

"네."

"마지막으로 한 가지만 여쭤봐도 될까요? 지금까지 나눈 대화와는 아무런 관계가 없지만 10년 전 처음 뵀을 때부터 묻고 싶은 것이 있었거든요."

"그럼요."

"실없는 질문이긴 한데…"

"말씀해 보시죠."

"선생님 성함이 마르코 카레라죠? 저처럼 1959년생이고."

"그렇습니다."

"고향이 피렌체고요."

"그렇습니다."

"십 대 시절 테니스를 하지 않으셨나요?"

"그렇습니다."

"경기에도 참여했나요?"

"네."

"로베레토에서도요? 혹시 로베레토에서 열린 테니스 경기에 참여하지 않았나요? 73년도나 74년도에요."

"맞아요. 꽤 중요한 경기였어요."

"그럼 선생님이 맞군요. 1973년도인지 74년도인지는 확실치 않지만, 로베레토에서 열린 테니스 경기 첫 경기에서 마르코 카레라가 다니엘레 카라도리에게 6-0, 6-1로 승리를 거두죠."

"설마…."

"그때 마지막에 딴 1점은 상대 선수가 제가 0점으로 경기를 끝마치지 않게 양보해 준 거로 생각했어요. 혹시 정말 그랬는지 기억하시나요?"

"솔직히 잘 모르겠습니다."

"물론 그러시겠죠. 저는 선생님 상대가 못 됐어요. 그거 아세요? 테니스도 선생님으로 인해 그만둔 것이었답니다."

"정말입니까?"

"그럼요. 첫 경기에서, 그나마도 상대방의 배려로 겨우 1점을 따고 보기 좋게 패하고 나니 테니스가 적성에 안 맞는다는 걸 깨달았죠. 시합에 나갈 수준이 못 된다는 걸요. 더는 기를 쓰고 연습

하고 시합에 나가지 않기로 결심한 덕분에 마음이 홀가분해졌답니다."

"그랬군요."

"그러니까 제가 드리고 싶은 말은 선생님은 저를 덫에서 해방해 주는 분이시란 겁니다."

"기분 좋은 칭찬이로군요. 지나치게 경쟁적인 테니스는 치명적인 덫과 같다는 것을 저도 아니까요. 저는 그로부터 2년 후 박사님과 같은 이유로 테니스 라켓을 놓았답니다. 아베니레 투어에서 6-0, 6-0으로 완패한 후에요. 제 상대 선수는 일말의 배려심도 없었나 봅니다."

"저런."

"그때 상대 선수가 누구였는지 아세요? 누가 저를 해방해 주었는지 맞춰보시겠어요?"

"누구였죠?"

"이반 렌들*체코 출신 테니스 세계 챔피언이었답니다."

"세상에!"

"게다가 저보다 한 살 어렸죠. 쇠꼬챙이처럼 마른 데다 유니폼도 저와 경기를 할 때 입고 있던 옷 한 벌밖에 없었어요. 아마 나중에 암브로시아노 테니스 클럽*밀라노의 유명 테니스 클럽에서 남는 유니폼을 기증했을 거예요. 이반 렌들은 그해 아베니레 투어에서 우승했답니다."

"굉장하네요. 저를 놀리시는 건 아니죠?"

"절대 아닙니다."

"제 짧은 선수 경력에 자랑할 만한 일이 생겼군요. 렌들에게 맞선 선수에게 져서 은퇴하다니. 이야기를 들려주셔서 감사합니다."

"다 지나간 이야기인 걸요."

"맞습니다. 그래도 감사합니다."

"아이티로 돌아가신다고요."

"2주 후에요. 보름 이상 손을 놓을 수 없는 일들이 있거든요."

"수고하십시오."

"선생님도요. 감사합니다."

"뭘요. 돌아오시면 연락해 주세요."

"원하시면 기꺼이 연락드리죠."

"지금 부탁드리지 않았습니까."

"그렇다면 연락드리겠습니다."

"그럼 안녕히 가십시오."

"네, 몸조심하십시오."

너는 그곳에 없었어 (2005)

수신자:루이사 라테스

프랑스 파리 라 페루즈가 21번지 75016

사랑하는 루이사,

지금 막 오랜 여운이 남는 꿈에서 깨어났어. 네가 주인공이었는데 어떤 내용인지 이야기해 줄게.

우리는 둘 다 십 대였고 장소는 볼게리와 비슷한 곳이었지만, 볼게리는 아니었어. 전혀 다른 곳이었지만 우리는 고향에 있는 것처럼 마음이 편했어. '우리'라고 한 건 꿈에 꽤 많은 인물이 등장하기 때문이야. 하지만 나는 항상 혼자였어. 처음부터 끝까지. 그곳은 바닷가였지만, 마찬가지로 바다는 없었어. 풍광이 오히려 미국의 가을을 연상시켰어. 주홍빛으로 물든 나무가 늘어선 내리막길이 끝없이 펼쳐지고 바닥에는 꽃잎이 카펫처럼 수북이 깔려 있었어. 그 꽃길을 나는 홀로 걸었어. 도시에서나 입고 다녀야 할 법한 스웨이드 재킷을 걸친 채 내리막길을 따라 달렸어. 내 오른편에는 빌라와 정원이 있었고, 왼편에는 숲이 있었어. 그리고 내 뒤로는 바다가 펼쳐져 있었어. 하지만 바다가 보이지도 않고 느낄 수도 없었기 때문에, 결국 없는 것이나 마찬가지였어.

내리막길이 끝나는 지점에 너의 집이 있었어. 수영장 파티에 초대를 받은 아이들이 줄지어 집으로 들어갔어. 그런데 수영장은 없었어. 그들은 우리가 처음 만났을 때 너와 친하게 지내던 피렌체 상류층 자제들이었어. 파티를 좋아하는 이십 대 청년들. 하지만 그들과 똑같은 사람들은 아니었어. 분명한 건 나는 초대받지 못했다는 거야. 하지만 내 동생은 초대받았지. 자코모는 비치 타월을 어깨에 두른 채 나를 딱하다는 듯 쳐다보며 현관을 지나갔어. 하지만 루이사, 제일 중요한 건 너의 존재였어. 너는 어디든 있었어. 그 장소 자체가 너였기에. 주홍빛으로 물든 나뭇잎이 풍성한 나무 밑, 내리막길이 시작되는 지점부터, 우리가 걸은 몽환적인 꽃길까지.

그때 네 목소리가 들렸어. 내가 초대받지 못한 파티가 끝난 후 만나자고 했지.

“7시 45분에 만나.”

그런데 말이야, 루이사, 그곳이 볼게리가 아니듯 너는 그곳에 없었어. 존재하지 않는 바다와 수영장처럼 너는 그곳에 없었어. 나는 혼란스러웠어. 어떻게 해야 할지 갈피를 잡을 수 없었어. 한편으로는 수영장 파티에 초대받지 못해서 실망스러웠고 다른 한편으로는 수영장이 없어서 마음이 놓였어. 어쩌면 애초에 파티 같은 건 없었던 것일지도 몰라. 가슴 한편은 어디에나 존재하고, 꿈 속 공간을 지상 낙원으로 만들어 주는 너를 찬미하는 마음으로 가득했고, 다른 한편은 그곳에 네가 없어서, 너의 부재로 인한 실망감으로 가득했어. 한편으로는 저녁 7시 45분이면 내 몫의 너를 차지할 수 있다는 꿈같은 희망에 부풀었고, 다른 한편으로는 자코모와 다른 아이들이 너희 집 정원에 들어가는 것을 바라만 볼 뿐 따라 들어갈 수 없다는 생각에 슬펐어. 내 존재와 내 삶을 포함한 그 모든 것은 하나로 이어주는 것은 너의 목소리였어. 네 목소리는 화면 밖에서 아름다운 것을 묘사해 주는 해설자 같았어. 하지만 너는 그곳에 없었어. 너는 그곳에 없었어. 너는 그곳에 없었어.

5분 전에 흠칫 놀라 잠에서 깬 뒤 바로 이 편지를 써. 이렇게밖에 내 마음을 전할 수 없으니까. 나는 아직도 혼란스러워, 루이사. 잠에서 깬 뒤에도 마음이 찢어질 것 같아. 네가 어디선가 이 편지를 받아볼 수 있어서 행복하지만, 그 어딘가가 지금 내가 있는 이곳이 아니어서 슬퍼. 네가 있는 그곳이 지금 막 내가 잠에서 깨어나 너에게 편지를 쓰고 있는 이곳이 아니어서, 내가 살고 있고, 살게 될 곳이 아니어서 슬퍼.

너에게 키스를 보내.

마르코

단지 (1988-99)

결말이 예정된 불행으로 치달을 것을 뻔히 알면서 어떻게 위대한 사랑의 탄생을 이야기할 수 있을까? 어떻게 해야 두 연인 중 속아 넘어간 쪽을 바보로 만들지 않고 이야기를 풀어나갈 수 있을까? (그렇다. 이 이야기는 누군가가 다른 누군가를 속이며서 시작한다.)

쉽지는 않지만, 마르코와 마리나가 어떻게 만나서 서로 사랑하고 동거하고 결혼까지 하게 됐는지 한 번은 이야기하고 넘어갈 필요가 있다. 대신 그들의 사랑 이야기에 너무 감정을 이입하지는 말자. 어느 순간부터 더는 사랑 이야기가 아닐 테니까.

사건의 전말은 이러하다. 한 사람, 더 정확히 말하자면 그녀를 제외한 주변 모든 사람의 시점으로 볼 때 일은 이렇게 진행됐다.

모든 것은 1988년 봄, 이탈리아 국영 방송 라이 우노의 '우노마티나'라는 프로그램에 파산한 유고슬라비아 코퍼 아비오프로메트 항공사 전직 승무원이 등장하면서 시작한다. 그날 마리나 몰리토르라는 젊은 여성은 방송에서 자신의 감동적인 사연을 들려주었다. (당시 그녀는 슬로베니아 출신이었는데 이탈리아 국적을 취득해서 루프트한자 지상직 직원으로 로마 레오나르도 다빈치 공항에서 근무하고 있었다)

그녀는 9년 전 라르카나의 비극이 일어났던 날 바다에 추락한 DC-9-30기종에 탑승해야 했던 사람은 자신의 동료였던 티나 돌렌크가 아니라 자기였다고 했다. 그런데 마지막 순간에 백혈병으로 로마 포를라니니 병원에 입원해 있던 마테야 언니의 골수 이식 수술 날짜가 잡히는 바람에 계획이 변경된 것이다. 언니를 살리려는 관대한 마음 덕분에 (그때는 말할 것도 없고 골수기증은 지금도 쉬운 일이 아니다) 그녀는 오히려 자신의 목숨을 구할 수 있었다. 그것도 한 명이 아니라 두 사람의 목숨을 대가로. 실제 동료 승무원은 그녀 대신 비행기 사고로 목숨을 잃었고, 언니 역시 몇 달 후에 골수 이식 후 거부반응으로 인해 사망했다. 그 이야기하면서 그녀는 눈물을 흘렸다.

단지….

평소 마르코는 TV는 거들떠도 안 봤다. 하지만 운명의 장난인지 마리나가 방송에 출연한 날 아침, 마르코는 38.5도의 고열에 시달리며, 항생제에 취해 산 사바구역 잔 로렌초 베르니니 광장에 얻은 방 두 개짜리 아파트 소파에 누워 꾸벅꾸벅 졸면서 텔레비전을 보고 있었다. 당시 그는 본과 과정을 마친 후 에로이 광장에 있는 안과 병원 1년 차 인턴으로 근무 중이었다.

운명의 장난인지 아침마다 꺼져 있던 텔레비전이 그날따라 라이 우노 채널에 맞춰져 있었고, 비몽사몽 상태로 누워있던 마르코는 마리나 몰리토르의 사연이 나오는 장면이 나오는 순간 퍼뜩 정신을 차렸다.

어떻게 그렇게 갑작스레 한 사람이 다른 사람의 삶에 없어서는 안 될 중요한 존재가 될 수 있었던 걸까? 각각 누나와 언니를 잃고 똑같은 비행기 사고를 아슬아슬하게 피했다는 두 가지의 놀라운 우연의 일치로 인해, 마르코는 TV 속에서 눈물을 흘리고 있는 젊은 여성에게 한눈에 반했다. (물론 여기에는 그녀의 인상적인 미모도 한몫했다)

다음날 마르코는 진통제에 취한 채 마리나가 방송에서 한 말을 따라 레오나르도 다 빈치 공항 루프트한자 카운터를 찾아갔고, 그곳에서 그녀를 어렵지 않게 찾아냈다. (적어도 직업은 속이지 않았으니까)

그녀를 보는 순간 마르코는 운명이 자신에게 내민 카드 패가 무엇인지 깨달았고, 그 결과 이미 혼란스러웠던 두 사람의 삶은 더 큰 혼란에 휩싸이게 된다. 반나절을 함께 보냈을 뿐인데 그들은 자신들이 놀랍도록 잘 맞는데다 성적으로도 강하게 이끌린다는 사실을 깨달았다.

그날 이후 동거와 임신과 출산과 결혼이 1년 만에 속전속결로 진행됐다.

단지….

그들의 신혼은 평범하지만 행복했다. 첫 보금자리였던 베르니니 광장의 신혼집. 로마 전경이 내려다보이는 발코니가 딸린 니콜로소 다 레코 광장의 집. 그곳에서 그들은 많은 것을 공유하고 서로를 깊이 알아가게 되었다. 추운 겨울이 오면 일요일마다 침대에서 아이와 놀아주다, 아이가 잠들면 사랑을 나누었다. 봄이면 고성이나 브라치아노 호수, 프레제네 해변, 보마르초 공원으로 소풍을 가거나 때로는 시내에 있는 빌라 팜필리, 빌라 아다, 빌라 보르게제로 피크닉을 갔다. 마리나가 항공사에서 일했기 때문에 가끔은 초특가 항공권을 구해서 프라하나 빈, 베를린으로 짧은 여행을 가기도 했다. 둘이 맞벌이였기 때문에 베이비 시터를 고용하고 건물 관리인의 부인에게 집 청소와 요리를 맡기는 정도의 소소한 호사는 누릴 수 있었다. 크리스마스에는 얼마 남지 않은 마르코의 가족과 피렌체에서 시간을 보냈다. 그때마다 마르코는 자신의 행복으로 인해 다른 식구들도 조금이나마 화목해지기를 바랐지만, 그런 일은 일어나지 않았다. 가끔은 마리나의 어머니가 있는 코퍼에서 몇 주 동안 머무르기도 했다. 경찰이었던 장인의 미망인인 장모는 마르코를 구원자처럼 대했다. 그녀에게 마르코는 영웅이자, 하늘이 내린 선물이었다. 그런 장모를 보면서 한 번쯤 의구심이 들 법도 했지만, 마르코는 별로 이상하게 생각하지 않았다. 그새 아이는 자라서 엄마, 아빠의 얼굴이 보이기 시작했다. 아델레는 엄마에게서는 눈빛과 눈매를, 아빠에게서는 곱슬머리와 코를 물려받았다.

첫 옹알이가 시작되고, 걸음마를 하는가 싶더니, 놀랍게도 등에 줄이 생겼다. 그들은 아이를 키우면서 처음 접하는 문제들을 침착하게, 굳은 의지와 미래에 대한 믿음과 희생정신으로 풀어나갔다. 그 과정을 통해 부부의 결속력이 더욱 굳건해질 거라고 생각했기 때문이었다. 둘이 힘을 합하면 뭐든 할 수 있으니까. 함께 문제를 해결하는 것만큼 가족의 결속력을 강화하는 데 도움이 되는 것은 없으니까.

단지….

단지 모든 것이 잘못되었을 뿐이다. 처음부터 모든 것이 거짓이었다. 물론 부부가 되고 가정을 만들어나가는 과정에서 어느 정도의 거짓은 충분히 있을 수 있다. 하지만 이 경우에는 거짓이 너무 많고, 병적인 수준에 가까웠기 때문에 그 결과가 참혹할 수밖에 없었다. 물론 둘 다 책임이 있었다. 그 점은 확실하다. 마르코 가정의 보호막 역할을 하던 거품을 터뜨린 것은 아델레의 등에 달린 줄과 그 줄을 없애려는 노체티 박사의 조언이었다. 노체티 박사는 아델레를 치료하기 위해서 아빠가 아델레를 돌봐야 한다고 했고 그러다 보니 마리나는 자기 스스로를 돌보는 데 집중할 수밖에 없었다. 그렇게 엄마와 아빠의 역할을 바꾼 덕분에 아델레의 문제는 해결되었지만 그 과정에서 가정의 붕괴를 초래한 틈들이 생기고 말았다. 하지만 꼭 아델레가 아니었더라도 언젠가는 다른 문제가 생겼을 것이다. 그것은 마르코와 마리나의 관계에 단단한 기반이 없었기 때문이다. 마르코가 인생의 기준점으로 삼았던 미래가 실은 존재하지 않았기 때문이다.

그러니 두 사람 모두 책임이 있었다. 마르코의 잘못은 행복해지고 싶은 마음에 몇년 동안 마리나가 보낸 모든 신호와 행동을 의도적으로 과소평가했다는 것이다. 그는 아무것도 눈치채지 못하고 파멸을 향해 즐겁게 달음박질쳤다. 그뿐만이 아니었다. 그는 어리석게도 자신이 저지른 파괴적 행위가 결혼 생활에 아무런 영향을 미치지 않을 것이라고 믿었다. 그 일은 파리 출장 중에 그가 통화하지도, 만나지도 말았어야 할 사람에게 전화하면서 시작됐고 마르코의 생각과 달리 그 사건은 엄청난 파장을 일으켰다.

당시 마르코는 학술회 참석자 파리에 갔는데, 막상 파리에 가니 루이사 생각이 났다. 물론 그동안 그가 루이사 생각을 안 한 것은 아니었다. 그는 자주 루이사 생각을 했다. 아니, 하루도 빠짐없이 그녀 생각을 했다. 하지만 그것은 막연한 생각이었다. 이루어질 수 있었지만 이루어지지 않은 사랑에 대해 아쉬움에 가까운 감정이었다.

멀리 떨어져 지내면서 지쳐버린 그녀를 향한 감정은, 여름마다 남편과 아이들을 데리고 (처음에 한 명이던 아이가 나중에는 둘이 됐다) 볼게리 해변을 찾는 그녀를 볼 때마다 희미해졌다. 세월이 갈수록 그녀는 삶의 가장 비극적인 순간에 마르코가 열렬히 사랑했던 모습에서 점점 멀어져 갔다. 하지만 그날 오후 파리의 창공에서 마르코는 갑자기 그녀가 가깝게 느껴졌다. 닿을 수 있는 존재처럼 느껴졌다. 그래서 학술회 도중에 짬을 내서 숙소인 루테티아 호텔에서 그녀에게 전화를 건 것이다. 전화를 걸기 전에 마르코는 언제나처럼 지키지 못할 다짐을 했다.

'전화번호가 바뀌었거나, 전화를 안 받거나, 전화를 받더라도 만날 수 없다고 하면 다시는 연락하지 말아야지.'

하지만 루이사의 전화번호는 바뀌지 않았다. 그녀는 전화벨이 울린 지 두 번 만에 전화를 받았고, 불과 30분 후에 마르코가 말한 약속장소에 모습을 드러냈다. 환한 미소를 머금고. 과거에서 곧바로 걸어 나온 것처럼 예전과 똑같은 모습으로.

1년 전 여름 이후 첫 만남이었다. 편지 쓰기를 그만둔 후로는 그녀와 제대로 이야기 나눈 적이 거의 없었는데 그것은 마리나가 아직 마르코의 삶에 등장하기 전에 있었던 일이었다. 그때 마르코는 루이사를 만나러 파리로 가던 중에 경찰의 제지를 받았다. 마르코를 당시 수배 중이던 '공산주의를 위한 무장 프롤레타리안' 소속 동명의 테러리스트와 혼동한 경찰이 그를 새벽 1시에

스위스 접경지역에서 기차에서 끌어 내렸던 것이다. 그는 온종일 도모도솔라 경찰서에 갇혀있다가 네 명의 경찰에게 경호를 받으며 테러범 수송용 트럭을 타고 로마 레지나 코엘리 교도소로 호송돼 그곳에서 변호사도 없이 조사를 받았다. 그때 마르코를 조사하러 들어온 검사 둘은 음과 양처럼 서로 대조적이었다. 한 명은 키다리고 다른 한 명은 땅딸보였다. 한 명은 북부 출신이고 다른 한 명은 남부 출신이었다. 한 명은 나이가 많고 다른 한 명은 젊었다. 한 명은 금발이고 한 명은 흑발이었다. 둘은 조사를 마친 후 미안하다는 말 한마디 없이 마르코를 내쫓아버렸다.

마르코와 루이사는 그 사건으로 인해, 자신들이 아무리 몸부림쳐도 잔혹한 운명은 둘 사이를 갈라놓을 것이라는 사실을 깨닫고 연락을 끊었다.

하지만 제대로 마무리 짓지 못한 사랑이나, 마르코와 루이사의 경우처럼 제대로 시작도 못한 사랑은 평생 주인공들을 쫓아다니는 법이다. 전하지 못한 말과 못다한 일과 나누지 못한 키스는 이어지지 못한 연인들을 영원히 놓아주지 않는다.

마르코와 루이사의 경우에는 특히 그랬다. 그날 오후, 파리의 아사스 가를 걸으며 대화를 나눈 뒤 둘은 다시 연애를 시작했다.

이들의 연애는 10년 전에 그랬듯 열정적인 편지를 주고받는 것 그 이상도 그 이하도 아니었다. 1800년대 연인들처럼 말이다.

그렇다고 이들의 관계가 순수하다고만은 할 수 없었다. 아니,

두 사람의 관계는 순수와는 거리가 멀었다. 둘 다 기혼인데다 아이들까지 있는데 각자의 배우자들을 속이고 만났으니까. 물론 그날 이후 관계가 급속도로 발전했음에도 불구하고 둘은 자신들의 인생을 송두리째 뒤흔들 선택을 하기 직전에 멈춰섰다. 하지만 그것은 중요하지 않았다. 아니, 그것은 오히려 자기 학대적인 행위에 가까웠다.

그렇다. 그들의 관계는 과거에는 순수했을지 몰라도, 지금은 그렇지 않았다. 그들은 여름휴가 외 기간에도 밀회를 즐겼다. 마르코는 브뤼헤, 생테티엔, 리옹, 뢰번처럼 파리에서 400킬로미터 이내 있어서 루이사가 올 수 있는 도시에서 열리는 학술회에만 참석했다. 루이사가 남편에게 어떤 핑계를 대는지는 몰랐다. 처음에는 각자 다른 호텔에 숙소를 잡다 나중에는 같은 호텔에서 각방을 쓰던 마르코와 루이사는, 급기야 1998년 6월 24년, 리옹의 한 호텔 방에서 운명의 밤을 보냈다.

그날은 리옹의 스타드 드 제를랑 축구 경기장에서 열린 월드컵 결승전에서 프랑스가 덴마크를 누르고 우승을 차지한 날이었다. 경기가 진행되는 동안 둘은 생폴 광장 5번가 콜레쥐 호텔 554호의 소파에 앉아 클럽 샌드위치를 먹으며 아르테 채널에서 방영하는 장 르누아르의 영화를 보았다. 영화가 끝나고 창밖으로 월드컵 우승을 자축하는 프랑스인들의 경적과 고함이 울려 퍼지는 동안, 마르코와 루이사는 그들의 불가능한 사랑 이야기의 정점을 찍을 만한 변태적인 짓을 저지르는데, 그것은 바로 정결 서약이었다. 그들은 광기 어린 희열감에 사로잡혀 이어폰을 한쪽씩 나눠 끼고 루이사의 워크맨으로 시네이드 오코너의 '새크리파이스 Sacrifice'를 들으며 그 궁극의 마조히스트적인 서약식을 치렀다.

'그것은 희생이 아니에요/ 단순한 단어일 뿐/ 두 개의 마음이/ 각기 다른 세계에 사는 거죠.'

그들은 자신들의 희생으로 인해 아무에게도 상처를 주지 않을 수 있다고 착각했다. 아무도 배신하지 않고, 아무것도 파멸시키지 않을 거로 생각했다. 그때까지 한 번도 육체적인 관계를 맺지 않았던 마르코와 루이사는, 앞으로도 절대 그러지 않을 것을 맹세했다. 둘은 이레네가 물리넬리 바다에 몸을 던진 17년 전 그날 밤 단 한 번의 입맞춤을 나눈 후 다시는 그러지 않을 것을 맹세했었다.

서른아홉의 마르코와 서른둘의 루이사는 아무 짓도 하지 않고 한 침대에서 잤다. 수십 년 동안 서로의 몸을 갈망했던 욕망에 굴하지 않고, 입맞춤도, 애무도 하지 않고. 그들은 서로의 몸에 손도 대지 않았다. 아무것도 하지 않았다. 그들은 한 쌍의 머저리였다. 하지만 적어도 루이사는 그 일로 인해 자신의 결혼 생활이 끝났음을 자각했다. 향후 그녀가 취할 모든 행동이 자신을 새로운 삶으로 인도할 것이라는 걸 알고 있었다. 설사 그것이 마르코 카레라를 향한 열정이 되살아남으로 인해 유치하기 짝이 없는 금욕의 의무를 지키는 것이라고 해도.

그에 비해 마르코는 정말로 두 개의 아름다운 사랑을 보존할 수 있다고 믿었다. 결혼 생활과 루이사와의 사랑을 병행할 수 있다고 생각했다. 루이사와 육체 관계만 맺지 않는다면 마리나와의 결혼 생활에 누가 되지 않을 거라고 생각했다. 그것은 너무나도 순진한 생각이었고 지나친 순진함은 죄악이다.

게다가 그렇게 엄청난 일은 또렷한 흔적을 남기는 법이다. 마치 누군가 발견해 주기를 바라는 것처럼 어설프게 숨겨 놓은 편지 다발과 보란 듯이 아무 데나 놓아둔 신용카드 명세서, '의사협회' 파일 안에 저장해 둔 이메일과 버튼을 잘못 누르는 바람에 늪에서 떠오른 시체처럼 화면에 떠오른 미처 지우지 못한 문자 메시지들. 마리나 몰리토르 같은 여자가 이 모든 것을 못 보고 지나칠 거라는 판단은 말도 안 되는 오산이었다. 이런 중대한 실수를 저지르고도 결혼이 파탄 난 그 순간까지 마르코는 자기 가정을 위협하는 유일한 요소는 루이사 라테스를 향한 자신의 사랑 뿐이라 믿었고, 그마저도 자신의 통제하에 있다고 확신했다.

그 후 마르코가 당한 일은 함부로 당해도 싸다고 말하지 못할 정도로 심한 일이었지만, 어느 정도 그가 자초한 면이 있었다.

마리나 쪽 이야기는 더 단순하다. 지금까지 그녀가 들려준 모든 이야기 끝에 '않았다'라는 어미만 붙여주면 된다.

실제로 아무도 추락한 비행기에 그녀 대신 탑승하지 않았다. 그날 그녀는 비번이었으니까. 자기 언니에게 골수를 기증하지도 않았다. 골수가 맞지 않았으니까. 마르코에게 반하지도 않았다. 자기가 꾸며낸 이야기가 초래한 결과에 떠밀린 것뿐이었다. 임신이 전혀 행복하지 않았다. 사랑하는 엄마에게 손녀를 안겨 준다는 생각에 자랑스러웠을 뿐이었다. 마르코와의 결혼 생활은 하나도 행복하지 않았다. 그토록 오랜 시간 동안 행복했던 적이 한 번도 없었다. 오히려 시간이 갈수록 마르코에 대한 눈먼 원한만 커졌다. 결혼 생활에 종지부를 찍은 계기가 된 외도를 하기 전부터 마리나는 정절을 지키지 않았다.

모든 것이 그런 식이었다.

그렇게 몸부림을 쳤음에도 불구하고, 마리나는 애초에 자신이 원했던 사람이 아니었던 거다. 아침에 눈을 뜨는 순간부터 잠들 때까지, 마리나에게는 하루하루가 전쟁이었다. 그녀는 하루도 빠짐없이 자기 자신과 싸워야 했다. 불쑥불쑥 솟구치는 충동과 싸워야 했다. 마리나는 몇 년 동안 그렇게 살았다. 마르코에게 자신이 행복하다는 환상을 심어주었던 그 거품은, 마리나를 집어삼키려는 괴물로부터 그녀를 지켜주었다. 세월이 흐르고 정신과 의사를 바꿀 때마다 괴물과 거품을 일컫는 명칭도 달라졌다. 마지막으로 그녀의 치료를 맡았던 카라도리 박사는 그 거품을 논리 영역이라고 불렀고 괴물을 비논리 영역이라고 불렀다. 마리나는 어렸을 때부터 그 두 영역을 넘나들었다.

어린 시절 마리나는 가끔 선생님이나, 친구 엄마나, 성당 선생님에게 엄마와 언니가 죽어서 자신이 고아라는 거짓말을 하곤 했다. 가족을 잃은 상으로 인한 애도의 감정은 논리 영역에 속했다. 우울증, 자기 파괴적 행동, 공격성과 마약중독, 성중독 같은 중독성은 비논리 영역에 속했다. 질풍노도의 사춘기를 보냈음에도 불구하고 마리나는 1977년 미스 코퍼로 당선되었고 이듬해 유고슬라비아의 작은 항공사에 최연소 승무원으로 뽑혔다. 마리나가 태어나서 처음으로 마음의 평온을 얻었던 것도 바로 그즈음이었는데, 그것은 언니가 정말로 세상을 떠났기 때문이었다. 마리나의 언니는 정말로 백혈병에 걸려 목숨을 잃었고, 그 덕에 몇 년 동안 마리나는 정말로 언니의 죽음을 애도할 수 있었다. 마리나에게 애도는 논리 영역에 속했기 때문에, 삶에서 유일하게 평온한 시기를 보낼 수 있었던 거다. 상으로 인한 애도 기간이 처음이자 마지막으로 맛본 행복이었다니 얼마나 기막힌 일인가.

하지만 슬픔은 서서히 사그라지기 마련이다. 마리나는 슬픔을 유지하려고 애를 썼지만 몇 년이 지나자 다시 괴물의 지배를 받았다. 그녀는 마약과 섹스에 빠졌고 이직한 루프트한자에서 태도 불량으로 정직을 당했다.

이런 식으로 살 수는 없다고 생각하기 시작할 무렵, 우연히 알게 된 '우노마티나' 작가 덕분에 기회를 얻게 된 것이다. 마리나는 카메라 앞에서 읊을 감동적이고 그럴듯한 이야기를 만들어 냈다. 시청자들에게 들려준 두번의 상喪이 이제는 마리나의 '논리'가 되었다.

그 이야기를 만들어 냈을 때만 해도, 마리나는 단지 누군가를 잃었다는 슬픔 속에 안식처를 찾고 싶을 뿐이었는데 그 결과 상보다 더 단단하고, 정교하고, 놀라운, 지금까지 한 번도 경험하지 못했던 결혼이라는 논리적 영역으로 떠밀려 들어간 것이다.

앞서 말했든 이 이야기에 나오는 등장인물 중 죄가 없는 사람은 한 명도 없었다. 그 말인즉슨 마리나의 어머니도 딸의 문제를 잘 알고 있었다는 거다. 하지만 여느 중산층 가정 어머니들처럼 의사한테 시집을 보내면 만병이 치료될 것이라 믿는 전형적인 슬로베니아 어머니의 표상이었던 마리나의 어머니는 사위 앞에서 입을 다물었다. 마르코에게 진실을 말할 생각이 꿈에도 없었다. 그녀는 마르코를 구원자로 생각하고 숭배했다. 어머니가 마르코를 숭배하는 모습은 마리나로 하여금 어머니의 행복을 위해 하루하루 버텨나갈 힘을 주었다.

단지….

단지 마리나의 어머니마저 죽어버렸을 뿐이다. 예순여섯의 나이에 간암으로 너무나 빨리 세상을 떠났다. 잘 됐다고 생각할 수도 있다. 덕분에 마리나가 다시 슬픔에 잠길 수 있으니 말이다.

게다가 이번에는 진심 어린 애도 기간이 오랫동안, 아니 평생 지속할 수도 있었다. 하지만 그런 일은 일어나지 않았다. 마리나 몰리토르가 사랑했던 유일한 존재인 어머니 죽음은 그녀의 마음을 갈가리 찢어놓았다. 그 결과 분출된 감정은 슬픔이 아니라 분노였다. 어떻게 그렇게 허망하게 죽을 수 있단 말인가. 어머니의 비겁한 도주는 마리나가 그녀를 위해 감내한 수많은 희생을 욕되게 했다. 누구 마음대로 죽는단 말인가.

어머니도 없어진 마당에 다른 사람들의 행복을 위해 결혼을 유지할 수 있을까? 어머니에 대한 복종심으로 하루하루 힘겹게 버텨왔던 마음을 유지할 수 있을까? 마리나는 아직도 매력적인 여성이었기 때문에 관심을 보이는 사내가 많았다. 직장에서도 그랬고, 아델레가 마리나 담당이었을 때는 학교 앞에서 아델레를 기다리는 중에도 남자들이 접근해 왔다. 등에 난 줄 때문에 마르코가 아델레를 보살피기 시작하면서 시간 여유가 생겨서 등록한 헬스장에서도 마리나는 인기가 많았다. 어머니는 이미 땅속 깊은 곳에서 벌레에게 파먹히고 있는데 성인군자인 척하는 것이 무슨 소용이 있겠냐는 마음으로, 마리나는 여기저기 바람을 피우고 다녔다. 그렇게 그녀는 호텔이나 황량한 공증사무소에서 다급한 섹스를 즐겼다. 마리나는 논리적 영역에서는 이성애자였지만, 비논리적 영역에서는 양성애자였다. 따라서 그녀는 자신의 미용사인 비아지아라는 여자와 점심시간을 이용해 밀회를 즐기기도 했다. 그녀는 만드리오네 출신이었는데 온몸이 문신으로 가득했고 체구는 아담했지만 터프해서 마리나에게 엄청난 오르가슴을 선사해 주었다. 그제야 마리나는 진정 살아있음을 느꼈다. 자신만을 위한 삶을 산다는 기쁨을 느꼈다. 빌어먹을 거품에서 벗어나 아슬아슬한 파멸의 위험을 즐기며 기뻐했다. 그런 그녀를 가로막는 것은 엄마라는 역할 뿐이었다. 마리나는 꼭두각시 인형처럼 줄에 대롱대롱 매달린 어린 딸의 이마에 입을 맞추며 그 찬란한 혼돈의 영역이 어린 딸이 속한 세계와 뒤섞일까 봐 두려워했다. 그래서 그녀는 다른 곳에서 논리적 영역을 찾고자 애썼다. 안전지대로 다시 돌아가기 위해서, 통제력을 잃지 않기 위해서. 그 결과 마리나는 한 사람 하고만 바람을 피우기로 했다. 어머니한테 배운 것처럼 구애자 중에서 가장 뛰어난 상대를 고르기로 했다. 그래서 선택한 사람이 바로 비행시간이 2만 5천 시간이 넘는 루프트한자의 베테랑 기장이었다. 그녀는 반백에 얼굴이 보기 좋게 그을린 기장과 정기적으로 만났다. 기장의 아내와 두 십 대 딸은 뮌헨에 살고 있었지만, 로마와 오스트리아령 알프스 산맥에도 집이 있었고, 섹스할 때 신체를 결박하는 것을 좋아했다. 주로 로마를 중심으로 중거리 비행을 하는 기장의 항공 일정에 맞춰서 둘은 일주일에 한두 번 보스케토 가에 있는 그의 집에서 만나 쾌락을 탐닉했다. 마리나는 카라도리에게 그들이 한 짓을 적나라하게 들려주었다. 그런 솔직함 때문에 카라도리는 자신이 마리나의 파멸을 막을 수 있을 거라 믿었다. 그는 때로는 마리나를 꾸짖기도 하고 때로는 의외로 그녀가 들려주는 온갖 낯부끄러운 행위에 묵묵히 귀를 기울였다.

카라도리 박사는 마리나가 무슨 말을 해도 믿었다. 입만 열면 거짓말을 일삼는 마리나와 진실한 관계를 맺었다고 믿었고 그 관계만이 마리나가 안식하고 머무를 수 있는 논리적 영역이라고 믿었다. 실제 1년, 2년, 2년 하고도 6개월이 흐르는 동안 이러한 빈약한 균형이 유지되는 것처럼 보였다.

단지….

단지 마르코가 그 모든 것을 전혀 눈치채지 못했을 뿐이다. 그는 마리나를 전혀 의심하지 않았고 너무나 쉽게 속아 넘어갔다. 마리나 같은 여자가 한번 의심하기 시작하면 답을 찾기까지 별로 시간이 걸리지 않는 법이다. 조사에 착수하자마자 그녀는 마르코와 루이사가 주고받은 편지를 찾아냈다. 그 멍청한 자식이 편지를 제 누나의 유골함 상자에 숨겨둔 것이다. (마르코는 피렌체 트레스피아노 공동묘지 영안실에서 일하는 아델레노라는 작자의 손에 5만 리라를 쥐여주고 누나의 유골을 얻어왔다. 아델레노가 뒷돈을 받고 화장터에서 고인의 유골을 빼내 가족들에게 주는 것은 공공연한 비밀이었다) 여기저기 뒤지고 다닐 필요도 없이 단번에 결정적인 증거를 찾아낸 것이다. 그 뒤로 마르코와 루이사가 주고받은 이메일과 신용카드 명세서와 호텔 계산서 따위가 줄줄이 나왔다. 남편이 자기를 의심하지 않은 이유는 따로 있었다. 그 멍청한 자식이 코앞에서 그 걸레 같은 년과 붙어먹고 있었던 거다. 그것도 몇 년 전부터. 빌어먹을. 이미 몇 년째 둘이 붙어먹고 있었던 거다. 19세기도 아닌데 고리타분하게 우편함으로 편지를 주고받고 있었던 거다.

여름에 볼게리에서 마주칠 때는 시치미 뚝 떼고 말도 거의 않더니 알고보니 뒤에서 몰래 만나고 다녔던 거다. 서로 그리워하고, 꿈꾸고, 노래 가사며 시구절을 들먹이며 한 쌍의 비둘기처럼 오글거리는 말을 주고받고 있었던 거다. 18년 동안이나 서로 사랑했으면서 섹스를 하지 않았다는 이유로 빠져나갈 수 있다고 생각한 거다. 나쁜 놈. 나쁜 년, 나쁜 연놈. 이런 자식에 대해 죄책감을 느꼈었다니….

마리나가 마르코에게 숨긴 것은 마르코가 마리나에게 숨긴 것에 비하면 아무것도 아니었다. 장총 대 권총 정도도 아니었다. 폭탄을 든 사람 앞에 새총을 들고 맞선 것이나 마찬가지였다. 둘의 배신으로 인해 (그 두 연놈이 섹스하고 안 하고는 중요하지 않았다. 역겨운 편지 내용을 보면 그것은 분명 배신이었다) 마리나는 지금껏 느껴보지 못했던 사악한 기운에 사로잡혀, 정말 위험한 존재가 됐다. 카라도리가 설치한 안전망으로는 또다시 비논리 영역으로 내던져진 마리나를 붙잡을 수 없었다. 자기 파괴적인 성향과 공격성, 영리함과 극악무도함, 예민함과 사악함이 결합하면서 마리나는 결국 끔찍한 일을 저질렀다. 물론 그녀가 저지른 일은 그녀가 간발의 차이로 저지르지 못한 일보다 훨씬 덜 끔찍했다. 마리나는 길들일 수 없는 존재였다. 제어할 수 없는 야생의 존재였다. 논리적 영역에서 벗어나자, 그녀는 평생의 망명 생활을 끝내고 고향으로 돌아온 것 같은 편안함을 느꼈다. 그리고 그 귀향의 파급효과는 그녀의 고통의 반경 내에 있는 모든 이들에게 영향을 미쳤다. 확실한 것은 마리나 역시 괴로웠다는 사실이다. 어머니의 죽음과 마르코의 배신으로 인해 그녀를 지독한 고통을 느꼈다. 자신이 저지른 짓 때문에 고통스러웠고 자신이 저지르지 못한 일 때문에 고통스러웠다. 모든 상황이 종결된 후, 자신의 분노가 만들어 낸 공허함의 중심에 홀로 남겨지자 형용할 수 없는 두려움에 사로잡혀 괴로워했다.

단지 마르코는 이 모든 것을 뒤늦게 깨달았을 뿐이다. 모든 것이 명확해진 후에는 할 수 있는 것이 아무것도 없었다. 그로부터 몇 년이 지난 후에야, 그는 모든 것이 자기 잘못이라는 사실을 깨달았다. 마리나는 그저 거짓으로 애도할 대상을 만들어 냈을 뿐인데, 마르코는 그런 그녀 앞에 불쑥 나타나 그들의 만남은 운명이라는 동화 같은 이야기로 그녀를 뒤흔들어놓았다. 둘이 천생연분이라는 말도 안 되는 이야기로. 하지만 현실에서 천생연분이란 건 존재하지 않았다. 특히 마리나 몰리토르 같은 여자는 다른 사람은커녕 자기 자신과도 안 맞는 사람이었다. 그녀는 단지 안식처를 찾고 있었던 것뿐이었다. 마리나는 조금이라도 더 오래 버티기 위해 논리적 영역을 찾고 있었을 뿐이고 마르코는 행복을 찾고 있었을 뿐이다. 그 이상도 그 이하도 아니었다.

마리나가 마르코에게 한 말은 다 거짓이었다. 그렇다. 그것은 나쁜 짓이었다. 끔찍한 짓이었다. 거짓이란 암과 같아서 온몸에 퍼지고, 깊게 뿌리를 내려 결국은 전이된 세포와 함께 뒤섞여 버리니까. 하지만 마르코는 마리나 보다 더 끔찍한 짓을 저질렀는데, 그것은 바로 그녀의 거짓말을 믿은 것이다.

이쯤에서 그만둬 (2001)

수신자: 루이사 라테스

프랑스 파리 라 펠루즈 가 21번지 75016

말해줘, 루이사.

마음이 변한 이유가 무엇인지. 소르본 대학에서 제의를 받아서야 아니면 내가 너무 융통성이 없고 독단적이어서야?

흔히 말하듯 '나를 사랑하지만 어쩔 수 없어서'야 아니면 내가 뭇 사내들처럼 '내 결핍을 채워줄 여자를 찾는다'고 생각해서야?

알다시피 나를 떠난 건 너야. 솔직히 우리가 정말 사귀었다고 할 수 있는지조차 모르겠지만. 너는 내게 두 개의 언어로 두 가지 이별 이유를 말했어. 덕분에 나는 두 배의 충격을 받았지. 너는 나를 두 번 버렸고, 솔직히 내겐 너무나 가혹한 처사였어.

차라리 이렇게 생각해 보자. 문제의 본질은 너와 나야, 루이사. 우리가 함께하는 삶이야. 우리의 행복이야. 지난 1년, 우리는 과거의 모든 규칙을 어기고 문제의 본질을 향해 함께 나아갔어. 그 격동의 1년을 보낸 뒤 각자의 자리로 돌아가기 전에 우리는 길을 잃은 거야. 20년 만에 처음 겪는 현실적인 문제로 인해서. 우리는 떨어져 있어야 한다는 목표는 훌륭히 완수했지만, 막상 함께할 기회가 오니까 붙잡지 못한 거야. 내 말 맞지?

나는 절망에 빠졌어, 루이사. 작년 한 해를 어떻게 버텼는지 모르겠어. 주말이라도 딸과 함께 보내려고 방랑하는 유대인처럼 온 유럽을 헤매고 다녔어. 로마, 피렌체, 뮌헨, 파리가 다 똑같이 느껴졌어. 더는 잃을 게 없었으니까. 그때 나는 순도 100퍼센트의 절망감에 사로잡혔어. 절망감은 내게 가공할 만한 야생의 힘을 주었고, 너도 알다시피 나는 그 힘을 오롯이 너에게 쏟아부었어.

너는 나 때문에 덫에 걸려서 너 자신과 남편과 아이들을 속여야 했어. 거짓말을 할수록 덫에서 빠져나오기 힘들었겠지만, 그 덕에 나는 숨을 쉴 수 있었어. 지난 1년 매주 월요일마다 파리에서 너를 만나고 8월에 볼게리에서 함께 하지 않았다면 나는 버티기 힘들었을 거야. 그렇게 네가 내 목숨을 구해 주는 동안, 너는 거짓말을 그만두었지. 남편을 떠나 그동안 못했던 일을 하면서, 너는 덫에서 벗어나 자유로워졌어.

절망에 빠져 너와 함께 했을 때가 오히려 내 삶에서 가장 행복했던 시절이야. 만약 그때 네가 어젯밤에 한 말을 내게 했었다면 나는 곧바로 이레네 누나처럼 물리넬리 해변으로 뛰쳐나가 버렸을 거야. 정말이야. 하지만 그때만 해도 너도 내게 그런 말을 하게 될 줄은 몰랐겠지. 그때 네가 내 귀에 속삭여 준 말은 내가 평생 가장 아름다운 말이었어. 너 역시 그 누구도 그 절망적이었던 시절 내가 너를 사랑했던 것만큼 너를 사랑하지 못할 것을 알고 있었을 거야. 그래, 그때는 절망의 시기였어, 루이사. 아름답지만 절망적인 시기였어. 하지만 이제 우리 솔직해지자. 그 아름다웠던 시기는 이제 끝났어.

나는 아직도 너를 사랑해, 루이사. 너를 평생 사랑했어. 너를 다시 잃는다고 생각하니 마음이 찢어질 것만 같아. 하지만 지금 우리 상황을 알기에 어쩔 수 없어. 그저 너의 결정을 받아들이는 수밖에. 내가 아델레를 다시 맡게 되었으니까. 하지만 제발 부탁이니 이쯤에서 그만 둬. 나 때문에 떠난다는 말은 하지 말아줘. 어젯밤에 내가 도망친 것도 네가 그 말을 하려 해서야. 설사 그것이 사실이라 해도, 솔직하게 말하지 말아줘. 부탁이야, 루이사. 이쯤에서 그만둬. 나와 함께 하고 싶지 않다고 우리가 함께했던 과거까지 망가뜨리지는 말아줘. 불행하지만 행복했던 그 시절, 우리는 미래를 이야기 한 적이 있었지. 그

때도 너는 아무런 약속도 하지 않았지. 그러니 죄책감을 가질 필요 없어. 너는 이제 자유의 몸이니 뭐든지 할 수 있어. 아무에게도 상처를 주지 않고 떠날 수도 있고, 이대로 머물 수도 있고, 몇 번이고 마음을 바꿀 수도 있어. 나와 함께 하지 못하는 이유가 소르본 대학의 제안 때문이라는 이유 정도면 충분해. 네 아이들이 피렌체에 적응하지 못할 거라는 이유면 충분해. 그러니 제발 나를 아프게 하지 말아줘.

불과 몇 달 전까지만해도 너는 내 삶에서 가장 아름다운 말을 내 귀에 속삭여주었지. 그러니 그것만은 내게 남겨줘.

너는 좋은 사람이잖아, 루이사. 모진 사람이 되기 전에 이쯤에서 그만둬.

2001년 9월 76일, 피렌체

너의 마르코

성장과 형태에 대하여 (1973-74)

어느 날 저녁, 프로보와 레티치아가 싸우는 소리가 사보나롤라 광장 집에 울려 퍼졌다. 그들이 마르코, 이레네, 자코모 삼 남매가 다 듣도록 큰 소리로 싸우는 것은 극히 드문 일이었다. 평소에는 아이들에게 안 들리게 목소리를 낮췄기 때문에 그들의 일거수일투족을 감시하는 이레네 빼고는 아무도 부부싸움을 눈치채지 못했다.

마르코와 자코모는 그날 처음으로 부모님이 싸우는 모습을 목격했다. 고함을 듣고 어머니 방문 앞까지 쫓아온 마르코와 자코모는 부모님이 싸우는 이유를 몰랐지만, 처음부터 몰래 엿듣고 있던 이레네는 그 원인이 마르코라는 것을 알았다. 문제는 마르코의 비정상적인 성장이었다. 마르코의 성장 속도는 태어났을 때부터 평균을 한참 밑돌았고 세 살부터는 아예 평가 범위 내에도 들지 못했다.

키는 작아도 얼굴도 잘생기고 비율이 좋아서, 레티치아는 마르코의 비정상적인 발육 뒤에 자연의 의도가 숨어 있다고 생각했다. 레티치아는 아들이 자연으로부터 선사받은 귀한 선물이 돋보이도록 무리의 다른 일원들과 차별되는 특별한 존재로 태어났다고 생각했다. 마르코는 또래에 비해 왜소했다. 그건 부정할 수 없는 사실이었다. 하지만 언제나 눈부시게 아름다웠고 사랑스러웠다. 아이에게 부적합한 표현일지는 몰라도 어딘지 남성적인 매력을 풍겼다. 레티치아는 그런 마르코의 조화로움이 남들과는 다른 성장 속도를 수반한다고 믿었다. (마르코는 성치도 다른 아이들보다 훨씬 늦게 났다) 그래서 레티치아는 마르코의 더딘 발육을 대수롭지 않게 여겼다. 마르코의 성장에 확실히 문제가 있다는 것이 사실로 드러나자 레티치아는 아들을 안심시키기 위해 '벌새'라는 애칭을 생각해냈다. 사랑스러운 벌새처럼 마르코도 작지만 아름답고 신체적으로도 정신적으로도 민첩하고 영민했다.

'걱정할 것 없어. 걱정할 것 없어. 걱정할 것 없어.'

실제로 마르코는 민첩해서 운동신경이 뛰어났고 영민해서 성적도 좋고 교우 관계가 원만했기 때문에 레티치아는 아들이 자라지 않아도 매년 걱정할 것 없다는 말만 주문처럼 되뇌었다.

프로보는 아내보다 훨씬 먼저 아들의 상태를 걱정하기 시작했다. 아들이 어렸을 때는 걱정할 것 없다는 아내의 말을 애써 믿으려 했지만, 사춘기가 되어서도 아들의 몸에 있어야 할 변화가 일어나지 않자 죄책감에 사로잡혔다. 부모라는 사람들이 자연의 힘만을 믿고 아이가 이렇게 되도록 내버려 두었다니.

마르코의 상태는 심각했다. 벌새니 뭐니 하는 것은 말도 안 되는 소리였다. 어떻게 병에 걸린 아이를 치료도 안 해 주고 넋을 놓고 있었단 말인가. 한동안 프로보는 마르코에게 별 내색을 하지 않고 의학 논문을 뒤졌다. 하지만 열네 살이 된 마르코가 낙타의 등에 오르는 아랍인처럼 작은 오토바이에 힘겹게 올라타는 모습을 보다 못해 결국 이 일에 마르코를 동참시키기로 마음먹었다. 여기저기 병원을 전전하며 상담하고 검사를 받아본 결과 마르코는 성장 호르몬 부족으로 인한 가벼운 (증상이 가벼운 것은 굳이 검사를 받지 않아도 알 수 있는 사실이었다) 저신장증을 (이 또한 예상 가능한 일이었지만) 앓는 것으로 판명이 났다. 문제는 그 시절만 해도 저신장증 치료방법이 없었다는 거다. 실험적인 치료법이 있기는 했지만 대개 왜소증과 같이 증세가 심각한 경우에만 적용됐었다. 수많은 의사에게 상담을 받아 봤지만 바바소리라는 밀라노의 소아 내분비 전문의 한 명만 마르코를 도와줄 수 있다고 했다. 몇 년 전부터 임상 실험을 진행 중인데 결과가 상당히 고무적이라고 했다.

부부싸움은 여기서부터 시작됐다. 프로보가 레티치아에게 마르코를 임상 실험에 참여시키려 한다는 사실을 통보하자 레티치아는 미친 짓이라고 했다. 프로보는 아내에게 지금껏 아무런 조치도 취하지 않고 마르코를 내버려 둔 것이야말로 진짜 미친 짓이라고 했지만, 레티치아는 벌새와 조화 이야기를 들먹이며 고집을 피웠다.

이때까지는 여느 때처럼 목소리를 낮췄기 때문에 대화 내용은 몰래 엿듣던 이레네에게만 들렸다.

분위기가 험악해진 것은 레티치아가 자연을 거스르면 안 된다는 자신의 주장을 강화한답시고 어떤 책을 들먹였기 때문이다. 그 책은 다름 아닌 다시 톰프슨의 《On Growth and Form》, 즉 《성장과 형태에 대하여》였다. (당시만 해도 책이 이탈리아어로 번역이 되기 전이었다) 그 책은 당대 건축가들의 성서였다. 적어도 그녀가 속하는 자기 잘난 맛에 사는 피렌체의 진보적 건축학파들에게는 그랬다. 아내 입에서 그 책의 이름이 나오는 순간 평소 말수가 적은 프로보가 버럭 고함을 질렀다. TV 앞에 딱 달라붙어 있던 마르코와 자코모에게까지 똑똑히 들릴 정도로 온 집안이 쩌렁쩌렁 울리게 쌍욕을 내뱉었다.

"그 빌어먹을 톰프슨은 똥구멍에 처박아버려, 내 말 알아들었어?"

그때부터 욕설이 난무하는 설전을 펼쳤다. 마르코와 자코모는 영문을 몰라 어리둥절했지만, 이레네는 비아냥거리기만 할 뿐 부모님이 싸우는 이유를 설명해 주지 않았다. 레티치아가 불쌍한 프로보에게 멍청한 자식이라고 하자 프로보는 읽어보지도 않은 책을 인용한다고 레티치아를 비난했다. 입만 열면《성장과 형태에 대하여》를 들먹이는 머저리 같은 교수 중에서 그 책을 제대로 읽은 사람은 없을 거라고 했다. 레티치아는《성장과 형태에 대하여》중 성장과 형태는 자연 속에서 반드시 조화를 이룬다는 불변의 본질적 법칙을 수학적으로 증명하는 챕터인 '규모Magnitude'의 내용을 프로보 같은 덜떨어진 인간도 이해할 수 있게 쉬운 말로 설명해 주었고, 프로보는 허구헌날 1장 내용만 이야기하는 것을 보니 그 이상 진도를 못 나간 것이 분명하다면서 레티치아에게 사기꾼이라고 했다.

그런 식으로 한참을 싸우다 이야기는 삼천포로 빠졌다. 레티치아가 칼 융의 만다라부터 스타이너의 아트 테라피에 이르기까지 별 볼일 없는 엔지니어 따위가 절대로 이해할 수 없는 개념을 들이밀자, 프로보는 융이니 스타이너니 만다라니 아트 테라피 따위는 방금《성장과 형상에 대하여》를 쑤셔 박은 구멍에나 처박아버리라고 했고 레티치아는 이 모든 상황이 넌덜머리가 난다고 했다.

신물이 나서 속이 썩어 문드러질 것 같아! 뭐가 그렇게 넌덜머리가 나는데? 당신처럼 재수 없는 자식과 같이 사는 것이 넌덜머리가 난다고! 나도 마찬가지야! 나도 밥 먹듯이 거짓말을 하는 당신이 지긋지긋하다고! 닥쳐, 엿이나 먹어! 엿은 당신이 먹어!

마르코와 자코모는 부모님이 저러다 정말로 헤어질 것 같아 어쩔 줄 몰랐고 이레네는 불안에 떨고만 있는 대신 행동에 나섰다.

"그만해요! 대체 왜들 이래요?"

이레네가 방문을 두드리며 외쳤다. 마르코와 자코모는 곧바로 거실로 내뺐지만, 이레네는 부모님을 대면할 마음으로 도망치지 않고 문 앞에서 버티고 섰다. 이미 성인이었던 이레네 생각에는 그 집에서 제일 먼저 떠나야 할 사람은 자기였기 때문에 부모님의 이혼을 용납할 수 없었다. 레티치아가 문밖으로 고개를 내밀고 미안하다고 하자, 프로보도 그 뒤를 따랐다. 이레네는 경멸이 가득한 표정으로 마르코가 그들이 왜 싸우는지 모르는 것을 다행으로 알라고 쏘아붙였다. 그 일은 다섯 가족의 운명이 달린 일이라고 했다. 다섯이 아니라면 최소한 부모님과 마르코의 운명이 달린 것은 분명했다. (그때는 몰랐지만, 후에 이레네의 말은 사실로 드러난다)

딸에게 호된 질책을 받은 프로보와 레티치아는 자신들이 너무 이기적이었다는 생각에 죄책감과 수치스러움을 느끼고 수년 동안 애써 직조해 자신들의 보금자리 주변에 둘러놓았던 위선의 그물에 생긴 구멍을 메웠다. 그들의 관계에는 영원히 변치 않고, 바꾸고 싶어도 바꿀 수 없는 단단한 연결 고리가 있었다. 그것은 그들 자신도 설명할 수 없는 것이었다. 정신과 의사 앞에서는 격렬하게 감정을 분출하던 레티치아도 그것이 무엇인지는 설명하지 못했다. (레티치아의 상담의주제는 대개 프로보를 떠나지 못하는 이유였다) 프로보도 마찬가지였다. 제도기 앞에 앉아 예리한 눈빛과 단호한 손놀림으로 숨 쉴 때마다 흡연자 특유의 쌕쌕거리는 소리를 내면서 고독하게 작업하는 동안, 자신의 끝없는 고통을 받아들이기 위해 몽상에 잠기면서도, 끝내 합당한 설명을 찾지 못했다.

그들은 왜 아직도 함께 사는 걸까? 몇 달 전에 있었던 국민투표에서는 둘 다 이혼 찬성 쪽에 표를 던졌으면서. 서로를 못 견디는 사람들이 왜 함께 사는 걸까? 그 이유가 뭘까? 아마도 두려워서일 것이다. 하지만 대체 무엇이 두렵단 말인가. 두려움이 존재하는 것은 사실이었지만 프로보와 레티치아의 두려움은 성격이 달랐다. 두려움마저 그들은 갈라놓은 것이다. 하지만 두려움이 다는 아니었다. 다른 이유가 있었다. 표현하기 힘든 모호한 무언가가 그들을 연결하고 있었다.

20년 전 파브리치오 데 안드레의 최신곡 가사처럼 제비꽃이 필 무렵 맺었던 사랑의 서약에 두 사람을 묶는 알 수 없는 접합점이 존재하는 것 같았다. 파브리치오 데 안드레의 노래는 부부싸움을 한 시점 기준으로 최신곡이었지만, 프로보와 레티치아 부부가 영원한 사랑의 서약을 맺은 날 훨씬 후에 발표된 곡이었지만, 그 긴 세월을 사이에 둔 서약과 데 안드레의 노래는 결국 같은 말을 하고 있었다.

'우리는 절대로 헤어지지 않을 거예요, 절대로, 절대로.'

하지만 다른 모든 것처럼 결국에는 이 노래마저 그들을 갈라놓았고, 부부 사이를 가른 다른 모든 것처럼, 가족 모두를 갈라놓았다.

예컨데 레티치아와 마르코는 그 노래를 좋아했다. (비록 둘 다 자기들이 같은 노래를 좋아하는지 모르고 각자의 레코드 플레이어로 노래를 들었지만) 하지만 자코모와 이레네는 노래를 싫어했다. (자코모는 너무 어렸고, 이레네는 노래가 오글거린다고 했다) 한편 프로보는 그런 노래가 있는지도 몰랐다. 그럼에도 불구하고 다섯 식구는 함께 살았고, 가족은 해체되지 않았다. 그들을 하나로 묶는 매듭은 느슨해질지언정, 풀어지지는 않았다. 그 노래의 제목은 '잃어버린 사랑 노래'였지만 그들은 기나긴 삶의 여정 동안 한 번도 사랑을 잃지 않았다. 노래는 '새로운 사랑'으로 끝이 나지만, 프로보와 레티치아는 다시는 새로운 사랑을 만나지 못했다.

이레네가 끼어든 덕분에 화해는 했지만, 그 일이 부부와 마르코의 미래에 미친 영향은 컸다. 그 사건 이후 상식과 연민은 두 부부의 지배적인 정서가 됐다. 자신들보다 자식의 행복을 우선시하려는 마음이 커졌다. 그렇다고 그들의 관계가 완전히 회복된 것은 아니다. 레티치아와 프로보는 똑똑한 사람들이어서 그 정도는 알고 있었다. 자기가 선택한 불행일지라도, 불행은 불행인 거다. 결혼의 결실이 불행뿐이라면, 자식들에게 물려줄 것도 불행밖에 없다. 둘은 불행이 어느 날 마른하늘에 날벼락 치듯 갑작스레 나타난 것이 아니라는 사실도 알고 있었다.

그런 착각을 하지 않을 정도의 지성은 있었으니까. 진솔한 마음으로 과거를 되돌아볼 때 행복의 '행'자도 찾기 힘들었음을 인정하지 않을 수 없었으니까. 그들은 항상 불행했다. 만나기 전부터 그랬다. 그들은 인체가 콜레스테롤을 만들어 내듯 독립적으로 슬픔을 생산해냈다. 그들의 짧은 행복은 연애 초반 사랑에 빠지고, 결혼해서 아이들을 낳았을 때 끝났다.

그날 저녁, 싸움을 멈춘 뒤 둘은 전처럼 같은 집에서 지냈다. 평생 서로 괴롭히고, 상처를 주고, 매일 소리 죽여 다투면서.

하지만 마르코에 대해서만은 합의를 봤다. 레티치아는 정신과 의사가 '벌새의 전설'(아들의 성장이 멈춰 어머니 외 다른 어떤 여자도 아들의 사랑스러움과 미모를 차지할 수 없는 상태)이라 정의 내린 감정을 포기하려고 애썼다. 모든 의학 수단을 동원해서 마르코가 성장할 수 있게 도와주어야 한다는 남편의 의견을 받아들였다. 그 과정에서 그녀는 다시 톰프슨의 《성장과 형태에 대하여》에서(프로보가 뭐라든 그녀는 정말 그 책을 완독했다) 얻은 확신을 제물로 바쳐야 했다. 프로보는 아내의 결심을 자신의 승리라고 생각하지 않았다. 그래봤자 자신만 더 외로워질 뿐이었으니까. 프로보는 아직도 레티치아를 사랑했기 때문에, 그 일로 인해 예기치 않게 아내와 무엇인가를 공유할 기회가 왔다고 생각했다. 그는 레티치아를 밀라노로 데려가 바바소리 박사와 만나게 해 주었다.

그는 레티치아가 바바소리 박사가 얼마나 믿음직한 사람인지, 마르코가 받게 될 치료가 얼마나 신빙성이 있는지 직접 확인해서 최종 결정을 내리기를 바랐다. 레티치아는 프로보가 지난 몇 달 동안 찾은 정보를 자기도 혼자서 찾아보고 (프로보 역시 모든 것을 혼자서 했다) 당시 의료 수준을 고려했을 때 바바소리 박사의 프로그램이 마르코의 성장을 도울 수 있는 유일한 방법이라는 사실을 깨달았다. 결정을 내리는 과정에서 함께 했다고는 말할 수 없지만 그렇게 참으로 오랜만에 부부는 같은 길을 걷게 됐다.

벌새에 대한 첫 번째 편지 (2005)

수신인: 마르코 카레라
주소: 이탈리아 피렌체
폴코 포르티나리 가 44번지 50122

안녕, 마르코.

잘 지내? 마치 아무 일도 없었던 것처럼 이렇게 갑자기 편지를 보낸다고 나를 위선자나 미친 사람 취급하지는 말아줘. 보고 싶어. 네가 너무 그리워. 단 1년 여름에 볼게리에 못 갔을 뿐인데 숨이 막힐 것 같아. 우리가 매년 볼게리에서 여름을 보낸 지가 벌써 25년이나 됐어. 스치듯 지나치거나 해변에서 고작 한두 마디 나눴을 것뿐이지만, 그런 순간조차 얼마나 소중했는지 이제야 깨달았어. 너와 주고받는 편지도 그렇고. 3년 동안 참아봤지만 더는 못 하겠어. 내 편지에 답장할지는 네가 결정해. 답하지 않아도 이해해. 내가 먼저 너를 밀어냈으니까. 나는 그 사실을 잊지 않았어.

사실 네게 하고 싶은 말은 따로 있어.

지난 주에 친구가 이틀 정도 우리 집에서 머물다 갔어. 뉴욕에 가던 길에 잠시 들렸었는데, 마침 2주 전 발행된 《마니페스토》지를 가져왔더라. 구겐하임에서 진행 중인 아스테카 문명 특별전에 관한 기사가 실렸는데, 뉴욕에 가면 그 전시회를 관람하려 한다는 거야. 아스테카 문명의 성스러운 동물과 인신공양에 대한 이야기를 다루는 흥미로운 기사였어. 아스테카 사람들은 우주의 종말이 얼마 남지 않았다고 생각했었대. 종말을 피할 수는 없지만, 인간의 피를 신들에게 바치면 그 시기를 미룰 수는 있다고 믿었다는 거야. 기사 끝부분에 예상치 못하게 네 이야기가 나와서 가슴이 터질 것 같았어.

"환생, 천국, 지옥과 같은 사후의 운명이 생전의 삶에 의해 결정되는 힌두교, 이슬람교, 기독교와 달리, 아스테카인들은 언제 어떻게 죽었는지에 따라서 사후가 결정된다고 믿었다. (물론 왕은 신적인 존재이므로 예외다) 가장 불행한 이들은 노환이나 병으로 죽은 자들이다. 이들의 영혼은 어둡고 먼지가 가득한 믹틀란 가장 깊은 곳 아홉 번째 지옥으로 추락해서 세상이 끝날 때까지 그곳에 머물러야 한다. 물에 빠져 죽거나 벼락을 맞아 죽은 사람은 비의 신 틀라로크의 왕국으로 가서 맛있는 음식을 실컷 먹으면서 풍요롭게 산다. 출산 중에 죽은 여인, 그러니까 미래의 전사를 낳다가 죽은 여인은 4년 동안 태양에 머물다 무시무시한 귀신이 돼서 영원히 밤마다 이승을 헤매고 다닌다. 마지막으로 전투 중에 목숨을 잃은 전사나 제물로 바쳐진 희생자는 매일 태양과 함께 어둠과 사투를 벌이다 4년 후에 벌새나 나비가 된다.

아스테카인들은 다 죽어서 오래전에 믹틀란 바닥에 처박혔겠지만, 영웅적인 죽음 후에 벌새가 되는 것을 최고의 영광으로 생각한 그들이 대체 어떤 민족이었는지 싶어.

마르코. 내가 모든 것을 망쳐버렸어.
미안해.

2005년 1월 21일 파리에서

루이사

未来人 - 미라이진 (2010)

일어로 '미래의 인간'을 뜻하는 '미라이진'은 2010년 10월 20일에 태어났다. 숫자에 민감한 사람들은 바로 눈치챘겠지만 (미라이진의 엄마 아델레도 그런 부류에 속했다) 그녀의 생일을 서양식으로 표기하면 20.10.2010, 으로 앞뒤 숫자가 같았다.

아델레는 미라이진의 이름과 생일을 이미 정해 놓고 임신 소식을 마르코에게 통보했다.

"아빠 손녀는 '미래의 인간'이 될 거예요. 미래의 인간은 특별한 날에 태어날 거예요."

"알겠다. 그런데 애 아빠는 대체 누구냐?"

마르코의 물음에 아델레는 대답을 하지 않았다. 어떻게 그럴 수가 있냐고, 아무리 세상이 변했다 해도 이건 아니라고, 대체 어떻게 할 생각이냐고 어르고 달래봤지만 소용이 없었다. 아델레는 끝내 입을 열지 않았다. 아델레는 정직하고 올곧은 아이였다. 어렸을 때 아델레가 겪은 일을 생각하면 그 정도로 잘 자라 준 것만 해도 기적이었다. 대신 성격이 완고해서 한번 결정을 내리면 절대로 번복하지 않았는데, 그것은 지금도 마찬가지였다. 아델레는 아이가 아버지 없이 태어날 거라고 결론을 내렸고, 그걸로 끝이었다. 마르코는 자기가 아무리 고집을 부리고, 나무라고, 강요해도 소용이 없을 것을 알았다. 그의 삶에 또다시 예기치 않은 일이 일어난 것이다. 그간의 경험으로 비추어 볼 때 이럴 때는 현실을 받아들일 수밖에 없다는 것을, 마르코는 알고 있었다. 하지만 그것은 쉽지 않은 일이었다. 마르코는 아델레가 언젠가 훌쩍 날아가 버릴지 모른다는 생각에 그녀를 최대한 자유롭게 키우려 했다. 자기 기준이 있는 아이로 키우기 위해 노력했다. 그런데 알고 보니 아델레에게는 날아가고 싶은 마음이 없었다. 마르코 곁에 머무르고 싶어 했다.

"아빠와 떨어질 생각은 전혀 없어요. 아빠는 최고의 아버지였고, 그건 지금도 마찬가지예요. 그러니 미래의 인간이 될 우리 미라이진에게도 그렇게 해 주시겠죠."

아델레가 민망할 정도로 순진한 표정으로 또박또박 말했다.

대체 무슨 말이냐고, 그게 무슨 상관이냐고, 너와 미라이진은 다르다고 말해봤자 부질없는 일이었다.

딸에 대한 마르코의 감정은 매우 복잡했다. 당연히 아델레를 세상에서 제일 사랑했고 마리나에게서 아델레를 데려온 후로 아이를 위해 모든 것을 희생했다. 하지만 다른 한편으로는 딸아이에게 연민을 느끼기도 했다. 그 애 엄마 상태가 얼마나 심각한지 생각하면서 아이들이라면 응당 누려야 할 평범한 삶을 주지 못한 것 같아 죄책감에 시달렸다. 뮌헨에서 끔찍한 한 해를 보낸 후 피렌체에 와서는 등에 난 줄도 완전히 사라지고 현실과 동떨어진 행동도 하지 않았지만, 그래도 마르코는 아델레의 정서가 걱정됐다. 그 후 9년이 하루처럼 쏜살같이 흘렀다. 그새 루이사와 헤어지고, 의대 커리어를 포기하고, 부모님 모두 병에 걸려 차례로 돌아가시고, 루이사와 다시 사귀고, 동생과 절연하고, 또다시 루이사와 헤어졌다. 그 모든 일을 생각하면 9년을 그렇게 낙관적이고 가벼운 마음으로 보낸 것은 기적이었다. 9년의 세월이 쏜살같이 흘러가는 동안 마르코는 앞만 보고 걸었다. 새벽에 일어나 소처럼 일하고, 장을 보고, 식사를 준비하고, 집안일을 하고, 딸과 어머니와 아버지를 돌보고, 온갖 자질구레한 일들을 처리했다. 마르코는 자신을 둘러싼 작고 연약한 세계를 온 힘을 다해 지켜냈다. 그것은 마르코가 없으면 입김만 '훅' 불어도 와해될 세계였다. 그 세계를 지켜내면서 마르코는 힘을 얻고 과거에는 몰랐던 자부심을 느꼈다. 물론 먼 훗날 그의 세계는 결국 와해하고 만다. '모든 것에는 끝이 있는 법이다.' 마르코는 그 사실을 너무나 잘 알고 있었다. 천년 후에 베니스가 물에 완전히 잠길 것을 아는 것처럼.

'모든 것은 변하는 법이니까' 그는 그 사실 역시 너무나 잘 알고 있었다. 13만 년 후에는 이른바 '자전축의 세차운동'이라는 현상에 의해 북극성이 직녀성에게 북쪽의 기준점 자리를 내어 줄 것을 아는 것처럼. 하지만 끝과 변화에도 합당한 방식이 있는 법이고 마르코에게는 이들을 합당한 종말과 올바른 변화로 이끌어 주는 목자의 임무가 주어졌다. 마르코는 9년을 그렇게 살았다.

마르코는 9년 중 단 하루도 허투루 보내지 않았다. 단돈 1유로도 낭비하지 않았다. 그의 희생 중에 의미 없는 것은 없었다. 바쁜 와중에도 틈틈이 바다와 산에 대한 열정을 아델레에게 전수하며 순수하게 평화롭고 즐거운 순간을 보냈다. 여름이면 아픈 기억에도 불구하고 40년이 지나도록 변함이 없는 볼게리의 해변으로 갔고, 겨울이면 스키를 타러 산으로 갔다. 마르코는 자신이 어렸을 때처럼 아델레를 경기에 출전시켜 패배의 쓴맛을 보게 하고 싶지는 않았다. 그저 딸에게 중력의 힘에 몸을 맡긴 채 안전하게 숲을 누비는 기쁨을 누리는 방법을 가르쳐 주고 싶을 뿐이었다. 여름이면 겨울에 스키를 탔던 숲에서 하이킹을 했는데, 그것은 마르코에게도 새로운 경험이었다. 마르코와 아델레는 야생동물이 인간들이 하찮은 존재임을 깨닫고 돌에 낀 이끼나, 땅에 뚫린 구멍, 가지에서 떨어진 낙엽처럼 그보다 훨씬 가치 있는 존재에 관심을 돌리기 전, 자신들을 지긋이 응시하는 그 짧은 순간을 사진에 담기 위해서 숲을 해맸다.

그런 마르코의 노력에 화답이라도 하듯, 아델레는 건강하고 활발하게 자라나 주었다. 어렸을 때 마르코가 다녔던 학교에 다니며 공부도 열심히 하고, 또래 아이들처럼 말썽을 피우지도 않고, 운동도 열심히 했다.

아델레는 평범한 운동을 좋아하지 않았다.

펜싱을 그만둔 뒤 아델레는 산과 바다에 대한 마르코의 열정과 거기에서 뽑아낸 삶의 가치관을 반영하는 스포츠에 관심과 재능을 보였는데 그것은 타인과 경쟁하지 않고 순수하게 스포츠 정신에 집중할 수 있는 서핑과 프리 클라이밍이었다.

아델레는 비교적 어렸을 때부터 서핑과 클라이밍 동호회를 부지런히 쫓아다녔는데 이들은 사회 부적응자들을 다 모아 놓은 듯한 보이는 일종의 영적 공동체였다. 하지만 따지고 보면 아델레도 어렸을 때 사회에 제대로 적응하지 못했으니 별로 이상할 것도 없었다. 동호회 일원들은 해변과 절벽과 파도와 점프하기에 좋은 장소를 찾아 돌아다녔고. 무엇보다 비참한 중산층의 삶이라는 덫을 멀리했다.

아델레가 성인이 되기 전까지는 조심스러운 마음에 마르코가 직접 아델레를 카포 만누, 라 그라비에르, 베르동 협곡과 같은 경치가 기가 막힌 곳으로 데려다주었다.

그는 딸을 데려다주고 나서 종일 혼자 야생동물 사진을 찍으러 다니거나, 멀리서 아델레와 일당이 파도를 타거나 절벽을 오르는 모습을 지켜보곤 했다. 가끔 그들과 함께 저녁을 먹을 때도 있었지만, 대개는 미슐랭 가이드 블루 책자에 나오는 레스토랑에서 식사를 한 뒤 B&B에서 홀로 딸이 돌아오기를 기다렸다.

아델레는 어김없이 마르코 곁으로 돌아왔다. 억지로 시킨 것이 아니라 기쁜 마음으로 돌아왔다. 아델레는 절제력이 뛰어났고, 열여섯 소녀가 자유를 즐기려면 무엇을 조심해야 할지 잘 알고 있었다. 그러다 열여덟 살부터는 혼자서 공동체 사람들과 어울려 다니기 시작했고, 마르코는 아델레가 집을 비운 동안 불안과 고독 속에 홀로 딸을 기다리는 법을 배웠다. 아델레가 여행에서 돌아와 몇 달 동안 공부와 일에 전념할 때면 딸의 존재가 한층 더 소중하게 느껴졌다. 아델레는 일에도 공부에도 열심이었다. 아델레는 체육교육학과에 다녔는데 마침 대학교가 마르코가 일하는 카레지 병원의 안과 건물과 마주하고 있어서 종종 함께 점심을 먹었다. 대학에 다니면서 아델레는 자신이 나가던 헬스클럽에서 마르코 또래의 중년 여성을 대상으로 에어로빅 수업과 아이들과 초보자를 위한 클라이밍 수업을 하기 시작했다. 큰돈은 아니었지만, 그래도 과거 마르코가 아델레 나이에 두치오와 도박을 하러 다니면서 벌던 것보다는 많았다. 아델레는 그 돈으로 옷도 사고 자신의 애마 르노 트윙고에 기름을 넣고, 정신과 상담비도 냈다. (마르코 주변 여자들치고 정신과 상담을 안 받는 여자가 드물었지만, 아델레의 경우는 정말로 필요했다) 아델레는 마르코가 바라던 것보다 훨씬 훌륭하게 자랐고, 매우 아름다웠다. 마리나처럼 눈에 확 띄는 화려한 면모도 있었지만, 엄마에게는 없었던 몇 가지 결점 덕분에 오히려 사랑스럽게 느껴졌다.

그래선지 마르코는 아델레가 어린 나이에 아빠의 품을 떠나 멀리 날아가 버릴 거로 생각하고 마음속으로 다양한 이별 시나리오를 준비하고 있었다. 마르코는 오랫동안 딸을 경제적으로 지원해 줄 준비를 해왔다. 아델레가 경제적인 부담 없이 자신이 좋아하는 일에 열중하고, 공부에 전념하게 해 주고 싶었기 때문이다.

아델레가 어느 날 갑자기 훌쩍, 피렌체를 떠나는 상황에도 대비했다. 이탈리아, 아니 유럽을 떠나 세상 끝 어딘가에 있는 지상낙원으로 떠나는 상상도 했다. 그럴 때면 언젠가는 자신도 모든 것은 내팽개치고 아델레를 뒤따라가는 꿈도 꿔보았다.

심지어는 아델레가 아주 어린 나이에 임신하는 상상도 했다. (그리고 그 상상은 현실이 됐다) 임신 소식을 듣고 지나치게 나무라는 표정을 짓지 않는 연습까지 했다. 아델레와 어울려 다니는 일당 중에서 완벽한 육체를 가진 젊은 아이 아빠를 끌어안는 상상도 했다.

모든 가능성을 대비했다고 생각했는데, 아델레는 마르코의 허를 찔렀다.

"제 아이는 미래의 인간이 될 거예요, 아빠."

"그래, 알겠다. 그런데 애 아빠는 대체 누구니?"

마르코의 질문에 아델레는 끝내 침묵을 지켰다. 미래의 인간은 아버지 없이 태어날 것이다. 아델레는 일말의 걱정도 후회도 없는 행복하고 생명이 넘치는 젊은 엄마가 될 것이다. 아버지 역할은 지금껏 그녀를 훌륭히 보살펴 준 마르코가 대신해 줄 것이다.

아델레의 말은 마르코에게 세상에서 가장 감동적인 사랑 고백이었다. 딸의 말을 들은 마르코는 기쁨에 다리가 후들거렸다. 하지만 딸의 계획에는 어딘지 불편한 구석이 있었다. 등에 달린 줄 이야기까지 다시 꺼내지 않아도 그들 부녀의 관계에는 뒤틀리고, 부담스러운 무언가가 있었다. 어린 시절 그렇게나 싫어했던 정신 병리학적 상황이 쳇바퀴 돌듯 반복되자 마르코는 속이 매스꺼웠다.

이 정도면 병적인 것이 아닌가. 이런 관계를 건강하다고 할 수 있을까? 파경으로 끝난 마르코와 마리나의 결혼 생활이 아이의 아버지를 부정하는 아델레의 심리에 영향을 미친 것은 아닐까? 마리나도 이레나 누나처럼 아무도 모르는 마음의 병을 앓고 있는 것은 아닐까? 아이 아버지에게서 잔혹하게 버림받고 아픔을 감추느라 오히려 더 당당하게 모든 것을 혼자 감당하는 모습을 보이려는 것은 아닐까?

마리나가 그랬듯 현실에서 도피해 가식의 거품 속으로 도망치려는 것은 아닐까? 만약 그렇다면 이번에도 마르코가 그 거품을 지켜야 하는 건가? 그러다 또 실패하면? 설사 실패하지 않는다 해도 스물한 살의 엄마와 쉰한 살의 할아버지가 키운 신인류는 과연 정상적으로 자랄까? 언제까지 거품을 터뜨리지 않고 지킬 수 있을까?

그로부터 몇 년 후 운명은 그 모든 질문에 단 하나의 잔인한 답변을 내어주지만, 그때는 마르코가 답할 순간이었고, 그것은 불안한 대답일 수밖에 없었다.

결국 그는 마음이 이끄는 대로 모든 것을 받아들이기로 했다. 미래의 인간 이야기를 믿어보기로 했다. 안 될 이유가 뭐가 있겠냐 싶었다. 언제 어디선가는 신인류가 태어나지 않겠는가. 그는 오래전 루이사가 보낸 이별 편지에 (수많은 이별 편지 중 하나였다) 써있던 십자가의 성 요한 성자의 말을 떠올렸다.

'미지의 목적지로 가기 위해서는 /
미지의 경유지를 지나야 하니.'

마르코 역시 목적지를 알지 못했고, 그곳에 도달하기 위해 어디를 지나야 할지는 더더욱 몰랐지만, 딸을 사랑하는 마음에 미지의 경유지를 지나, 미지의 목적지로 향하기로 마음을 먹었다. 일단 그렇게 결심하니 모든 것이 간단해졌다.

시간이 흐르면서, 마르코의 일과는 자연스럽게 아델레의 몸 변화 상태에 따라 정해졌다. 마르코는 딸의 몸 안에서 일어나고 있는 변화와 적당한 거리를 유지하려 애썼다. 마르코가 아는 임산부는 마리나 밖에 없었기에 그때 경험을 기준으로 자신이 하면 안 될 일을 빼는 방식으로 할 일을 정했다. 예컨대 병원 검진에는 함께 가는 것은 자기 몫이었지만, 출산 수업은 아니었다. 딸의 배에 손을 얹어 태동을 느끼고, 서핑과 클라이밍을 못하게 하고, 잡다한 집안일을 하는 것은 그의 몫이었지만, 임산부의 변덕을 받아주는 일은 그의 일이 아니었다. 아델레의 반대로 양수천자*태아에 관한 정보를 얻기 위해 임신 12~16주 무렵에 복벽을 통해 주사바늘을 찔러 양수를 채취하는 방법는 생략하고 태아 성별도 묻지 않기로 했다.

이상형 월드컵 방식으로 아이 이름을 결정하지도 않았다. 아이 이름은 이미 결정돼 있었으니까.

아델레라는 이름은 월드컵 이상형 방식으로 결정했었다. 당시 아델레와 함께 결승에 올랐던 이름은 라라였다. 솔직히 마르코는 라라라는 이름을 더 좋아했는데, 아무도 모르는 사실이지만, 그가 안과 의사가 되기로 마음먹은 이유가 닥터 지바고였기 때문이다.

아델레는 노르마라는 산파의 도움을 받아 산타 마리아 안눈치아타 병원에서 수중분만을 하기로 했다. 산파도, 병원도 아델레가 일방적으로 정해서 통보했기 때문에 마르코에게 선택권은 없었다. 마르코가 근무하는 병원에도 수중분만 시설이 있고 소소한 혜택도 누릴 수 있었지만 아델레는 미라이진Miraijin의 출생지에 산타 마리아 안눈치아타 병원이 있는 '폰테 아 니케리' 나 '폰테

아 에마'나 그보다 더 정확히 '바뇨 아 리폴리'를 쓰기로 했다.

대신 미라이진이라는 이름의 기원에 대해서 알아보는 것은 마르코가 해야 할 일에 속했고 그 부분에 대해서는 아델레가 두 팔을 걷고 나서주었다. 우선 미라이진이라는 이름은 미래, 미래의 삶을 뜻하는 未来 햅번식 알파벳 표기법을 따르면 mirai 와 인간을 뜻하는 人jin 의 합성어다. 未来는 아닐 미자와 올 래자의 합성어로, 아직 세상에 도착하지 않은 인간, 즉 미래인인 것이다.

표준 중국어로는 웨이라이 렌 wèilái rén, 광둥어로는 메이 라이 얀 mei lai jan, 한국어로는 미래인이라고 발음하지만 뜻은 동일하다. 아델레는 위대한 일본 만화가 데즈카 오사무의 망가 '미래인 카오스'에서 그 이름을 따 왔다. 아델레의 설명에 따르면 데즈카 오사무는 '망가의 신'이었다. 마르코는 아델레의 우상인 데즈카 오사무가 누군지도 몰랐지만 아델레의 열성적인 설명 덕분에 그가 얼마나 유명한 인물인지 알게 됐다.

관심 있는 독자들을 위해 설명하자면 데즈카 오사무手塚 治虫는 센고쿠 시대(1541-96)의 전설적인 사무라이 하토리 한조의 후예로, 1928년 오사카 근교 토요나카시에서 태어났다. 어린 시절 디즈니 만화에 푹 빠져서 같은 작품을 수십 번씩 반복해 봤다고 한다. 그중에서도 '아기사슴 밤비'는 여든 번 이상 봤다. 초등학교 2

학년 때부터 딱정벌레를 뜻하는 '오사무치'라는 필명으로 만화를 그리기 시작했다. 딱정벌레를 필명으로 선택한 것은 자신의 이름과 닮아서였다. 그때부터 등장한 오사무 특유의 '왕방울 눈'은 향후 망가에 큰 영향을 준다. 어릴 때 팔이 부어오르는 희소병에 걸렸다가 완치된 적이 있는데, 당시 자신을 치료해 준 의사의 영향으로 의사가 되고 싶다는 꿈을 품는다. 열여섯 살이 되던 1944년, 세계 제2차대전으로 인한 불경기로 어려움에 처한 아버지의 공장에서 일을 돕는다. 열일곱 살 되던 해, 히로시마와 나가사키가 핵폭탄 아래 쑥대밭이 되었을 무렵, 첫 작품을 출간하고, 오사카 대학 의대에 합격한다.

그의 초기 작품들은 좋은 반응을 얻었는데 특히 로버트 스티븐슨의 《보물섬》에서 영감을 받은 《신보물섬》으로 주목을 받았다. 만화와 의대 학업을 병행하다 1949년, 스물한 살 때 첫 걸작인 SF 삼부작 《로스트 월드》, 《메트로폴리스》, 《넥스트 월드》를 출간한다. 오사카 대학 졸업 후 스물세 살의 나이에 〈우주 소년 아톰〉의 전신인 《아톰 대사》를 출간한다. 아톰은 후에 그가 창조한 캐릭터 중 가장 큰 사랑을 받게 된다. 그 후 본과 과정을 마치고 박사학위 준비를 하면서 다양한 시리즈물을 만들고 애니메이션계로 운명적인 첫발을 내디딘다. 1959년 서른한 살의 나이에 같은 고향 출신 오카다 에스코와 결혼하는데, 식을 올리기 직전까지 원고를 그리다 자기 결혼식에 지각하는 해프닝도 있었다.

서른두 살에 아내와 함께 도쿄 근교로 이사 가서 가족과 함께 노부모를 모시고 살 스튜디오 겸 자택 건물 짓는다. 서른셋이 되던 1961년에 정자형성을 주제로 혼슈에 있는 옛 일본의 수도 나라 대학 의대에서 박사학위를 받는다. 같은 해 장남 마코토가 태어나고 자택 건물에 별관을 지어 애니메이션 제작사 무시 프로덕션을 차린다.

서른다섯에서 마흔 살 사이에 딸 루미코와 치이코가 태어나고 열악한 독립 프로덕션에서 〈우주 소년 아톰〉 흑백 애니메이션을 완성한다. 이 무렵 그의 최대 명언 '좋은 이야기는 형편없는 애니메이션도 살릴 수 있지만 좋은 애니메이션이 형편없는 이야기를 구할 수는 없다'를 남긴다. 그 후 성공 가도를 달리며 서양에도 이름을 알리고 영화와 애니메이션계 거장들의 존경을 받으며 이들과 친분을 쌓는다.

1964년 뉴욕 만물 박람회에서 만난 월트 디즈니는 SF 애니메이션 제작을 빌미로 그를 디즈니에 붙잡아두고 싶어 했지만 후에 제작 계획이 무산되고 만다.

1965년에 스탠리 큐브릭에게 무려 〈2001: 스페이스 오딧세이〉의 아트디렉터를 맡아달라는 부탁을 받지만, 무시 프로덕션을 1년 넘게 방치한 채 영국에 머물 수 없었던 데즈카 오사무는 안타깝게도 이 제안을 거절한다.

프랑스에서 열린 애니메이션 페스티벌에서 오사무를 만난 뫼

비우스는 그의 작품세계에 매료된 나머지 이듬해 그를 따라 일본으로 간다. 오사무와 가장 깊은 인연을 맺은 작가는 브라질 출신의 만화가 마우리시우 지 소우자일 것이다. 그는 오사무와는 서로 속마음을 털어놓을 만큼 친하게 지냈고 작품적으로도 오사무에게 많은 영향을 받았다. 실제 1978년에 발표한 그의 대표작, '모니카와 일당들' 시리즈 프리퀄에 아톰, 리본의 기사, 사자왕 레오 등 오사무의 작품에 나오는 인물들이 등장한다.

미라이진이라는 이름에 영감을 준 〈미래인 카오스〉는 오사무가 1978년에 발표한 세 권짜리 만화인데, 20년 후 오우삼 감독이 만든 영화 〈페이스 오프〉와 설정이 상당히 비슷하다. 〈미래인 카오스〉는 친구에게 배신당하는 소년의 이야기다. 그는 은하 아카데미 합격을 앞두고 경쟁 관계에 있던 친구에게 살해당하지만, 정체불명의 소녀 덕분에 부활한다. 주인공을 살해한 친구는 그동안 요직에 올라 주인공이 자신의 자리를 되찾지 못하게 그를 암흑의 카오스 행성으로 유배보낸다. 격렬한 전투와 고통스런 여정 끝에 주인공은 카오스 행성에서 탈출해 사악한 친구를 무찌르고 '미래인'으로 거듭난다는 내용이다.

데즈카 오사무는 딱정벌레 수집가이자, 아마추어 곤충학자였으며, 슈퍼맨, 야구, 클래식 음악 애호가여서 후기작으로 베토벤, 모차르트, 차이콥스키의 인생을 다루기도 했다. 데즈카 오사무는 1989년 2월, 환갑이 된 지 세 달 만에 위암으로 세상을 떠난다. 그를 돌봐준 친척들의 증언에 의하면 그가 숨을 거두기 전 마지막으로 간호사에게 남긴 말은 '일하게 내버려 둬요'였다고 한다.

마르코는 데즈카 오사무라는 사람이 마음에 들었다. 아델레가 다이어리에 끼워둔 그의 사진도 좋았다. 사진 속 오사무는 마르코가 '소화하기 까다로운 안경테'라고 부르는 검은 뿔테 안경을 쓰고, 검은 빵모자를 쓴 채 환하게 웃고 있었다. 그런 남자가 손녀와 관련이 있다고 생각하니, 마음이 놓였다. 사진 속 남자는 연배 때문인지 분위기 때문인지 왠지 그의 늙은 아버지 프로보와 우라니아 SF소설 시리즈 컬렉션을 연상시켰다.

하지만 인간적인 매력에도 불구하고, 그의 작품을 읽을 생각은 들지 않았다. 아델레는 당연히 마르코에게 만화를 읽어보라고 했지만, 그는 원래 망가를 좋아하지 않았고, 게다가 영어로 쓰였기 때문에 더 그랬다.

곧 태어날 미라이진은 일본과 인연이 깊었다. 마르코가 그 사실을 알게 된 것은 아델레가 외부 활동을 하기 힘들어지자 함께 어울려 다니던 친구들이 그녀를 보러 집으로 찾아오기 시작하면서부터였다. 이들은 한 번 오면 저녁 식사 시간까지 집에 머무르곤 했다. 처음으로 일상복 차림에, 실내에 있는 그들을 관찰한 뒤 마르코는 안심했다. 다들 비교적 정상적이고 사려가 깊은 사람들이었기 때문이다. 자연에 대한 도전 정신과 몸만들기에만 관심이 있을 줄 알았는데 지루한 안과의사와 함께 오븐 파스타 만드는 법을 논할 줄도 아는 친구들이었다.

다들 정중하고, 예의 바르고, 아델레를 매우 아꼈다. 하나같이 일본을 좋아했다. 무리 중에 능력과 카리스마로 돋보이는 친구가 있었는데 그의 이름은 지지오 디트마르 디 휴미트벨일러였다. 하지만 그의 친구들은 그를 '콩알'라고 불렀다. 그는 금발에 얼굴도 잘생긴 데다, 거창한 성에 걸맞게 품위도 있고, 클라이밍 실력도 뛰어났지만 (서핑 실력은 그보다 덜했다), 작고 왜소한 체구 때문에 자칫 기분 나쁘게 들릴 수 있는 '콩알'이라는 별명으로 불렸는데 처음 그 별명을 들었을 때, 마르코는 벌새를 떠올리지 않을 수 없었다. 호르몬 치료를 받고 키가 훌쩍 컸음에도 불구하고 옛 친구 중에 아직도 그를 '벌새'라고 부르는 사람도 있었다.

콩알은 사무라이, 쇼군, 무라카미 하루키의 작품, 구로사와 아키라의 영화, 무술, 망가, 로봇, 신도교, 스시, 다도에 대해서라면 온종일 말할 수 있을 정도로 박학다식했고 말하는 것 이상의 지식을 가지고 있는 것 같았다. 목소리 톤도 좋고, 어휘력이 풍부해서, 그의 이야기를 듣다 보면 재미있었다. 일본어 전공이 아니라 공대생인 걸로 보아, 순수한 열정을 갖고 독학으로 일본에 대한 방대한 지식을 축적한 것 같았다. 열정이란 것은 원래 전염성이 있어서 그로 인해 주변 사람들까지 일본을 좋아하게 된 것 같았다. 언젠가 그가 서양에서는 바늘에 실을 꿸 때 안에서 바깥쪽으로 꿰는데, 일본에서는 바깥에서 안쪽으로 꿴다는 말을 한 적이 있다. 그 말을 듣는 순간 마르코의 머릿속이 환해지면서 딸의 선택을 이해했다. 콩알은 실을 꿰는 방식에서 서양과 일본의 차이가 나타난다고 했다. 서양에서는 사고의 방향이 '내면에서 외부'를 향하는데 그에 비해 일본에서는 '외부에서 내면'을 향한다는 거다.

일본에 대한 무리의 열정이 콩알에서 시작됐다는 사실은 분명해 보였다. 딸의 선택을 받아들이긴 했지만, 아비 없이 태어날 손주 때문에 내심 안타까워했던 마르코가 보기에 콩알은 마르코와 데즈카 오사무 외에 아이의 훌륭한 롤모델이자 대부 같은 존재가 되어줄 것 같았다.

솔직히 처음에는 그가 아이 아빠일지도 모른다고 생각한 적도 있었다. 하지만 콩알은 무리의 알파걸인 미리암이라는 여자와 사귀는 사이였다. 아델레는 자기보다 나이가 몇 살 많은 미리암과 친하게 지냈는데, 마르코는 아델레가 그렇게나 필사적으로 아이 아빠를 감추는 이유가 거기에 있다고 생각했다. 하지만 아델레를 너무나 자연스럽고 편하게 대하는 콩알을 보고, 이내 그런 생각을 접었다.

어쩌면 무리 중 다른 남자일 수도 있었다. 반짝이는 귀걸이를 달고 다니는 이반이나, 다른 사람들보다는 집에 찾아오는 횟수가 뜸한 조반니라는 청년일지도 몰랐다. 태양처럼 빛나는 외모의 조반니는 영화 미술 감독이라고 했다. 하지만 성별에 상관없이 아델레를 허물없이 대하는 그들의 모습에 생각이 달라졌다. 그렇다. 그룹 내에는 아이 아버지가 없었다. 하지만 그들이 아이 아버지에 대해서 뭔가 알고 있다는 사실은 분명했다. 프로보라면 '실수'라고 불렀을 그 일이 일어난 시점이 지난 1월 다 함께 포르투갈 남부 알가르베 지방에 있는 파로와 사그레스사이 해변으로 서핑을 하러 갔을 때였으니까. (카보 데 사오 비센테 만에서는 대서양의 태풍으로 인해 커다란 파도를 즐기면서 안전하게 서핑을 할 수 있어서 겨울이 되면 유럽 각지에서 서퍼들이 몰려들었다)

하지만 설사 아이 아빠가 누군지 알고 있었더라도, 별로 중요하지 않다고 생각했기 때문인지 아델레와 아델레의 친구들은 한 번도 그에 관한 이야기를 나누지 않았다.

아델레와 그녀의 친구들은 스물한 살의 여인이 아이를 낳는 것을 자연스럽고 정상적인 일이라고 생각했으니까. 비록 자신의 관점과는 달랐지만, 마르코 역시 그들의 생각을 받아들이려고 애썼다. 그는 수없이 십자가의 성 요한의 말을 되뇌었다. 어느 날 저녁, 식사 중에 어떻게 해야 더 나은 미래를 만들 수 있는지 아는 사람은 없다는 의미로 아델레의 친구들 앞에서 미지의 목적지로 가기 위해서는 미지의 경유지를 지나야 한다는 문장을 읊어 보이기까지 했다.

그들의 인생관과 잘 맞아떨어진 덕분인지 반응은 좋았지만, 마르코는 속으로 삶이란 그보다 더 복잡하다고 생각했다.

그새 수개월이 훌쩍 흘러 마지막 결정을 내려야 할 순간이 왔다. 이제 마르코는 산통을 시작한 아델레를 품에 안고 욕조에 몸을 담근 채 아이의 아버지 대신 임산부의 아버지가 출산의 경험을 함께 나눠야 할지 결정을 내려야 했다. 여기에 대한 아델레의 입장은 확고했다. 당연히 이미 자기 정신과 상담 선생님과도 이야기를 끝냈다면서 마르코와 함께하기를 원했다. 물론 아빠 입장에서 민망할 수도 있지만, 그가 곁에 있어 주었으면 좋겠다고 했다. 딸의 말을 듣는 순간 마르코는 살면서 여성과의 관계에서 결정적인 순간마다 일어났던 일이 이번에도 반복됐다는 사실을 알았다. 마르코 주변 여성들은 언제나 당사자가 없는 자리에서 마르코의 삶에 중요한 결정을 내렸다. 그들은 얼마나 오랫동안 자기가 없는 곳에서 자기 이야기를 했을까? 그렇게 생각하니 갑자기 숨이 막힐 것 같았다.

하지만 이번에도 그는 모든 것을 포기하고 그냥 알겠노라고 했을 뿐, 그 대답이 나오기까지 자신이 건너야 했던 광활한 불안의 바다에 대해서는 아무런 말도 하지 않았다.

그렇게 해서 10월 20일 오전 11시, 마르코 카레라는 딸과 산파 노르마와 함께 따스한 욕조에 몸을 담갔다. (위키피디아에 따르면

10월 20일은 그다지 특별한 날은 아니었다. 그날 태어난 사람 중에 역사적 인물은 랭보와 이탈리아 르네상스 시대 조각가인 안드레아 델라 롭비아 정도였지만 아델레는 2010년 10월 20일이 길일이라고 굳게 믿었다)

영원히 끝나지 않을 것 같았던 마리나의 분만과 달리, 아델레는 예상보다 훨씬 빨리 출산을 마쳤다. 아델레는 가녀린 신음을 몇 번 내뱉고 산통을 완화하기 위해 부드럽게 자세를 바꿨을 뿐, 마리나보다 확실히 덜 힘들어했다. 마르코 역시 딸의 겨드랑이를 팔로 받친 채 뒤에서 안고 있는 동안 전혀 민망하지 않았다.

마리나의 비명과 방귀 소리를 들으며 홀로 대기실에서 기다릴 때처럼 무기력하지도 않았다. 출산에 깊숙히 참여하는 기분이었다. 자신이 정말 필요한 존재가 된 것 같았다. 분만 과정에 함께하지 않았으면 어쩔 뻔했을까 싶었다. 아델레의 확고한 의지와 신념대로, 그녀의 분만은 '새 생명을 낳는 능력'이라는 어원을 가진 '자연'의 의미에 맞게 정말 자연스러웠다.

아이가 태어나자 산파가 아이를 물에 집어넣었다. 그 상태로 10초가 흐르고, 20초가 흐르고, 30초가 흐르는 동안 마르코는 불안하지도, 조급하지도 않았다. 물 속이 원래 아이가 살던 생태계이고 호흡은 그 환경을 떠날 때 나타나는 반사작용에 지나지 않는다는 사실 알고 있기 때문이기도 했지만, 그보다는 물속에서 앉아있다 보니 적당하게 근육 잡힌 딸의 탄탄한 몸과 갓 태어난 미라이진의 보드라운 몸으로부터 퍼져나오는 안도감이 쇠락해

가는 그의 육체까지 전달됐기 때문이었다.

물은 세 식구를 하나로 이어주고, 말을 걸어주고, 안심시켜주었다. 물은 모든 것을 알고 있었다. 1분도 채 안 되는 그 짧은 순간이 마르코의 삶에서 가장 빛나는 순간이었다. 마르코가 처음이자 마지막으로 맛본 가족의 행복이 그 탁하디탁한 물 속에 담겨 있었다.

산파가 아이를 물에서 꺼내 엄마에게 내미는 모습을 바라보며, 마르코는 그날 겪은 엄청난 일로 인해 힘겹고 처절했던 과거의 모든 기억마저 아름답게 느껴지는 놀라운 경험을 했다. 수중분만 보급률이 왜 아직도 그토록 낮은지 의아해질 정도였다. 왜 다들 수중분만을 하지 않는걸까.

그날 마르코는 아무 말도 하지 않고 오직 미라이진의 행동 하나하나를 기억 속에 새기는 데만 집중했다. 아이가 조용히 최초의 호흡을 내뱉고, 최초로 울음을 터뜨리고 최초로 아몬드 모양의 눈을 뜨는 모습을 바라보았다. 아델레가 말을 해 주기 전까지 그 애가 여자라는 것조차 눈치채지 못했다. 욕조 물에 몸을 담근 채, 아델레는 아이를 품에 안고 아버지라면 한 번쯤은 자식의 얼굴에서 보고 싶어 할 만한 충만한 표정으로 마르코에게 말했다.

"봤어요, 아빠? 시작이 아주 좋아요. 미래인은 여자였어요."

평생 (1998)

수신인: 마르코 카레라

우편함: 로마 소트리엔제 마르모라타 4가 00153

사랑하는 마르코,

나는 평생 조르조 망가넬리로부터 헤어나오지 못할 거야.

얼마 전에 박사 논문을 준비할 때부터 몇 년 동안 책상에 쌓아두었던 책, 노트, 자료들을 정리했는데 그러다 우연히 망가넬리의 단편 모음집 '백 개의 이야기 센투리아'를 발견했어. 논문 준비를 하면서 마르고 닳도록 읽었던 책인데 책장 사이에 프린트물이 끼워져 있더라. 꺼내 보니 종이 세 장에 세 편의 시가 인쇄되어 있었어. 논문 때문에 인쇄했던 건 아니었던 것 같아. 세 편 모두 논문과는 관련이 없는 내용이었거든. 아무 생각 없이 끼워둔 채 오랫동안 잊고 있다가 어제 망가넬리와 관련 자료를 치우다 우연히 눈에 띈 거지. 프린트물을 보자마자 처음 교수님의 책에서 그 시들을 읽었을 때가 떠올랐어. 그 시들을 읽자마자 그 세 편만은 복사를 해두어야겠다는 강한 충동을 느꼈었지. 그때가 아마도 1991년이나 1992년이었을 거야. 우리가 서로 연락도 안 하고 편지도 안 쓴지 한창 됐을 때야. 볼게리에서 여름 휴가를 보내고 파리로 돌아온 지 얼마 되지 않았으니 아마 9월이었을 거야. 알다시피 9월이면 너의 존재로 인한 충만함과 너의 부재로 인한 공허함이 공존하는 그 저주받은 장소에서 돌아온 지 얼마 안 돼는 때라 한참 네 생각에 빠져 있을 시기 잖아. 그래서인지 그 시들을 읽는 순간, 간직해 두고 싶었어. 그 시들이 우리 이야기 같았거든. 시를 복사해서 항상 가까이 두고 읽을 법한 책 사이에 끼워두었지. 하지만 언젠가부터 책도 읽지 않고, 그 시의 존재를 망각하고 말았어. 그 후 수년 동안 '센투리아'는 책상 자리만 차지하고 있었는데, 나는 어제야 그 책을 치우기로 마음먹었던 거야. 다른 책들과 함께 책장에 꽂아두면 망가넬리에 대한 아쉬움도 사라질 것 같았거든. (솔직히 망가넬리 연구는 소르본느 경력에는 별 도움이 안 돼)

그런데 하필 망가넬리와 영원히 이별하려는 순간, 세 편의 시가 나타나는 바람에 원점으로 돌아갔지 뭐야.

어떤 시인지 알려줄게:

1. 우리 앞에는 함께 하지 못할
평생이 놓여 있지.

신의 찬장에 놓인
미완의 물건들 위로 먼지만 쌓여간다네.
천상의 파리가 우리의 애무를
더럽히고,
우리의 감정은
박제된 부엉이처럼 그저 앉아만 있네.
"여기 팔리지 않은 물건들이 있노라!"
놋쇠로 만든 천사가 이렇게 외칠 것이니
그것은 태어나지 않은 열 개의 생명과
앞으로 다가올 하나의 죽음.
당신의 부재 속에서
맞이할 하찮고, 무심한 죽음.

2. 당신을 그리워했어.
당신의 머리카락을 쓰다듬고 싶어.
늦은 밤 자유의 고함을 내지르고 싶어.
지상에서 박동하는 당신의 맥박이
망설임과 조심스러운 절망과 시간을
비난하고 있어.
함성처럼 터져 나오는 당신의 눈빛을 갈구하며
당신이라는 존재의 폭력 앞에서

나는 당신의 미소를 요구해.

3. 당신에게서 벗어날 방법은
당신의 존재를 받아들이는 것뿐.
다정하고, 교활한 말로,
나는 당신에게 존재하지 않기를 명하네.
무(無)의 일면임에 지나지 않음을 알기에,
나는 당신의 얼굴이 두렵지 않네.
언제나 나를 두렵게 만드는
당신의 피에서 벗어날 방법은
그것밖에 없기에
멍울 잡힌 마음에서
여성성을 철저히 지워내 버렸네.

지어낸 이야기 같지? 하지만 너도 알잖아. 내게 그런 능력은 없어. 상상력이 부족하니까. 믿기 어렵겠지만 마지막 페이지에 파란 펜으로 이런 문구까지 있었어. (언제, 왜 그 문구를 썼는지 생생히 기억해. 그 문구를 쓰기 전에 어떤 술을 마셨고, 날씨가 어땠었는지도. 하지만 그런 이야기로 너를 지루하게 만들고 싶지는 않아)

이 역시 이제는 나의 감옥이 되어버린 조르조 망가넬리*20세기 이탈리아 작가이자 비평가, 1960년대 이탈리아 아방가르드 문학파인 63그룹의 일원이었다. 의 글이야.

"나는 당신이 어디에 있는지 모르고, 당신은 내가 어디에 있는지 모르는 것, 그것이 바로 우리의 사랑."

안녕, 마르코. 편지에서나마 너를 안아 줄게.

1998년 10월 22일, 파리에서

루이사가

물리넬리 해변 (1974)

8월의 어느 날 저녁, 이레네 카레라는 물리넬리 해변으로 가기로 마음먹었다. 식구 중에서 그녀의 결심을 눈치챈 사람은 마르코뿐이었다. 당시 마르코는 열다섯 살이었지만 호르몬 결핍 때문에 기껏해야 열두 살 정도로밖에 보이지 않았다.

이레네는 뭐든 제멋대로였다. 걸핏하면 성질을 내고, 부모님에게 반항하고, 갑작스럽게 샐쭉해져서 입을 꾹 다물곤 했다. 그러다 기분이 좋아지면 한없이 다정해지고 매사에 낙천적인 태도를 보였다. 하지만 그것도 잠시일 뿐, 어느새 기분이 상해서 우울해하고, 화를 내고, 사람들의 관심을 끌려고 어리석은 짓을 저질렀다. 열여섯, 열일곱, 열여덟 살이 돼서도 그런 식으로 행동했기 때문에, 나중에는 식구들도 무뎌져서 그녀가 무슨 짓을 해도 웬만하면 긴장하지 않았다.

이레네는 당시 피렌체에서 꽤 유명했던 자이켄이라는 정신과 의사에게 상담을 받고 있었는데, 문제는 8월이면 그 역시 다른 의사들처럼 휴가를 떠난다는 것이었다. 물론 필요하면 연락하라며 연락처를 남기기는 했지만, 낯설고 긴 국제전화번호를 보기만 해도 전화하고 싶은 마음이 싹 사라졌다. 원래 이레네는 8월 한 달을 즐겁게 보내기로 마음을 먹고 고등학교 졸업시험 후에 두 친구와 그리스로 여행을 떠날 계획을 세웠었는데 그 중에서 한 명이 낙제하는 바람에 계획은 물거품이 되고 말았다. 한동안은 아일랜드로 여행을 가겠다고 호들갑을 떨었지만, 그마저도 흐지부지됐다. 마지막으로 친구들이 먼저 가서 진을 치고 있는 베르실리아 해안으로 짧은 여행이라도 다녀올까 고민하다 언제나 그렇듯 그 계획마저 무산되는 바람에 결국 다른 해와 마찬가지로 볼게리에서 여름을 보내게 됐다. 그렇게 여름 휴가를 무료하게 보내던 이레네는 8월 15일 성모승천 일이 다가올 무렵 말 그대로 폭발하기 일보 직전이었다. 드디어 성년이 된 데다 운전면허를 따고, 졸업시험을 최고점수로 합격했으니 이번에야말로 집에서 벗어날 수 있으리라 믿었는데 친구 때문에 모든 것이 물거품이 된 것이다. 그 일로 인해 이레네는 그녀의 우울증의 원인이자 결과이기도 한 자신의 빈약한 교우 관계를 뼈저리게 깨달았다.

어쨌든 그런 연유로 이레네는 열여덟 살의 여름을 스포츠광 동생들과 요리와 독서밖에 모르는 빠진 아버지와 온종일 일광욕을 하면서 책만 읽는 어머니와 보내게 됐다.

가끔 바닷물의 염분 때문에 빛이 바랜 보리엔 보트를 타고 바다에 나가거나, 현지 친구들과 사람들이 미어터지는 열악한 클럽에 갔다. 자이켄 박사마저 알 수 없는 전화번호 뒤에 몸을 숨긴 채 연락이 끊긴 상태인데 설상가상으로 그해 여름에는 마르코 문제까지 불거졌다. 눈치 없는 남동생은 자기가 가을부터 치료를 받아야 한다는 사실을 몰랐다. 프로보와 레티치아는 아들의 치료에 합의를 보고 더는 그 문제로 싸우지 않기로 했지만, 저녁마다 그 이야기를 하지 않고 넘어가는 법이 없었고, 그럴 때마다 이레네는 몰래 그들의 대화를 엿듣곤 했다.

그러던 8월의 어느 저녁이었다. 갑자기 동서풍이 해안에 휘몰아치면서 날씨가 흐려지자 남은 음식으로 대충 저녁을 때운 이레네가 폭풍예보가 있으니 보리엔 보트를 안전하게 보트 하우스로 옮겨 놓겠다며 자리에서 일어났다. 자연스러운 행동처럼 보였지만, 조금만 생각해 보면 전혀 그렇지 않았다. 평소 보트를 애지중지하는 사람은 프로보지 이레네가 아니었으니까.

그런데도 프로보는 아무것도 눈치채지 못하고 잘 생각했다면서 자기 방으로 들어가 버렸다. 하지만 마르코는 그 말을 듣는 순간 누나가 바다에 몸을 던질 생각이라는 사실을 깨달았다. 보트 하우스 앞 해변 이름은 물리넬리였는데, 그곳은 항상 물살이 거칠었고 파도가 없을 때도 소용돌이가 쳤다. 식구들이 볼게리에서 여름 휴가를 보내기 시작한 이래 물리넬리 해변에서 익사체로 발견된 사람만 무려 네 명이었는데, 소문에 의하면 네 명 모두 자살이었다고 한다.

마를 꼬아서 만든 낡은 밧줄을 어깨에 둘러메고 집을 나서는 이레네의 모습을 본 마르코는 덜컥 겁이 났다. 어머니는 설거지를 하고, 자코모는 마른행주로 그릇을 닦아주느라 둘 중 아무도 이레네를 제지할 생각을 못 하는 것 같았다.

두렵지만 누나를 살릴 사람이 자기밖에 없다는 생각에 갑자기 용기가 불끈 솟아올랐다. 그는 아무 말도 하지 않고 부엌 유리문을 열고 밖으로 빠져나갔다.

잔뜩 구름이 낀 하늘은 당장이라도 비가 내릴 듯 무거워 보였다.

어슴푸레한 노을빛은 이미 거의 사라지고, 공기는 후덥지근하고 끈적끈적했다. 멀리 성난 바다 소리가 들려왔다. 마르코는 정원 밖으로 달려가 모래언덕으로 이어지는 오솔길에 들어섰다. 저 멀리 길 끝에서 이레네의 새하얀 민소매 셔츠가 보였다. 누나에게 가까이 가려고 속도를 냈지만, 동생이 따라오고 있다는 사실을 눈치챈 이레네는 뒤도 돌아보지도 않고 마르코를 향해 집으로 돌아가라고 악을 썼다.

마르코는 그 말을 무시하고 이왕 들킨 바에 대놓고 이레네를 향해 달려갔다. 바다에 빠져 죽을 생각이 아니었다면, 그쯤에서 걸음을 멈추고 동생을 기다려 주는 것이 정상이었다. 보리엔을 옮기는 것을 도와줄 동생을 반가워해야 했다. 하지만 이레네는 좋아하기는커녕 다시 한번 마르코를 향해 집으로 돌아가라고 했다. 이번에는 고개를 돌려 마르코를 똑바로 바라보며 한 층 위협적인 목소리로 외쳤다. 하지만 마르코는 멈추지 않았다. 오히려 걸음을 재촉했다. 이레네는 걸음을 멈추고 마르코가 가까이 올 때까지 기다려 주었지만 막상 마르코가 쭈뼛쭈뼛 다가서자 동생의 어깨를 부여잡고 볼링핀처럼 팽그르르 돌리더니 엉덩이에 발길질을 날려 무방비 상태의 마르코를 땅바닥에 처박아버렸다.

"꺼지라니까!"

이레네는 마르코를 향해 악을 쓰고 뛰기 시작했다. 마르코는 일어나서 누나 뒤를 쫓아갔다. 이레네보다 훨씬 작았지만 (마르코는 이레네보다 훨씬 작았다. 그때만 해도 마르코는 주변 사람 중에서 제일 작았다) 그 순간만큼은 알 수 없는 힘이 솟구치는 것을 느꼈다. 그것은 이레네가 물에 몸을 던지는 것을 막기에 충분한 힘이었다. 물론 주변에 사람이 있었다면 도움을 청했을 것이다. 하지만 해변에는 개미 새끼 한 마리 없었다. 모래언덕에 거의 이르렀을 때, 마르코는 여차하면 누나를 향해 달려들 태세를 갖췄다. 필요하면 누나를 모래사장에 쓰러뜨리고 얌전해 질 때까지 위에서 누르고 있으려 했다. 마르코는 빠르고 민첩하고 제대로 싸울 줄 알았다. 조금 전에는 무방비 상태에서 기습을 당했지만, 그런 일은 두 번 반복되지 않을 터였다.

바다의 포효가 한층 더 강하게 들려오는 모래언덕에 이르자 이레네는 또다시 걸음을 멈추고 마르코를 바라보았고, 두 걸음 뒤에서 누나를 따라가던 마르코 역시 걸음을 멈췄다. 둘 다 숨을 헐떡이고 있었다. 이레네는 섬뜩할 정도로 험악한 표정으로 마르코를 쏘아보다 밧줄을 채찍처럼 허공에 대고 휘두르기 시작했다. 그녀는 뒷걸음질을 치면서 동생을 향해 밧줄을 휘둘렀고, 마르코는 코앞에서 움직이는 밧줄 끝에 온 정신을 집중하면서 계속 이레네를 따라갔다. 그는 누나의 표독한 표정을 보지 않으려고 일부러 뱀 대가리 같은 밧줄의 끝에서 시선을 떼지 않았다.

해변에 도착하자 이레네는 채찍질을 멈추고 보리엔 보트 옆으로 다가섰다. 실제로 보리엔은 바다 가까이에 방치되어 있어서 거친 파도에 휩쓸려 떠내려갈 것 같았다.

보리엔 보트 너머로 물리넬리 해변의 바다가 펼쳐져 있었다. 갈수록 거세지는 동서풍에 시꺼먼 바닷물에서 하얀 거품이 부글부글 끓어올랐다. 이레네는 사냥개처럼 바짝 긴장한 표정으로 바다를 쏘아보았다. 마르코는 숨을 가다듬고 누나를 이 세상에 붙잡아두기 위해 그녀를 향해 몸을 날릴 기회를 엿보았다. 이레네는 바다에 뛰어드는 대신 옆으로 비켜나 작은 보트의 뱃머리를 끌어안더니 염분에 빛이 바랜 배의 합판을 말 쓰다듬듯 어루만지기 시작했다. 그때까지 온몸의 근육에 힘을 준 채, 누나를 향해 달려들 태세를 갖추고 있던 마르코는 뒤에서 가만히 누나가 하는 행동을 지켜보았다. 이레네는 밧줄 한쪽 끝을 나무에 둘러 매듭으로 묶은 뒤 다른 한쪽을 자신의 허리를 묶었다.

마르코는 누나가 뒷걸음질치면서 보트를 창고로 끌고 가도록 가만히 내버려 두었다. 이레네가 고무바퀴도, 트레일러도 쓰지 않고 순전히 혼자 힘으로 보트를 옮기는 모습을 바라보기만 할 뿐 끼어들지도, 도와주지도 않았다. 보리엔을 안전한 곳으로 옮긴 뒤 이레네는 허리에 묶었던 밧줄을 풀어서 보트를 매듭으로 묶은 뒤 뒤를 돌아보았다. 이번에는 마르코도 그녀의 얼굴을 똑바로 바라보았다. 어둠이 내리는 동안, 마르코는 누나의 얼굴을 찬찬히 살펴보았다. 조금 전 허공을 향해 채찍질하던 섬뜩한 표정은 사라지고 없었다.

남매는 서로 꼭 껴안은 채 보폭을 맞춰 걸으며 집으로 돌아갔다. 보통 커플과는 달리 남자인 마르코가 누나의 허리에 팔을 감았고, 여자인 이레네가 마르코의 어깨에 팔을 두른 채였다. 가끔 이레네는 엄지로 동생 목 뒤에 있는 신경 사이를 깃털처럼 가볍게 긁어주었다.

벨츠슈메어츠 & Co. (2009)

보낸사람: 마르코 카레라

받는사람: jackcarr62@yahoo.com

발송: Gmail: 2009. 12.12. 19:14

제목: 세상의 고통

사랑하는 자코모,

놀라운 사실을 알게되서 네게 꼭 말해 주고 싶었어. 이 일과 관련이 있거나 흥미를 느낄만한 사람이 이젠 너밖에 안 남았으니까.

얼마 전에 사보나롤라 광장 집을 살피러 갔어. 왜 그런 일을 하냐고는 묻지 말아줘. 그냥 이따금 생각날 때마다 들러보곤 해. 집은 조금씩 망가지고 있어. 경기 침체가 계속되는 한 팔기 힘들 것 같아. 싹 비우고 손을 봐서 세라도 놔야 할 것 같은데 그마저도 쉽지 않아서, 우선은 가끔 들러서 누수나 고장난 곳은 없는지 살펴보고 있어. 그래야 집이 한꺼번에 망가지지 않을 테니까. 가스는 끊었지만, 수도는 끊지 않았어. 물도 없으면 청소를 못 하니까. 그렇다고 청소를 하러 가는 것은 아니야. 청소할 생각은 없어. 아무도 안 사는데 청소해 봤자 소용이 없을 테니까. 집이 한꺼번에 망가지지 않게 그저 살피는 정도야.

내 마음 이해하니? 하긴, 다시는 그 집을 찾지 않겠다고 했던 너는 이해하기 힘들 수도 있겠다.

내가 하고 싶은 말은 따로 있어.

어제 집에 들렀는데 갑자기 이레네 누나 방에 들어가고 싶어졌어. 두 분은 그 방을 누나 생전 그대로 보존해 두셨어. 집을 떠난 후에 명절 때 부모님을 뵈러 갈 때도, 누나 방은 예전에 내가 그 집에 살던 때와 항상 똑같은 모습이었어. 어머니, 아버지는 누나가 언젠가는 돌아오기를 기다리는 것처럼 방을 항상 깨끗하게 청소해 두셨어. 침대도 정리해 두고. 나는 가끔 누나 방문을 열고 들어가 방 안에 있는 것들을 바라보곤 했어. 침대와 파란 침대 커버, 깔끔한 책상과 지저분한 책장, 예쁜 스탠드와 못생긴 스탠드, 거치대에 세워 놓은 기타, 전축과 레코드판, 자크 마욜*영화 그랑블루의 모델이 된 프리 다이버과 리디아 런치의 포스터가 붙어있는 옷장, 아버지가 누나를 위해서 특별 제작한 소중한 폭포 위 인형집까지.

하지만 솔직히 요즘에는 누나 방에 들어간 적이 별로 없어. 혹시 무슨 문제라도 있는지 살펴보려 그 집에 가는 건데, 누나 방에 문제가 생길 리는 없으니까. 그럴 일은 절대로 일어날 수 없으니까. 이제 누나 방은 한없이 평화롭기만 해. 내 말이 무슨 뜻인지 알지?

하지만 어제는 특별한 이유 없이 오랜만에 누나 방에 들어가 봤어. 평소처럼 훑어보고 나오지 않고 침대에 걸터앉아서 주름 하나 없이 깔끔했던 침대 커버를 흩트려 놓았지. 예쁜 스탠드 불을 밝히고, 책상에도 한 번 앉아봤어. 그토록 오랜 세월 동안 세월이 지났건만 (정말로), 네가 만일 누나 책상에 무엇이 있냐고 물었다면 얼마 전까지만 해도 나는 별거 없다고 했을 거야. 예쁜 스탠드, 유리판 밑에 끼워 놓은 내셔널 지오그래픽 세계 지도, 끝내 벽에 걸지 못한 록키 호러 픽쳐 쇼 포스터를 넣은 액자.

그게 다인줄 알았어.

그런데 이번에 보니까, 누나 책상에는 중요한 물건이 하나 있었어. 그것은 바로 책이야. 그 책은 언제나 그곳에 놓여 있었고, 아직도 그곳에 놓여 있어. 보관 상태가 좋은 오래된 책이었어. 그림이 없는 커버를 광택지로 꼼꼼히 싸놓았더라. 아버지가 우라니아 시리즈를 싸놓았던 것처럼. 커버 색상이 책상이랑 비슷해서 지금껏 눈에 띄지 않았던 것 같아. 《수많은 계절》이라는 시집이었어. 자코모 프람폴리니라는 처음 들어보는 시인의 작품이었어. 책을 집어서 살며시 쓰다듬어 보았어. 책을 싸놓은 광택지를 보면 왠지 모르게 쓰다듬고 싶잖아. 그러다 손에 잡히는 대로 책을 펼쳐보았지. 사실 아무 데나 펼친 것은 아니었어. 책이 펼쳐지기를 바라던 곳을 펼쳤지. 정확히 25페이지에 찢은 공책을 접은 종이가 꽂혀있었거든. 바닥에 떨어진 종이를 펼쳐보기 전에, 그 페이지에 쓰인 시부터 읽었는데, 어떤 시인지 네게도 알려줄게.

당신은 알고 있죠.
당신에게 버림받고 내 마음은 갈기갈기 찢어질 거라는 걸.
나는 알고 있어요.
그래야 내가 더 강해질 거라고
당신이 생각한다는 걸.

서로에 대한 확신은 우리 사랑의 기반이지만

당신의 모든 불행은
나로 인한 것이기에
나는 당신의 미소조차 바라지 못하고
당신과 똑같은 고통으로 괴로워하겠죠.

무심한 포플러 나무들은
새벽 바람에 흔들리고
남자와 여자는

태초의 영원한 시간의 상想을 따라 거니네.

너는 어떨지 모르지만 이렇게 암울한 시는 내 평생 처음이었어. 시를 읽은 후에 바닥에 떨어진 종이를 펼쳐보니, 누나 필체로 쓴 파란 만년필 글씨가 보였어.

1981년 6월

(Weltschmertz & Co.)

Weltschmertz – 벨츠슈메어츠 – 세상의 고통

*믿음에 부합하지 않는 참담한 세상을 보며 느끼는 환멸. 독일 작가 장 폴이 만든 단어로 벨트(세상)과 슈메어츠(고통)을 합친 말이다. 자신의 이상과 맞지 않는 현실을 볼 때 느끼는 슬픔을 뜻한다.

세상에 대한 피로감. 장 폴, 톨킨, 엘프

자코모 프람폴리니. "수많은 계절"

아노미 (밑줄)– 에밀리 더크하임, "자살" (1897)

두카 (밑줄) – 산스크리트어. 고통받는 상태. 직역: 참기 힘든 고통 (밑줄)

바가바*바가바(婆伽婆, 산스크리트어: bhagavat, 팔리어: bhagavā, bhagavant)는 고타마 붓다를 비롯한 부처

의 지위를 증득한 이를 칭하는 호칭 가운데 하나이다가 시왓티에 머물던 시절, 그가 비쿠*승려들에게 말했다.

"비쿠들이여, 내 그대들에게 두카란 어떻게 생기고 어떻게 사라지는 것인지 말해줄 터이니, 귀 기울여 들으라."

"오, 존귀하신 이여. 말씀해 주십시오."

승려들의 말에 바가바는 가르침을 주었다.

"두카란 어떻게 생겨나는가. 눈과 시각적 대상이 있으면 시각적 인지력이 생기고, 이 세 가지가 만나면 촉감이 생기노라. 촉감에서 감각이 생기고 감각에서 갈망이 생기니. 비쿠들이여, 두카의 기원은 바로 이 갈망에 있는 것이다.

귀와 소리가 만나면 청각이 생기고, 코와 냄새가 만나면 후각이 생기고, 사물과 인지할 대상이 만나면 정신적 인지력이 생기는데 이 세 가지가 결합해 생기는 것이 바로 촉감이니라. 촉감에서 감각이 생기고, 감각에서 갈망이 생기니. 바쿠들이여, 두카의 기원은 바로 여기에 있는 것이다."

"그렇다면 비쿠들이여, 두카는 언제 사라지는가. 눈과 시각적 대상이 만나면 시각적 인지력이 생기고, 이 세 가지가 결합하면 촉감이 생기노라. 촉감에서 감각이 생기고, 감각에서 갈망이 생기는데, 갈망은 아라한*최고의 깨달음을 얻은 불교의 성자 나한을 일컫는 말이 되기 위한 수행을 하면서 집착을 완전히 버려야 사라지는 법. 집착을 버려야 브하바, 즉 존재가 사라지고, 브하바가 사라지면 환생이 멈추고, 환생이 멈추면 비로소 늙음과 죽음도 사라지니. 이는 곧 괴로움, 한탄, 육체적 고통과 정신적 혼란과 불안함의 끝을 의미한다. 비쿠여, 두카는 그럴 때 사라지는 것이다."

자코모, 누나는 우리가 생각했던 것보다 상태가 훨씬 안 좋았어. 그날 나는 책을 가져와서 단숨에 다 읽었어. 다 읽고 나니 25페이지에 있던 시가 시집에 수록된 작품 중에서 가장 아름답고 슬픈 시더라. 하마터면 못 보고 지나칠 뻔했는데, 책표지 안쪽에 연필로 글씨가 쓰여 있었어. 일부러 다른 사람들 눈에 띄지 않게 작은 글씨로 거꾸로 써 놓은 것 같았어.

"다른 사람에게 감정을 표출할 때는 항상 조심해야 해, 로렌초. 언제나."

로렌초라니?

대체 뭐하는 놈이지?

우리는 누나에 대해서 아무것도 몰랐어, 자코모. 누나는 가족들에 대해 모르는 것이 없었는데, 정작 우리는 누나에 대해 아는 것이 하나도 없었어.

네가 곁에 없으니 모니터를 껴안아 줄게.

형이

글루미 선데이 (1981)

1981년 8월 23일 일요일.

장소는 볼게리. 정확히 말하자면 레나이오네 혹은 팔로네라고 불리는 비보나 마리나 해안의 남쪽이지만 카레라가 사람들은 그곳을 뭉뚱그려서 볼게리라 불렀다. 마르코네 가족에게 볼게리란 지명은 게라르데스카 성이 있는 볼게리 마을이 아니라 해변의 모래사장과 소나무 숲을 의미했다. (우연의 일치인지 그 모래사장과 소나무 숲 역시 게라르데스카 가문 소유였다) 1960년대 초, 프로보와 레티치아 부부는 황량한 해안가에 있는 다 쓰러져가는 집을 한 채 사들였다. 집 바로 앞에는 모래언덕이 있었고, 집 주변에는 작은 소나무 숲이 있었다. 부부는 그 집을 자신들 행복의 상징으로 만들려 했다. 이레네와 마르코 남매를 낳고 셋째의 탄생을 기다리던 부부는 그들의 행복을 온 세상에 알리고 싶었다. 건물을 재건축할 때까지만 해도 부부는 사이좋게 역할을 분담했다. 레티치아는 집의 형태를, 그리고 프로보는 성장을 맡아서 시간을 두고 꾸준히 건물을 증축하고 꾸몄고 (비록 그러는 과정에서 관할청의 허가를 받지 않고 공사를 진행하기도 했지만) 그 결과 소박한 시골집은 토스카나 마렘마 해안의 우아한 별장으로 변신했다.

문제는 안타깝게도 그새 레티치아와 프로보 관계가 틀어졌고, 그로 인해 온 가족이 꼭 함께 여름휴가를 보내야 한다는 집착 역시 자기 파괴적인 습관이 돼버리고 말았다는 사실이다.

1981년 8월 23일 일요일에 생긴 일을 이야기하기 위해 언급해야 할 또 다른 장소는 산 빈첸초 해변에 있는 레스토랑이다. 개업한 지 1년밖에 안 됐지만 얼마 후 지역 맛집으로 명성을 날리게 될 터였다.

마지막으로 바라티 만이 있는데, 세상에서 가장 아름다운 해안으로 알려진 곳이라 굳이 길게 설명할 필요는 없을 것이다.

그날 저녁 카레라가 다섯 식구는 모두 볼게리 별장에 모여있다.

프로보가 나흘 전에 만든 라구 소스는 오딘의 멧돼지 고기처럼 영원히 끝나지 않을 듯했지만, 수없이 오븐에 넣고 재탕을 하다 보니 결국에는 바닥나고 말았다. 일요일은 별장 청소와 요리를 도와주러 비보나에서 오는 이바나 아주머니가 출근하지 않는 날이라 결론적으로 저녁거리가 하나도 없었다. 가족 중에서 이런 응급상황에 대처하는 사람은 대개 프로보와 마르코였는데, 그 날따라 둘 다 각각 저녁 식사 준비보다 훨씬 중요한 일에 정신이 팔려있다.

프로보는 레티치아와 함께 고인이 된 친구 알디노 만수티의 부인 티티의 쉰 번째 생일파티에 참석하기 위해서 산 빈첸조 해안에 있는 '빨간 가재'라는 레스토랑에 가야 했다. 해안에 자리 잡은 그 멋진 레스토랑을 처음 발견한 사람도, 푼타 알라에서 차로 45분이나 걸리는 그곳까지 와달라고 알디노의 아내를 설득한 것도, 모두 프로보였다. 레스토랑 예약에서 계산까지 다 자기가 할 생각이었으니, 생일을 맞은 사람은 티티였지만, 그날 저녁의 진정한 주인공은 프로보인 셈이었다.

상황이 그렇다 보니 프로보는 그날 저녁 자신이 떠난 뒤에 집안에 감돌 공허함에 신경쓸 여력이 없었다.

여력이 없는 것으로 따지면 마르코는 더 했다. 그는 일생일대의 사건을 앞두고 있었다. 지난 2년 동안 남몰래 좋아해 온 이웃집 소녀 루이사 라테스에게 데이트 신청을 했는데, 그녀가 그 요청을 받아들인 것이다. 마르코의 데이트 신청은 세 가지 면에서 의미가 남달랐다. 우선 루이사는 이제 겨우 열다섯인데 마르코는 스물두 살 청년이었다. 그러니까 마르코는 루이사가 열세 살일 때 그녀에게 반했던 거다.

두 번째는 카레라가와 라테스가가 수년간 원수처럼 지냈기 때문이다. 양측이 각각 자신들이야 말로 주변에서 흔히 볼 수 있는 이웃 간 다툼의 피해자라고 굳게 믿고 있었다. 모든 것은 루이사의 아버지가 (그는 거만하기 짝이 없는 거대한 몸집의 변호사였는데 이듬해 공산당이 두렵다면서 가족과 함께 파리로 이사 갈 정도로 골수 보수였다) 그가 애지중지하게 여기는 포인터의 먹이에 독을 넣었다고 마르코의 어머니를 몰아세웠을 때 시작됐다. (솔직히 녀석은 밤낮을 가리지 않고 짖어대는 성가신 놈이었다)

하지만 서로 못 잡아먹어 안달인 난 사람들은 레티치아와 라테스 변호사뿐이었다. 비슷한 성향의 라테스 부인과 프로보는 싸움에 끼어들지 않고 각자 배우자의 분노를 받아주기만 했다. 하지만 가족 간 사이가 틀어지기 전부터 친하게 지내던 양쪽 집안 아이들은 (이웃사촌이라고는 눈을 씻고 찾아도 없는 외진 곳이다 보니 그럴 수 밖에 없었다) 어른들과 상관없이 하나둘씩 상대방 가족 중 한 사람과 사랑에 빠졌다.

가장 먼저 금기를 깬 사람은 이레네였다. 그녀는 4년 전에 루이사의 오빠 카를로와 사귀었다. 카를로는 부모님에게 순종적이고 스포츠를 좋아하는 평범한 금발 청년이었다. 이레네는 평소 같으면 그런 카를로에게 눈길조차 주지 않았겠지만, 가족 간 분쟁이 터지자 그가 갑자기 금단의 열매처럼 보였다. 그해 여름 이레네는 전의에 불타는 어른들의 못마땅한 시선에도 불구하고, 보란 듯이 해변에서 카를로와 키스를 하며 붙어 다녔다. 그러다 9월에 피렌체로 돌아가 아무도 자신들에게 신경을 쓰지 않게 되자, 카를로를 헌신짝 버리듯 내팽개쳤다.

그로부터 2년 후, 이번에는 마르코가 1년 만에 갑자기 훌쩍 자란 루이사에게 반해버렸다. 그때도 루이사가 아직 열세 살밖에 안 됐을 때니까 단순히 그녀가 나이를 먹어서 좋아진 것은 아니었다. 몰라보게 성숙해진 외모도 외모지만 무엇보다 정신적으로 성숙해졌기 때문이었다. 그가 결정적으로 사랑에 빠진 것은 어느 날 우연히 루이사가 보트 하우스에 등을 기댄 채 모래사장에 앉아 자신이 가장 좋아하는 《닥터 지바고》를 읽는 모습을 목격했을 때였다. 그날 이후, 마르코는 루이사에 대한 감정을 고백해도 자신이 미친놈 취급을 받지 않을 정도의 나이가 될 때까지 2년 동안 아무런 행동에 나서지 않고 조용히 기다렸다. 하지만 그 해 여름이 되자 그녀에게 접근하지 않고 1년 더 기다리다 자칫하면 우선권을 잃을 수도 있을 것 같았다. '먼저 본 사람이 임자'라고 마르코는 자신에게 루이사에 대한 우선권 같은 것이 있다고 생각했다. 그것은 프로보가 '빨간 가재' 레스토랑에 대해, 이레네가 닉 드레이크의 노래에 대해 느끼는 감정과 비슷한 것이었다.

마르코와 루이사의 데이트가 의미심장한 세 번째 이유는 루이사만 알고, 마르코는 몰랐다. 그날 아침 고등학교 졸업시험을 마치고 여자친구와 함께 떠났던 포르투갈 여행을 마치고 돌아온 마르코의 충동적이고, 성질 더럽지만 때로는 관대한 근육질 동생 자코모도 루이사에게 데이트를 신청했던 거다. 마르코와 자코모는 매우 달랐다. 자코모는 보기 좋게 태운 까무잡잡한 피부에 외모가 수려하고, 매너도 좋았지만, 다른 한편으로는 심약하고 다혈질인 데다 자격지심이 있었다.

그런 자코모가 루이사를 향한 은밀한 감정을 힘겹게 감춰온 것이다. 2년 동안 다른 여자친구가 있었던 것으로 미루어 볼 때 자코모의 사랑은 마르코보다 더 비밀스럽고 더 아팠을 거다.

하지만 어렸을 때부터, 그러니까 사실 셋 중에서 가장 먼저 운명의 상대를 결정한 루이사는 자코모의 데이트 신청을 거절했다. 마르코가 그날 저녁 누구와 데이트를 할 건지 떠벌리고 다니지 않았음에도 불구하고, 거절의 아픔에서 완전히 벗어나지 못한 자코모는 형과 루이사가 딱 달라붙어서 해변을 거닐며 이야기하는 모습을 보고 최악의 상황을 예상했고 당연히 그날 저녁 식사 메뉴 따위는 안중에도 없었다.

이레네는 이레네대로 한계에 도달해 있었다. 그녀는 딱 봐도 상태가 안 좋았다. 움푹 파인 눈과 흔들리는 눈빛, 이마의 터질 듯한 푸른 핏줄만 봐도 그녀는 정상이 아니었다. 이레네는 소금에 찐 머리를 묶지도 않고, 헤드폰으로 워크맨을 들으며 유령처럼 온 집안을 헤매고 다녔다. 이레네가 워크맨으로 무슨 음악을 듣고 있는지 알았다면 누구라도 사태의 심각성을 깨달았을 것이다.

그녀는 자살 유발 노래로 악명높은 글루미 선데이를 듣고 있었다. 글루미 선데이는 전설적인 헝가리 노래로 30년대 부다페스트에서 이 노래를 듣고 우울증 걸려 자살한 사람만 열 명이 넘는다고 한다. 이레네는 그 노래를 그녀의 우상인 리디아 런치 버전으로 듣고 있었다. 리디아 런치 버전에는 미국인들이 노래를 감미롭게 만들려고 덧붙인 '꿈이었을 뿐, 모든 것이 꿈이었을 뿐dreaming, I was only dreaming'이라는 후렴구가 없었다. 그러니까 모든 것이 꿈이고 노래를 부르는 이가 실제로 자살을 한 것은 아니라는 의미의 가사를 생략한 것이다. 이레네는 리디아 런치의 날카롭고 허스키하고, 음정이 맞지 않는 목소리로 부른 글루미 선데이를 양면으로 녹음한 테이프를 동생들에게 크리스마스 선물로 받은 빨간 워크맨으로 며칠 동안 쉬지 않고 들었다. 경고음이 며칠 내내 울렸는데, 아무도 그 소리를 듣지 못했던 거다. 그렇다. 이레네는 한계에 도달해 있었는데 그 사실을 눈치챈 사람은 아무도 없었다.

딸의 상태를 눈치채지 못한 것은 레티치아도 마찬가지였다. 남편과 함께 생일파티 참석하는 것이 내키지도 않았으면서, 딸의 상태를 제대로 보지 못했다. 만약 딸의 상태를 눈치챘더라면, 이레네에게 파스타라도 한 접시 만들어 줘야겠다는 핑계로 그날 밤 집에 남을 수도 있었을 것이다. 이레네가 어떤 상태인지 알았다면, 저녁 식사를 마치고 이야기나 좀 하자고 권했을 것이다. 물론 이레네는 그런 레티치아를 향해 신경 끄시라고 야무지게 쏘아붙였겠지만, 적어도 그녀의 목숨은 구할 수 있었을 것이다. 하지만 레티치아의 눈에는 이레네의 상태가 들어오지 않았다. 집안을 짓밟고 지나갈 코끼리떼가 달려오는데 아무것도 눈치채지 못한 것이다. 그녀는 평소와 다름없이 불만이 가득하고 아무런 의욕도 없었다. 평소와 다름없이 내키지 않은 일을 해야 하기 때문에 평소와 다름없이 가벼운 두통이 있었다..

오늘 밤 카레라가에서 저녁 식사 걱정을 하는 사람은 아무도 없다. 이레네 생각을 하는 사람도 아무도 없다. 그렇게 집 안은 텅 비게 된다. 제일 먼저 마르코가 집을 나선다. 전쟁 중인 양가 사람들의 눈을 피하려면 연막작전을 펴야 했기 때문이었다. 그는 루이사와 함께 짠 치밀한 계획에 온 신경을 집중한 채 식구들에게 인사를 하고 밖으로 나온다. 잠시 후면 루이사 역시 자전거를 타고, 친구이자 공모자인 플로리아나의 집으로 향할 것이다. (플로리아나는 이 계획에서 줄리엣의 유모 역을 맡았다) 하지만 루이사는 친구 집을 그대로 지나쳐 마르코가 기다리고 있는 카사 로싸로 직행할 것이다. 자전거를 그곳에 놔두고 마르코의 폭스바겐 비틀에 옮겨 탈 것이다. 마르코는 루이사를 어디로 데려갈지 이미 알고 있다. 그는 그녀를 세상에서 가장 아름다운 곳으로 데려갈 것이다. 마르코는 자신이 22년 만에 처음으로 행복해질 거라는 사실을 안다. 아직 말은 안 했지만, 루이사를 향한 자신의 사랑이 일방적인 감정이 아님을 알고 있다. 이제 곧 무슨 일이 일어날지 알고 있기에, 머릿속에는 온통 그 생각뿐이다.

뒤이어 프로보와 레티치아 부부도 옷을 멋지게 차려입고 집을 나선다. 오늘따라 프로보는 들떠 있다. 레티치아는 처음에는 거짓으로 기분이 좋은 척했지만, 차에 타니 예상치 못하게 남편에게 전염돼 기분이 좋아졌다. 솔직히 행복까지는 너무 거창한 표현이고, 남편의 들뜬 모습에 누나 같은 애틋함을 느꼈다는 표현이 맞을 것이다. 프로보의 정신은 온통 그날 저녁 파티에 쏠려 있다. 정작 자기는 평생 다른 사람의 관심을 받아본 적이 없으면서. 심지어는 자기 아내의 관심조차 받지 못했으면서.

그날 저녁도 마찬가지였다. 파티의 진짜 주인공은 프로보의 오랜 친구 알디노의 미망인 티티였으니까. 깡마른 체구에 강단 있어 보이는 티티는 언제나 과할 정도로 장신구를 치렁치렁 달고 다녔다. 항상 그렇듯 그날 밤 대화의 초점은 보나마나 11년 전에 어이없는 교통사고로 사망한 그녀의 남편 알디노에게 맞춰질 터였다.

알디노의 사인은 '오토바이 사고'로 기록되었지만, 그것은 단지 그가 당시 새로 출시된 구치V7 스페셜 모델을 탄 채 사고를 당했기 때문이다. 11년 전 아우렐리아 국도를 주행 중이던 알디노는, 아르노 강 다리를 건너 피사와 리보르노 사이에 있는 산 레오나르도 성당 근처를 지나던 중 170리터짜리 물탱크에 깔려 죽었다.

물탱크는 벨206 제트레인저 헬리콥터 고리에서 떨어져 나온 것이었다.

이탈리아 소방관들을 도와 피사 언덕에서 발생한 산불이 주거 지역인 파울리아까지 번지는 것을 막기 위해 인근 캠프 다비 미군 부대에서 출동한 헬리콥터였다.

그날 밤, 아우렐리오 국도를 따라 '빨간 가재' 레스토랑으로 가는 길에 (사고 현장은 그곳에서 남쪽으로 불과 50킬로미터 떨어져 있었다) 프로보는 아내에게 그토록 오랜 시간이 지난 후에도 아직 생생한 친구의 죽음에 대해 이야기할 것이다. 프로보는 엔지니어다운 자신의 애도법을 들려줄 것이고, 그 이야기를 들은 레티치아는 그가 더욱 애틋해질 것이다.

황혼 속을 달리며 프로보는 자기가 친구에게 일어난 그 끔찍하고 믿기 힘든 사고의 부조리함을 수학적으로 증명하려고 얼마나 노력했는지 처음으로 레티치아에게 들려준다. 모든 계산이 딱 들어맞지 않더라도 그는 그래야 친구의 죽음을 받아들일 수 있을 것 같았다고 했다.

프로보는 사고의 발생 가능성을 계산하기 위해 헬리콥터의 항로와 속도, 비행 고도, 물탱크의 무게, 풍속과 충돌 순간 오토바이의 속도까지 사고와 관련된 모든 데이터를 수집했다.

이를 바탕으로 치밀한 계산에 따라 도출된 결과는, 프로보가 증명하려 했던 것과 정반대의 것이었다. 즉, 그 사고는 극도로 희박한 가능성에 의한 것이 아니라 몇 가지 바꿀 수 없는 요인들의 상호작용으로 인해 일어난 불가항력적인 현상이었다.

이런 결론에 이른 프로보는 발상을 바꿔서 레티치아처럼 생각해 보기로 했다. 아내처럼 단순하지만 창의적으로 생각하니 계산이 쉬워졌다고 했다. 그 말에 레티치아는 마음이 더 애틋해졌다.

프로보의 계산법은 이러했다. 먼저 헬리콥터가 1초에 몇 미터를 비행했을지 생각해 보았다. 가지고 있던 자료를 바탕으로 계산한 결과, 당시 헬리콥터는 초속 43미터로 비행 중이었다. 즉 1초에 43미터를 비행했다는 뜻이다. 그렇다면 알디노는? 알디노는 1초에 몇 미터를 주행했을까? 그는 초속 23.5미터로 주행 중이었다. 다른 요소가 변하지 않는다는 전제 하에 고리가 1초만 늦게 끊어졌다면 물탱크는 사고지점에서 동쪽으로 43미터 떨어진 성 레오나르도 성당 위에 떨어졌을 것이다. 그때 알디노는 사고지점에서 23.5미터 앞을 지나고 있었을 테니 하늘에서 물탱크가 떨어진 지도 모르고 오늘처럼 목적지인 푼타 알라를 향해 유유히 오토바이를 몰고 갔을 것이다. 불과 1초 차이로 말이다. 만약 고리가 0.1초 뒤에 끊어졌다면? 평상시에 0.1초는 무의미한 시간이다. 눈 깜짝할 사이에 지나가는, 추상적인 시간이다. 하지만 사고 당일 고리가 0.1초 늦게 끊어졌다면 물탱크는 사고지점으로부터 4.3미터 앞에 떨어졌을 테고, 알디노는 사고지점으로부터 2.3미터 앞을 지나고 있었을 테니 물탱크가 떨오지는 장면을 목격하고 깜짝 놀랐을 망정 다치지는 않았을 것이다.

그렇다면 고리가 0.05초 뒤에 떨어졌다면? 같은 원리로 물탱크는 2.15미터 앞에서 떨어지고 오토바이는 1.25미터 앞을 지나고 있었을 테니 알디노는 성모 마리아께 감사의 촛불을 바쳐야 할 정도로 아슬아슬하게 목숨을 부지했을 것이다.

고리가 0.03초 뒤에 떨어졌다면? '쾅' 물탱크가 1.3미터 앞에 떨어졌을 테고 오토바이는 70센티미터 앞을 지나고 있을 테니 알디노는 물탱크 밑에 깔려 사망했을 것이다.

결론적으로 알디노는 0.003초 차이로 예기치 못한 죽음을 맞은 것이다.

프로보가 설명을 멈추고 레티치아에게 자기 말을 이해했는지 묻자 레티치아는 그렇다고 한다. 그 말은 사실이었다. 그녀는 평소와 달리 남편의 말에 주의 깊게 귀를 기울였다. 그녀가 보기에 남편의 행위는 스스로의 자화상을 그리는 것에 지나지 않았기에, 마음이 애틋해졌다. 레스토랑이 있는 광장에 이르자 프로보는 아무 말 없이 차를 세운다. 라이트를 끄고, 시동을 끄고, 창문을 내리더니 담뱃불을 붙인다.

프로보는 다시 말을 잇는다. 그가 그런 결론에 도달할 수 있었던 것은 레티치아처럼 생각했기 때문이었다고 한다. 그 덕에 수십 번의 계산을 통해 복잡하고 무의미한 결론에 도달하는 대신 한 번의 계산으로 단순하지만 끔찍한 결론에 도달했다고 한다.

건축가식 사고방식이라고 레티치아가 말하자, 프로보는 아니라고 한다.

건축가가 아니라 레티치아 칼라브로 다운 사고방식이라고.

프로보는 그로 인해 알디노의 죽음을 전혀 다른 관점으로 바라보게 되었다고 한다. 오래 전부터 하던 생각을 그날 밤 처음 아내에게 이야기하는 거라면서.

물탱크를 매달고 비행 중이던 헬리콥터 고리가 알디노의 오토바이가 지나가던 바로 그 순간 끊어질 확률이 0퍼센트에 가깝다는 것은 굳이 복잡한 계산을 하지 않아도 알 수 있다. 그런 일이 일어날 확률은 얼마나 될까. 백만 분의 일? 십억만분의 일? 그런 것은 중요치 않았다. 피할 곳을 찾아 뛰던 중에 벼락을 맞는 것보다 확률이 낮은 일이었다. 실제 프로보의 동료 엔지니어인 체키씨가 프랑스에서 벼락을 맞은 적이 있었지만, 그때는 강한 뇌우가 몰아치는 중이었고 사방에서 번개가 땅에 내리꽂히고 있었다.

프로보는 담배 연기를 내뿜으며 허공을 바라보다 알디노의 죽음을 둘러싼 정황은 그보다 훨씬 희박하고 복잡하다고 한다. 그가 당한 사고는 확률을 계산하는 것이 무의미한, 불가능에 가까운 사건이었다.

무한대로 0퍼센트에 근접하는 확률로 일어나는 사건은 수없이 많지만, 알디노의 죽음에 필적할 만한 사건은 하나밖에 없는데, 그것은 바로 알디노가 자기 손에 살해당하는 것이라고 한다. 그런 생각이 머릿속에서 지워지지 않는다고 한다.

프로보는 미소를 지으며 담배를 깊이 빨아들인다. 이제는 해가 완전히 져서 빨간 담뱃불이 어둠 속에 잠긴 프로보의 얼굴을 밝힌다. 그는 아무 말 없이 아내의 어렴풋한 윤곽을 지긋이 바라본다.

레티치아가 그게 대체 무슨 말이냐고 묻자 프로보는 다시 입을 연다.

자신과 알디노의 우정이 얼마나 깊고 특별했는지 알지 않냐고, 아내에게 묻는다. 그들은 많은 일을 함께 겪고 속내까지 잘 아는 사이였지만, 딱 두 번 크게 싸운 적이 있었다. 그동안 그런 이야기를 하지 않았던 것은, 두 경우 모두 뒤끝 없이 빨리 마무리되었기 때문이었다. 처음 다툰 것은 스무 살 대학생이었을 때였는데, 이제는 그 이유조차 잘 기억나지 않았다. 함께 파티에 갔다가 여자 문제로 다툰 것 같은데, 아마도 자기가 잘못을 했었던 것 같다고 했다.

그보다 훨씬 후에, 둘 다 대학을 졸업하고, 결혼하고, 아이를 낳은 후에 일어난 두 번째 싸움에 대해서는 기억이 또렷했고 알디노가 죽은 뒤에도 자주 생각이 났다. 그 일이 그토록 생생하게 기억나는 건 둘 다 무장 상태였기 때문이었다. 둘이 발롬브로사에 있는 알디노의 장인 소유지로 사냥을 하러 갔었는데, 그때 알디노가 프로보가 쏠 차례였던 자고새를 향해 먼저 발포한 것이다. 그것도 프로보 등 뒤에서 그의 어깨 위를 겨눈 채 갑자기 총을 쐈다. 표적에 집중한 나머지 귀 옆에서 두 발의 총성이 울릴 것을 꿈에도 몰랐던 프로보는 혼비백산했다. 물론 알디노가 잘못한 것은 사실이었다. 그는 치사하고 위험한 짓을 했다. 하지만 그날 프로보의 반응도 지나쳤다. 프로보는 가슴 속에 품고 있던 모든 분노를 끌어모아 알디노에게 쏟아부었다. 그에게 악을 쓰며 온갖 욕설을 퍼부었는데, 대부분은 부당한 내용이었다. 그러다 분을 못 이겨 몸을 바들바들 떨면서 알디노를 그 자리에 내버려두고 가버렸다. 혼자 남은 알디노의 발 앞에 개가 그 빌어먹을 자고새 시체를 물어다 놓았다.

이야기를 마친 프로보가 아내에게 묻는다.

"화가 나서 정신이 나간 상태에서 단 0.03초라도 정말로 알디노를 죽이고 싶은 충동을 느꼈을 수도 있잖아?"

당시 그는 장전된 라이플을 손에 든 채 친구가 천하의 몹쓸 인간인 양 분노와 비난을 쏟았다. 그 와중에 인지하지 못할 정도로 짧은 순간, 친구의 면상을 향해 총을 겨누고 발사하고 싶은 충동을 참았을 수도 있지 않았겠는가.

순간 정적이 흘렀다.

레티치아는 무슨 말을 해야 할지 모른다. 그때 노란 헤드라이트 불빛이 어둠을 가르며 두 사람이 탄 차를 향해 다가온다. 티티 만수티의 시트로엥이다. 레티치아는 여전히 아무 말도 하지 않는다.

"그때 난 난 정말 그랬어." 프로보는 말한다. 친구를 총으로 쏘고 싶은 충동을 참았었다고. 그러니 일어날 가능성이 희박한 일련의 사건들이 동시에 일어난 0.03초로 인해 생명을 잃은 알디노는, 결국 그날 아침 사냥터에서 프로보에 의해 살해당한 것이나 마찬가지였다. 프로보는 결과적으로 두 사건은 똑같다고 하고는 담배를 버리고, 차문을 열고, 밖으로 나간다. 레티치아는 그런 남편을 따라 차에서 내린다. 멈춰선 시트로엥에서 티티와 그녀의 두 딸이 내리자 일행은 서로 포옹하고 레스토랑으로 들어 간다.

그때 레스토랑에서 북쪽으로 20킬로미터 떨어진 곳에서 이레네는 해변으로 가기 위해 집을 나서고 자코모는 누나가 나가는 모습을 보고 안도한다. 이레네가 집에 있으면 못 할 일을 할 수 있게 되었기 때문이다. 이레네는 모든 말을 엿듣고, 모든 것을 알아냈다. 심지어는 들은 적도 없고, 증거도 없는 일까지 신기하게 알아맞혔다. 그런 누나가 없으니 이제는 원하던 일을 할 수 있게 된 거다. 자코모는 확인하고 싶은 것이 있었다. 그는 수화기를 들고 삼엄나무 울타리 너머, 불과 40미터 거리에 있는 라테스가의 전화번호를 누른다. 전화벨이 한 번, 두 번 울리자 누군가 전화를 받는다.

"누구세요?"

루이사의 어머니다.

"안녕하세요."

자코모가 목소리를 바꿔서 말한다.

"죄송하지만, 루이사 있나요?"

"루이사는 집에 없는데. 누구니?"

자코모는 소파에 앉아 전화기를 끌어 앉은채 몸이 굳어버린다.

"여보세요?" 수화기에서 루이사의 어머니 목소리가 들려온다.

"여보세요?"

자코모는 수화기를 내려놓는다. 루이사는 그에게 그날 저녁 외출하지 않을 거라고 했다.

그러는 동안 이레네는 이미 정원을 지나 모래언덕으로 이어지는 오솔길을 따라 유령처럼 걷고 있다. 모래언덕 너머로 해변이 펼쳐져 있고, 그 너머로 물리넬리의 바다가 보인다.

그때 마르코와 루이사는 바라티 해변의 소나무 숲 쉼터에서 포카차 샌드위치를 먹고 있다. 당장이라도 부둥켜 안고 싶은 마음을 참고, 특별히 이야기도 많이 나누지 않고 그저 포카차 샌드위치와 맥주를 먹고 마신다.

네 샌드위치는 맛있니? 너무 맛있어. 내 것도. 하나 더 먹을까?

둘은 이제부터 일어날 일은 기다려 왔다. 둘 다 잠시 후 해변에서 어떤 일이 일어날지 너무나 잘 알고 있었다. 마르코는 2년 전부터. 루이사는 5년, 아니 어쩌면 10년 전부터. 사실 루이사는 마르코를 처음 만났을 때부터 그렇게 될 거라는 사실을 알고 있었다. 마르코 카레라. 그 이름만 들으면 언제나 가슴이 뛰었다.

가족 간 사이가 틀어지기 전, 그녀가 아주 어렸을 때부터 그랬다.

마르코가 겁을 주는 시늉을 하면서 해변에서 루이사의 뒤를 쫓던 때부터. 마르코와 이레네가 루이사와 카를로에게 보트 조종법을 가르쳐주던 때부터. 카레라라는 이름이 금기어가 된 후에 그가 여전히 아무 일도 없었던 것처럼 해변에서 그녀를 향해 미소를 보내며 상냥하게 대해 주었을 때부터. 이레네와 카를로가 사귀면서 보란 듯이 애정행각을 벌였을 때, 루이사는 겨우 열 살이었지만 기뻤다. 사랑은 그 어떤 장애도 극복할 수 있다고 생각했으니까. 언젠가는 자기와 마르코도 그럴 거라고 생각했으니까.

그날 해변에서 마르코를 바라보며 천천히 샌드위치를 씹으며, 루이사의 머릿속에는 이 순간을 갈망했던 수많은 순간이, 그러니까 그녀의 삶 전체가 스쳐 지나간다. 하늘을 찌를 듯이 치솟은 잎이 무성한 소나무와 먼 도시의 불빛을 반사하는 잔잔한 바다. 달빛 하나 없는 한없이 달콤한 8월의 여름밤, 바라티 해변의 때 묻지 않은 아름다움이 오직 그녀와 마르코가 평생 꿈꿔온 단

하나의 진정한 소망이 이루어지는 것을 축하하기 위해 준비된 것 같았다.

한편 감베로 로소에서 레티치아는 마주 앉은 남편에게 여전히 애틋함을 느낀다. 시간이 갈수록 애틋한 마음은 커져만 가고, 급기야는 그가 매력적으로 느껴진다.

세상에. 레티치아가 프로보에게 매력을 느끼다니. 둘이 마지막으로 섹스를 했던 것이 언제였던가. 몇 년이 지났는지 기억조차 나지 않았다. 논리적이고, 고리타분한 원칙주의자 프로보가 갑자기 매력적으로 보이는 건 죽은 친구와의 일화 때문일까?

아니면 그가 찾아낸 멋진 레스토랑 때문인가? 맛있는 음식 냄새, 흥겨운 소리, 끝내주는 음식과 행복한 사람들로 가득한 식당이 아니었다면, 그날의 생일파티는 별 볼 일 없고 우울하게 끝났을 것이다. 레티치아는 원래 대식가는 아니었지만, 그날 저녁은 모든 메뉴가 환상적이었다. 사프란 해산물 수프, 타라곤과 새우를 넣고 익힌 찹쌀 요리, 파를 넣은 연어 그라탱, 샬롯을 곁들인 오레키에테 파스타, 농어 파이에 산 빈첸초 해변에서 잡은 신선한 생선 요리까지….

그야말로 시대를 앞서나가는 메뉴였다. 레티치아는 좋아하는 사람이나 물건을 설명할 때 '시대를 앞서는' 이라는 수식어를 붙이는 것을 좋아했다. 그녀는 자주 "시대를 앞서는" "시대를 상당히 앞서는" "확연히 시대를 앞서는"이라는 표현을 사용하곤 했다.

시공간적인 개념을 내포하는 앞선다는 표현은 때로는 들어맞기도 했고 때로는 그렇지 못했다. 그러니까 빨간 가재 레스토랑의 혁신적인 메뉴처럼 실제로 시대를 앞서나갔던 것으로 판명된 경우도 있었고 레티치아가 신봉했던 급진적 건축처럼 그렇지 못한 경우도 있었다. 하지만 레티치아의 미학적 판단 기준은 언제나 확고했다. 앞서나가지 않은 것은 아름다울 수 없었다.

계절과일로 만든 수플레, 달콤한 빈 산토에 자바이오네 크림을 곁들인 산딸기 그라탱에 특별 디저트까지….

멋진 만찬의 덕분인지 레티치아는 프로보에게 새삼 이끌린다. 사반세기 전에 그랬던 것처럼 그가 멋지고 매력적으로 보인다. 그날 오후만 해도 상상조차 못했을 일이 갑자기 자연스러운 감정이 된다. 사실 그들은 부부가 아니던가. 25년 전에 서로를 선택했고 서로를 원했고 지금도 서로를 원하고 있었다. 식사를 마친 후 티티는 말짱한 정신으로 프로보와 레티치아에게 고마움을 표한 뒤 시트로엥을 타고 푼타 알라로 떠나갔지만, 빨간 가재 레스토랑은 여전히 그곳에 있었다. 피노키오에 나오는 빨간 가재 여관처럼 손님이 묵을 방은 없었지만, 상관없다. 프로보와 레티치아 앞에는 조용하고 인적이 드문, 때 묻지 않은 해변이 펼쳐져 있었으니까. 둘은 그라타마코 화이트 와인에 취해 비틀거리며, 서로를 꼭 껴안은 채 해변에서 가장 어두운 곳을 찾아 헤맸다.

이렇게 해서 럼과 누텔라 잼이라는 기막힌 조합에 취해서 소파에 쓰러져 잠든 자코모를 제외하고, 그날 밤 카레라 가문의 다섯 식구 중 넷은 각자 같은 해안의 다른 지점의 모래 위에 몸을 눕히고 같은 파도 소리의 애무를 받으며, 각기 다른 즐거움을 맛보게 된다.

레티치아와 프로보는 산 빈첸초 해변에서 무모한 열정에 취해 그 무엇과도 비교할 수 없는 희열을 맛보았다. 둘 다 그런 일은 다시는 반복되지 않을 것을 알았기에 더욱 그랬을 것이다.

브라티 해변에서는 마르코가 루이사와 함께 그보다 더 큰 희열을 맛보고 있었다. 그것은 입맞춤으로 부풀어 오른 입술과 앞으로도 그런 쾌락이 수없이 반복될 것이라는 확신에서 오는 희열이었지만, 그 확신은 헛된 환상일 뿐이었다.

마지막으로 볼게리에서는 이레네가 넷 중 그 누구보다 평온한 상태로, 해변에 누워있었다. 물리넬리 해변의 파도는 고뇌를 멈춘 그녀의 정신과 축 처진 텅 빈 육체를 육지로 돌려주었다. 썰물이 되면 티레노 해의 파도에 희롱당한 그녀의 육신이 해안에서 발견될 터였다.

폭탄이 떨어진다 (2012)

받는사람: 루이사
발송: Gmail: 2012.11.24 00:39
제목: 도와줘
보낸사람: 마르코 카레라

루이사,

갑자기 이런 의문이 떠올라. 책 한 권을 다 읽었다는 것은 무슨 의미일까?

광장에 멈춰 서서 주변을 보면 다들 핸드폰으로 통화를 하고 있어. 그런 모습을 보면 이런 의문이 떠올라. 저들은 대체 무슨 말을 하는 걸까? 핸드폰이 없던 시절에는 다들 어떻게 살았지?

이런 의문도 떠올라. 줄무늬 치약에서 어떻게 두 가지 색 치약이 한꺼번에 나오는 걸까?

알람으로 좋은 음악을 사용해도 아침에 일어나기 힘든 건 마찬가지야.

타임머신은 존재해.

아델레가….

서머타임을 반대하는 사람들도 있어. 일본에는 아예 서머타임이 없대. 오늘은 바람이 강하게 불어서 공중에 날아다니는 것이 많아. 대기실에서 기다리는 건 정말 지루해.

죽었어.

3년 전 다시 이곳으로 이사 왔을 때, 집 뒤에 크레인이 한 대 있었어.

이혼 가정 아이들이 무엇을 그렇게 힘들어하는지 이제야 알았어.

아델레가 죽었어.

얼마 전에 피에몬테에서 도로 사고를 유발한다는 이유로 노루 400마리를 죽이기로 했다는 소식을 읽었어. 이탈리아 부동산 상속의 80퍼센트는 부계 상속이래.

밀라노에 어떤 엔지니어가 사는데, 그 사람은 주말마다 공원에 자리를 잡고 사람들이 하는 이야기를 공짜로 들어준대.

빌 게이츠 부부는 딸이 어렸을 때 컴퓨터 사용 시간을 제한했대.

그런데 내 딸은 죽었어. 내 말 알아들었어? 나의 아델레가 죽어버렸는데, 나는 손녀 때문에 그 애 곁으로 갈 수 없어.

나는 열여섯 살 때 조니 미첼에게 푹 빠졌었어.

도와줘, 루이사. 이번에는 도저히 못 견디겠어.

폭탄을 맞은 것 같아.

연달아 폭탄을 맞은 것 같아.

저기 또 폭탄이 떨어지고 있어.

이런 의문이 떠올라. 불운이 오는 지름길이 따로 있는 걸까, 아니면 그저 우연히 일어나는 걸까?

저기 또 폭탄이 떨어지고 있어.

망각의 연기가 피어나고 있어.

샤쿨 & Co. (2012)

마침내 오고야 말았다. 부모라면 죽는 것보다 더 두려운 그 전화가. 전화를 받는 순간 지옥의 문이 열릴 것이기 때문에 두려워할 수 밖에 없는 전화가. 다행히 모든 부모를 두려움에 떨게 만드는 그 끔찍한 전화를 실제로 받는 사람은 많지 않다. 운명의 저주를 받은 불행한 부모만이 그 전화를 받는다. 신에게 버림받은 불운한 부모만이 그 전화를 받는다. 그렇지만 모두가 그 전화를 받을까 봐 두려워한다. 그중에서 가장 끔찍한 전화는 한밤중에 걸려오는 전화다. 마르코의 경우는 아니었지만, 가장 끔찍한 전화는 한밤중에 단잠을 깨우는 전화다.

'따르릉'

너무나 끔찍한 그 전화는, 받은 적이 없어도 마치 언젠가 한 번은 받은 것 같은 기분이 든다. 누구든 한 번쯤은 한밤중에 전화를 받아본 경험이 있으니까. 살면서 한 번쯤은 전화 소리에 화들짝 놀라 잠에서 깬 적이 있으니까.

'따르릉'

온몸의 피가 얼어붙는 듯한 느낌에 시계를 보니 새벽 3시 45분이다. 혹은 4시 17분일 수도 있다. 그 순간 모두 같은 생각을 하면서 수화기를 들기 전에 잠시 망설일 것이다.

'따르릉'

기도하기 위해서. 그렇다. 믿음이 없는 자들도 그 소식을 알리는 전화가 아니기를 기도할 것이다. 차라리 길가에 세워둔 차나 옆 건물에 불이 난 것이기를 기도할 것이다. 그렇지만 차나 옆 건물에 불이 나는 경우는 거의 없다.

'따르릉'

모두 그런 사실을 너무나 잘 알고 있다. 모두 다른 이가 희생자이기를 기도하느라 망설일 것이다. 자애로우신 주여, 부탁드립니다. 전능하신 아버지, 당신께 기도드리지 않았던 이 우매한 인간을 용서해 주소서.

'따르릉'

이 우매하고 거만하기 짝이 없는 인간이 당신을 멀리하고, 당신의 법을 위반하고 당신 앞에 죄를 짓고, 당신을 욕되게 했습니다. 저라는 인간은 당신의 이름을 입에 담을 수조차 없습니다. 저는 쓸모없는 인간입니다. 지옥의 나락에 떨어져 마땅합니다.

'따르릉'

하나님 아버지. 그럼에도 당신께 기도드립니다. 지금 이순간 이곳에서, 바닥에 무릎을 꿇고, 바닥을 향해 고개를 수그리고, 바닥에 엎드려 온 마음을 다해 기도드립니다. 제발, 그 소식을 전하는 전화가 아니게 하소서.

'따르릉'

그 전화만은 아니게 하소서. 차라리 나를 데려가 주소서. 지금 당장이라도 괜찮습니다. 이 땅에 남아 고통받는 것이 저의 의무라면, 그렇다면 차라리 제 어머니를 데려가소서. 마음이 찢어지겠지만 그래도 차라리 제 어머니를 데려가소서. 제 아버지, 형제, 자매도 괜찮습니다. 제 모든 것을 가져가소서. 제 건강을 빼앗아 가소서. 저를 고아로 만들어도 괜찮습니다.

'따르릉'

저를 거지로, 병자로 만들어도 상관없습니다. 오, 전능하신 아버지여. 이렇게 애원하오니 제발, 저를….

모두 여기서 말을 멈출 수밖에 없다. 이탈리아인, 프랑스인, 영국인, 독일인, 스페인인, 포르투갈인들은 여기서 말을 잇지 못할 것이다. 그들의 언어에는 그것을 표현할 단어가 없기 때문에.

대신 히브리어에는 그런 단어가 있다. 아랍어, 고대와 현대 그리스어와 수많은 아프리카 소수어에는 그런 단어가 있다. 산스크리트어를 사용하는 얼마 안 되는 사람들도 그 단어를 안다. 그래 봤자 달라질 것은 없지만. 어떤 언어에는 그 지옥 같은 상태를 부르는 단어가 있고, 어떤 언어에는 그런 단어가 존재하지 않을 뿐.

'따르릉'

차마 수화기를 들지 못하고 기도하는 동안 한밤의 전화는 계속해서 울린다. 막상 전화를 받으면 별일 아닐 수도 있다. 차에서 불이 났다는 소식을 전하는 전화일 확률보다는 아무 일도 아닌 확률이 더 높다.

"여보세요?" "여보세요?"

상대편은 아무런 대답이 없다. 그렇다. 그럴 수도 있다. 장난 전화일 수도 있다.

끔찍한 전화가 왔다고 착각하게 만들려는 잔혹한 장난 전화일 수 있다. 겁을 줘서 한밤중에 세상에서 가장 가슴 아픈 기도를 읊게 하려는 끔찍한 전화일 수 있다.

우리의 친구 마르코도 할 수만 있었다면 기도를 했을 것이다. 하지만 그는 기도조차 하지 못했다. 운명의 전화가 한밤중이 아니라 일요일 오후 4시 35분에 걸려 왔으니까. 그때 마르코는 가을 늦은 오후의 희미한 햇살 아래 소파에서 할 애쉬비 감독의 〈찬스〉를 시청하고 있었다. 손녀 미라이진은 그의 무릎을 베고 쌔근쌔근 잠이 들어있었다. 그날 그는 행복했고 심지어는 만족스럽기까지 했다. 아델레가 주말마다 친구들과 등산을 하러 가거나 서핑을 하러 갈 때마다 사로잡혔던 불안감에서 드디어 자유로워진 것 같았다. 아델레의 친구들은 정상적이고 책임감 있는 좋은 사람들 같았기에, 마르코는 아델레가 그들과 어울려 다니게 내버려 두었다. 아델레는 운동신경이 뛰어나서 사춘기 이후로는 혼자 서핑과 클라이밍을 하는 친구들과 어울려 다녔다. 물론 처음에는 마르코도 아델레가 가는 곳마다 따라다녔다. 하지만 딸을 따라다니는 부모가 자기밖에 없어서 언젠가부터는 민망한 마음에 함께 가지 않게 됐다. 딸 뒤를 쫓아다니는 것보다 차라리 안 보내는 것이 낫겠다 싶기 때문이기도 했다. 언젠가부터 마르코는 홀로 집에 남아 불안에 떨면서 아델레가 돌아오기를 기다리게 됐다. 아침이든 오후든 저녁이든 상관없었다. 그는 딸을 혼자 보내기를 잘한 건지 잘못한 건지 자문하면서 딸을 기다렸다. 아델레는 클라이밍과 서핑을 정말 좋아했지만, 둘 다 위험한 스포츠였다. 테니스와는 달랐다. 아델레는 테니스를 좋아하지 않았다. 어렸을 때 펜싱은 좋아했지만, 피, 죽음, 위험의 상징인 검을 사용하는 운동이라 그만두었다. 물론 마르코는 중력의 법칙에 반하는 스포츠를 금지할 수도 있었다. 클라이밍과 서핑은 강한 카타르시스를 주는 스포츠지만 그만큼 위험이 따랐고, 마르코는 아버지로서 아델레가 그런 활동을 하는 것을 허락하지 않을 수도 있었다. 하지만 그는 그렇게 하지 않고 딸이 자유롭게 다니는 것을 허락해 주고는 혼자서 불안감에 시달렸다. 아델레가 없는 날이면 잠들기 전에 한밤중에 그 끔찍한 전화를 받을까 봐 정적이 흐르는 집 안에서 두려움에 떨었다. 화장실에 가려고 잠이 깨면 다시 잠들지 못하고 클로노핀, 자낙스, 바륨 같은 신경 안정제를 먹어야 했다. 물론 그동안 아무런 사고도 일어나지 않았다. 그것만은 인정해 줘야 한다. 밤낮할 것 없이 경미한 사고 소식조차 받은 적이 없었다. 발목을 접질리거나 긁힌 적도 없었다. 굳이 한가지 이야기하자면 그렇게 여기저기 돌아다니다 어느 날 갑자기 임신을 해서 집으로 돌아오기는 했다. 하지만 그것은 전혀 다른 이야기다. 그는 스무 살에 아이 아빠도 없이 임신한 딸을 군말 없이 받아들였다. 자신이 과연 잘하는 건지 잘 못 하는 건지 의심하며 괴로워하면서도 딸에게는 자신의 내적 고뇌를 내색하지 않았다. 다른 한편으로 아델레는 훌륭한 딸이었기 때문이다. 아델레는 착하고, 분별력 있고, 믿음직한 딸이었다. 그 애는 정말 잘 자라주었다. 어린 시절 여기저기 끌려다니며 겪은 트라우마를 생각하면 그 정도로 자란 것도 기적이었다. 어린 시절 아델레는 정신 나간 엄마와 자기 딸도 제대로 보호하지 못하는 어리석은 아빠의 손에 이끌려 이탈리아에서 독일로, 독일에서 다시 로마로, 그리고 로마에서 뮌헨으로, 뮌헨에서 피렌체로 옮겨 다녔다. 그러는 동안 어린 아델레의 몸에는 고통이 물방울처럼 방울방울 맺혔다. 그런 경험을 했으니 어디 한 군데 망가질 법도 했는데, 아델레는 놀랍도록 잘 자라주었다. 유일하게 비정상적인 행동을 했던 것은 어린 시절, 마르코와 마리나가 미처 감지하지 못한 위험을 알리기 위해 자기 등에 줄이 달렸다고 했었을 때였다. 아델레의 줄은 부모님이 문제를 인식한 후에 바로 사라졌다가 상황이 통제 불가능할 정도로 악화하자 부활했다. 아델레는 그 줄로 뮌헨 전체를 도저히 빠져나올 수 없는 거미집으로 만들어 그녀의 못 미더운 부모에게 (그러니까 정신 나간 어머니와 그녀를 지켜주지 못한 아버지에게) 문제 해결 방안을 제시해 주었다. 말하자면 아델레는 줄을 이용해서 가족을 행복하게 만들어주지는 못했지만, 그나마 덜 불행한 길로 인도해 준 것이다. 우리의 친구 마르코는 나중에야 그런 사실을 깨닫는다. 그는 딸이 강하고 본능적인 현명함을 타고났다는 것을 알았고, 그런 그녀에게 최소한의 안정을 제공해 주기 위해 애썼다. 결국 아델레에게 필요했던 것은 최소한의 안정이었다. 그것이 고통을 수반해도 어쩔 수 없었다.

그렇게 아델레는 정신병원에 있는 어머니를 정기적으로 찾고, 배다른 독일 여동생에 대한 말로 표현할 수 없는 애정을 바탕으로 규칙적이고 평온한 일상을 만들었다. (현명한 아델레는 둘 다 어느 정도 나이가 든 후에야 동생을 향한 애정을 표현하기 시작했다) 그렇게 아델레는 새롭게 형성된 안정에 기대어 드디어 등에 난 줄을 영원히 거둬들이고 이른바 '모범적인 학생'으로 거듭났다. 그리고 나중에는 학업과 일을 훌륭하게 병행하면서 서핑과 클라이밍까지 하는 '모범적인 싱글 맘'이 됐다. 아델레가 파도와 절벽을 찾아 떠나면 마르코는 손녀 미라이진과 함께 집에 남았다. 아델레가 야행의 자연에서 현명함을 재충전하는 동안 마르코는 집에서 손녀와 함께 딸을 기다리며 손녀를 안심시키고 조용히 자신의 불안한 마음을 다스렸고, 그것은 그의 일상이 되었다. 그렇게 몇 년이 지나고, 드디어 아델레가 자유롭게 다니도록 놔두기를 잘했다고 생각하게 된 것이다. 고통을 감내할 가치가 있었다는 생각을 하게 된 것이다.

적어도 그 전화를 받기 전까지는 그랬다. 그 전화를 받은 후에 마르코는 자신이 정말로 저주받은 운명이라는 사실을 깨달았다. 누나가 죽었을 때도 신이 자신을 버렸다고 생각했었는데 그때보다 훨씬 더 심각하게 신으로부터 버림받은 자라는 사실을 깨달았다.

그런데 모든 부모를 두려움에 떨게 하지만, 실제로 받는 이는 얼마 되지 않는 그 전화가 오고야 만 것이다. 운명의 저주를 받은 얼마 안 되는 불행한 부모만 받는 그 전화를. 대부분 언어에는 이들을 부르는 이름조차 없지만 히브리어에는 있다. 샤쿨shakul은 '자식을 잃다'는 의미의 히브리어 동사 샤칼shakal에서 파생된 단어이다. 아랍어로는 같은 동사에서 파생된 타아킬thaakil, 산스크리트어로는 빌로마vilomah인데 이는 곧 '자연의 법칙을 거스른다'라는 뜻이다. 이 외에도 수많은 아프리카 소수어에도 자식을 잃은 부모를 일컫는 단어가 있다. 샤쿨보다는 덜 포괄적이지만 현대 그리스어의 차로캄메노스charokammenos는 '죽음으로 인해 가슴이 타들어간다'라는 뜻인데 일반적으로 애도하는 마음에 고통스러워하는 이를 가르치지만 실제로 이 동사가 사용되는 것은 자식을 잃었을 때뿐이다.

자식을 잃는 것에 대해서는 우리의 친구 마르코의 우상인 파브리치오 데 안드레가 이렇게 노래한 바 있다.

"당신은 아시나요? 나는 두 아이를 잃었답니다. /

부인께서는 참으로 무심하시군요."

그가 무심하다고 한 것은 누군가 죽었을 때 '잃는다'는 표현을 사용하는 것은 적합하지 않기 때문이다. 다른 사람의 죽음에 대한 주어가 내가 된다는 것이 말이 안 되기 때문이다. 예컨대 '나는 딸을 잃었어' '나는 그 애를 떠나보냈어' '나는 그 애가 죽도록 내버려 두었어'와 같은 표현은 모두 일인칭 주어 '나' '나' '나'가 지나치게 강조된다. 이런 표현은 다른 이의 죽음에 대해 말할 때는 너무나 부적합하지만, 자식의 죽음을 이야기할 때만은 일리가 있다. 부모라면 자식의 죽음에 대한 책임이나 죄책감을 어느 정도 느낄 수밖에 없기 때문이다. 앞으로 일어날 일을 막지 못하고, 피하지 못하고, 예측에 실패해 자식을 보호하지 못해서 부모로서 의무를 다하지 못했기 때문이다. 그들은 자식이 죽도록 내버려 두었다. 그렇게 아들과 딸을 잃었다.

우리의 친구 마르코도 그의 삶을 초토화한 그 전화를 받고야 말았다. 어느 가을 일요일 오후에 걸려온 그 전화는 이미 몇 번 쑥대밭이 된 적이 있는 그의 삶을 또다시 망가뜨렸다. 하지만 사람의 삶이 완전히 초토화될 수는 없는 법이다. 그 사실을 증명이라도 하듯 미라이진은 그의 무릎을 벤 채 잠들어 있었다. 몇 초 전에 샤쿨이 된 마르코는 (물론 전화를 건 이는 조심스러운 마음에 마르코에게 딸이 죽었다는 소식을 대놓고 말하지는 못했지만 그는 바로 모든 것을 알아차렸다) 필사적으로 숨을 쉬려했다. 그렇다. 그는 타아킬이었다. 빌로마였다. 차로캄메노스였다. 그의 폐는 꽉 막히고, 공기는 불타는 줄처럼 목을 타고 내려가고, 뱃속에 바닥을 알 수 없는 구멍이 뚫린 것 같고, 머리에서는 북소리가 울리는 것 같았다. 삶이 이 정도로 망가질 수는 없을 것 같았다. 바로 그때 미라이진이 사랑스럽게 눈을 뜨더니 미소를 지어 보였다. 이제 막 두 살하고도 한 달이 된 미라이진은 그럼으로서, 그러니까 그냥 잠에서 깨어나 그를 향해 미소를 지어 보이는 것만으로도 이렇게 말하는 것 같았다.

'이상한 생각은 하지 말아요, 할아버지. 농담이 아니에요. 제가 있으니 이겨내셔야죠.'

저울질 당하다 (2009)

보낸사람:마르코 카레라

받는사람:jackcarr62@yahoo.com

발송: Gmail: 2009. 4.12. 23:19

제목: 어머니의 사진

사랑하는 자코모,

드디어 어머니가 찍은 사진들을 처분했어! 운 좋게 일이 잘 해결됐어. 이제는 정말 이 집을 팔 수 있어.

어머니 물건을 정리하는 것이 아버지 물건을 정리하는 것보다 훨씬 힘들었어. 거기에는 여러 가지 이유가 있어. 솔직히 말하면 지금까지 어머니 물건에는 손도 못 대고 있었어. 어머니가 찍은 사진들은 정말 아름다웠지만, 수천 장에 이르는 사진을 볼 때마다 민망하기도 하고 때로는 상처를 받았거든. 어머니는 주로 자신과 함께 작업한 건축가들이나 예술가들의 사진을 찍었는데, 사진을 볼 때마다 어쩔 수 없이 어머니가 그중에서 누구와 바람을 피웠을지 상상하게 되더라. 게다가 그토록 재능이 넘치는 사람들로 가득한 어머니의 세계 속에 아버지를 위해서는 손바닥만한 공간조차 없었다는 사실에 가슴이 아팠어. 물론 공상과학 소설과 플라스틱 모델로 이루어진 아버지의 세계에도 어머니를 위한 공간은 없었지. 하지만 적어도 아버지의 세계에 다른 여자는 없었어. 고독한 프로보가 만들어 낸 고독한 세계일 뿐이었지. 하지만 어머니가 찍은 사진 속에는 남자, 여자, 예술, 재능 있는 사람들, 건축, 온갖 물건들, 키스, 담배, 미소, 수다, 옷, 신발, 음악, 풍경이 있었고, 그 중심에는 사진을 찍은 어머니가 있었어. 그 모든 것이 어머니를 중심으로 돌고 있었고, 없는 것이 없었어. 아버지만 빼고.

어머니 사진을 정리하기가 망설여 졌던 것도 그래서야. 어쩌면 나는 질투가 났거나 그와 비슷한 감정을 느꼈던 것일지도 몰라. 하지만 세상일이 다 그렇듯이 결국에는 어머니의 사진을 처분할 방법을 찾았어. 나는 그 사진들을 다미 탐부리니 재단에 기부하기로 했어. 다미 탐부리니가 대체 뭐 하는 사람인지 궁금할 거야. 처음에는 나도 그랬으니까. 루이지 다미 탐부리니는 얼마 전에 우연히 알게 된 시에나의 부유한 가문의 후손이야. 호수와 댐까지 소유하고 있을 정도로 엄청난 부동산 부자인 데다 규모는 작지만 대담한 투자 전략으로 유명한 은행과 20세기 도상학 예술 재단을 운영하는 자산가지. 그 사람을 알게 된 건 테니스 시합 때문이야.

어떤 친구가 내게 카시네 테니스 클럽의 자선 더블 토너먼트에 참가해 달라고 부탁했거든. 피렌체 피티 우오모 패션 위크 기간에 진행되는 자선 행사인데 피티 임마지네가 후원하다 보니 공을 네트 위로 제대로 넘길 줄도 모르는 유명 인사와 그들 곁을 얼쩡대는 날파리 같은 놈들 밖에 없었어. 나는 최근 다시 테니스를 시작했는데 요새 컨디션이 좋아. 내가 실력이 좋으니까 선수들의 평균 실력을 높이기 위해 참석해 달라고 한 거야. 혹시 모를까 봐 설명해 주는데, 더블 토너먼트는 경기를 할 때마다 파트너를 제비로 뽑아. 나는 별 무리 없이 준결승까지 진출했는데 그때 만난 파트너가 바로 루이지 다미 탐부리니였어. 솔직히 파트너로서 다미 탐부리니는 나쁘지 않았어. 실수를 많이 하기는 했지만. 더블 폴트를 그렇게 많이 했는데도 우리가 이겼지. 그런데 결승에서 파트너로 다시 만난 거야. 대신 결승전은 치열했어. 상대팀이 강했거든. 내가 워낙 경기를 잘 이끌었고 다미 탐부리니도 더블 폴트를 덜 범해준 덕분에 결국 우리가 우승했지. 다미 탐부리니는 좋아서 어쩔 줄 몰랐어. 나와 연속 두 번이나 파트너가 된 것이 하늘의 도움이라면서 고마움의 표시로 나를 시에나 근처 비코 알토에 있는 그의 빌라로 두 번이나 저녁 초대를 했어. 식사하며 이야기를 나누다 보니 어느 정도 깊은 이야기까지 하게 됐어. 소문에 의하면 다미 탐부리니는 도박꾼이래. 저녁 식사에 초대받았던 그 빌라에서 한 달에 두 번 도박판이 벌어진다나. 하지만 나는 내 과거에 대해서는 말하지 않았어.

재단 이야기도 그때 나온 거야. 20세기 사진 사진작가들의 사진과 포스터, 엽서, 광고판 같은 것을 수집한다길래 혹시나 해서 어머니의 사진 컬렉션 이야기를 꺼내 본 거지. 다미 탐부리니는 자기는 재단 일에 직접 관여하지 않는다면서 자기 휴대전화로 바로 재단 이사장에게 연결해 주더라. 이사장이 적극적으로 나와서 우리는 바로 다음 날로 만나기로 했어. 그렇게 나는 그를 사보나롤라 광장으로 데려가서 어머니의 사진을 보여줬어. 어머니가 아무렇게나 놔둔 사진들을 보여주면서, 처음으로 사진들을 제대로 살펴봤어. 아까도 말했지만, 그때까지 사진을 보는 것이 괴로워서 피했었거든. 그런데 막상 사진을 자세히 보니까 그 가치를 알겠더라. 자코모, 어머니는 수백 장에 달하는 건축가, 디자이너의 흑백 인물사진을 찍었어. 특히 여성 건축가들 사진은 이탈리아에서 둘째가라면 서러울 수준의 컬렉션이었어. 스탠드, 의자, 사이드 테이블 같은 플라스틱 가구 제조 과정을 찍은 사진들이 있었는데 정말 멋졌어. 디자인에서 공장 생산과정까지 모든 과정이 담겨 있었어. 6~70년대 활동한 급진적 건축가 그룹이 기획한 거의 모든 전시회 사진과 시각시visual poem와 관련된 행사 사진도 많았어. 1966년에 '진흙 천사*1966년 피렌체 대홍수 때 물에 잠긴 피렌체를 구호하기 위해서 각처에서 몰려온 자원봉사자들'를 주제로 한 사진들도 있었는데 나는 그런 사진이 있는지도 몰랐어. 그런데 말이야, 자코모. 그중에서 아버지가 찍힌 사진이 있었어. 진흙 천사들 가운데 아버지가 장화와 우비 차림으로 국립 도서관 앞 가로등 아래 서 있었어. 가로등 불빛이 담배를 물고 있는 아버지의 미소 띤 얼굴을 비추고 있었어. 어머니가 평생 찍은 수 없이 많은 사진과 네거티브 필름 중에 아버지의 흔적이 남아 있는 유일한 사진이었어. 생각해 보면 우리 삼 남매가 태어난 것 자체가 기적인 것 같아.

어쨌든 그 재단 이사장이라는 사람도 사진을 보고 감탄했지만, 솔직히 내 눈에는 그러는 척만 하는 것처럼 보였어. 아마 다미 탐부리니가 웬만하면 사진을 다 가져오라고 시킨 것 같아. 이야기가 운송 방법에 이르자 그가 내게 2만 유로를 제시했어. 내가 그에게 돈을 원하지 않는다고 하니 놀라더라. "돈을 안 받으신다니요?" "기부하는 건데 돈을 어떻게 받겠습니까. 맡아 주시는 것만으로도 감사하죠."

그러자 그 남자는 나를 가만히 바라보았어. 그 순간 나는 그에게 '저울질당했어'. 너도 어떤지 모르겠지만 나는 살면서 남한테 저울질 당한 적이 없었어. 그런데 그날 부모님 집 거실에서 나를 바라보는 그 남자의 시선 속에서 나는 확실히 그 남자가 나를 저울질하고 있다는 사실을 느꼈어. 내가 진심인지, 내가 구두쇠인지, 나를 자신의 사기에 끌어들일 수 있는지 저울질했어. 확실한 증거는 없지만 그가 나를 바라보는 동안 나는 '확신했어'. 그가 남의 돈을 훔치는 사기꾼이라는 걸. 왠지 모르게 그런 확신이 들었어. 한참을 바라보다 자기 면상에 침이 날아올 위험을 감수하지 않는 것이 좋겠다고 생각했는지 그는 내 기부를 '받아들였어'. 하지만 그의 얼굴에는 실망하는 표정이 역력했지. 확신컨대 내가 어머니 사진을 기부하려는 생각이었던 것을 알았다면 애초에 여기까지 찾아오지도 않았을 거야.

어쨌든, 자코모, 덕분에 어머니가 남기고 간 흔적이 세월과 함께 빗속의 눈물처럼 사라져 버리진 않게 됐어. 이렇게 다미 탐부리니 재단은 레티치아 칼라브로의 사진을 기증받았고, 사보나롤라 광장 집도 이제 공식 매물로 내놨어. 그런데 부동산 업자 말이 서브프라임 모기지 여파와 주식시장의 위기 등으로 인해 부동산 시장이 무너졌다는 거야. 참, 집은 내 중학교 동창 암피오 페루지니에게 집을 맡겼어. 기억나? 눈 주변에 빨간 모반이 있어서 네가 무서워했잖아.

하지만 어쩌겠니, 좋은 가격에 팔리기를 기대해 보는 수밖에. 그 집을 헐값에 팔아치우고 싶지는 않아. 제값을 주겠다면 대환영이지만 그렇지 않으면 기다릴 거야.

내가 다른 건 몰라도 참을성 하나는 끝내주잖아, 안 그래 동생?

네 메일을 기다릴게.

모니터에 키스를 보내.

형이

십자가의 길 (2003-2005)

프로보 카레라는 런던에 가고 싶다고 선언한 지 얼마 되지 않아 암 선고를 받았다. 당시에는 몰랐지만, 런던에 가고 싶다는 말을 꺼냈을 때 그는 이미 암에 걸린 상태였다. 확실치는 않았지만, 프로보도 자신이 병들었다는 것을 어렴풋이 느끼고 있었을지도 모른다. 그렇게 생각하면 평소와는 다른 그의 행동도 설명이 된다. 피렌체를 떠난다는 것은 프로보 답지 않은 결정이었다. 작업실, 손수 제작한 모형과 기차가 있는 사보라놀라 광장의 집을 떠나 런던 마릴본 어딘가에 원룸을 구하겠다는 것은 정말이지 예상치 못한 결정이었다.

1950년대 런던에서 알디노와 함께 연수 겸 휴가를 보낸 후로 마릴본은 줄곧 프로보의 마음 한구석에 남아 있었다. 당시 프로보는 알디노와 함께 만수티가와 친분이 있는 영국 귀족 집안 소유의 캐번디쉬 광장 저택에서 잊지 못할 20일을 보냈었다. 하지만 대체 누가 그런 사실을 알 수 있었겠는가. 그 후 프로보는 딱 두 번 런던으로 돌아갔다. 한 번은 그로부터 10년 후 레티치아와 사랑의 도피 여행을 떠났을 때였다. 그때 둘은 마릴본에서 한 블록 떨어진 랭험 호텔에 묵었었다. 서로에게 푹 빠져 있던, 행복했던 시절이었다. 마지막으로 런던을 찾은 건 그로부터 또다시 10년이 지난 1972년이었다. 부활절 휴가차 가족들과 함께 다시 런던을 방문했는데, 그때는 이미 불행이 시작된 후였다. 당시 피렌체 엔지니어 협회 이사회 멤버였던 프로보가 런던 출장에 맞춰 직접 기획한 여행이었다.

프로보가 여행사에 여행 예산과 마릴본에서 묵고 싶다는 두 가지 조건만을 제시한 덕에 카레라가 다섯 식구는 칠턴 스트릿에 있는 호텔의 손바닥 만한 방 두 개에서 비좁게 지내야 했다. 이 일로 인해 프로보는 레티치아를 비롯한 가족 모두의 원성을 샀지만 정작 본인은 마릴본에 있다는 사실만으로도 행복해했다. 하지만 그때도 아무도 그 사실을 눈치채지 못했다.

프로보가 그 정도로 과묵하지 않고 평소에 자기표현을 조금만 더 하는 사람이었다면, 심연과 같은 깊은 침묵 속으로 빠져드는 사람이 아니었다면 살면서 한두 번 정도는 런던의 마릴본이야말로 세상에서 가장 멋지고 평온한 곳이라는 말을 했을 것이다. 이레네의 죽음으로 인해 몸과 마음이 마비되었을 때도, 마릴본을 생각하며 상상의 나래를 펼치곤 하던 그였지만, 아무에게도 그런 말을 하지 않았기 때문에 런던으로 이사가겠다는 말은 가족들에게 말 그대로 폭탄선언이었다. 프로보가 자신의 결정을 선포한 것은 2003년 가을의 포근한 일요일 오후 레티치아, 마르코, 아델레를 위해 손수 준비한 음식으로 점심 식사를 마친 직후였다. 식사하는 내내 레티치아는 언제나처럼 자코모가 이제는 크리스마스에도 집에 찾아오지 않는다면서 투덜댔고 프로보는 언제나처럼 묵묵히 듣고만 있었다. 식사를 마친 후 각자 어떡해야 그 자리를 빨리 마무리할지 궁리하고 있는데 갑자기 프로보가 마릴본 있는 원룸으로 옮기겠다는 폭탄선언을 한 것이다. 모두 놀랐지만, 가장 놀란 사람은 레티치아였다. 놀란 정도가 아니라 프로보가 먼저 그런 생각을 한 것을 질투하는 것 같았다. 조지 왕 시대의 분위기가 물씬 감도는 동네, 로버트 아담 후기 양식의 건물들, 오래된 서점, 빵집, 동네 크리켓 선수들로 바글거리는 펍. 윌리엄 터너의 마지막 집과 디킨스가 살았던 집. 엘리자베스 바렛이 로버트 브라우닝과 함께 피렌체로 도망가기 전에 살았던 집. 그뿐만이 아니었다. 월러스 컬렉션, 레티치아와 프로보의 추억이 어린 랭험 호텔, 맨체스터 관장의 전설적인 플라타너스와 예언자 조애나 사우스콧이 마지막까지 머문 집까지….

“그게 대체 무슨 소리야? 플라타너스는 뭐고, 예언자는 또 뭐야?” 레티치아가 혼란스러운 표정으로 묻자 프로보는 카프리 시가를 피우면서 천연덕스럽게 조지 왕 시대를 풍미했던 미친 여자 예언자 이야기를 들려주었다. 자신을 요한 계시록에 나오는 묵시록의 여인이라고 칭한 조애나 사우스콧은 자신이 메시아를 낳을 거라고 예언하지만 실패하고 1814년 64세의 나이로 숨을 거뒀다. 메시아 탄생 예정일 몇 주 후에 일어난 일이었다. 그녀는 메시아를 낳기는커녕 중한 병에 걸려서 크리스마스 직전에 숨을 거뒀다. 그녀의 신봉자들은 그녀가 부활하기를 기다리며 시체가 부패할 때까지 그녀의 죽음을 숨겼다. 그녀가 남긴 예언 중에서 가장 유명한 것은 2004년에 세상의 종말이 온다는 예언이었다. 프로보는 이제 그날이 몇 달 남지 않았으니 자신은 마릴본에서 세상의 종말을 맞이하고 싶다고 했다. 농담하는 기색이 아니었다. 프로보의 계획 속에 레티치아도 포함되어 있는지 아니면 런던으로 떠나는 것이 일흔이 훌쩍 넘은 노부부의 이혼을 의미하는지조차 확실치 않았다. 그는 마릴본에 꽤 괜찮은 원룸이 많다는 사실과 원룸 가격에 대해서도 잘 알고 있었다. 솔직히 싼 가격은 아니었지만, 프로보는 합리적인 가격이라고 했다.

그날 오후 늦게 마르코는 어머니의 전화를 받았다. "네 아빠가 미친 게 아니니? 정신이 나간 것 아니니?" 혼란스럽기는 마르코도 마찬가지였지만, 그는 우선 아버지의 말이 농담이었을 거라며 어머니를 안심시켰다. 알고 보니 건물 양식, 플라타너스, 사우스콧 등 아버지가 마릴본에 관해 들려준 이야기는 모두 영어 위키피디아에 '마릴본'을 입력하면 나오는 내용이었다. 하지만 한때 그렇게나 새로운 것에 목말라 하던 레티치아가 지금은 위키피디아가 무엇인지도 몰랐다. 남편과 달리 레티치아는 인터넷에 별 관심이 없었다. 그것은 정말이지 충격적인 일이었다. 나이가 들면서 레티치아와 프로보의 역할이 뒤바뀌고 있음을 뜻하는 일이었다. 이제 변화를 따라잡지 못하고 뒤처지는 쪽은 레티치아였다. 프로보는 인터넷 세계를 유유히 항해하며 제대로 활용할 줄 알았다. 마르코는 아델레에게 그것이 얼마나 획기적인 일인지 이야기해 주고 싶었다. 인터넷으로 런던 이사 계획을 세운 프로보 할아버지와 인터넷이 뭔지도 잘 모르는 레티치아 할머니. 그것은 코페르니쿠스의 발견에 맞먹는 대혁명이었다. 하지만 할아버지, 할머니의 과거를 모르는 아델레는 그 엄청난 변화를 실감하지 못했고, 미국으로 떠나버린 자코모는 레티치아의 말처럼 더는 가족 일에 관심이 없었다.

하지만 운명의 장난인지 프로보의 결정은 3주 후에 나온 건강검진 결과 때문에 무산되고 말았다. 비 내리는 11월의 어느 금요일, 대변 검사에서 나온 혈흔 때문에 받은 대장내시경 조직검사에서 프로보는 선암에 걸렸다는 비보를 듣게 된다.

런던도, 마릴본도, 모두 안녕이었다. 조애나 사우스콧의 예언과는 다른 의미에서 세상의 종말이 도래한 셈이었다. 이렇게 해서 프로보는 악명높은 십자가의 길로 들어선다. 현대의학의 발달 덕분에 예전처럼 암판정과 동시에 사망 선고를 받는 대신, 환자는 죽음을 향한 길고 지리한, (때로는 너무나 긴) 여정을 떠나게 된다. 십자가의 길에 비교되는 그 고통의 길은 열 네 개*예수가 걸은 고난의 길을 뜻하는 십자가의 길은 총 열 네 지점으로 구성된다. 이상의 짧은 과정들로 구성된다. 병을 발견하고, 조직검사를 하고, 조직검사 결과를 통보받고, 전문의와 상담을 하고, 수술과 화학치료를 두고 고민하고, 둘 중 하나를 선택해야 한다. 치료 초기에는 수술이나 치료 경과를 보고 용기를 얻지만, 결국 수술해도 언젠가는 화학치료를 받아야 한다는 사실을 알게 된다. 그러다 치료 부작용이 나타나, 치료법을 바꾸고, 화학치료를 받다가 언젠가는 치료를 해도 수술을 해야 한다는 사실을 깨닫는 일이 반복되는 것이다.

모두가 직간접적으로 이 길을 걸었다. 아직 이 길을 걷지 못한 이는 언젠가는 걸을 것이다. 이 길을 걸은 적도 없고, 앞으로도 걷지 않을 이는 선택받은 자이거나 불운한 자 가운데 가장 불운한 자일 것이다.

마르코는 처음부터 아버지를 돌보는 부담을 고스란히 도맡았다. 하지만 마르코는 환자 자신이 감당해야 할 부담에 비하면 병간호는 아무것도 아니라는 생각에, 기꺼이 그 일을 감내했다. 아델레의 양육권을 기적적으로 되찾은 뒤 마르코는 전보다 강해지고 부지런해졌다. 프로보는 대장암 수술을 받았지만, 얼마 후 이미 보이지 않는 암세포가 간과 폐까지 전이 됐다는 사실을 알게 됐다. 전이된 암세포 치료를 위해서 의사는 겨울에 강도 높은 화학치료를 받고 봄에 잠시 화학치료를 중단했다가 여름 휴가철이 지나고 가을에 치료 준비를 시작해 겨울에 다시 화학치료를 받는다는 계획을 세웠다. 의사 말로는 환자가 육체적, 정신적으로 그 모든 과정을 감당할 수만 있다면 꽤 오랫동안 어느 정도 정상적인 삶을 살 수 있을 거라고 했다. 그렇게 해서 마르코는 화학치료를 위해 아버지를 병원에 데려다주고, 부작용이 없는지 살피고, 약을 먹이고, CT 촬영을 위해 병원에 가고, 집까지 와서 피 검사를 해 주는 간호사를 수소문하면서 그 와중에 진료도 보고, 아델레까지 돌봐주어야 했다. 마르코에게 결코 쉬운 시기가 아니었지만, 문제는 마르코가 아니라 프로보였다.

프로보의 몸은 치료 과정을 꽤 잘 소화했고, 덕분에 치료 초기부터 전이 부위가 작아지기 시작했다. 워낙 말수가 적었기 때문에 프로보의 심리 상태를 이해하기는 힘들었지만 그렇다고 특별히 기운이 없는 것 같지는 않았다. 충격에서 벗어나지 못한 사람은 오히려 레티치아였다. 그녀는 상황을 받아들이지도 못하고 아내로서 남편을 제대로 간호하지도 못한 채 심각한 우울증에 빠졌다. 심리학은 마르코의 전문분야가 아니었지만 그런 어머니를 보고 있자니 평생 어머니를 돌봐준 정신과 의사가 (의사 역시 이제 노파가 다 됐는데도 끈질기게 상담을 계속하고 있었다) 분별력을 잃은 것은 아닌지 의심스러울 정도였다. 레티치아에게 실질적인 도움을 준 사람은 오히려 아델레였다. 아델레는 친구들과 영국에 갔다가 알게 된 스도쿠라는 게임을 할머니에게 가르쳐 주었다. 레티치아는 스도쿠에 푹 빠졌는데, 이야말로 그녀가 '프로보화'되어 가고 있다는 결정적인 증거였다. 사실 스도쿠라는 게임은 불안한 영혼의 건축가인 레티치아보다는 엉덩이가 무거운 프로보에게 더 어울리는 게임이었으니까. 하지만 정작 프로보는 스도쿠에 관심을 보이지도 않았고 다시는 마릴본 이야기를 꺼내지도 않았다. 치료 때문에 아프고 쇠약해진 몸으로 야심 찬 모형 제작 계획을 세웠으니, 바로 1884년에 완공된 나폴리와 바이아노를 잇는 치르쿰베수비아 구간 철도 재현 계획이었다. 그는 꼼꼼하게 정보를 수집해서 실물과 똑같은 모형을 만들다 여름 휴가 기간 화학치료를 중단하면서 그 작업도 중단했다. 여름이 되자 기운을 차린 프로보는 (의사의 예상이 옳았던 거다) 체치나 마리나에서 중고 보트를 한 대 사들여 하루도 빠짐 없이 바다낚시를 다녔다. 어쩌다 낚시를 하러 다닐 생각을 하게 된 것인지는 알 수 없었다. 과거 알디노와 어울려 다니던 시절 낚시를 하러 다니긴 했지만, 벌써 30년 전의 일이었다. 그런 그가 갑자기 어부의 삶을 살기로 한 거다. 게다가 그는 낚시에 재능이 있었다. 프로보는 동갈치를 잡아서 그것을 미끼로 고등어를 낚았다. 커다란 고등어를 낚으면 육지로 돌아와 자신이 잡은 대어를 들고 기념사진을 찍어서 중고 보트를 알선해 준 오메로의 항구 관리인 사무실 벽에 걸어놓았다. 사진 속 프로보는 건강해 보였다.

그런 삶을 선택함으로써, 프로보는 런던에 가지 않았는데도 레티치아와 자연스레 멀어졌다. 프로보는 아예 5월 중순부터 볼게리로 거처를 옮겨서 9월 말까지 그곳에서 지냈는데, 그 집을 싫어했던 레티치아는 그와 함께 가지 않았다. 그녀는 그 집에 혼자 있는 것을 유난히 힘들어했다. 그렇다고 남편과 낚시하러 가는 것은 상상할 수 없었다. 결국, 나이가 들면서 의외로 순응주의자가 된 레티치아는 병든 남편을 제대로 돌보지 못했다는 생각에 한계와 죄책감을 느꼈다.

레티치아의 빈자리는 한때 볼게리 별장을 관리하던 이바나 부인의 딸 루치아가 어머니의 뒤를 이어 훌륭하게 메꿔주었다.

그 무렵, 마르코는 셔틀버스 운전기사처럼 여기저기를 정신없이 돌아다녔다. 낮에는 아버지와 시간을 보내기 위해서 피렌체에서 볼게리까지 갔다가 저녁에는 어머니와 축구 경기장 근처에 있는 인도 음식점에서 식사를 하거나 아델레와 동시에 영화관에 모시고 가기 위해 피렌체로 돌아왔다. 아델레가 자기보다 훨씬 나이가 많은 친구들과 토스카나 북서부 아푸아네 알프스 산맥으로 클라이밍을 하러 가기로 한 날은, 딸을 피렌체에서 세라베

차까지 데려다주어야 했다. 어떤 때는 주말에 아델레를 데려다주고, 볼게리로 가서 아버지와 붉은 가재 식당에서 저녁을 먹고, 다음날 함께 바다낚시를 갔다가 오후에 아델레를 데리고 와서 마지막으로 레티치아와 외식을 하기 위해 피렌체로 향했다. 그런 주말은 피렌체, 세라베차, 볼게리, 세라베차, 피렌체를 순회해야 했다. 몹시 힘들었지만, 프로보가 화학치료를 받던 겨울에 비하면 그래도 참을 만했다. 그러다 8월이 되자 불문율이라도 되는 것처럼 온 가족이 볼게리로 모여들었다.

그해에는 심지어 레티치아에게 소환된 자코모까지 노스캐롤라이나에서 아내 바이올렛과 두 딸 아만다와 에밀리를 데리고 오는 바람에 2주 동안 집은 오랜만에 사람들로 북적였다. 하지만 이 기간이야말로 인고의 순간이었다. 모두 건강하던 시절에도 사이좋은 척 연극을 하는 것이 힘들었는데, 모임의 중심에 병이 있을 때는 함께 있는 것 자체가 고역이었다. 게다가 생활 습관은 바뀌었을망정 성격은 변하지 않은 프로보가 자기 상태에 대해서는 일절 입을 열지 않았기 때문에, 대놓고 병 이야기를 할 수도 없었다.

설상가상으로 그해 여름에는 루이사마저 볼게리를 찾지 않았고, 그로 인해 마르코의 고통은 가중했다. 루이사가 여름 내내 볼게리 별장을 찾지 않은 적은 딱 한 번밖에 없었는데 그때는 둘째 아들의 출산 때문에 몸이 안 좋아서 파리에 머물러야 한다는 어쩔 수 없는 이유가 있었다. 하지만 자신이 고통스러운 십자가의 길을 걷고 있던 해에 루이사마저 찾아오지 않자, 마르코는 루이사를 영영 잃었다는 생각이 들었다. 물론, 나중에 사실이 아닌 것으로 밝혀지지만, 그 순간만큼은 그녀를 잃었다는 생각에 기운이 빠졌다.

10월이 되자 프로보의 화학치료가 다시 시작됐지만 얼마 지나지 않아 상황을 급속도로 악화시킬 사건이 터진다. 이미 여름부터 가벼운 열과 함께 체중이 감소하기 시작한 레티치아가 난소암 판정을 받은 거다. 게실염이라며 대수롭지 않게 여긴 동네 의사와는 달리 11월 산부인과 정기검진 결과를 받아보니 난소암이 이미 상당히 진행된 상태였다. 집안 친구인 산부인과 의사는 충격을 받은 나머지 레티치아에게 검사 결과를 통보하기 전에 마르코에게 소식을 알렸고, 전화를 받은 마르코는 진료 중에 뛰쳐나와 산부인과로 향했다. 결국 마르코는 당황한 표정의 산부인과 의사와 간호사 앞에서 자기 입으로 직접 어머니에게 그녀가 암에 걸렸다는 사실을 알렸다. 차를 타고 집으로 가는 내내 레티치아는 '나는 이미 죽은 목숨이야. 더 살아서 뭐하겠어'라고 했다. 집에 와서도 자신의 머리를 쓰다듬어 주는 아들과 무슨 영문인지 몰라 자신을 멍하게 바라보고만 있는 남편에게 '나는 이미 죽은 목숨이야. 더 살아서 뭐하겠어'라는 말만 되뇌었다.

그렇게 두 번째 십자가의 길이 시작됐다. 이번 여정은 전보다 더 고되고, 절망적이고, 빠르게 진행됐다. 정확하게 1년 전에 프로보에 대해서 희망적인 말을 해 주었던 담당 의사는 레티치아에게는 일말의 여지도 남기지 않았다. 솔직함을 넘어서 가혹하게 느껴질 정도였다. 의사는 레티치아와 자기도 함께해야겠다고 우겨서 같이 온 프로보가 듣는 앞에서 희망의 싹을 잘라버리고 불편하고 끔찍한 진실만을 말했다. 의사의 말을 듣고 충격을 받지 않은 사람은 이미 충격 상태에 빠져 있던 레티치아 뿐이었다. 나는 이미 죽은 목숨이라고, 더 살아서 뭐하겠냐고 말하는 순간부터 그녀는 이미 자신의 운명을 받아들였다.

의사는 소용없을 거라면서도 화학치료를 권유했고, 레티치아는 무의미한 일은 못 참던 기세등등했던 젊은 시절과는 달리 순순히 의사의 처방을 받아들었다. 그렇게 해서 크리스마스를 앞두고 마르코는 화학치료를 위해 어머니와 아버지를 둘 다 병원으로 데려다주는 극단적인 경험을 한다. 부모님을 각자의 병실에 바래다주면서 마르코는 수년 전 마리나와 읽었던 데이빗 리빗의 책을 떠올렸다. 아델레를 임신하고 있었을 때였는데, 그때만 해도 부부 사이가 좋던 시기였다. 단편 모음이었다는 것을 제외하고 책 제목도, 자세한 내용도 거의 기억나지 않았지만, 그 책에서도 주인공이 화학치료를 위해 두 부모님을 병원에 데려가는 내용이 있었던 것이 어렴풋이 생각났다.

나중에는 자코모도 마르코를 돕기 위해 미국에서 왔다. 마침 크리스마스 기간이라 이번에도 가족들을 모두 데리고 왔다. 이레네 누나의 방은 건드리지 않는다는 규칙 때문에 자코모의 아이들은 마르코 집에서 아델레와 같은 방을 썼다. 둘 다 아델레 보다 조금 언니였는데 예쁜 얼굴은 아니었고 뼛속까지 미국인이었다. 자코모는 의도적으로 이탈리아적인 것은 아무것도 딸들에게 물려주지 않은 것 같았다. 마흔 살이 넘었는데도 빛나는 그의 미모마저도 말이다. 조카들이 스파게티도 제대로 말지 못해 낑낑대는 모습이나 기본적인 이탈리아어도 모르는 것만 봐도 자코모가 이탈리아에서의 삶과 선을 긋기 위해 얼마나 애를 썼는지 알 수 있었다.

하지만 생각해 보면 그가 미국으로 건너간 지 벌써 20년이 넘었고 귀화한 지는 15년이 지나지 않았던가. 자코모는 10년 전부터 대학에서 기계공학을 가르치고 있고 레티치아의 불만처럼 5년 전부터는 크리스마스에도 고향을 찾지 않았다. 그의 뿌리가 사라지고 있는 것도 그리 놀라운 일은 아니었다.

그러니 바이올렛과 아이들만 먼저 돌려보내고 혼자 피렌체로 남기로 한 결정이 더 의외로 느껴졌다. 하지만 모든 것을 마르코에게 떠맡기고 떠나기가 무리일 정도로 상황이 너무 안 좋았다.

게다가 프로보와 레티치아 둘 다 남은 나날을 병원에서 허비하는 대신 마지막까지 집에서 지내고 싶어 했기 때문에 일이 훨씬 복잡해 졌다. 이렇게 해서 자코모는 정말 오랜만에 미국에서 새롭게 만든 가족의 그늘을 벗어나 완전히 옛 가족의 영향권 안에 들어오게 되었다. 그는 그 지옥 같은 상황에 너무나 능숙하게 대처하고 있는 형을 흉내 내려고 최선을 다했다. 마르코와 함께 화학치료를 위해 부모님을 병원에 데려다주고, 화학치료 부작용 악화로 인해 마르코가 야간 외에도 낮까지 부모님을 맡길 수 있는 간호사를 물색하는 동안에 직접 부모님을 돌봐주었다.

자코모는 직장에 다니고 아델레를 돌보느라 온종일 부모님 곁을 지킬 수 없는 마르코보다 더 열심히 부모님을 보살피려고 노력했다. 그는 거의 온종일 부모님 곁에 머물렀고, 그렇지 않을때는 부모님이 필요하면 언제든 달려갈 태세를 갖추고 있었다. 식료품을 사거나 약을 사러 약국에 갈 때 외에는 외출도 좀처럼 하지 않았다. 저녁에는 부모님이 마실 허브 티를 준비하고, 프로보와 함께 TV를 시청하거나 레티치아와 스도쿠를 했다. 스무 살까지 피렌체에서 살았으니 기분도 전환할 겸 어린 시절 친구나, 옛 애인에게 연락할 법도 한데 그렇게 하지 않았다. 마르코가 아쉬웠던 점은 자신의 바램과는 달리 동생이 조금도 아델레와 가까워지려고 노력하지 않았다는 것이다. 마르코였다면 그동안 만날 기회가 없었던 조카와 친해지려 했을 텐데, 자코모는 자신의 욕구를 철저히 억누르고 죽어가는 부모님을 돌보는 일에 매진했다. 전쟁을 치르는 것처럼 이를 악물고, 눈가리개라도 한 듯 앞만 보고 달렸다. 낮에 일하는 간호사를 구한 후에도 손수 부모님의 약을 준비하고, 주사를 놓고, 혈압을 쟀다. 얼마나 지극정성인지 새로 온 간호사가 의사 아들은 마르코가 아니라 자코모라고 착각할 정도였다. 하지만 그러면서도 자기가 무슨 심각한 실수를 저지를까 봐 두려워하며 계속해서 진짜 의사인 마르코의 의견을 물었고 그럴 때마다 마르코 는 이렇게 대답했다.

"내가 그걸 어떻게 알아? 나는 안과의사라고."

오랜 세월 동안 구석에 처박혀 있던 형에 대한 해묵은 경쟁심이 다시 자코모를 괴롭히기 시작한 거다.

자코모는 어린 시절 쓰던 방에서 잠을 잤다. 하지만 말이 좋아 잠을 자는 것이지 한밤중에 부모님 침실에서 사그락거리는 소리만 들려도 간호사보다 빨리 침실로 달려나갔다. 하루는 새벽 3시에 마르코에게 떨리는 목소리로 전화를 걸어 어머니가 설사를 하다 돌아가실 것 같다고 했다. 마르코는 동생을 안심시키고 간호사를 믿으라고는 했지만 결국 그도 옷을 갈아입고 사보나롤라 광장으로 갔다. 막상 부모님 집에 도착했을 때는 설사약 덕분에 위급한 상황은 끝난 후였다. 그날 밤 어린 시절 그대로 보존된 거실에서 형제는 화해하고 관계를 회복할 수 있었을 것이다. 하지만 둘 중 아무도 먼저 행동에 나서지 않았기 때문에 결국 아무 일도 일어나지 않고 관계는 회복되지 않았다. 비단 그 날밤만이 아니었다. 병원에서 아버지와 어머니가 치료를 받다 잠이 들면 병실에서 조용히 빠져나온 형제는 어두컴컴한 복도에서 마주치곤 했다. 마음속에 담아놓았던 이야기를 털어놓고, 서로 용서할 일은 용서하고 오랜 앙금을 풀기에 완벽할 기회였지만 너무나 오랜 시간이 흐른 나머지 민망한 감정만 남았을 뿐 둘 다 불화의 원인이 무엇이었는지조차 기억하지 못했다. 사실 둘이 관계를 회복한다고 끝날 일은 아니었다. 병상에서 죽어가는 모습에 차마 입이 떨어지지 않았지만, 부모님도 분명 이레네의 죽음 후에 가족의 목을 옥죈 올가미에 대한 책임이 있었다.

그러다 1월 말, 끝이 안 보이던 화학치료가 조금 느슨해지자, 자코모는 갑작스럽게 모든 것을 버려둔 채 미국으로 떠나버렸다. 물론 자코모가 끝까지 함께 하겠다고 한 적은 없었다. 강의도 다시 나가야 하고 다른 할 일도 많을 테니까. 그런데도 그의 출발은 갑작스럽고 부자연스럽게 느껴졌다. 한마디 말도 없다가 갑자기 사라져 버려서인지 그의 부재는 과거처럼 남은 이들에게 공허함을 남겼다. 예전부터 자코모는 공허함을 남기고 떠나버리곤 했다. 마르코는 자코모의 갑작스러운 결정이 원망스러웠지만, 대신 비슷한 시기에 예기치 못한 위안을 받았다. 루이사에게 편지가 온 것이다. 연락을 끊은 지 거의 4년 만에 루이사가 갑자기 아스테카인의 신앙에 대한 아리송한 편지를 보내온 거다. 루이사는 아스테카 신앙에 의하면 전투에서 목숨을 잃은 전사들에 대한 최고의 보상이 벌새로 환생하는 것이라고 했다.

대신 편지 서두에서 마르코가 그립다고 했고, 마지막에는 자기가 모든 것을 망쳐버렸다면서 미안하다고 했다. 마르코는 밤새 그 편지의 의미를 곰곰이 곱씹어보았다. 특히 마지막 문장의 의미를. 하지만 다음날 루이사 때문에 고민하지는 말아야겠다는 결론에 도달했다. 그녀의 의도를 해석하려 하거나, 그녀의 말로 인해 혼란스러워하지도 않아야겠다고 결심했다. 루이사와의 사이에서 일어나는 일은 그냥 받아들여야 했다. 관계를 아예 끊던가(실제로 마르코는 관계를 끊었다고 생각했었다) 그렇지 않으면 그녀를 있는 그대로 받아들여야 했다. 그래서 마르코도 그녀에게 길고 열정적인 편지를 썼다. 그녀에 대한 경계심을 거두고, 4년 전 둘이 각자의 아이들을 데리고 함께 가정을 꾸리기로 약속한 지 몇 주일 만에 갑자기 그 계획을 취소함으로써 그녀가 자신에게 안겼던 고통을 생각하지 않고 말이다. 4년 전 둘은 레나이오네 해변에서 잔잔한 바다에 반짝이는 어선의 불빛과 리보르노의 하늘을 장식하는 불꽃을 바라보면서 함께 살기로 약속했었다. 그런데 루이사가 갑자기 마르코에게 태도가 너무 경직됐다느니 한계를 지킬 줄 모른다느니 하면서 갑자기 파리로 떠나버렸다. 그것은 분명 그녀의 정신과 의사가 했을 법한 말이었다. 그 후 루이사는 마르코에게 편지 한 장 보내지 않고 그를 찾지도 않았다. 그 후 3년 동안 8월이면 볼게리에서 마주치기는 했지만, 그때마다 겨우 인사만 주고받았을 뿐이었고, 그나마 4년째 되는 해에는 아예 오지도 않았다. 단 일주일도, 단 하루도. 하지만 마르코는 그 일은 생각하지 않기로 했다. 그 일을 두고 고민하지도 않고, 항의하지도 않기로 했다. 이번에도 (몇 번째였더라? 세 번째? 네 번째?) 그는 모든 것을 받아들였다. 마르코는 루이사에게 자신의 기가 막힌 처지를 들려주었다. 자신의 삶은 사랑으로 가득하지만, 그에 못지않게 슬픔도 크다고 했다. 가족들로 인해 힘을 얻지만 지치기도 한다고 했다. 그는 자코모가 돌아왔다는 소식을 전하며 동생의 존재가 한편으로는 낯설지만 다른 한편으로는 너무나 익숙하게 느껴졌다고 했다. 동생이 갑작스레 떠나며 남기고 간 공허함을 이야기하며 그 역시 낯설지만 익숙한 감정이라고 했다. 서로 경쟁이라도 하듯 죽음을 향해 달음박질치는 부모님 이야기를 하면서 얼마 전부터 두 사람의 역할이 뒤바뀌는 것을 보면서 애처로움을 느낀다고 했다. 마지막으로 너무나 자연스럽게, 아직도 그녀를 사랑한다고 했다. 루이사는 곧바로 마르코 못지않게 열정적인 답장을 보내왔다. 자신도 마르코를 아직 사랑한다면서, 모든 것을 망쳐버린 줄만 알았는데 그런 것이 아니어서 기쁘다고 했다. 자신도 마르코를 사랑한다면서 부모님의 소식이 안타깝다고 했다. 마르코가 존경스럽다고, 자기도 2년 전 아버지가 암에 걸렸을 때 비슷한 경험을 했지만 두 분이 한꺼번에 병에 걸리다니 너무나도 가혹한 일이라고 했다. 그때부터 둘은 평생 그랬듯 다시 편지를 주고받기 시작했다. 옛날 스타일로, 만년필로 편지를 써서 봉투에 넣고 풀로 봉투를 붙인 다음 우표를 붙였다. 그새 풀이 필요 없는 스티커 우표가 나왔다. 둘은 편지로 사랑을 속삭였다. 자신들의 꿈과 아이들 소식과 미래에 대한 소망도 썼다. 물론 경험상 미래를 기약하는 말을 할 때는 특별히 신중해야 한다는 사실을 둘 다 알고 있었지만. 마르코와 루이사의 불가능한 사랑이, 떨어져 있을 때 빛나는 그들의 사랑이 다시 시작된 것이다.

먼저 숨을 거둔 것은 레티치아였다. 그녀는 5월 초, 일흔 다섯 번째 생일을 앞두고 죽었다. 병에 걸린 후 온순해진 레티치아는 마지막 순간까지 그렇게 서서히, 얌전히 숨을 거두었고, 덕분에 자코모도 미국에서 돌아와 마르코와 '마님'의 마지막을 함께 하기 위해 카스타녜토 카르두치에서부터 달려온 늙은 이바나 부인과 함께 레티치아의 병든 폐가 내는 꾸르륵 소리를 들으며, 그녀가 마지막 숨을 내뱉는 순간을 지킬 수 있었다. 프로보는 그러지 못했다. 프로보는 아내의 임종을 보지 못했다. 그 순간 그는 오랑우탄처럼 보행기에 몸을 의지한 채 입에 거품을 물고 분노를 터뜨리며 온 집안을 돌아다녔고, 간호사는 그런 프로보 뒤를 졸졸 쫓아다녔다. 그런 분노를 표출한 것은 평생 처음이었다. 아마 그 정도의 분노를 느낀 것도 그때가 처음이었을 것이다. 아내와 성격이 뒤바뀌었기 때문인지 그 순간만큼은 오직 분노만이 삶의 유일한 이유인 것처럼 보였다.

레티치아의 장례식은 그녀의 생일에 치러졌다. 장례식에 참석하기 위해 파리에서부터 달려온 루이사는 마르코와 자코모에게 유대인 민간 신앙에 따르면, 야곱처럼 자기가 태어난 날에 죽은 남자는 '차딕tzadik' 즉 '공의로운 자'라 부르고 태어난 날에 죽은 여자는 '차데켓tzadeket'이라 부른다는 이야기를 들려주었다. 편지에는 그런 언급이 없어서 몰랐었는데 알고 보니 루이사는 몇 년 전 아버지가 세상을 떠난 후 파리의 유대인 공동체의 수많은 의례. 의식에 참석하면서 유대교와 다시 가까워진 듯했다. 하지만 막상 마르코 가까이에 있게 되자 루이사는 또다시 불안해했다. 편지의 열정적인 말투와는 전혀 다른 태도였다. 실제 두 사람 사이의 사랑을 가로막는 장애물은 아무것도 없었는데도, 둘은 신체 접촉을 거의 하지 않았다. 단 한 번, 관을 운송하는 영구차 앞에서 포옹하고 입을 맞췄다. 하지만 그마저도 남몰래 주고받은 가벼운 입맞춤이었고, 혀가 아주 잠시 닿았을 뿐이었다. 물론 자기들 이야기를 나누기에 적합한 상황이 아니라 그냥 내버려 두었지만, 마르코는 루이사의 그런 태도에 충격을 받았다.

자코모는 장례식 다음 날 어머니의 유골 한 줌이 든 주머니를 넣은 가방을 들고 바로 미국으로 떠나버렸다. 골치 아픈 문제들과 남은 유골을 어떻게 처리할지는 온전히 마르코의 몫이 되었다. 파리를 경유해서 노스캐롤라이나 샬럿 더글라스 국제공항으로 가는 티켓을 구입한 자코모와 루이사가 같은 비행기를 탔기 때문에 마르코는 둘을 함께 비행장까지 바래다주어야 했다. 작별 인사를 한 뒤, 마르코는 자신이 평생토록 사랑한 여인과 동생이 함께 멀어져가는 모습을 바라보았다. 자코모가 루이사에게 무슨 말을 하자 루이사가 평소 즐겁게 웃을 때처럼 고개를 비스듬히 기울인 채 고개를 가로저었다. 그제야 마르코는 자신과 공유했던 찬란하고 친밀한 순간들로 이루어진 추억으로 빚어졌기에 눈부셨던 루이사를 둘러싼 세계가 자코모와 함께할 때도 똑같이 빛난다는 사실을 깨달았다. 둘을 시선으로 배웅하면서 마르코는 45년 만에 처음으로, 어머니를 잃은 지 사흘 만에, 동생에게 강렬한 질투심을 느꼈다. 이미 지나가 버린 과거나 현재에 대해서가 아니라, 어쩌면 일어났을 수도 있었던 가능성에 대한 질투심이었다. 그는 25년이 지나서야 자기 자리에 자코모가 있었어도 별 차이가 없었을 것이라는 사실을 깨달았다. 자기 눈에만 보인다고 생각했던 루이사의 찬란한 빛이 실은 어렸을 때부터 그녀가 온몸으로 햇살을 받으며 해변을 가로질러 거친 바다에 뛰어들면서 성장해가는 모습을 지켜보면서 그녀를 사랑하게 된, 젊은 시절 여름의 추억에서 나온 것이었다는 사실을 깨달았기 때문이다. 자코모에게도 자신과 똑같은 추억이 있다는 사실을 그제야 깨달았기 때문이다. 진실을 명확하게 깨달은 것은 아니었지만, 그 순간 마르코는 충격을 받았다.

그렇게 자코모가 떠나고 마르코 홀로 아버지를 돌보게 됐다. 이미 병마에게 몸을 갉아 먹힐 대로 먹혔음에도 불구하고 프로보는 악으로 버티고 있었다. 진통제 때문에 정신이 혼미하고 자기보다 먼저 떠난 레티치아 때문에 괴로운 나머지 그는 낮에도 밤에도 안식을 찾지 못했다.

프로보는 십자가의 길 종착지를 목전에 두고 있었다. 그 지점에서는 환자와 가족 모두 하루빨리 끝이 오기만을 기원한다. 프로보는 모르핀에 취해서 매일 마르코에게 자기를 좀 데려가 달라고 했다.

"나를 좀 데려가 주렴. 데려가 주겠다고 약속했잖니. 이제 그만 떠나고 싶구나. 내 말 알아들었니?"

마르코는 아버지의 통증 치료를 맡은 카펠리 박사에게 은근슬쩍 '일을 조금만 더 빨리 진행할 수 없냐고' 물어봤지만, 그는 못 알아들은 척하고 치료 기간이 얼마나 걸릴지는 알 수 없다고 했다. 하지만 마르코 역시 의사였기에, 종착지로 가는 시간을 앞당길 수 있다는 사실을 알고 있었다.

어느 날 아버지가 또다시 '약속했잖아. (사실 프로보는 병원에서 돌아가시게 놔두지 않겠다고만 했지 다른 약속을 한 적은 없었다) 이 멍청한 자식아. 나를 데려가 줘!'라며 조르자, 마르코는 고통스러운 나머지 혼자 일을 해결하기로 마음을 먹었다. 이것이 바로 소수의 선택받은 이 혹은 소수의 저주받은 이들만이 도달할 수 있는 십자가의 길 마지막 단계였다. 이 단계에 도달한 사람은 자비와 복종과 극도의 피로함과 절망과 정의감 때문에 자신에게 생명을 준 이의 생명을 자기 손으로 거둔다.

마르코는 자신이 마지막으로 아버지에게 무슨 말을 했는지 정확히 기억했다. 그는 아버지에게 진정하라고 했다. 이번에는 정말로 원하는 곳으로 데려가 줄 테니 편히 계시라고 한 다음 그에게 카펠리 박사가 처방하지 않은 속효성 모르핀을 주사했다. 그런 다음 침대에 올라가 아버지 옆에 누워서 마릴본으로 이사 갈 준비가 됐냐고 물었다. 드디어 온순해진 프로보는 어리광 조로 그렇다고 한 뒤 알아듣기 힘든 몇 개의 이름을 읊조렸다. 아버지가 남긴 마지막 말은 '골드 핑거 하우스'였다. 마르코는 그 말은 알아들었지만, 의미는 끝내 이해하지 못했다. 아버지가 잠이 들자 1984년 의대를 졸업하고 1998년 안과의사가 된 마르코 카레라는 카펠리 박사의 모르핀으로 아버지의 혈관에 자신이 해야 할 일을 했다.

다음 날은 레티치아가 죽은 지 딱 한 달 후였다. 다음 날은 프로보의 생일이기도 했다. 프로보 역시 자신의 생일에 숨을 거두었으니 루이사가 믿는 신앙에 따르면 마르코의 부모님 모두 차디킴tzadikim이 된 것이다. 하지만 루이사는 이번에는 장례식에 참석하기 위해 파리에서 달려오지 않았다. 카스타네토 카르두치의 이바나 부인도 오지 못했고, 자코모도 노스캐롤라이나를 떠나지 못했다. 모두 그럴 형편이 못 됐기 때문이다. 몇 안 되는 조문객들이 마르코에게 좀 어떻냐고 묻자 마르코는 그저 피곤하다고 했다. 같은 화장터에서 화장했는데, 아버지의 유골은 어머니의 유골보다 까맣고 입자가 거칠었다.

도움을 주는 사람과 받는 사람 (2012)

11월 29일 금요일

실례지만 혹시, 카라도리 박사님이신가요?
16:44

안녕하세요. 카레라 선생님.
제 번호 맞습니다. 무슨 일이시죠?
16:44

안녕하십니까. 언제 통화가 가능할까요?
16:45

지금 팔레르모에 와 있습니다.
잠시 후에 람페두사행 비행기를 타는데 급한 일이 아니면 저녁 식사 후에 전화 주시겠습니까? 그때쯤이면 숙소에 도착했을 겁니다.
16:48

그럼요. 실례가 아닌지 모르겠군요. 지난 달에 있었던 콩코르디아호 난파 사건 때문에 가시는 건가요?

16:48

네. 그렇습니다. 람페두사섬은 도움을 주고 싶은 사람에게나 받아야 할 사람에게나 도움을 주고받기에 완벽한 장소죠. 그나저나 그동안 잘 지내셨나요?

16:50

불행히도 잘 지내지 못합니다. 저 역시 물에 빠진 기분이에요. 박사님의 조언이 필요합니다.

16:51

저런. 오늘 저녁에 연락을 주시면 최대한 도와드리도록 하겠습니다.

16:51

감사합니다. 이따 연락드리겠습니다.

16:52

네, 전화 기다리겠습니다.

16:54

산소마스크 (2012)

"여보세요?"

"안녕하십니까. 카라도리 박사님이신가요?"

"그렇습니다. 카레라 선생님. 그동안 잘 지내셨나요?"

"그렇게 잘 지내지는 못했습니다."

"무슨 일이 있었나요?"

"…."

"…."

"…."

"어떻게 말을 해야 할지 모르겠습니다. 그러니까 어떻게 말을 해야 덜 끔찍할지 모르겠군요."

"괜찮으니 편히 말씀하시죠."

"…."

"…."

"아델레가…."

"…."

"…."

"아델레가 왜요?"

"죽었습니다."

"세상에…."

"네. 아델레가 8일 전에 죽었습니다."

"…."

"…."

"…."

"아푸아네 알프스 산맥에서 사고를 당했어요. 함께 등반한 사람들 말에 따르면 일어나면 안 될 사고였다더군요."

"…."

"다른 사람도 아닌 아델레가 그런 사고를 당하다니. 박사님께서도 자초지종을 들으면 그렇게 생각하실 겁니다."

"왜죠?"

"하필이면 밧줄이 끊어졌답니다. 절벽을 오르다 바위에 부딪혀서요. 하지만 밧줄은 절대로 끊어지면 안 되는 거잖습니까. 절대로요. 끊어지지 말라고 일부러 폴리에스테르를 쓰고 중심을 고장력 재질로 만드는 것 아닙니까. 밧줄이 끊어지다니요! 다른 사람은 몰라도 아델레의 밧줄은 끊어져서는 안 됐습니다. 박사님도 잘 아시지 않습니까. 아델레에게 밧줄이 어떤 의미가 있는지. 그것이 무엇을 의미하는지!"

"줄…."

"그렇습니다. 아델레는 유년 시절의 반을 그 망할 놈의 줄이 뒤엉키거나 끊어지지 않게 하는 데 허비했잖습니까. 그런데…."

"정말 끔찍한 일이군요."

"…."

"…."

"물론 아델레가 교통사고로 목숨을 잃었다고 덜 슬프진 않겠죠. 하지만 이런 식으로 죽는 것은 정말이지…."

"…."

"…."

"어찌 보면 밧줄 제조사 측에 책임이 있다고 말할 수도 있을 것 같은데요."

"안 그래도 사고 현장에 있었던 아델레의 친구들도 그렇게 주장하고 있습니다. 그들은 회사를 고소하자고 합니다. 사건을 법정으로 가지고 가려고 해요. 하지만 나는 그들에게 아무것도 알고 싶지 않다고 했습니다. 나를 가만히 내버려 두라고요."

"네, 저 역시 그럴수도 있다고 생각하지만, 굳이 박사님께서 나서실 필요는…."

"게다가 경찰이 끼어들면 수사를 한다느니, 증거를 수집한다느니 하면서 상황이 더 복잡해지겠죠. 안 그래도 루카시 검사가 저를 소환했는데 저는 안 가겠다고 못 박았습니다. 사고에 대해서라면 한마디도 듣고 싶지 않습니다."

"그럴 만도 하죠."

"그럼요. 단지…."

"단지?"

"실은 오늘 연락을 드린 이유는 따로 있습니다, 카라도리 박사님."

"그게 뭔가요?"

"제 전처이자 박사님의 환자였던 마리나에게 어떻게 이 소식을 전할지 모르겠습니다."

"부인 상태는 어떤가요?"

"썩 좋지 않습니다."

"아직도 독일에 있나요?"

"그렇습니다. 지금은 사설 병원에 있어요. 일종의 고급 정신병원이죠. 이제는 만성질환이 된 것 같습니다. 물론 최근에는…."

"…."

"…."

"죄송하지만 마지막에 뭐라고 하셨죠? 최근에는 어떻다고 하셨죠?"

"아, 제가 말하다 말았습니다."

"그렇군요."

"그러니까 저는 아직 전처에게 아델레 소식을 전하지 못했습니다. 전처의 상황을 악화시키지 않으려면 어떻게 이야기를 해야 할지도 모르겠고요."

"굳이 선생님께서 직접 이야기하지 않으셔도 됩니다. 독일에 있는 담당 의사에게 이야기를 해 보시죠."

"하지만 저는 그 사람을 모릅니다. 한 번도 본 적이 없어요."

"입원비는 누가 내고 있나요?"

"아이 아버지인 조종사가요. 그러고 보니 그레타 문제도 있군요. 아델레 동생 말입니다. 그레타에게 소식을 전하는 것도 쉽지 않을 겁니다. 최근 둘이 친자매처럼 가까이 지냈거든요."

"제 생각에는 그 사람과 먼저 이야기를 나눈 것이 좋을 것 같습니다. 만난 적이 있나요?"

"조종사 말입니까?"

"네, 그렇습니다."

"13년 전 아델레를 데리러 갔을 때 한 번 마주쳤을 뿐 그 후에는 한 번도 본 적이 없습니다. 게다가 나중에 마리나는 그 사람하고도 이혼했거든요."

"그래도 그 사람이 치료비를 부담하고 있지 않습니까."

"그렇습니다."

"그렇다면 어느 정도 상식이 통하는 사람인 것 같은데 그 사람과 이야기 해 보세요."

"카라도리 박사님, 문제는 제게 그럴 마음이 없다는 겁니다. 박사님께 전화를 드린 것도 바로 그 때문이고요. 저는 아무에게도 연락하고 싶지 않습니다. 한다고 해도 어떻게 그 소식을 알린단 말입니까? 전화 통화로요? 아니면 딸이 죽었다는 소식을 전하기 위해서 내게서 아내를 앗아간 남자를 만나러 뮌헨까지 가야 하나요? 저는 도저히 그렇게 못 하겠습니다."

"이해합니다."

"아직 아델레의 시신도 돌려받지 못했어요. 경찰이 부검 중이거든요. 시신을 돌려받으면 장례식을 준비해야 하는데 그 일만으로도 벅차단 말입니다. 그런 마당에 어떻게 그 사람들에게까지 이 소식을 알리겠습니까?"

"그러면 연락하지 마십시오. 내키지 않는 일은 하지 마세요."

"그렇지만…."

"그렇지만?"

"…."

"…."

"죄송합니다."

"…."

"다른 이유가 있긴 한데…."

"…."

"…."

"…."

"죄송합니다. 지금 제 상태가 좀…. 요즘 신경 안정제를 먹고 있거든요."

"괜찮습니다."

"다른 이유가 있다는 것까지 말씀드렸죠."

"…."

"…."

"말씀해 보시죠."

"2년 전에 아델레가 딸을 낳았습니다. 아이 아버지는 누군지 모릅니다. 그 애가 아무에게도 말해 주지 않았거든요. 손녀는 세상에서 가장 예쁜 아이랍니다. 정말이에요. 제가 그 애 할아버지여서 하는 말이 아닙니다. 우리와는 다른, 말 그대로 새로운 인류 같아요. 피부는 조금 까만 편입니다. 그러니까 혼혈이라는 말씀입니다. 얼굴선은 일본사람 같고 곱슬머리에 눈동자는 파랗죠. 마치 모든 인종이 혼합된 것 같아요. 제 말 이해하시나요?"

"네. 이해합니다."

"인종차별적인 표현이 아닙니다. 이해해 주세요. '인종'이라고 한 건 그저 이해하기 편한 표현을 사용하기 위해서죠."

"네."

"아프리카인, 아시아인, 유럽인의 피가 동시에 흐르는 것 같습니다. 아직 어린데 발달이 빨라요. 말도 하고 이해력도 빠릅니다. 두 살밖에 안 됐는데 그림은 또 얼마나 잘 그리는지. 아델레와 제가 그 아이를 함께 키우고 있었습니다. 셋이 함께 살았으니까요. 저는 그 애의 할아버지이기도 하지만 어떤 면에서는 아버지이기도 하죠."

"그렇군요."

"제가 못 떠나는 것도 다 그 아이 때문입니다. 손녀만 아니었다면 벌써 강물에 몸을 던졌을 겁니다."

"그렇다면 그 애가 있는 것이 더더욱 다행이군요."

"뭐, 그렇다고 할 수 있죠. 어쨌든 마리나도 아이를 봤어요. 아델레는 여름에 제 엄마를 만나러 갈 때 항상 아이를 데려갔죠. 방금 제가 말을 하다 말았죠?"

"그러셨죠."

"어떤 이유인지는 잘 모르겠지만 손녀와의 만남이 마리나에게 긍정적인 영향을 준 것 같습니다. 최근 들어 마리나의 상태가 호전됐으니까요. 적어도 아델레 말로는 그랬습니다. 그래서 아델레는 이제부터 더 자주 할머니에게 손녀를 보여주기로 마음먹었죠. 올 크리스마스에 아이와 함께 독일에 가자고 부탁하기에 저도 좋다고 했습니다. 그러니 지금 힘들다고 마리나에게 이 소식을 전하지 않으면 언젠가는 마리나 쪽에서 먼저 연락이 올 겁니다. 그러면 마리나에게 자기 딸이 죽었는데 연락도 안 해줬다는 사실을 알려야겠죠."

"잘 알겠습니다, 카레라 선생님. 일리가 있는 말씀입니다."

"그 여자는 제게 정말 큰 상처를 주었습니다. 하지만 그녀 역시 고통받았고, 지금도 고통받고 있죠. 저보다 더요. 그러니 이런 비극적인 소식을 들으면…."

"…."

"그러니까 제 말은 제게는 그녀를 돌볼 기력도, 의지도 없는데 그렇다고 완전히 모른 척 하지는 못하겠다는 겁니다. 제 말 이해하시나요?"

"그럼요. 그것 아십니까? 제게 전화 잘하셨어요. 제가 선생님을 도와드릴 수 있을 것 같군요. 제가 선생님 전처를 치료하고 있는 독일 의사와 이야기를 하겠습니다. 가능하면 그녀와도 직접 이야기하겠습니다. 아델레의 동생과 그 애 아버지에게도요. 그 애가 올해 몇 살이죠?"

"누구요, 그레타요?"

"아델레 동생 말입니다."

"그레타 맞습니다. 올해 열두 살입니다. 하지만 박사님께서는…."

"저는 독일어는 모르지만 다들 영어를 할 수 있겠죠. 비행기 조종사는 당연히 영어를 할 수 있을 거고요. 괜찮으시다면 선생님께서 신경 안 쓰셔도 되게 제가 모두와 이야기를 하겠습니다."

"하지만 어떻게 박사님께 그 많은 일을 맡긴단 말입니까. 박사님께서는 지금 람페두사에 계시지 않습니까. 사실 저는 변호사나 대신 소식을 전할 사람을 소개해달라는 부탁을 하려고 전화를…"

"오늘 여기 도착했는데 실질적으로 근무가 시작되는 것은 일주일 후입니다. 로마에서 할 일이 없어서 먼저 람페두사로 온 겁니다. 이곳은 항상 할 일이 많거든요. 난민수용소는 터지기 일보 직전이고 콩코르디아호 사고 생존자들도 아직 여기에서 머물고 있으니까요. 하지만 정보를 주시면 내일이라도 당장 비행기를 타고 팔레르모를 거쳐 뮌헨에 가서 그 사람들을 만나보겠습니다. 저 같은 적임자는 구하기 힘드실 겁니다. 제 말 믿으세요."

"하지만 너무 엄청난 일이라서요. 어떻게 감사드려야 할지…"

"위급상황으로 인해 심약해진 이들을 대하는 것은 제 전문인걸요."

"사실 위급상황이기는 하죠."

"무엇보다 심약해진 상태이기도 하고요."

"네, 그렇습니다. 마리나는 원래 상태가 안 좋았고, 그레타는 아직 어린아이이니까요."

"그 사람들 이야기가 아닙니다."

"그럼 누구 말씀입니까?"

"선생님 말씀입니다. 이제부터는 선생님 생각만 해야 합니다. 오직 자기 자신만을 생각해야 해요. 선생님께서는 지금 다른 사람들에게 신경 쓸 여력이 없습니다. 제 말 이해하시죠?"

"네."

"정신과 의사이자 친구로서 드리는 말씀입니다. 지금 선생님은 자기 자신만 생각해야 합니다."

"제 손녀도요."

"아닙니다! 혼동하지 마세요. 선생님께서는 지금 위험한 상태입니다. 너무나 끔찍한 일을 당한 나머지 무너질 수 있습니다. 이럴 때 다른 사람 생각을 하면 안 됩니다. 위험에 처한 사람은 선생님이니까요. 비행기에서 위급한 상황에 어떻게 행동해야 하는지 하시죠? 산소마스크를 착용할 때 어떻게 하라고 하는지 아시죠?"

"먼저 자기 산소마스크를 쓰고 난 뒤에 아이들에게 산소마스크를 씌우라고요."

"맞습니다. 방금 손녀가 아니었다면 강물에 몸을 던졌을 거라고 하셨죠? 그래서 제가 손녀가 있어서 다행이라고 했고요. 그러니 선생님께서는 강물에 몸을 던질 수는 없습니다. 될 대로 되라는 식으로 모든 것을 포기할 수도 없고요. 아이가 있으니까요. 아이 이름이 뭐죠?"

"미라이진입니다."

"네?"

"미라이진. 일본 이름이에요."

"미라이진이라…. 멋진 이름이군요."

"신인류, Man of Future, 미래인이라는 뜻이랍니다. 아델레가 아이 성별을 몰랐을 때 남자아이를 낳을 거라고 확신하고 붙인 이름이죠."

"그렇군요. 하지만 여자아이 이름으로도 괜찮은걸요."

"그럼요. 미라이진이 얼마나 여성스러운데요. 아직 어린데도 여성스럽답니다."

"그렇군요."

"하는 짓이 얼마나 예쁜지…."

"…."

"이런, 죄송합니다. 말씀 도중에 끼어들었군요. 계속하시죠."

"그러니까 지금 당장은 자기 생각만 해야 합니다. 당장 어떻게 해야 매일 아침 눈을 뜨고 싶은 마음이 생길지 고민해야 합니다"

"그 부분에 대해서라면 미라이진이 있으니 걱정이 없습니다."

"아닙니다! 그런 식이면 선생님께서는 바람 앞에 흔들리는 촛불과 다름없습니다. 아침에 일어날 의지는 자신의 내면에서 찾아내야 합니다. 그래야 제대로 손녀를 돌볼 수 있습니다. 아이들은 정말이지 놀라운 존재랍니다. 말해 주는 것보다 숨기는 것을 더 잘 감지해요. 마음속에 공허함을 간직한 채 미라이진을 돌보면, 결국 아이에게도 그 공허함이 전달될 겁니다. 그러니 선생님은 자신의 공허함을 채우기 위해 노력해야 합니다. 성공하든 실패하든 상관없어요. 시도하는 것만으로 아이에게 의지가 전달될 것이니까요. 그 의지가 바로 삶입니다. 제 말을 믿으세요. 저는 매일 모든 것을 잃은 이들을 마주한답니다. 대부분이 가족 중 유일한 생존자예요. 경제적인 문제가 심각한 데다 심각한 병이 있는 사람도 있죠. 그들의 어떤 면을 공략해야 하는지 아시나요?"

"글쎄요."

"욕망과 즐거움입니다. 욕망과 즐거움은 가장 처참한 상황에서도 살아남으니까요. 자기 스스로 그런 감정을 억누르지 않는다면요. 사랑하는 사람을 잃었을 때 우리 스스로 리비도를 억제하는 경향이 있습니다. 그런 상황을 이겨내기 위해 꼭 필요한 요소인데도 말입니다. 공놀이를 좋아하면 공놀이를 해야 합니다. 해변을 산책하거나, 마요네즈를 먹거나, 매니큐어를 바르거나, 달팽이를 잡거나, 노래하기를 좋아하면 그렇게 해야 합니다. 그렇다고 문제가 해결되지는 않겠지만 더 심각해지지는 않을 테니까요. 적어도 그런 활동을 하는 동안에는 육체를 좀먹는 고통의 독재에서 벗어날 수 있을 테니까요."

"그렇다면 저는 무엇을 해야 할까요?"

"글쎄요. 복잡한 이야기라 전화로 말씀드리기는 좀 힘들 것 같습니다. 하지만 기본적으로 선생님께서는 지금 섬약한 상태라는 걸, 위험한 상태라는 걸 유념하세요. 선생님이 좋아하는 모든 것을 물에서 건져내야 합니다. 요즘도 테니스를 하시나요?"

"네."

"젊었을 때처럼 실력이 좋나요?"

"뭐, 웬만큼은 합니다."

"그러면 테니스부터 시작하시죠."

"하지만 미라이진은요? 미라이진을 혼자 두고 싶은 생각이 없습니다. 아시겠어요? 테니스를 하러 갈 때도요. 이제는 사랑하는 사람을 그 누구에게도 맡기지 않을 겁니다. 서퍼에게도 클라이머에게도 베이비시터에게도요."

"선생님 말씀이 맞습니다. 그렇게 생각하는 것이 당연해요. 하지만 테니스장에 아이를 못 데려갈 이유는 없지 않습니까?"

"삶의 의미를 되찾기 위해서 해야 할 일이 미라이진을 데리고 테니스를 하러 가는 겁니까?"

"그런다고 삶의 의미를 되찾을 거라는 장담은 못 합니다. 평생 되찾지 못할 수도 있어요. 하지만 최소한 테니스를 하는 동안 삶은 이어지니까요. 애도하는 마음 때문에 슬픔이 억제하려 하는 행동을 해야 합니다. 그래야 즐거운 마음이 생기니까요."

"제 아버지는 SF소설 광팬이셨습니다. 우라니아 SF소설 컬렉션을 1권부터 899권까지 거의 빠짐없이 가지고 계셨어요. 아버지는 그 소설에 집착하셨어요. 그 많은 시리즈 중에서 모자란 책이 4권밖에 없을 정도로요. 그러던 아버지가 1981년 이레네 누나가 죽은 후로는 책 모으기를 중단하고 읽지도 않았어요. 8년 전 돌아가실 때까지요."

"선생님은 절대로 그렇게 하지 마십시오. 무엇을 할 때 즐거운

지 본인이 잘 알지 않습니까. 그런 일을 해야 합니다. 스스로를 벌주려 하지 마세요. 아이를 돌보되 아이를 데리고 다니면서 좋아하는 일을 하세요. 그 방법뿐입니다. 물론 그 과정에서 누군가의 도움을 받아도 좋겠지만, 제가 기억하기로는 선생님께서 저 같은 심리분석가들에게 별로 호의적이지 않은 것 같아서요."

"정확히 말하면 심리분석가가 아니라 심리치료사를 싫어하는 겁니다. 평생을 그들에게 둘러싸여 살았으니까요. 제 주변 모든 사람이 그들의 충고로 인해 고통받았으니까요. 심리분석가에게는 나쁜 감정이 없습니다."

"솔직히 심리치료사에 대한 반감도 실제는 아닐 겁니다. 제 말 믿으세요. 하지만 굳이 지금 생각을 바꾸려고 노력할 필요는 없습니다. 동료를 소개받고 싶지 않으시다면 혼자 하셔도 됩니다. 중요한 건 자기 자신을 돌보는 겁니다. 산소마스크를 쓰고 호흡을 해야 한다는 겁니다. 그래야 생명을 유지할 수 있으니까요."

"조언 감사드립니다. 그렇게 하도록 노력하겠습니다."

"꼭 그렇게 하셔야 합니다. 독일에 가서 연락해야 할 사람들의 이름과 연락처를 문자로 보내주세요. 그러면 내일 바로 출발하겠습니다."

"이렇게까지 도움을 주시다니 정말 감동했습니다. 진심입니다, 카라도리 박사님."

"말씀드렸듯이 제 일이니까요."

"안 그래도 성의 표시는 하려고 했습니다."

"꿈도 꾸지 마십시오. 제 일이라고 한 것은 제가 할 줄 아는 일이라는 뜻입니다."

"그렇다면 최소한 여행 경비라도…."

"제 돈으로 비행기 표를 산 지 몇 년이 됐습니다. 비행기 표 한 장 산다고 파산하는 것도 아니니 걱정마세요."

"정말 뭐라고 해야 할지…. 정말 감동했습니다."

"말씀 안 하셔도 됩니다. 다만 조종사와 그레타, 담당 의사에게 무슨 말을 해야 할지는 알겠는데 부인에게 이야기할 내용은 선생님과 어느 정도 조율을 해야 할 것 같은데요."

"무슨 말씀이시죠?"

"혹시라도 마리나씨가 장례식에 참석하겠다고 하면, 부인을 다시 볼 의향이 있나요? 집에 머물게 할 마음이 있나요?"

"마리나는 혼자서 여행을 할 수 있는 상태가 아닐 겁니다."

"그렇지만 혹시 모르지 않습니까. 경험상 충격으로 인해 오히려 무기력 증상이 일시적으로 호전될 수도 있어요. 완쾌되는 것은 아니지만 잠시 증상이 사라지는 거죠."

"마리나를 집에 묵게 하는데 아무런 문제가 없습니다."

"혹시 따님이 그랬듯이 가끔 미라이진을 할머니에게 보여줄 의향은 있으신가요? 물론 지금은 너무 이르지만, 언젠가는 그 문제도 생각하셔야 할 겁니다."

"그럴 수 있을 것 같습니다."

"물론 선생님 상태가 좋아진 후에 말입니다. 지금은 제 말대로 산소마스크에만 집중하세요."

"그렇게 하겠습니다. 정말 감사합니다."

"그러면 필요한 정보를 문자로 보내주십시오. 제가 만날 사람들 이름, 주소, 전화번호를요. 왓츠앱WhatsApp으로 보내주시는 게 좋겠네요. 이곳은 전화선이 인터넷보다 느리거든요. 정보를 빨리 보내주셔야, 빨리 떠날 수 있습니다."

"지금 당장 보내드리죠."

"좋습니다. 그럼 저는 내일 출발하겠습니다."

"정말 감사드립니다."

"제게 전화하기를 정말 잘하신 겁니다."

"그런 것 같습니다."

"적어도 산소마스크를 써야겠다는 의지는 보인 것이니까요."

"산소마스크라면 전에도 이미 써본걸요. 누나가 죽었을 때 말입니다."

"그랬겠군요. 하지만 이번에도 다시 쓰셔야 합니다."

"그래야 겠죠."

"그렇습니다. 저는 선생님을 좋아합니다…. 무슨 뜻인지 아시죠?"

"저도 그렇습니다. 카라도리 박사님."

"뮌헨에서 돌아오는 길에 시간이 되면 피렌체에 들러도 될까요? 결과도 직접 알려드릴 겸 말입니다."

"그럼요. 그렇다고 너무 서두르지는…"

"그래서 '시간이 되면'이라고 하지 않지 않았습니까. 말씀드렸듯이 제 일은 일주일 후에 시작됩니다."

"좋습니다."

"이번 기회에 손녀도 보여주시죠. 기회가 되면 공놀이도 좀 하고요."

"테니스 말씀이신가요?"

"라켓을 잡지 않은 지 워낙 오래돼서 그저 재미 삼아 붙어보자는 겁니다. 게다가 한창 열심히 연습할 때도 저를 6-0, 6-1로 이겼지 않았습니까."

"40년 전의 일인걸요."

"미라이진을 데려가서 한 판 붙어봅시다. 어떻습니까?"

"좋습니다"

"그럼 이만 인사드리죠. 연락처 부탁드립니다."

"지금 바로 보내드리겠습니다."

"잘 지내십시오, 카레라 선생님."

"박사님도요. 정말 감사드립니다."

"힘내세요. 곧 뵙겠습니다."

"곧 뵙겠습니다."

마담 바르반티 (2015)

사랑하는 루이사,

언제부턴가 너와 이야기할 때면, 너하고만 이야기하는 게 아닌 것 같아. 여기서 '너'란 내가 스무 살 때 사랑에 빠졌던 소녀를 뜻해. 성숙한 여인으로 성장해 이제는 누군가의 엄마, 할머니가 된 소녀. 그런데 꽤 오래전부터 너와 이야기를 할 때면, 아직도 네 안에 남아 있는 과거의 소녀가 아니라, 낯선 타인과 이야기하는 것 같은 느낌이 들어.

내친김에 더 솔직히 말해볼까? 너와 이야기할 때면 네가 아니라 네 상담 의사와 이야기하는 것 같아. 이름이 뭐였더라? 마담 브리콜리? 스트리폴리? 그래, 루이사. 사랑하는 사람들의 진짜 목소리와 그들의 입을 통해 말하는 상담사의 목소리를 구분하는 것은 식은 죽 먹기야. 평생 그런 경우를 너무나 많이 봐왔으니까.

그래. 어제 네가 털어놓은 이야기는 정말 충격적이었어. 그토록 오랜 세월이 지난 후에야 그런 이야기를 들려주다니. 하지만 네가 그 다음에 한 말은 더 최악이었어. 받아들이기 힘들지만, 자코모 이야기를 털어놓지 못했던 것은 이해할 수 있어. 아직도 내가 사랑하는 소녀의 감정이 느껴지니까. 이미 일어난 일이니 어쩔 수 없다고 생각하고 받아들일 수 있어. 지난 56년 동안 그보다 심한 일도 감내해야 했으니까. 하지만 너는 이야기를 듣고 충격받은 내 모습을 감당하기 힘들었는지 그냥 미안하다고 하면 될 것을 뻔뻔하게도 너 자신을 방어하려고 나를 공격하기 시작했어. 물론 어제 내 감정은 충격 정도가 아니라 분노에 가까웠으니 감당하기 힘들었을 거야. 하지만 화를 낼 만도 했잖아. 그 정도의 감정은 네가 받아줬어야 했어. 그런데 너는 갑자기 나를 피해야 할 위험한 존재로 만들었어. 내가 경계를 침범했다고 했어. 그래서 뒤로 물러날 수밖에 없었다고 했어. 내가 네게 나의 죄책감을 투영한다고 했어. 그런 말이 네 머리에서 나왔을 리 없어. 그런 말은 다 그 사람 머리에서 나온 거야. 여자의 이름이 뭐더라? 마담 프로폴리? 스트루펠리? 대체 그 빌어먹을 이름이 뭐야? 영웅 콤플렉스니 뭐니 하는 너의 그 장광설도 다 그 여자가 한 말이지? 내가 영웅 행세를 한다고? 그래. 어쩌면 사실일지도 몰라. 하지만 그건 너도 이미 아는 사실이었잖아. 나는 단 한 번도 변한 적이 없어. 정 나를 비난하고 싶다면 그 점을 비난해. 내가 정말 지루한 인간이라고 말이야. 그 말은 인정할 수 있어. 하지만 나는 지루하게 살고 싶어도 그렇게 살지 못했어. 내가 아무리 가만히 있으려 발버둥 쳐도 세상은 끊임없이 변했으니까. 지금도 마찬가지야. 그러니 이제부터 네가 어제까지 숨기고 있었던 사실을 바탕으로 내 지난 삶을 다시 돌아봐야겠어.

나는 자코모를 비난했어. 그 저주받은 밤, 나는 대놓고 그 애를 원망했어. 그때 이레네 누나는 눈에 띄게 상태가 좋지 않았어. 그래서 그해 여름 나는 누나에게서 한시도 시선을 떼지 않았지. 단 하루, 너와 데이트를 한 날만 빼고. 하지만 나 대신 자코모가 집에 있다는 생각에 별로 걱정하지 않았어. 자코모가 누나 곁에 있어줄 거라는 생각에 가벼운 마음으로 집을 나섰던 거야. 그 후에 자코모를 매몰차게 몰아붙였던 것도, 그런 이유 때문이었어. 내가 비난의 말을 쏟아붓는 동안 똥 씹은 얼굴로 나를 바라보던 자코모의 얼굴이 아직도 눈에 선해. 나는 그 애에게 비겁한 자식이라고 했어. 누나가 죽은 게 다 네 놈 때문이라고 했어. 끔찍한 말이었던 건 알아. 평생 후회하고 있고. 하지만 당시에 자코모도 너를 사랑하고 있었다는 사실을 알았다면, 절대로 그런 말을 하지 않았을 거야.

그때 네가 왜 아무 말도 하지 않았는지 알아. 열다섯 살 소녀가 감당할만한 상황이 아니었으니까. 그 후에도 침묵을 지킨 이유도 이해할 수 있어. 파리로 이사 갔으니 어떻게 내게 이야기를 할 수 있었겠어. 하지만 우리가 다시 만난 후에는 왜 이야기를 하지 않았어? 그 오랜 세월 동안 대체 왜 내게 아무 말도 하지 않았어? 그 이야기를 할 수 있었던 기회가 얼마나 많았는지 알아? 어디 한 번 읊어볼까? 그 모든 순간이 내 머릿속에 뚜렷이 각인되어 있어. 그때 이미 너는 소녀가 아니었어. 성숙한 여인이었지. 아이도 둘이나 있고, 이혼을 생각 중이었어. 그러니 내게 충분히 진실을 말해줄 수 있었어. 그런데 왜 아무 말도 하지 않은 거야? 왜 자코모가 내게서 도망치고 싶어 한다고 믿게 내버려 둔 거야? 실제로는 네게서 도망치려 했던 건데.

그런 다음 너도 상황이 복잡해졌지. 이혼에, 이사에…. 우리도 만났다 헤어지기를 반복했고. 그때는 내게 그 이야기를 꺼내기 힘들었을 거야. 그건 이해해.

하지만 맙소사. 부모님이 투병 중이셨을 때, 우리가 다시 편지를 주고받기 시작했을 때는 왜 말하지 않았어? 왜 자코모가 다시 나타났을 때 말하지 않았어? 편지라도 쓸 수 있었잖아. 아니면 부모님이 돌아가셨을 때 말해줄 수 있었잖아. 심지어 너는 어머니 장례식에도 왔었잖아. 그때 자코모도 있었고. 내가 직접 너희 둘을 공항으로 바래다주기까지 했는데. 왜 그때 아무 말도 없었던 거야? 런던에서 사흘을 함께 보냈던 그해 여름은 또 어떻고. 자코모와 또다시 연락이 끊겨서 내가 얼마나 힘들어했는지 알면서 왜 아무 말도 하지 않았어? 랭험 호텔의 그 멋진 방에 사흘이나 함께 지냈는데 그때 자코모가 아버지 장례식에 오지 않은 것은 내가 아니라 너와 마주치는 것이 두려워서라고 말해 줄 수도 있었잖아. 아니면 그해 8월에 볼게리에서라도…. 네가 카스텔로리조 섬에서 돌아온 후부터 우리는 여름 내내 함께 있었으니까. 어머니와 아버지의 유골을 한 상자에 섞어서 둘이 물리넬리 해변 바다에 뿌리러 가기까지 했잖아. 자코모의 부재가 사무치게 느껴졌던 그 순간 왜 말해 주지 않았어? 실버만 박사의 페달 보트를 타고 황혼이 내리는 가운데 어머니와 아버지의 유골을 뿌리면서, 왜 자코모도 너를 사랑했었다는 이야기를 해 주지 않았어? 그것이 자코모가 고향을 떠난 진짜 이유였다고. 그 애에게 용서받고 싶은 마음에 내가 수년 동안 악착스럽게 답장 없는 이메일을 보내는 동안, 그 애가 네게 이메일을 보냈다는 이야기를 왜 하지 않았어? 8월에 볼게리에서 마주쳤을때마다 말해 줄 수도 있었을 텐데, 대체 왜 아무 말도 해 주지 않은 거야? 그냥 어느 날 아침 나를 따로 불러서 이야기를 해 줬으면 됐잖아. 어제 네가 그랬던 것처럼.

그건 그렇고 왜 지금에 와서 입을 연 거야? 이제 겨우 죄책감을 품고 살아가는데 익숙해졌는데. 갑자기 어제 아침에 진실을 털어놓은 이유가 뭐야? 미친 것이 아니라면 대체 무슨 생각으로 이미 망가져버린 자코모와의 관계를 또다시 떠올릴 수밖에 없게 만드는 거야? 그동안 내가 어떤 일을 겪었는지 뻔히 알면서. 지금 어제 내가 화를 냈던 것이 중요한 게 아니야. 나는 어제 네게 단 한 가지를 물었어.

대체 왜 그 이야기를 지금 하느냐고!

그런데 그 순간 네 입에서 브라치올리인지 크로칸티인지 하는 여자가 했을 법한 말이 튀어나오더라. 내 말 맞지? '그 자식이 항의하게 놔두지 마세요. 그 자식이 화내도 받아주지 말아요! 모든 것을 망친 것은 그 사람이에요. 다 그 사람 탓이에요. 자기 가족과 자기가 불운해서 일어난 일인데 왜 당신을 비난하는 거죠? 그 사람은 자기가 무슨 영웅이라도 되는 줄 알죠. 사람들에 대한 기대치가 너무 높아요. 그는 실수를 용납하지 않아요. 모두가 영웅처럼 살아야 한다고 생각하죠.'

내 말이 틀려, 루이사?

'그가 당신을 비난하게 내버려 두지 마세요. 죄인 취급 당하지 마세요. 피해자는 당신이에요. 고작 열다섯이었잖아요. 당신 인생을 망친 것은 그 사람 가족이라고요.'

내 말 틀려, 루이사?

이제 알았다. 마담 브라반티! 그 여자 이름이 브라반티였어.

우리가 몇 번을 헤어지고 몇 번을 다시 만났는지 세어보니까 헤어졌을 때가 다시 사귀었을 때 보다 한 번 많더라. 정말이야. 솔직히 굳이 네게 이런 말을 할 필요조차 없어. 어차피 한 시간 후에 나는 너를 공항에 바래다 주면, 우리는 작별 인사를 나누고, 너는 떠날 테니까. 하지만 그래도 이 말은 해야겠어. 이제는 정말 끝이야.

잘 살아.

2015년 8월 9일, 볼게리에서

마르코가

사람들 입에 오르내리다 (2013)

이레네가 죽은 후 식구 중 일부라도 제대로 숨쉬기까지 몇 년이 걸렸고, 누군가는 끝내 그러지 못했다. 그들은 한 가족이었지만, 고통으로 인해 뿔뿔이 흩어졌다. 31년 후 아델레가 죽었을 때, 가족은 이미 해체되고 없었다. 프로보와 레티치아의 유골은 티레노 해에 뿌려졌고, 마르코와 자코모는 서로 말 한마디 나누지 않았으니 더는 망가질 가족도 없었다. 이레네의 죽음 못지않게 엄청난 일이었던 아델레의 죽음의 파장이 상대적으로 작게 느껴진 것도 그 때문이었을 것이다. 딸의 죽음으로 인한 결과를 마르코 홀로 감내해야 했기 때문이었을 것이다. 하지만 마르코는 가족 모두를 합친 것보다 혼자서 딸의 죽음을 더 잘 버텨냈다. 마르코의 전처인 마리나의 상담의사였던 카라도리가 때마침 내밀어준 구원의 손길 덕에, 비록 원치 않았던 삶이었지만, 마르코는 무너지지 않을 수 있었다.

카로도리는 마르코에게 두 가지 선의를 베풀었는데, 그 중 첫 번째가 바로 과거 자신의 환자였던 마리나에게 딸의 비극적인 소식을 전하는 임무를 선뜻 맡아 준 것이다. 마리나가 입원한 뮌헨의 병원까지 가서 끔찍한 소식을 전하는 과정에서 그는 15년 전의 신뢰를 다시 얻었다. 병들대로 병들어 웬만한 자극에는 반응하지 않는 마리나의 마음을 움직인 것이다. 그로 인해 카라도리는 생존자들 간에 가장 큰 공감대를 형성할 수 있는 감정은 서로에 대한 연민이라는 외상후 스트레스 치료법의 정석을 확인할 수 있었다. 카라도리가 나서 준 덕분에 마리나와 마르코는 이혼 후 처음으로 어느 정도 관계를 회복했다. 물론 카라도리는 파멸 직전의 사람들의 삶에 끼어드는 것이 얼마나 위험한 일인지 잘 알고 있었다. 전문적인 용어와는 거리가 멀지만, 그의 예상은 말 그대로 딱 맞아떨어졌다. 하지만 그것은 카라도리에게 별로 그다지 놀라운 일은 아니었다. 그런 식의 접근 방식은 집단 트라우마를 겪은 공동체나, 개인의 사적인 트라우마에 효과가 있었기 때문이다. 그래도 그럴만한 가치가 있는 이론에 자기 삶을 바쳤다는 생각에 마음이 놓이기는 했다.

결속력이 강한 가족일 경우 비극적인 사건으로 인해 치유할 수 없는 치명상을 입을 수 있지만, 이미 산산조각이 난 가족은 비극적인 사건으로 인해 살아남은 생존자들끼리 오히려 다시 가까워질 수 있다. 수년 동안 온 힘을 다해 싸우고, 상처를 주고, 서로를 밀어내고, 무시했던 사이일수록 더 그럴 수 있다. 돌멩이를 물에 던질 때와 비슷하다. 잔잔한 물에 돌멩이를 던지면 파장이 크지만, 거칠게 일렁이는 물에 돌멩이를 던지면 오히려 잔잔해지는 법이다.

그렇게 마르코와 마리나는 손녀를 위해 다시 연락하기 시작했다. 마르코는 가끔 아이를 데리고 마리나의 병원으로 데려가서 그녀의 다른 딸 그레타까지 넷이 함께 병실에 머물거나 정원에서 시간을 보냈다. 이따금 병원을 나와 근처 공원으로 산책가기도 했다. 이제 마리나에 대한 악감정은 전혀 없었다. 그녀의 초라한 삶과 자신과 똑같이 샤쿨이 된 그녀의 처지에 동정심만 느낄 뿐.

마리나를 방문할 때마다 마르코는 의무를 다했다. 아델레가 살아있을 때 어머니에 대한 연민으로 하던 일을 물려받았다. 아버지가 딸이 하던 일을 물려받은 것이다.

카라도리가 마르코에게 베푼 두 번째 선의는 해먹을 선물한 일이었다. 그는 마리나를 방문하고 돌아오는 길에 해먹을 사서 피렌체까지 가져다주었다. 접이식 일제 해먹이었는데 어디서든 2분 만에 조립이 가능한 아주 작은, 아동용 해먹이었다. 마르코로부터 아델레의 사망 소식을 전해 들은 카라도리 박사는 그에게 힘들겠지만 좋아하는 일을 하라고 당부했었다. 사랑하는 사람의 죽음을 애도하는 마음 때문에 몸과 마음이 마비된 상태로 지낼 필요는 없다고 했다.

카라도리는 그때 마르코가 보인 반응에서 희망의 싹을 보았다. 마르코가 이제는 그 무엇을 해도 즐거울 수 없다는 식의 감정적인 이유를 내세우는 대신 손녀와 떨어져 있고 싶지 않다는 현실적인 이유를 댔기 때문이다. 그는 손녀와 헤어지기 싫다고 했다. 이제는 그 누구에게도 손녀를 맡기고 싶지 않은데 그렇다고 두 살배기 아이를 테니스장에 데리고 갈 수는 없다는 것이다. (사실 머릿속에 떠오른 유일한 즐거움이 테니스였다는 사실도 서글펐다) 그러자 카라도리 박사는 그에게 어디를 가든 아이를 데리고 다니라고 했다. 그것은 현명한 조언이었다. 하지만 말로만 그렇게 하라는 것과 실질적인 문제 해결책을 들고 집까지 찾아가는 것은 전혀 다른 이야기였다.

비행기 탑승 시간을 기다리며 뮌헨 공항을 배회하다 스포츠용품 가게에서 해먹을 발견하는 순간, 카라도리는 마르코에게 선물해 줘야겠다는 생각이 들었다. 마침 그 주의 특별 세일 품목이어서 원래 104유로였는데 62.99유로라는 저렴한 가격으로 판매 중이었다. 상품명은 일본어로는 ハンモッ, 햅번식 로마자 표기법으로는 'Hanmoku', 즉 해먹을 의미하는 한모쿠였다. 가게에는 각양

각색의 해먹이 있었다. 성인용도 있고 아동용도 있었는데 가벼운 철제 지지대가 딸린 아동용 해먹은 쉽게 접을 수 있고, 테니스 가방에 쏙 들어갈 정도로 부피가 작았다. 카라도리는 애도로 인한 슬픔의 지배를 받는 사람들 심리를 잘 알고 있었다. 그런 감정을 이겨내려면 별 것 아닌 사소한 행동부터 시작해야 한다는 사실도 알고 있었다. 무의미한 일이라도 괜찮다, 위험한 일이라도 상관없다. 그는 마르코가 해먹을 슬픔에 대항하기 위한 도구로 사용하기를 바라는 마음에 그에게 꼭 해먹을 선물해 주고 싶었다. 슬픔에 직접 맞서지는 못하더라도, 적어도 즐거움을 억눌러야 한다는 생각은 버리기를 바랐다. 그는 마르코에게 저녁이나 늦은 밤에 손녀와 함께 집에 남기 위해 하고 싶은 일을 포기할 필요가 없다는 말을 해 주고 싶었다. 베이비시터에게 맡기고 싶지 않으면 아이를 데리고 다니면 된다는 말을 해 주고 싶었다. 아이는 해먹에서 재우면 된다는 말을 해 주고 싶었다. 물론 조금만 생각해 보면 말도 안 되는 말이었다. 해먹 대신 유모차를 사용하면 그만이고, 무엇보다 중요한 것은 아이를 어디에 재울 것인지가 아니라 마르코의 마음속에서 포효하는 절망이었으니까. 마르코가 즐거움을 논할 상태가 아니라는 사실은 둘 다 너무나 잘 알고 있었다. 하지만 바로 그런 이유때문에라도 문제를 심리적인 것이 아니라 현실적인 것으로 돌리는 것이 오히려 나았다. 정신이 혼미해서인지, 현실감각이 떨어져서인지, 수치스러워서인지, 다른 어떤 이유가 있어서인지 다행히 마르코는 미라이진을 놔두고 다닐 수 없다는 핑계를 댔고, 그 덕에 해먹은 마르코가 카라도리의 조언을 따를 수 있도록, 그를 안전하게 보호해 주는 거품이 되어 주었다.

해먹이라는 물건은 왠지 모르게 기분을 들뜨게 만들었다. 게다가 접이식 지지대까지 있는 해먹이라니. 마르코는 그런 해먹이 존재하는지도 몰랐다. 더 놀라운 것은 해먹이 일제라는 사실이었다. 미라이진이 일본 이름인 데다 미궁 속의 인물인 미라이진의 아버지 역시 일본과 관련이 있는 것이 분명한데 말이다. 한마디로 해먹은 일종의 미끼였다. 해먹을 설치하는 장소는 중요치 않았다. 정원에 설치하든, 별장에 설치하든, 침실에 설치하든 해먹은 항상 미끼 역할을 했다. 마르코가 자신이 처한 상황에서 빠져나오고자 하는 의지를 다지게 만드는 미끼였다. 어디를 가든 뻔뻔하게 해먹을 가지고 다니면서, 마르코 역시 뻔뻔하게 사랑하는 사람을 잃은 슬픔에 맞설 수 있었다.

그런 식으로 그는 토스카나를 누비며 50세, 55세 이상 시니어를 위한 테니스 경기에 참석했다. 두 선수의 나이 합이 100세를 넘어야 참석할 수 있는 시니어 복식 경기도 했다. 상대 선수들은 대부분 젊은 시절 그와 실력을 겨뤘던 친구들이었지만, 다들 예전보다 머리도 빠지고, 심판도 없이 주로 저녁에 경기를 했다. 경기가 있는 날이면 마르코는 테니스 코트에 해먹을 펼쳤다. 겨울에 에어 돔에서 경기를 할 때도 마찬가지였다. 그는 해먹을 설치하고 차 안에서 잠든 미라이진을 눕혔다. 겨울이면 이불로 아이를 꽁꽁 싸매곤 했다. 그는 미라이진이 자는 동안 경기를 했고 거의 항상 승리했다. 경기가 끝나면 그는 해먹을 해체해서 왔을 때와 똑같이 당당한 걸음으로 집으로 향했다. 가끔 우승컵을 손에 들고 귀가할 때도 있었다. 미라이진을 데리고 다니면서 마르코는 많은 사람의 입에 오르내렸다. 피렌체에서는 사람들 사이에 회자가 많이 될 때 그런 표현을 썼다. 마르코는 모두의 입에 오르내렸다. 그는 그런 사실이 좋았지만, 그로 인해 구원받을 정도는 아니었다.

마르코는 학회에도 다시 관심을 가지기 시작했다. 솔직히 지난 몇 년 동안 논문 발표에 신경을 쓰지 않았기 때문에 특별한 연구 실적이 없는 평범한 안과 의사인 마르코가 이제 와 학계로 복귀하기는 무리였다. 대신 그에게는 음악과 예술에 관심이 많은 신경과, 정신과 의사 친구들이 있었다. 이들은 각자의 전공과 취미를 접목해서 학회를 열곤 했는데, 마르코는 그런 학회에서 눈과 사진과 야생동물을 주제로 발표를 할 수 있었다. 그들은 1년에 두세 번 학회를 열었고, 그때마다 마르코는 시선의 주체와 대상의 신비로운 관계를 분석하기도 하고, 사시증 및 전반사와 핑크 플로이드의 〈어톰 어스 마더Atom Earthr Mother〉 앨범 재킷에 나오는 젖소와의 연관성에 대한 이론을 발표하기도 했다.

피렌체, 프라토, 키안치아노 테르메 같은 인근 도시를 순회하며 강단에 올라 자신의 이론을 설명할 때마다 마르코는 뿌듯함을 느꼈다. 마르코는 낮에도 미라이진을 데리고 학술회에 나타났다. 그는 뻔뻔하게도 해먹을 맨 앞줄에 설치하고 다른 연사들의 설명을 들었다. 아이가 잠들지 않고 할아버지 옆에 앉아있고 싶어할 때도 있었지만, 그래도 마르코는 반드시 해먹을 설치했다. 그는 그렇게 다른 연사들의 발표를 듣고, 자기 차례가 오면 발표를 하고, 학회가 끝나면 칵테일 리셉션이나 만찬에는 참석하지 않고 해먹을 챙겨서 집으로 향했다.

학술회에서도 해먹 때문에 많은 이의 입에 오르내렸지만, 마르코는 개의치 않았다. 미라이진과 함께 있을 수 있다는 것이 제일 중요했으니까. 카라도리는 그런 식으로 상식을 깨는 행동에서 얻는 쾌감을 통해 마르코가 슬픔의 굴레에서 벗어날 수 있으리라 생각했지만, 사실 그런 즐거움 조차 마르코를 구원해 주지는 못했다.

결국, 마르코는 도박에 다시 손을 댔다. 그것이야말로 슬픔에 대한 진정한 반항이자 구원이었다. 마르코에게 도박은 인생 최고의 쾌락이었다. 그동안 가족을 지킨다는 성스러운 임무 때문에 희생했을 뿐, 아무리 아닌 척해도 도박에 대한 열정을 숨길 수 없었다.

마르코는 이제부터는 희생하지 않기로 했다. 도박에 대한 열정이 식은 적이 한 번도 없었기에 그만큼 힘들게 도박을 멀리해 왔다. 마르코는 도박에 대한 욕구가 그보다 번듯한 다른 취미 아래 숨어 있다 틈만 나면 본색을 드러낼 것을 알고 있었다. 왜 그 조니 미첼의 노래 중에서 마지막 부분에 고뇌에 찬 늑대 울음소리가 들리는 곡처럼 말이다. 늑대 소리 때문인지 마르코 빼고 모두 그 노래를 모두 싫어했지만, 마르코는 늑대 울음 때문에 그 노래를 좋아했다. 세상이 아직 젊었던 70년대 말에 발표된 노래였다.

마리나와 로마에 살 때부터 피렌체에 돌아와서 테니스 경기를 하다 루이지 다미 탐부리니를 만날 때까지 도박에 대한 그의 열정은 사라지지 않았다.

가문의 재산을 탕진하고 궁핍한 삶을 사는 여느 귀족 집안 자제들과 달리 다미 탐부리니는 가문의 자산을 열심히 운용했다. 브루넬로 디 몬탈치노 와인을 생산하고, 피렌체와 시에나에 걸친 막대한 부동산 자산을 관리하고, 아미아타 산에서 솟아나는 지하수로 생수를 만들고, 소규모 투자 은행을 경영할 뿐 아니라 은행 계열사로 20세기 도상학 작품을 수집하는 문화 재단까지 만들어 회사의 구색을 갖췄다. 마침 다미 탐부리니 재단이 시에나가 아니라 은행 본사가 있는 피렌체에 있었던 덕분에 마르코는 처치 곤란했던 어머니의 사진 컬렉션을 통째로 기부할 수 있었다. 자선 테니스 토너먼트 복식 경기에서 다미 탐부리니에게 몇 번 승리를 안겨준 것을 계기로 마르코는 비코 알토에 있는 그의 빌라로 저녁 초대를 받았고 시간이 흐르면서 둘은 시니어들을 위한 테니스 경기에도 복식팀으로 출전할 정도로 가까워졌다. 그때만 해도 아델레가 살아있었을 때였는데, 그녀는 다미 탐부리니의 초대를 조금 불안해했다. 다미 탐부리니 역시 사람들의 입에 오르내렸는데, 그 이유는 한 달에 두 번 그의 집에서 비밀 도박판이 벌어지기 때문이었다. 하지만 마르코는 자신은 고상한 저녁 만찬에 (일명 A 타입 모임) 초대받은 것이라면서 아델레를 안심시켰다. 그런 모임에서는 도박판이 벌어질 확률보다 프리메이슨과 마주칠 확률이 더 높다고 했다.

하지만 다미 탐부리니에게 과거 자신의 도박력과 옛 열정에 다시 불을 붙이고 싶다는 뜻을 언뜻 내비친 것만으로도, 마르코는 어둠의 세계에 발을 내디딜 수 있었다. 하지만 처음 모임에 초대를 받은 날 (편의상 B 타입 모임이라 부르자), 마르코는 뭔가 이상하다는 것을 깨달았다. 그날 저녁 모임은 어둠과는 거리가 멀었다. 밋밋한 A 타입 모임보다 약간 짜릿할 뿐 근본적으로 별 차이가 없었다. B 타입 모임을 할 때는 소파 앞에 룰렛과 슈만드페르 카드게임을 위한 테이블이 등장할 뿐이었다. 손님들은 게임을 하기는 했지만, 게임이 주가 아니라 수다를 떨거나 농담 따먹기를 하는 가벼운 분위기였다. 한 마디로 아마추어들의 모임이었다. 전문 도박꾼도, 집착하는 이도, 절망하는 영혼도 없었다. 초대받은 사람들도 A 타입 모임에 참석하는 사람들이 대부분이었다. 그들은 마르코가 작은 서재에 해먹을 설치해서 손녀를 재우는 것을 사랑스럽다고 생각했다. 모두 여유로웠고, 마르코가 갈망하던 파멸의 기운은 전혀 느껴지지 않았다. 사실 마르코가 도박판을 떠나지 못했던 이유는 그곳에서 감도는 파멸의 기운 때문이었다. 파멸의 기운 없이는 쾌락을 맛볼 수 없었다.

마르코는 그 정도의 도박판으로 다미 탐부리니가 사람들의 입에 오르내렸을 리 없다고 생각했고, 결국 보이지 않는 것의 존재를 증명하기 위해서 그것이 존재하지 않는다는 것을 증명할 수 없다는 사실을 부각하는 과학자처럼, 마르코 역시 분명 C 타입 모임의 존재를 확신했다.

실제로 B 타입 도박판은 진짜 도박판을 감추기 위한 모임이었다. 다미 탐부리니는 그런 모임에 검찰, 재무 경찰 간부, 화려한 삶을 좋아하는 판사들을 초대하곤 했는데, 그것은 이들이 자신들이 출입하는 장소에 경찰이 출동하는 것을 막기 위해서 힘을 쓸 수 있는 사람들이라는 것을 잘 알기 때문이었다. 하지만 이들의 모임은 진짜 도박판의 그림자에 지나지 않았다. 실체를 가리기 위해 세밀하게 만들어 낸 연막이었다.

이러한 연막작전 덕분에 벌일 수 있었던 진짜 도박판은 마르코가 만족할 정도로 어둡고 위험했다. 마르코는 상류사회 인맥을 쌓는 일에는 전혀 관심이 없었다. 그는 그저 자신의 머릿속을 맴돌며 자신을 괴롭히는 목소리를 압도할 만한 내면의 포효가 필요할 뿐이었다. 그는 자신이 도박에 미친 저주받은 영혼들처럼 타락하기를 바랐다. 도박으로 사랑하는 사람을 잃은 슬픔에 대항할 힘을 얻기를 원했다. 그는 탐욕과 결핍을 맛보길 원했다. 자신이 받은 벌을 정당화할 만큼 끔찍한 일을 저질렀다는 씁쓸한 위안을 원했다.

C 타입 도박판은 장난이 아니었다. 우선 게임에 참석하는 사람들은 모두 가명을 써야 했다. 원래 아는 사이여도 상관없었다. 다미 탐부리니는 시에나의 유명한 길 이름을 따서 자신을 '드라고'라고 했다. 아레초 출신의 검사는 자신을 '데스페라도'라고 소개했다. 그는 B 타입 모임에 참여하다 C 타입 모임까지 진출한 유일한 고위 관직자였다. 풍만한 몸매의 섹시한 피렌체 독일 총 영사 부인의 가명은 '레이디 오스카'였다. 목덜미에 아프리카 모양의 점이 있는 산 카시아노 발 디 페사의 성격 좋은 레스토랑 주인의 가명은 '람보'였고, 이탈리아 제1공화국 시절 장관직을 지냈다는 아흔 살 노인은 '더 머신'이라는 가명을 썼다. 그 외에 마르코가 잘 모르는 사람들도 많았다. 이들은 마르코에게 그저 엘 파트론,

조지 엘리엇, 풀치넬라, 걸 인테럽티드, 네구스, 필립 K.딕, 맨드레이크일 뿐이었다. 이들 주변에는 파멸의 기운이 또렷이 느껴졌다. 어깨에 수북이 쌓인 비듬, 이마에 맺힌 땀방울, 느슨하게 푼 넥타이, 신경질적인 기침, 불운을 쫓는 미신을 따르는 행위와 가진 것보다 많은 돈을 판돈으로 건 사람 특유의 귀신에 홀린 듯한 눈초리…. 이 모든 것이 파멸의 징후였다. 그런 모임을 할 때면 공증인 마랑기의 모습도 보였다. 그는 도박은 안 했지만, 이따금 동산과 부동산 소유 이전 수속을 합법적으로 처리하기 위해 항상 대기하고 있었다. 의사인 조로는 자기도 도박을 하면서, 급성 심장마비, 뇌졸중, 졸도 시 응급처치를 해 주었다. 다미 탐부리니의 도박장은 마르코에게 완벽했다. 다미 탐부리니는 도박장을 끝까지 숨기려 했지만 소용없었다. 마르코는 다미 탐부리니를 위협하다시피 해서 초대를 받았다. 당시 마르코 인생은 조니 미첼의 노래에서 기타 반주마저 끊기고 오직 늑대의 울부짖음만이 남아 있는 부분과 비슷했고, 그런 그에게 다미 탐부리니의 도박장만한 곳은 없었다.

마르코가 작은 서재에 미라이진을 홀로 놔두면, 아이는 언제나 잠들어 주었다. 마르코는 가끔 잠든 아이를 살피러 가서, 행여나 아이가 깨어있으면 잠시 곁에 머물며 다시 잠들 때까지 해먹을 흔들어 주다 도박판으로 돌아갔다. 젊은 시절 그랬듯 그는 대부분 게임에서 승리했다. 룰렛 게임에서도, 슈만드페르에서도, 텍사스 홀뎀에서도. 돈을 잃는 날도 있고, 따는 날도 있지만, 해먹에서 잠이 든 어린아이는 마르코가 적당한 순간에 자리를 털고 일어날 수 있는 핑곗거리가 되어 주었고 그것은 도박꾼에게 보기 드문 미덕이자 마르코의 강점이었다.

마르코에게는 도박으로 인생을 바꾸려는 마음이 없었다.

그는 그저 살아갈 이유를 찾고 있을 뿐이었다.

그의 가명은 한모쿠였다.

시선도 몸이다 (2013)

보낸사람:마르코 카레라

받는사람: enricogras.rigano@gmail.com

발송: Gmail: 2013.02.12. 22:11

제목: 학회 발표 자료

잘 있었나, 엔리코.

이번 학회 발표 자료를 첨부해서 보내네. 이렇게 오랜만에 학회에 참가한다고 생각하니 왠지 마음이 설레는군. 참가할 기회를 줘서 정말 고맙네. 자료를 살펴보고 발표를 할 만한 수준이 아니라고 생각한다면 솔직한 의견을 말해 주었으면 좋겠군.

마르코

학회 주제 시각적 인지력: 눈에서 뇌까지
학회 일시 및 장소 2013년 3월 14일, 프라토 페치 박물관 대강당
발표 주제 시선이 곧 몸이다.
발표 시간 8~9분
발표자 피렌체 카레지 병원 마르코 카레라 박사

"할아버지, 할아버지이…."

26개월 된 손녀 미라이진과 함께 침대에 누워있는데 아이가 칭얼거립니다. 아이를 재우려고 품에 안고 곱슬머리를 쓰다듬어 주면서, 핸드폰에 온 문자를 읽고 있었는데 아이는 이런 제 행동이 영 못마땅했나 봅니다.

"할아버지, 할아버지이…."

칭얼대던 아이는 제가 시선을 들어 자기를 바라보니까 그제야 할아버지 부르기를 멈추고 저를 향해 미소를 지어 보입니다. 아이를 꼭 껴안아 주고 머리를 쓰다듬으면서 다시 핸드폰을 향해 눈길을 돌리는 순간, 아이가 또다시 저를 목놓아 부릅니다. 자기를 바라봐주면 입을 다물고 문자를 읽으면 다시 칭얼댔습니다. 그 애는 제 몸에 만족하지 못했던 겁니다. 제 포옹과 제 몸의 온기와 제 손길로는 부족했던 겁니다. 아이는 제 시선을 원했던 겁니다. 아이는 눈으로 이렇게 말하는 것 같았습니다.

"나를 바라봐주지 않으면 할아버지는 제 곁에 있어도 없는 거나 마찬가지예요. 그런 식으로 저를 재울 생각은 하지 마세요."

언젠가 주유소에 가서 기름을 가득 채우고 신용카드로 결제를 한 적이 있습니다. 주유소 직원이 카드 결제 단말기에 (그 단말기를 Point Of Sale의 약어인 포스라고 부른다는 사실을 최근에야 알았습니다) PIN을 누르라고 하더군요. (PIN이 Personal Identification Number의 약어인 것은 예전부터 알고 있었죠) 주유소 직원은 포스기기를 제게 내밀더니 갑자기 시선을 돌려 바람 부는 들판을 바라보았습니다. 의미 없는 일상적인 동작인 것에 비하면 너무 동작이 커서 순간 그의 행동이 과장되게 느껴졌습니다. 아마 제가 PIN을 입력하는 것을 쳐다보지 않는다는 사실을 강조하려고 일부러 동작을 크게 한 거겠죠. 누군가에게 제 카드를 복제 당해도 자기는 아니라는 의미로 말입니다.

단테의 신곡 연옥편 제 13곡에서 연옥의 두 번째 옥에 도달한 단테는 시기 질투의 죄를 저지른 영혼들을 마주하게 됩니다. 이들은 바위 색과 똑같은 누더기를 걸치고 서로에게 몸을 기댄 채 성인들과 성모 마리아에게 자신들을 도와달라고 애원하고 있었죠. 베르길리우스의 권유에 그들 가까이 다가간 단테는 철사로 꿰매어 진 눈꺼풀 사이로 눈물을 흘리는 영혼들을 봅니다. 그 광경을 본 단테는 놀라운 행동을 합니다. 당시 사람으로서는 매우 현대적이고 자비로운 행동이었죠.

"나를 보지 못하는 이들을 바라보는 것이 잔인하게 느껴져,

나는 나의 현명한 조언자를 향해 시선을 돌렸다."

그러니까 단테는 영혼들로부터 시선을 거두어 베르길리우스를 바라본 것입니다. 영혼들이 괴로워하는 광경이 끔찍해서가 아니라 자신의 시선을 되돌려줄 수 없는 영혼들을 바라봄으로서 그들을 능욕하지 않기 위해서 말입니다. 무장하지 않은 자에게 총을 쏘지 않거나 자기방어를 할 수 없는 사람을 때리지 않는 것과 같은 맥락의 행동인 것입니다.

패션 잡지 《노토리우스Notorious》의 직원이 들려준 이야기인데, 프린스는 직원들이 자신을 쳐다보지도 못하게 했다고 합니다.

"실제로 그를 쳐다봤다는 이유로 해고된 사람도 있습니다. 제가 직접 목격했죠. 저 사람이 대체 자기를 왜 쳐다보는 거냐며 당장 밖으로 쫓아내라고 하더군요."

미국에서는 시선을 이런 마주치는 것을 '아이 컨택'이라고 하죠.

눈길 한번 잘못 마주쳤다 일자리를 잃은 불운한 사람도 있고, 브롱크스처럼 분위기 험하기로 유명한 동네에서 섣불리 시선을 잘못 마주쳤다가는 더 심한 일을 당할 수도 있습니다.

"어쩌다 그 지경이 되었어?"

"눈길 한 번 잘못 주었을 뿐이야."

프랑스 철학가 발댕 생 지롱은 《심미적 행위》라는 책을 썼는데,

이 책은 2010년 이탈리아어로 번역되어 출간되기도 했습니다. 50개의 질문으로 구성된 이 책은 상당히 극단적인 철학 개념을 설명하는데, 그것은 바로 심미를 하나의 '행위'로 규정하는 것입니다. '심미적 행위'라는 표현은 어떠한 대상을 '바라보는' 행위를 수동적이고, 관조적이며 전통적인 행위로 규정하지 않고 능동적인 행위로 규정하고 있습니다. 생 지롱은 '심미적 행위'는 시각과 촉감의 혼합을 수반한다고 이야기합니다. 즉 바라보는 행위는 멀리서 대상을 만지는 행위나 마찬가지라는 거죠. 시선은 우리 몸의 연장선이기 때문에, 바라보는 것은 수동적인 행위가 아닙니다.

우리는 매일 수백 명의 시선을 받습니다. 우리 역시 수백 명에게 시선을 보내죠. 이런 일은 보통 우리가 인지하지 못하는 상태에서 일어납니다. 남들이 나를 쳐다보는 것도, 내가 남을 쳐다보는 것도 인지하지 못합니다. 그래서 아무 일도 일어나지 않는 것입니다. 그런 시선은 아무런 결과를 초래하지 않습니다. 하지만 그렇다고 그런 종류의 시선이 생 지롱의 시선보다 덜 중요하다 할 수 있을까요?

일방적인 시선에는 아무런 결과가 없다고 자신 있게 말할 수 있을까요? 창밖을 지나는 사람을 보고 사랑에 빠지는 사람도 있지 않습니까? TV에 나오는 아나운서에게 반하는 사람들도 있고요. 그러니 어떤 시선이 더 중요하고 어떤 시선이 덜 중요하다는 말은 어폐語弊가 있습니다.

어떠한 대상에 시선이 가는 순간, 대상이 처한 상황에 개입하게 되고, 그로 인한 결과는 그 순간 일어나는 일련의 우연한 사건들에 의해 결정됩니다.

이때 도출되는 결과는 거의 온전히 감정의 영역에 속합니다. 주유소 직원을 예로 들어보죠. 직원이 그렇게 드러나게 고개를 돌리지 않고 PIN을 입력하는 제 손을 물끄러미 바라봤다고 가정해 보죠. 아니, 들판을 바라보는 대신 제 얼굴을 쳐다보고 있었다 해도, 신경에 거슬렸을 겁니다.

"대체 이 사람이 나를 왜 쳐다보는 거지?"

만약 그랬다면 제 반응은 프린스가 잡지사 직원에게 보인 반응과 별다르지 않았을 겁니다. 물론 그렇게 심하지는 않았겠지만요. 그 사람이 제 카드 번호를 외워서 복제 카드를 만들 거라는 생각까지는 미치지 못하더라도, 적어도 제 영역을 침범당한 것 같은 느낌은 들 것 같습니다.

이 이야기만 들어도 시선이 얼마나 강력한 무기인지 알 수 있습니다. 의도하지 않아도 시선만으로도 감정의 파장을 초래할 수 있습니다. 말하는 도중에 상대방이 시계를 흘끔거리면 얼마나 기분이 나쁘겠습니까? 시선을 지속할 수 있게 만드는 것은 그 시선에 담긴 관심일 것입니다. 예를 들어서 어떤 사람이 고속도로 갓길에 차를 세우고 서 있다고 가정해 봅시다. 시속 100킬로미터 이상의 속도로 달리다 그 사람이 노상 방뇨하는 모습을 목격한 겁니다. 아마 그 사람은 평소에 진지하고, 존경받는 멀쩡한 사람이었을 겁니다. 하지만 욕구를 참지 못해 그런 '극단적인 비사회적 행위'를 저지른 거죠.

그는 아마 이렇게 생각했을 겁니다.

'이런 젠장. 그래도 바지에 싸는 것보다는 이편이 낫겠지.'

하지만 아무리 그래도 차마 지나가는 사람들 보란 듯이 도로를 향하고 그런 짓을 저지르지는 못하고 뒤돌아서서 일을 봤을 겁니다. 뒤를 돌아봄으로써 그는 자기 곁을 지나가는 사람들에 대해 아예 관심을 끌 수 있었을 것입니다. 그렇게 그들의 시선이 자신을 향할 때 일어날 수 있는 파장을 차단한 거죠. 사실 그가 뒤돌아서서 일을 보든, 앞을 보고 일을 보든 바뀌는 것은 별로 없습니다. 지나는 사람 중에서 그 사람을 아는 사람이 있을 가능성은 거의 없으니까요. 하지만 당사자에게는 큰 차이가 있습니다. 이는 곧 그 순간 그에게 가장 중요한 것은 노상 방뇨 행위 자체가 아니라 지나다니는 사람에게 그런 자신의 모습을 들키지 않는 것임을 뜻합니다. 그런 짓을 하는 자신을 바라보는 타인의 시선 말입니다. 그러니 시선은 절대 수동적이지 않습니다.

알렉상드르 올랑은 이렇게 말했습니다.

"인간은 곧 그가 보는 것이다."

화가가 자신의 정체성을 시선에서 찾는 것은 그리 놀라운 일은 아니죠. 하지만 그와 같은 맥락에서라면 케이트 모스는 그와 반대되는 주장을 할 수 있을 것입니다.

"인간은 곧 타인의 눈에 비치는 모습이다."

두 경우 모두 정체성을 규정짓는 도구는 똑같습니다. 시선이죠.

기계의 시선은 감정 개입이 거세되어 있고 그 어떠한 가치판단의 범주에도 들어있지 않기 때문에, 엄중한 책임을 전가하기에 이상적인 대상입니다. 미군 폭격수 토마스 피어비는 히로시마에 에놀라 게이를 투척할 순간을 자신의 눈의 판단에 맡겼고, 몇 분 후 같은 눈으로 핵폭탄이 만들어낸 끔찍한 버섯구름을 목격했죠. 이는 곧 그가 폭탄 투하에 개입했음을 뜻합니다.

하지만 요즘은 알고리즘에 따라서 비행하는 무인 드론이 폭격합니다. 목표를 보는 시선도 없고, 개입하는 사람도 없으니, 결과적으로 그 행위에 책임을 질 사람이 아무도 없는 것이죠.

모든 심미적 행위 중에서 가장 창조적이고 신비한 행위는 '응시'입니다.

드디어 미라이진이 잠들었군요. 핸드폰에서 시선을 떼고 잠든 미라이진을 응시해 봅니다. 미라이진은 어린아이입니다. 잠이 든 평범한 어린아이죠. 하지만 제 시선으로 인해 그 애는 세상에서 가장 아름다운 창조물이 되었답니다.

늑대는 불행한 사슴을 죽이지 않는다 (2016)

처음에는 눈치채지 못했다.

"블리저드, 이쪽은 한모쿠요. 한모쿠, 이쪽은 블리저드."

"반갑습니다."

"반갑습니다."

드라고가 소개한 초면의 플레이어와 악수를 하면서 마르코는 아무것도 눈치채지 못했다. 그는 살짝 미소를 지어 보인 후 새로 등장한 플레이어를 무심히 지나쳤다.

그날 저녁 마르코는 정신이 다른 데 있었다. 어쩌면 열이 38도가 넘는 미라이진을 도박장까지 끌고 온 자기 자신이 수치스러웠을 수도 있었으리라. 하지만 그날은 2월 29일이었다. 4년에 한 번 오는 특별한 날을, 마르코는 도저히 그냥 넘길 수 없었다. 그는 미신을 믿지는 않았지만 특별한 숫자나 기념일에는 신경을 쓰는 편이었다. 그런 그에게 윤년 2월 29일은 놓칠 수 없는 날이었기에 열이 나는 손녀를 데리고 다미 탐부리니의 집까지 온 것이다. 38

도면 아주 높은 열은 아니었고 미라이진의 상태가 심각해 보이지 않아서 마르코는 괜찮을 거라고 생각했다. 손녀에게 해열제를 먹이면서 정 상태가 안 좋아지면 시에나에 있는 병원에 데려가야겠다고 생각했다. 사실 그때까지만 해도 별문제가 없었다. 미라이진은 평소와 마찬가지로 차에서 잠이 들었고, 피렌체에서 비토 알토로 이동하는 내내 곤히 자다 다미 탐부리니의 저택에 도착하자마자 할아버지가 자기를 옮기기 편하게 일부러 그런 것처럼 잠에서 깼다. 마르코는 저택 앞에서 대기 중이던 다미 탐부리니의 거구의 필리핀 집사 마누엘에게 도움을 받아 아이를 '고통의 서재'로 데려갔고, 아이는 해먹에 눕자마자 곧바로 잠이 들었다. 그 방이 '고통의 서재'라 불리는 데는 나름의 사연이 있었다. 다미 탐부리니의 선조인 탈라모네의 자작 프란체스코 사베리오가 바로 그 서재에서 아내인 루이지나의 수많은 외도로 인한 상처를 담은 일기 형식의 책《고통》을 집필했기 때문이었다.

거기까지는 모든 것이 평소와 다름이 없었다. 하지만 미라이진의 열은 내리지 않았고, 마르코는 그런 상태의 아이를 도박판에 데려온 자기 자신이 부끄러웠다. 그래서 처음에 다미 탐부리니가 '재앙'을 소개했을 때, 마르코는 그를 알아보지 못했다. 나중에 거실 반대편에서 집주인 옆에 서 있는 깡마른 체구의 사내를 다시 쳐다봤는데, 멀리서 보니 그가 누구인지 알 수 있었다. 별생각 없이 흘려들었던 가명도 그제야 귀에 들어왔다. 마르코는 믿을 수 없는 듯한 표정으로 거실을 가로질러 처음부터 마르코를 알아보고 미소를 띤 채 그를 기다리던 블리저드를 향해 다가갔다.

"너는…." 마르코가 말을 잇지 못하자, 두치오가 그의 말을 잘랐다.

"죄송하지만, 화장실은 어딨죠?"

두치오는 마르코의 팔을 잡더니 손님들을 맞이하고 있는 다미 탐부리니로부터 멀찍히 떨어뜨려 놓았다.

마르코는 거실에서 나와 두치오를 화장실로 안내했다. 그는 놀라움이 채 가시지 않은 표정으로 옛 친구를 바라보았다. 오랜 세월 후에 이렇게 갑자기 눈앞에 나타나다니…. 그는 너무나 혼란스러웠다. 거의 40년 전에 자신의 생명을 구해 준 친구가 늙은 걸인의 형상으로 다시 나타난 것이다. 두치오는 다 떨어져 가는 누더기를 걸치고 있었고 하얗게 센 머리는 미친 과학자처럼 부스스했다. 등이 물음표처럼 굽은 데다 피부가 마약 중독자처럼 망가지고 이빨은 누랬다. 누가 억지로 새긴 것처럼 안 어울리는 꾸불꾸불한 문신이 촉수처럼 목 위로 삐져 나와 있었다.

그런데도 두치오는 여전히 얼굴에 미소를 띠고 있었다.

"두치오…." 마르코가 입을 열었다.

약 40년 전에 마르코는 친구를 배신했다. 그의 얼굴에 침을 뱉고 그를 소외시켰다. 그 사건 후에 마르코도 두치오와 연락을 끊었다. 처음에는 두치오를 생각할 때마다 죄책감에 마음이 괴로웠지만, 그조차 얼마 가지 않았다. 2년 뒤 이레네의 죽음을 기점으로 일어난 일련의 불행한 사건들로 인해 두치오를 생각할 겨를이 없었으니까. 실제로 수십 년이 흐르는 동안, 아니 불과 몇 분 전까지만 해도 마르코의 마음속에는 두치오나 그에 대한 죄책감이 들어설 자리가 없었다. 하지만 막상 그가 넝마를 걸친 채 나이에 비해서 폭삭 늙은 모습으로 나타나자, 그토록 오랫동안 그를 새까맣게 잊고 살았던 자신을 용서할 수 없었다. 어떻게 그럴 수 있단 말인가.

"네가 암모꾸야?" 두치오가 물었다.

"맞아. 그런데 네가 대체 어떻게 여기에…."

마르코가 말했다.

"어서 이곳을 떠나. 지금 당장."

두치오는 언어장애라도 있는 것처럼 말하는 것이 힘들어 보였다. 병을 앓고 있다 해도 놀랍지 않을 정도로 안색이 안 좋았다.

"내 말 들어. 오늘은 게임을 하지 않는 것이 좋아."

단어를 하나하나 꼭꼭 씹어서 내뱉어서인지 그의 말에서 남다른 무게감이 느껴졌다.

"그게 무슨 말이야?" 마르코가 물었다.

그새 둘은 화장실에 이르렀다. 양쪽 벽에 붙어있는 거울 속으로 두 사람의 모습이 무한대로 반복되었다.

"내 말 똑바로 들어. 오늘 저녁은 게임을 하지 말고 집으로 가. 친구로서 해 주는 조언이야."

그는 또다시 누렇고 삐뚤삐뚤한 송곳니를 드러내며 씩 웃었다.

순간 마르코는 몹시 혼란스러웠다. 두치오의 말에 어떻게 반응해야 할지 수많은 생각이 떠올라 오히려 아무런 반응을 보일 수 없었다. 이유를 따져 묻지 않고 두치오의 말을 들을 수도 있었다. 그렇지 않아도 미라이진이 열이 있는데 두치오까지 나타났으니 오늘 저녁은 글렀다는 신호로 받아들이고 집에 갈 수도 있었다. 아니면 왜 이렇게 갑자기 나타난 거냐고 그를 추궁할 수도 있었다. 무슨 생각으로 뭘 하러 나타난 건지 물을 수도 있었다. 아니면 37년이나 늦게 그에게 사과할 수도 있었다. 그도 아니면 그에게 엿이나 먹으라며 화를 낼 수도 있었다. 사실 그렇게 하고 싶은 마음이 제일 컸다. 마르코는 대체 왜 갑작스런 분노를 느낀 것일까? 두치오의 말이 우정어린 조언이 아니라 위협처럼 느껴져서일까? 아니면 상처를 준 사람이 상처를 받은 사람을 미워하게 되는 심리 때문에 그가 무슨 말을 하든 아니꼬운 것일까?

"두치오." 마침내 마르코가 침착함을 유지하려고 애쓰며 입을 열었다.

"나는 매주 여기서 게임을 해. 이곳에 나를 모르는 사람은 없어. 여긴 내 구역이라고. 그런데 이렇게 갑자기 나타나서 나보고 집에 가라고? 왜? 지금까지 대체 어디서 뭘 하면서 지냈어? 여기엔 왜 온 거야? 옷차림은 왜 그 모양이고?"

거울에 투영된 상이 늘어날수록 두치오의 까만 옷은 더 너덜너덜해지는 것 같았다. 무덤 파는 인부도 저것보다는 나을 거라고, 마르코는 속으로 생각했다.

"나는 일하러 온 거야." 두치오가 말했다.

"이건 내 작업복이고. 나는 원래 못생겼잖아. 그런데 그게 내 일에는 도움이 돼. 하지만 내 일을 제대로 하려면 내 존재 자체를 불쾌하게 만들어야 하는데, 그러기 위해서는 옷차림이 아주 중요해."

"그게 대체 무슨 말이야? 무슨 일을 하는데?"

두치오는 잠시 고개를 들고 먼 천장을 바라보았다. 바로 그 순간, 그의 얼굴에서 아베토네에서 슬랄롬 경기 우승을 휩쓸던 소년 블리저드의 얼굴이 스쳐 지나가는 듯했지만, 어쩌면 그조차도 마르코의 상상이었을 수 있다.

두치오는 크게 심호흡을 했다.

"그럼 내가 설명해 줄게. 나는 불행을 몰고 다녀. 그건 너도 알지? 내 옆에 붙어있는 사람을 제외한 모두에게. 너도 알잖아. 태풍의 눈 이론 말이야. 그 소문을 걷잡을 수 없게 되자 나는 결심했어. 그것을 역이용하기로."

"그게 무슨 말이야?"

"이제 그 덕분에 먹고 산다는 말이야."

"자세히 말해 봐."

"전문적로 불행을 가져다주는 사람이 됐다고. 돈을 받고 재앙을 전해 주는 거지. 웃지 마. 오늘 저녁은 네 친구가 암모꾸라는 사람한테 불행을 가져다 달라고 나를 고용한 거야. 너한테 불행을 안기라고 말이야. 그것도 아주 큰 불행을. 최악의 불행을. 그래서 이곳을 떠나라는 거야. 내 말 들어. 농담이 아니야."

힘겹게 씹어 내뱉는 듯한 그의 말에는 여전히 호소력이 있었다.

"그게 대체 무슨 말이야?" 마르코가 당혹감을 감추지 못하고 말을 더듬었다.

"마르코. 나는 지금 나폴리에서 살아. 그게 무슨 뜻인지 알아? 투우사가 세비야에 사는 거나 마찬가지라고. 사람들은 내게 돈을 주고 불행을 가져다 줄 표적을 지목해. 이런 일을 하고 다닌 지 꽤 오래됐어. 실패한 적이 없어서 일감이 끊이지 않아. 나폴리뿐만 아니라 다른 곳에서도 의뢰가 들어와. 도박, 사업, 치정, 스포츠, 가정사까지 안 해본 일이 없어. 나는 불행을 목표로 인도하는 안테나야. 그런 내가 암모꾸라는 작자의 눈에서 눈물을 쏙 빼달라는 의뢰를 받고 아침 비행기를 탄 거라고. 네 친구가 내게 큰돈을 주겠다고 해서."

"내 친구라니, 그게 누군데?"

"이 집 주인."

"하지만 왜? 네 말대로 내 친구인데. 왜 내게 해코지를 하려는 거야?"

"나는 의뢰인들에게 이유를 묻지 않아. 나는 네 친구 머릿속에 뭐가 들어있는지 몰라. 내일 아침 나폴리로 돌아가면 다시는 얼굴 볼 일이 없을 테니까. 하지만 내 의견을 알고 싶다면 말해 줄게. 내가 보기에 그놈은 미쳤어. 손가락으로 숫자도 제대로 못 셀 정도로 미친놈은 아니지만. 그와는 다른 성격의 광기지. 하지만 이건 내 피상적인 느낌일 뿐이야. 나는 그가 어떤 사람인지 잘 모르니까 내 말이 틀릴 수도 있어. 확실한 것은 그가 네 눈에서 눈물을 쏙 빼려 한다는 거야. 그러니 다시 말할게. 집으로 돌아가. 나는 선금으로 족해. 나만 잔금을 포기하면 아무도 다치지 않을 테니까."

엉클어진 마르코의 머릿속에서 한가지 생각이 점점 더 또렷해졌다. 이제 곧 그가 나타낼 반응이었다. 다미 탐부리니의 집에서 벌어질 도박판을 생각하며 아침부터 솟구쳐올랐던 아드레날린이 줄어들기는커녕 점점 더 늘어났지만 아직은 자신의 감정을 표출할 적합한 표현을 찾지 못해, 그는 잠자코 입을 다물고 있었다.

"어서 가. 그만 고집부리고. 네게 무슨 일이 일어났는지 어머니에게 들었어. 그러니 어서 집으로 가."

그 말에 마르코가 깜짝 놀랐다.

"어머니가 아직 살아계셔?"

"그래."

"연세가 어떻게 되는데?"

"아흔둘."

"어떻게 지내셔?"

두치오의 얼굴이 일그러졌다. 뭐라 표현하기 힘든 표정이었다. 주름이 가득한 얼굴에 우울함이 스치고 지나갔다. 씁쓸함이 섞인 우울함이었다.

"잘 지내셔." 그가 말했다.

"내 덕은 아니지만. 나는 어머니에게 신경을 거의 못 쓰고 있어. 유산을 노리는 착한 내 사촌들이 나서서 어머니를 돌봐드리고 있지. 정작 자기들 친어머니는 요양소에서 혼자 죽게 내버려 둔 주제에 돈 때문에 우리 어머니에게는 얼마나 지극정성인지 몰라. 어차피 어머니가 남길 유산은 자기들 차지라는 것도 모르고 말이야. 솔직히 나는 유산에 관심이 없거든. 하지만 그 사실을 알면 어머니에게 쥐약을 먹일 놈들이라 일부러 내색은 안 하고 있어. 어머니에게 알랑방귀를 뀌어야 나를 상속인 명단에서 제외할 수 있다고 믿게 만들려고. 이것이 내 나름대로 어머니를 보호하는 방법이야."

두치오는 잠시 말을 멈췄다. 찡그린 표정이 어느새 사라져 버렸다.

"그동안 어머니는 계속 네 소식을 들려주셨어. 네게 일어난 일을 안타까워하셔. 그러니 어서 집에 가."

그렇게 마르코는 자신이 동정의 대상이라는 사실을 알게 됐다. 예상치 못한 일이었다. 유년 시절을 보낸 정든 고향으로 돌아와 옛친구들과 다시 어울리고, 학창시절에 다니던 테니스 클럽에도 다니면서 잘 지내고 있다고 생각해 왔기 때문이다. 그는 아무에게도 자기 이야기를 하지 않았다. 과거에 대해서도 현재에 대해서도. 아무에게도 이레네 누나와 마리나와 아델레에 관한 이야기를 하지 않았다. 아무에게도 눈물을 보이지 않고 그저 이를 악물고 묵묵히 앞으로 나아가고 있을 뿐이었다. 그런데 알고 보니 모두 자기를 동정하고 있었던 거다. 심지어는 두치오와 같은 인생 낙오자까지도. 그 사실을 깨닫는 순간 두치오에게 할 말이 생각이 났다.

"내 말 좀 들어봐. 알려준 것은 고맙지만, 이대로 집에 갈 생각은 없어. 네가 불운을 몰고 다닌다는 말을 믿지 않으니까. 나는 원래 그 말을 믿지 않았어. 오히려 그런 주장에 반박하고 다녔지. 물론 딱 한 번 실수한 적이 있어. 아주 오래 전에. 심각한 실수였다는 것은 알아. 인정할게. 하지만 당시 나는 충격으로 제정신이 아닌 데다 혼자였어. 내 실수의 대가를 오롯이 네가 치른 거 알아. 그 점은 내가 사과할게. 과거로 돌아갈 수만 있다면, 절대로 그런 짓을 하지 않았을 거야. 정말이야. 하지만 그 당시에도 나는 너에 대한 소문을 믿지 않았어. 게다가 너는 내 생명의 은인이잖아. 그런 너를 내가 왜 두려워하겠어. 다미 탐부리니로 말하자면 내 친구이자 테니스 복식조 파트너야. 내덕에 몇 번 우승도 했고. 그 친구의 테니스 사랑을 생각하면 우리 어머니가 쓰던 표현처럼 내가 밟고 지나간 땅에 입을 맞춰도 모자랄 판인데, 그런 친구가 내 눈에서 눈물을 쏙 빼놓으라고 너를 고용했다고? 만약 네 말이 사실이라면, 오늘 밤 꼭 게임을 해야겠어. 게임으로 본때를 보여 주겠어…."

그러자 이번에는 두치오가 놀라움을 감추지 못했다. 자기가 불행을 몰고 다닌다는 사실을 믿지 않는 사람을 마지막으로 본 것이 언제였는지 기억조차 나지 않았으니까.

"네가 이곳에 온 이유를 아는 것도 내게 유리할 수 있어. 그 사실을 역이용할 수 있으니까. 그리고 불행 이야기가 나왔으니 말인데, 네게 보여줄 것이 있어. 따라와 봐."

마르코는 욕실에서 나와 두치오를 고통의 서재로 인도했다. 그는 조용히 하라고 손가락을 입술에 갖다 댄 뒤에 조심스레 문을 열었다. 마르코는 두치오를 먼저 서재에 들여보내고 자기도 따라 들어가 문을 열었을 때보다 더 조심스레 문을 닫았다. 아이는 잠들어 있었다. 마르코는 해먹 밖으로 삐져나온 아이의 한쪽 팔을 다리에 올려놓고 서늘한 젖은 이마에 입술을 살포시 갖다 댔다.

"내 손녀야." 마르코가 나지막이 말했다. "미라이진이라고 해. 다섯 살 반이고. 이 애가 가는 곳이라면 나도 어디든지 따라가. 언제나. 한모쿠는 아이가 누워있는 이 해먹을 따서 만든 가명이야. 이것 봐. 조립형 받침대도 있어. 내 친구라는 작자가 이런 이야기는 해 줬어?"

"아니."

"거봐."

마르코는 마지막으로 아이의 이마를 쓰다듬어 주고 서재 문을 열었다. 둘은 아무런 소리도 내지 않고 조용히 그곳을 빠져나왔다.

"아까도 말했듯이 나는 행운도 불행도 믿지 않아. 하지만 만에 하나 그런 것이 있다면, 내 손녀만큼 강력한 행운의 상징은 없어. 그런 아이가 지금 내 곁에서 나를 보호해 주고 있는 거야. 그러니 가려면 너나 가. 괜히 망신을 당해서 네 명성에 금이 가게 하고 싶지는 않으니까."

두치오는 미소를 지었다. 마르코와 두치오는 동갑이었다. 둘은 마르코가 벌새로 불리던 시절 항상 붙어 다녔다. 함께 스키 경기에 참여하고, 불후의 명곡이 일주일에 한 번 간격으로 발표되던 그때 그 시절, 음악을 들으며 수많은 시간을 함께 보냈다. 경마, 룰렛, 주사위, 포커도 함께 배웠고, 둘이서 온 유럽의 카지노란 카지노는 다 휘젓고 다녔다. 둘은 찬란했던 과거의 추억을 공유하는 사이였다.

"불장난할 생각하지 말고 그만 가 봐."

두치오가 말했다.

그랬던 둘이 수많은 일을 겪고 나서 이제 서로에 대한 연민을 느끼고 있었다.

노인처럼 보이는 두치오와 달리 마르코는 그의 아들뻘로 보였다. 두치오는 외롭고 쓸쓸하고 미래가 없었지만, 마르코는 아직 건강했고 미라이진이 있기에 미래가 있었다.

순간 마르코는 이 모든 것이 운명임을 깨달았다. 카라도리가 직감적으로 자신에게 해먹을 선물해 준 것도, 자신이 지금껏 헌신적인 할아버지의 탈을 쓰고 그 선물을 부적합하게 이용한 것도 모두 이날을 위해서였다. 존재하지 않는 2월 29일을 위해서였다.

지금까지 그가 베푼 사랑, 그가 바친 시간, 그가 겪은 고통은 이날 그의 힘과 능력이 되었다. 그 모든 것은 이날을 위한 과정이었고, 그것이 바로 마르코의 운명이었다.

"늑대는 불행한 사슴을 죽이지 않아."

두치오가 말했다.

"녀석들은 약한 사슴을 노려."

벌새에 대한 세 번째 편지 (2018)

수신인: 마르코 카레라
주소: 이탈리아 피렌체
사보나롤라 광장 12번지 50132

마르코,

요즘 네가 좋아하는 가수 파브리치오 데 안드레에 관한 책을 읽고 있어. 그의 아내였던 도리 게치가 두 명의 언어학자와 집필한 책인데 내용이 대단해. 지금 막 두 언어학자가 자신들이 만든 '엠메날지아emmenalgia'라는 신조어를 설명하는 대목을 읽었어.

'흔들림 없이 버티다', '인내하다', '치열하게 참다'라는 뜻을 가진 고대 그리스 동사 엠메노Emméno에서 따온 단어. 예정된 슬픈 결말에 도달하기까지 끝까지 인내하려는 서글픈 욕망을 내포한다. 엠메노에는 '타인의 법칙이나 결정에 따르지 않는다'는 의미도 있다. 시간과 공간의 제약을 받는, 사실상 모든 인간의 운명을 내포하는 단어. (궁극적으로 인간의 자유의지에 복종할 수밖에 없는 신도 마찬가지일 것이다) '엠메날지아'는 생기지 않은 미래의 상처에 독이자 치료제이다. 하지만 자기 자신에게 솔직한 모든 인간의 열렬한 희망은 궁극적으로 상처를 받지 않는 것이므로, 상처 치유력이 있다 해도 결국은 쓸모없는 단어다."

마르코, 이 동사는 바로 너야. 너는 세상에서 가장 잘 인내하는 사람이자 변화를 가장 잘 피하는 사람이니까. 두 언어학자가 말한 것처럼 너는 흔들림 없이 버티고, 끝까지 인내하되 타인의 법칙과 결정에 따르지 않는 숙명을 타고났으니까.

그제야 나는 갑자기 모든 것을 이해했어. (답장을 받지 못할 것을 알면서 네게 편지를 쓰는 것도 바로 이 말을 하고 싶어서야) 네가 정말 벌새라는 걸. 그래 맞아. 이제 깨달았어. 너는 벌새야. 어렸을 때 몸집이 작아서가 아니야. 네가 벌새인 건 네 모든 에너지를 머무르는 데 쏟기 때문이야. 똑같은 자리에 머물기 위해 1초에 70번의 날갯짓을 하기 때문이야. 너는 정말 그 방면에 특별한 재능이 있지. 시공간 속에서 정지할 수 있으니까. 너를 둘러싼 공간과 시간을 멈출 수 있으니까. 때로는 잃어버린 시간을 찾기 위해 시간을 거슬러 올라가기도 해. 벌새가 뒤로 날아갈 수 있는 것처럼. 그래서 네 곁에 있는 것이 그토록 멋진 거야.

문제는 너에겐 그렇게 자연스러운 일이 다른 사람들에게는 어렵다는 거야.

문제는 변화란 인간의 본능이라는 것을 너는 모른다는 거야. 물론 모든 변화가 다 좋은 것은 아니지만.

가장 큰 문제는 그토록 애써서 정지 상태 상태를 유지하는 것이, 때로는 상처를 치유하는 것이 아니라 상처가 된다는 거야. 그래서 네 곁에 머무는 것이 불가능한 거야.

나는 네가 왜 그토록 오랫동안 나와 함께 하고 싶다는 평생의 갈망을 행동에 옮기지 못했는지 항상 궁금했어. 왜 나와 함께 할 수 없는지. 왜 다음 단계로 넘어가지 못하는 건지 궁금했어. 우리가 함께 있을 때도 마찬가지였어. 조금 전까지 그토록 간절히 원하던 것을 왜 갑자기 밀어내고 뒷걸음치는지 자문하곤 했어. 그동안에도 몇 번 그런 일이 있었으니까.

그러다 오늘에야 갑자기 현실은 내 생각과는 정반대였다는 것을 깨달은 거야. 네가 내 곁에 머물지 못한 것이 아니라 내가 네 곁에 머물지 못했던 거야. 네 곁에 머무르려면 멈추어 있어야 했는데, 나는 그렇게 하지 못했어. 결과는 똑같아. 우리는 함께하지 못했지. 거기에는 우리 둘 다 책임이 있고.

이렇게 새로운 관점으로 우리 관계를 생각하면서 내 마음은 새로운 슬픔으로 가득 찼어. 과거 슬픔 못지않게 잔혹한 슬픔으로. 어쩌면 모두 내 탓일 수 있다는 걸 깨달았거든.

이토록 오랜 시간이 지난 후에 이 사실을 깨닫게 된 것도 너무 마음이 아파, 하지만 늦게나마 깨달은 것이 평생 깨닫지 못하는 것보다는 낫겠지.

마르코. 창밖에서 폭발음이 들려와. 고함과 구급차 사이렌 소리도. 오늘은 토요일이야. 요즘 여기는 토요일마다 전쟁인데 언젠가부터 그마저 일상적인 것이 되었어. 닥치는 대로 때려 부수는 노란 조끼 시위대도 일상이 되었어. 너 없이 지내는 것도.

메리 크리스마스.

루이사가

진실을 깨닫다 (2016)

"여보세요?"

"안녕하세요, 카라도리 박사님. 마르코 카레라입니다."

"안녕하세요. 잘 지내시나요?"

"잘 지냅니다. 박사님은요?"

"저도 잘 지냅니다. 감사합니다."

"통화 가능하실까요? 지금 어디에 계시나요?"

"그럼요. 저는 지금 로마에 있습니다. 브라질로 돌아가기 전에 연수를 받고 있죠."

"브라질에는 왜요?"

"이탈리아에는 잘 알려지지 않았지만 4개월 전에 인류 역사상 최악의 환경 재해가 있었거든요. 혹시 벤토 로드리게즈라고 못 들어보셨나요?"

"못 들어봤습니다."

"벤토 로드리게즈는 미나스 제라이스주에 위치한 마을입니다.

아니 정확히 마을이었다고 해야겠군요."

"무슨 일이 있었죠?"

"철광석 광산에서 광물 찌꺼기를 담는 테일링 댐이 붕괴하는 바람에 마을 전체가 산화철 성분이 함유되어 인체에 해로운 진흙에 파묻혔습니다. 벌써 4개월 전에 일어난 일이죠."

"사상자가 많았나요?"

"그다지 많지 않았습니다. 열일곱 명이요. 그보다 더 심각한 문제는 이탈리아 국토 2분의 1에 해당하는 땅이 오염됐다는 거죠. 강물과 수백 킬로미터 떨어진 곳에 있는 대서양 해안 일부까지요. 주민 수만 명이 전 재산을 잃고 보금자리를 떠나야 했답니다."

"전혀 몰랐습니다."

"이탈리아에서는 별로 주목받지 못했으니까요. 기사만 두어 번 게재됐을 뿐이죠. 언론에서는 이미 관심을 끊은 지 오래지만, 상황이 정말 비극적입니다. 주민들은 고향이 안전하지 않은데도 남고 싶어합니다. 그들을 그곳에 내버려 두면 암에 걸려서 죽을 거고, 다른 곳으로 이주시키면 살고 싶은 의지를 잃을 겁니다. 솔직히 이주시킬 만한 곳도 없고요. 상황이 정말 심각하답니다."

"안타깝군요…."

"어쩔 수 없죠. 그나저나 카레라 선생님. 당신은 어떻게 지내시나요? 잘 지낸다고 말씀해 주십시오."

"네, 뭐. 저는 그럭저럭 잘 지내고 있습니다."

"다행이군요. 아이는요?"

"너무 예쁘죠."

"이제 몇 살이죠?"

"다섯 살 반이요."

"세상에. 하긴 우리가 마지막으로 만난 게 언제였죠?"

"벌써 3년이 지났죠."

"맞습니다. 그때 두 살 반이었죠. 어쨌든 잘 지내시는 거죠?"

"그렇습니다. 단지…."

"단지?"

"드릴 말씀이 있습니다."

"말씀해 보세요."

"하지만 그 전에 고백할 것이 하나 있습니다."

"뭔가요?"

"해먹 말입니다. 제게 선물해 주신…."

"네."

"잘 사용하고 있습니다."

"다행이군요."

"문제는 테니스를 하러 갈 때와 학회에 참석할 때만 사용하는 게 아니라는 겁니다."

"그래요? 그럼 또 언제 사용하는데요?"

"제가 어렸을 때 도박을 했다는 건 아시죠?"

"네. 전 부인께 이야기 들었습니다."

"포커, 슈맹드페르, 룰렛. 닥치는 대로 하다 그만뒀죠."

"그 이야기도 들었습니다."

"그런데 최근에 다시 시작했습니다."

"그렇군요. 아직도 도박이 재밌나요?"

"아이를 해먹에 재우고 도박을 했어요."

"그러셨겠죠."

"도박판이 벌어지는 방 바로 옆 방에서요."

"네. 제가 그렇게 하시라고…."

"때로는 밤새도록 도박을 하기도 했습니다. 동이 틀 때까지요."

"뭐, 나쁠 것 없습니다. 돈을 너무 많이 잃지만 않았다면 말입니다. 혹시 돈을 많이 잃었나요?"

"아뇨. 아닙니다. 그 반대죠."

"…."

"…."

"말씀해 보시죠."

"어젯밤, 아니 오늘 새벽이죠. 그러니까 정확히 10시간 전에 말입니다."

"네?"

"너무 큰 돈을 땄습니다."

"무슨 말씀이죠?"

"말도 안 되는 금액을 땄다는 말입니다. 저도 말도 안 되는 행동을 했고요."

"말도 안 되는 행동이라뇨?"

"어젯밤 판이 벌어지기 전에 30년 만에 본 옛 친구가 제게 경고했어요. 그 친구는 말하자면 전문 도박꾼이죠. 그 친구에 얽힌 사연도 있지만, 그 이야기까지는 하지 않겠습니다. 아무튼, 옛 친구를 지난 3년간 매주 게임을 하러 가던 도박장에서 마주친 겁니다. 그가 저를 따로 부르더니 어서 집으로 돌아가라고 하더군요. 내가 대체 왜 그러냐고 묻자, 그가 말하기를 저를 망치려는 사람들이 있다고 했습니다. 자기는 그렇게 하고 싶지 않다면서 제게 떠나라고 했죠. 그게 누구냐고 묻자 그곳 보스라고 하더군요. 그가 내 눈에서 눈물을 쏙 빼놓으라며 자기를 고용했다고요. 물론 그 친구는 그 대상이 저인지 몰랐고요."

"어렸을 때부터 친구였다면서 어떻게 모를 수 있죠?"

"게임을 할 때는 가명을 쓰니까요. 한모쿠라는 도박꾼을 파멸시키러 와서 보니 그게 바로 저였던 거죠."

"네."

"아시겠지만 한모쿠는 박사님께서 주신 해먹 브랜드입니다."

"그렇군요."

"어쨌든 그 친구가 그러더군요. 보스라는 사람이 그 집주인 루이지 다미 탐부리니라고요. 혹시 탐부리니라는 이름을 들어보셨나요?"

"처음 듣는 이름입니다만."

"토스카나에서는 꽤 유명한 가문이거든요. 시에나 출신의 귀족 집안이죠. 그냥 여쭤본 것이니 신경 쓰지 마세요. 기가 막힌 것은 그는 제 오버100[over 100] 복식 경기 파트너로, 어제까지만 해도 저는 그를 제 친구라고 생각했다는 겁니다."

"오버 100이요?"

"복식조 선수 둘의 나이 합이 100세 이상인 경기죠. 사람들이 참 기발하죠?"

"그렇군요…."

"어쨌든 제 친구 말이 다미 탐부리니가 저를 파멸시키려 한다는 겁니다. 사실 미라이진도 열이 있어서 그 일이 일어나기 전부터 그냥 집에 가는 것이 좋지 않을지 고민하고 있던 차였습니다. 선생님이었다면 이런 상황에 어떻게 하셨겠습니까?"

"글쎄요."

"보통 사람이라면 그냥 집으로 돌아갔겠죠. 다음 날 아침, 정신을 추스른 뒤에 마음 속으로 정리해 보고요. 그러시지 않겠습니까?"

"그렇겠죠."

"테니스 파트너가 나를 파멸시키려고 돈을 주고 사람을 고용했다는 말이 정말일지 고민해 볼 겁니다. 만약 그렇다면 대체 왜 그랬는지 생각해 보겠죠. 냉정한 마음으로, 침착하게요. 그렇죠?"

"네."

"저는 그렇게 하지 않았습니다."

"그럼 그냥 남으셨나요?"

"남아서 게임을 했습니다."

"그 결과 말이 안 되는 금액을 따셨고요."

"그렇습니다."

"테니스 파트너에게 돈을 딴 건가요 아니면 그 옛 친구라는 사람에게 땄나요?"

"테니스 파트너한테요. 제 눈에서 눈물을 쏙 빼놓으라고 시킨 사람이요. 하지만 정말 아슬아슬했습니다. 하마터면 제가 먼저 파산할 뻔했거든요."

"어쩌다가요?"

"제 전재산보다 많은 돈을 걸었거든요."

"얼마나요?"

"부끄러워서 액수는 말씀 못 드리겠습니다. 평생 가져보지 못한 금액이었죠. 졌다면 일이 상당히 복잡해졌을 겁니다."

"하지만 지지 않았죠."

"그렇습니다. 다이아몬드 잭으로 클로버 잭을 이겼죠."

"어떤 게임이었죠?"

"텍사스 홀뎀이요."

"그게 뭔가요?"

"텍사스에서 하는 포커 게임입니다."

"일반 포커랑 룰이 많이 다른가요?"

"훨씬 복잡합니다. 플레이어당 2장의 손패와 5장의 커뮤니티 카드로 패를 조합하는 게임입니다."

"텔레시나와 비슷한 게임이군요."

"네, 일종의 텔레시나죠."

"텔레시나인가요 아니면 테레시나인가요? 항상 헷갈리던데."

"두 용어를 혼용하는 것 같습니다. 테네시 포커의 이탈리아 버전이죠."

"그래요?"

"네. 미국에서는 주마다 포커 스타일이 다르거든요. 그중에서 가장 보편적인 것이 텍사스 홀뎀이고요. 테네시 포커와 달리 사람들의 파산을 막기 위해 패배를 통제할 수 있게 설계된 게임이기 때문이죠. 하지만 어제는 달랐습니다. 어젯밤 저는 거의 파산할 뻔했거든요."

"하지만 결국에는 이기지 않았습니까."

"네. 저 대신 타미 탐부리니가 파산했죠. 계속 돈을 잃고, 돈을 찾으려고 다시 게임을 하고, 또 잃기를 수없이 반복하다 결국 저랑 둘만 남았죠. 개인적인 감정싸움이 된 겁니다. 저는 그걸 뻔히 알면서도 멈추지 않았어요. 계속했죠. 그러다 20분도 안 돼서, 약 15분 만에 말도 안 되는 금액을 딴 겁니다."

"얼마를 땄는데요?"

"부끄러워서 말씀을 못 드리겠습니다."

"왜요? 잃은 것이 아니라 돈을 땄는데요."

"어쨌든 판돈이 그렇게 커진 데는 저도 책임이 있으니까요."

"얼마였는데요?"

"84만 유로요."

"세상에!"

"판돈을 계속 두 배로 늘리다 보니 그렇게 된 거죠."

"선생님 친구분에게 그 많은 돈이 있나요?"

"있긴 있을 겁니다. 워낙 가진 땅이 많은 데다 금융업, 와인, 생수, 부동산 사업까지 운영하고 있으니까요. 하지만 저는 그 돈을 거절했습니다. 그 이야기를 드리려고 전화한 겁니다."

"거절하다뇨? 대체 왜요?"

"너무 많아서요! 어떻게 그 큰돈을 받겠습니까? 판돈이 커질 때를 대비해서 대기 중이었던 공증인도 그런 경우는 처음이라 어찌할 바를 모르더군요."

"그러니까, 80만 유로를 따고도 돈을 받지 않았다는 겁니까?"

"그렇습니다. 정확히는 84만 유로였습니다."

"세상에…"

"제가 미친놈인가요?"

"아뇨. 하지만 솔직히 흔한 경우는 아니죠."

"돈을 받는 대신 부탁을 했습니다."

"무슨 부탁을 하셨나요?"

"말씀드리죠. 그때가 이미 새벽이었는데, 미라이진은 해열제에 취해서 옆방에서 잠들어 있었죠. 저는 지칠 대로 지쳐있었고, 저와 함께 게임을 한 나머지 네 사람은 저보다 더 지쳐있었습니다. 게다가 저는 2시간 후에 출근해야 했죠. 그런 상황에서 저는 제가 파멸시킨 인간을 바라보았습니다. 불과 몇 시간 전까지만 해도 제가 친구라 여겼던 사람이었죠…."

"그래서요? 어떤 부탁을 했나요?"

"저는 부끄러웠습니다. 모든 것이요. 열이 있는 미라이진을 데리고 그곳에 간 것도, 두치오가 집으로 돌아가라고 했을 때 그의 말을 듣지 않은 것도, 정신이 나가서 돈을 잃기 시작했는데도 멈추지 못한 것도요. 돈을 따기 시작한 후에 판돈이 말도 안 되게 커질 때까지 카드를 손에서 놓지 못한 것도요."

"아마 충격에서 벗어나지 못해서 그랬을 겁니다. 그래서 무슨 부탁을 하셨나요?"

"그 순간 저는 도박을 한 사실이 부끄러웠습니다. 저 자신과 제 삶이 부끄러웠습니다. 이런저런 이유로 결국 모두 저를 떠났으니까요. 제 곁에 아무도 남지 않았으니까요."

"손녀가 있지 않습니까."

"그 애한테 한 짓도 부끄러웠습니다. 아이를 그렇게 해먹에 방치해 두다니…. 아이 보기가 부끄러웠어요. 너무나 수치스럽고 괴로웠습니다. 뼈에 사무치게 괴로웠습니다. 그래서 저는 도박꾼이라면 절대로 하지 않을 짓을 했습니다."

"그게 뭐죠?"

"지금 선생님께 한 이야기를 저 못지않게 수치심에 빠져 있던 네 명의 도박꾼에게도 들려주었습니다. 그리고 마지막에 모든 도박꾼이 마음속에 간직만 할 뿐 절대로 입 밖에 내지 않는 말까지 덧붙였죠."

"그게 뭔가요?"

"돈을 따면 딸수록 제 일상은 피폐해 졌다고요. 오만 유로를 따니까 고물차 대신 새 차를 뽑아야겠다는 생각이 들었다고 했습니다. 그 전만 해도 한 번도 고물차라고 생각한 적이 없었는데 말입니다. 제 말이 무슨 뜻인지 이해하시나요?"

"이해합니다."

"도박이란 그런 겁니다. 도박은 자기 삶을 증오하게 만들죠. 보통 사람들은 그런 인생을 바꾸고 싶어서 도박에 손을 대지만, 사실 애당초 도박이 아니었으면 자기 삶을 그토록 증오하게 되지 않았을 겁니다. 20만 유로를 따고 나니 몰디브와 폴리네시아의 고급 리조트에 있는 제 모습이 떠올랐습니다. 생전 그런 생각을 해 본 적이 없었는데요. 40만 유로를 따고 나서는 비서, 가정부, 요리사, 운전사, 유모를 고용하는 상상을 했습니다. 그 사람들이 없어서 지금의 삶이 불행한 것도 아닌데 말입니다. 미라이진을 돌보는 일을 싫어하지도 않은데 말입니다. 60만 유로를 땄을 때는 일을 때려치우고 은퇴하는 상상을 했습니다. 의사가 되기 위해 그토록 많은 것을 희생하고, 오랜 시간을 들여 공부했는데, 35년 동안 성실하게 종사해 온 일이 갑자기 하찮고 끔찍하게 느껴졌습니다. 실제로는 그렇지 않은데도요. 저는 제 삶이 싫지 않습니다. 오히려 만족하는 편에 속하죠. 다른 사람들과는 달리 제게는 삶의 목적이 있으니까요. 그것은 바로 이 세상에 미래의 인간을 전하는 일입니다. 미래의 인간을 양육하는 것이야말로 제가 누릴 수 있는 괴롭지만 엄청난 특혜니까요."

"거기에 있는 사람들에게 그런 이야기까지 다 하셨나요?"

"그렇습니다. 마지막으로 모든 도박꾼이 아는 이야기를 덧붙였습니다. 도박으로 딴 돈은 좋은 일에 쓰기 불가능하다고 했습니다. 84만 유로를 받을 수 없는 것도 다 그런 이유에서였습니다."

"그래서요 선생님 친구분과 그곳에 있던 다른 사람들은 뭐라던가요?"

"다들 울음을 터뜨리더군요. 정말입니다. 눈물은 제가 흘렸어야 했는데, 오히려 제가 그들을 울린 겁니다. 고통의 눈물은 아니었습니다. 감동의 눈물이었습니다. 그 모습을 보니 갑자기 그들이 불쌍해지더군요. 그렇다고 그들을 울린 것이 부끄러운 것은 아니지만요."

"그래서 돈 대신 무엇을 요구했나요?"

"어머니의 사진을 모두 돌려달라고 했습니다. 몇 년 전, 다미 탐부리니의 은행 산하 재단에 어머니의 사진을 기부했었거든요. 그 사연까지 이야기하면 말이 너무 길어지니 생략하겠습니다. 어쨌든 저는 그에게 어머니의 사진을 돌려달라고 했습니다."

"왜 그러셨죠?"

"어젯밤 그 일을 겪고 나서야 진실을 깨달았거든요. 다미 탐부리니의 소유물 중에서 유일하게 가치 있는 것은 우리 어머니의 사진뿐이라는 걸요."

"잘하셨습니다."

"저는 그 사진을 기부한 게 아니라 떠넘겼습니다. 나보다 가치를 높게 평가해 줄 사람에게 사진을 준다는 핑계를 대고 말입니다. 저는 어머니의 유산을 망가뜨렸습니다. 어머니가 이 땅에 남기고 떠나간 발자취를 지우려 했습니다.

내일 어머니의 사진을 돌려받을 겁니다. 그것이 어젯밤 제 승리의 대가입니다."

"후회하지 않으시나요?"

"전혀요. 저는 경제적인 문제가 없습니다. 원래 제 일을 좋아하고, 무위도식할 생각도 없어요. 그러니 그 돈은 제게 재앙이었습니다. 도박도 그렇습니다. 지금까지 도박을 사춘기 시절의 철없는 짓이라고 생각했는데, 알고 보니 평생 거기서 벗어나지 못했던 겁니다. 평생 신세를 망칠 위험을 달고 다니다 어젯밤에 비로소 그 실체를 본 겁니다. 이제야 진실을 깨달은 거죠. 누군가에게 이 이야기를 들려주고 싶었는데 마침 박사님 생각이 났습니다."

"잘하셨습니다."

"이제 그만 끊어야겠습니다. 제가 시간을 너무 많이 뺏었군요."

"아닙니다. 전화 잘하셨어요."

"감사합니다. 조만간 뵙죠."

"한 번 찾아뵙겠습니다. 어머님 사진도 볼 겸요."

"물론이죠. 멋진 사진들입니다."

"분명 그럴 겁니다."

"안녕히 계세요, 카라도리 박사님."

"안녕히 계세요. 카레라 선생님."

마지막 편지 (2018)

수신인: 루이사 라테스

주소: 프랑스 파리 독테르 블라쉬가 23번지 75016

사랑하는 루이사,

네 마지막 편지에 답장을 보내. 어쩌면 너는 내가 답장을 쓸 거라는 사실을 짐작하고 있었을 거야. 벌새며 '엠메날지아'니 뭐니 하는 신조어에 우리가 함께하지 못하게 된 이유까지. 그냥 읽고 넘어갈 만한 내용은 아니었으니까. 그렇다고 이제부터 다시 편지를 주고받자는 건 아니야. 지금 나는 너와 그 어떤 관계도 맺을 수 없어. 그것만은 확실한 사실이야.

머무름과 변화 이야기가 나와서 하는 말인데, 또 주소가 바뀌었더라? 무슨 일이야? 그 유대인 철학자와도 헤어졌나 보지? 대체 왜? 아니면 작업실 주소인가? 그런 거라면 왜 굳이 집에서 그토록 먼 곳에 작업실을 얻은 거지? 아니면 다른 이유가 있나? 둘이 같이 거기까지 이사 간 것 같지는 않고….

유대인 철학자 양반이 마래 지역 토박이라면서? 그런 사람이 어떻게 16구역으로 이사를 가겠어?

변화에는 항상 이유가 있다는 건 누구나 알아. 하지만 변화하지 않는데도 이유가 있다는 사실은 잘 모르지. 그것은 시간이 갈수록 요즘 사람들이 변화에 더 큰 가치를 부여하기 때문인 것 같아. 사람들은 모두 변화를 추구해. 그것이 비록 변화를 위한 변화일지라도. 그래서 변화하는 이는 용감한 사람이고, 머무르는 이는 비겁한 사람 취급을 받는 거야. 변화하는 이는 깨인 사람이고 그렇지 않은 이는 무지한 사람 취급을 받는 거야. 그것이 현 시대정신인 거야. 그래서 머무르는 데도 힘과 용기가 필요하다는 것을 깨달았다는 네 말이 반가웠어. (내가 제대로 이해했다면 말이야)

너만 해도 그래. 지금까지 몇 번 이사했지? 직장은 또 수없이 바뀌었고? 얼마나 많은 연인, 남편, 친구들이 네 삶을 스쳐 지나갔어? 출산, 유산, 산과 해변의 별장, 단조로운 일상 속에 얼마나 많은 희로애락을 겪었어? 내가 아는 것만 해도 소설책 한 권 분량은 될걸? 그러면서 얼마나 많은 에너지를 소모했지? 그런 네가 쉰두 살이 돼서 하는 말이 내가 평생 거의 변하지 않았다고?

'거의'라는 말을 덧붙인 것은 알다시피 내 삶에도 변화가 있었기 때문이야. 살면서 몇 번이나 가느다란 끈 하나만을 손에 쥔 채 거친 풍랑에 휩쓸려 내가 머물러 있고 싶었던 곳에서 떨어져 나오고 말았어.

루이사, 내가 겪은 모든 변화는 상황을 더 안 좋게 만들었어. 물론 모두가 그런 것은 아니겠지. 그 반대 경우도 많을 거야. 변화하기 위해 열심히 노력해서 보다 나은 삶을 이루게 된 희망차고 고무적인 경우가 얼마나 많아? 여기서 굳이 열거하지는 않겠지만 그중에서는 개인이 아니라 인류의 삶을 바꾼 일도 있어. 하지만 내 경우에는 그러지 못했어.

희생자 코스프레를 하려는 게 아니야, 루이사. 내가 하고 싶은 말은, 나 역시 머무는 데 실패했다는 거야. 그럴 수만 있었다면 얼마나 좋았겠어. 나 혼자 할 수 있는 일이라면, 그렇게 했었을 거야. 하지만 그것은 불가능한 일이야. 변화가 일어날 때마다 나는 전혀 다른 삶 속으로 내동댕이쳐졌어. 그때마다 새로운 삶에 처음부터 다시 적응해야 했고. 인도해 주는 사람 하나 없이 혼자서 빨리 배워야 했어. 이제 내가 왜 그렇게 변화를 막으려고 발버둥 치는지 이해가 돼?

그래. 만약 네가 변화하지 않고 한곳에 머무를 수 있었다면, 아마 우리는 함께 할 수 있었을 거야. 하지만 그렇다고 타고난 본성을 바꿀 수는 없어. 내가 벌새라면, 너는 사자나 산양이야. 산양은 사자에게 잡아먹히지 않기 위해 아침에 눈을 뜨면 무조건 달려야 하고, 사자는 굶어 죽지 않기 달려야 한다는 속담에 나오는 산양이나 사자 말이야. 솔직히 나는 그 속담이 예전부터 마음에 안 들었지만.

지금 내겐 완수해야 할 임무가 생겼어. 그 임무로 인해 지금껏 내가 이룬 일과 이루지 못한 일에 의미가 생겼고. 너와의 사랑을 포함해서 말이야. 내 임무는 신인류를 키우는 거야. 내가 말하는 신인류는 내 옆에 잠들어 있는 여덟 살짜리 여자아이이고. 이 애가 자라서 성인이 되면 새로운 종류의 인류가 될 거야. 이 아이는 그러기 위해서 태어났어. 나는 그 과정에서 변화가 아이가 망가지지 않도록 지켜줘야 해. 이제 나는 오직 그 임무를 완수하기 위해서 힘을 쓸 거야. 그나마 남아있던 기력은 지금 네게 이 편지를 보내면서 다 써버렸어.

미안해, 루이사. 이 편지는 네게 보내는 나의 마지막 편지야. 나는 너를 너무나 사랑했어. 정말이야. 지난 40년 동안 나는 매일 네 생각과 함께 눈을 뜨고, 네 생각과 함께 잠들었어. 하지만 이제는 그렇지 않아. 눈을 뜰 때부터 감을 때까지 내 머릿속엔 온통 그 애뿐이야. 지금은 그래야만 내가 살 수 있으니까.

안녕.

2018년 12월 27일, 피렌체에서

마르코가

신인류 (2016-29)

끊임없이 전진하고, 배우고, 정복하고, 새로운 사실을 발견하고, 발전하기 위해 평생토록 몸부림치는 사람들이 있다. 이들은 어느 순간 자신들이 평생 찾아 헤맸던 것은 결국 태어날 때 어머니의 자궁에서 자신을 세상을 밀어낸 그 폭발적인 힘이었다는 사실을 깨닫는다. 이런 사람들은 출발지와 도착지가 같다. 이와는 달리 한곳에 머물러 있는데도 세상이 그들을 중심으로 흘러가는 사람들이 있다. 이들의 삶은 모험으로 가득하고, 이들의 여정은 출발지에서 멀리 떨어진 곳까지 이어진다. 마르코 카레라는 후자에 속한다. 그렇다. 확실히 그의 삶에는 뚜렷한 목적이 있다.

모든 사람이 자기 삶의 목적을 아는 것은 아닌데, 마르코는 알고 있었다. 고통스러운 변화에도 이유가 있었다. 모든 일에는 이유가 있었다.

물론 그는 평범하지 않은 삶을 살았다. 평생 '특별함'이라는 성

흔을 지니고 살았으니까. 나중에 치료를 받고 평균 신장으로 성장했지만, 열다섯 살까지는 왜소한 체구 때문에 또래 아이들과 구별되었다. 그는 호르몬 치료를 받고 의사가 예상했던 것보다 훨씬 짧은 기간에 훨씬 많이 성장했다. 정확한 원인을 파악하기 위해 애쓴 이는 아무도 없었지만, 1974년 가을 마르코가 받은 호르몬 치료의 효과는 굉장했다. 그는 8개월 만에 16센티미터나 성장했다. 당시 마르코 연령대 평균 남성 신장이 1미터 70센티미터이었는데, 1974년 10월까지만 해도 1미터 56센티미터에 불과했던 마르코의 신장이 이듬해 6월에는 1미터 72센티미터가 된 것이다. 그의 성장은 열여섯 살 남성의 평균 신장인 1미터 72센티미터에서 갑자기 멈췄다가 안정기에 들어섰고, 그다음에는 정확히 이탈리아 남성 평균 신장 그래프대로 성장했다. 열여섯 살에 174센티미터, 이듬해 1미터 76센티미터, 그리고 열여덟 살이 됐을 때는 1미터 78센티미터가 됐고, 마지막으로 열아홉 살 때 1센티미터가 더 자라 이탈리아 남성 평균 신장을 조금 웃도는 선에서 성장을 멈췄다.

마르코의 갑작스러운 성장을 설명할 방법은 없었다. 치료를 시작하기 전에 바바소리 박사는 8개월에서 15개월에 걸쳐 실제 마르코가 자란 신장보다 3분의 1정도만 성장할 것으로 기대했었다. 만약 그랬다면 마르코 카레라는 저신장증까지는 아니어도, 평균

보다는 키가 작은 소년이 됐을 것이다.

다시 웬트워스 톰슨의 신봉자였던 레티치아는 호르몬 치료가 아들의 성장과 전혀 상관이 없다고 믿었다. 그녀는 유전자 코드에 새겨진 지침에 따라 굳이 치료를 받지 않아도 아들은 어차피 성장했을 거로 생각했다. 어린 시절 정체됐던 성장이 폭발적인 단계를 거쳐 평균적인 성장 곡선 범주 내로 들어오는 것이 (레티치아 생각에는 이 과정을 설명할 방법은 톰슨의 이론뿐이었다) 모두 자연의 계획에 들어있었다고 생각했다.

그런 레티치아에 비해 프로보는 감정이 더 복잡했다. 한편으로는 자신이 받게 한 치료의 효과에 기뻐했지만, 다른 한편으로는 비록 결과는 좋았지만, 예상과는 다른 결과가 궁극적으로는 연구의 실패를 의미하는 것은 아닐지 걱정했다. 즉, 치료가 아들의 신체에 통제 불가능한 영향을 미쳤을지도 모른다는 생각에 그로 인해 초래될 결과를 걱정했다. 프로보는 언젠가는 자신의 도박에 대한 대가를 치러야 할지도 모른다는 걱정을 평생 마음속에 품고 살았다. 비록 이레네의 죽음 후에는 그런 걱정마저 희미해졌지만 말이다. 그는 마르코가 아이를 낳지 못하거나, 퇴행성 질환을 앓거나, 암에 걸리거나, 기형이 될까 봐 두려워했다. 먼 훗날, 마르코가 호르몬 치료를 받았다는 사실조차 잊혀질 무렵, 갑자기 예상보다 좋았던 결과에 대한 값비싼 청구서가 날아드는 것은 아닐까?

바바소리 박사에게 물었더니 그는 실험적인 연구였기 때문에 오랜 시간이 흐른 후에 예기치 못한 부작용이 나타날 가능성도 배제할 수는 없으며, 프로보가 서명한 동의서에 그런 내용이 자세히 나와 있다고 했다. 하지만 그는 예상을 웃도는 성과로 인해 그런 부작용이 나타날까 봐 지금부터 걱정하는 것은 부질없을 뿐 아니라 편집증적인 생각이라고 했다. 편집증과는 거리가 먼 프로보로서는 당혹스러운 반응이었다.

마르코는 마르코대로 갑작스러운 성장에 당황한 나머지 다른 데 신경을 쓸 여유가 없었다. 과거 고집스레 성장하기를 거부했던 그의 신체가, 이제는 그에 못지않게 극단적으로 성장했다. 그는 그 변화를 몸소 체험하면서, 적응하려고 애썼다. 11월부터 이듬해 6월까지 그는 한 달에 2센티미터씩 성장했다. 이는 곧 한 달에 1.5킬로그램씩 몸무게가 늘고, 신발은 반 사이즈 씩 커진 것을 의미했다. 마르코는 그런 변화를 뒤쫓느라 정신이 없었다. 그는 걱정하거나 두려워하지 않았다. 부끄러워하지도, 불안해하지도, 다급해하지도 않았다. 놀라운 적응력과 유연함으로 극적인 신체 변화를 받아들였다. 그 과정을 겪으면서 형성된 마르코의 성격은 향후 그가 살면서 힘든 상황에 부닥칠 때마다 어려움을 이기는 힘이 돼주었다. 그 시절 그의 몸은 사춘기를 뛰어 넘어 어린아이에서 갑자기 성인이 되었지만, 마르코는 당황하지 않았다. 그것이야말로 바로 치료의 목적이었다는 사실을 알고 있었으니까. 몇 년이 지나자 한때 벌새였던 기억은 유년 시절의 수많은 추억 중 하나가 되었다.

하지만 그 후에도 마르코의 삶은 똑같은 방식으로 진행됐다. 그는 다른 이들이 앞으로 나아가는 동안 몇 년 동안 제자리에 머물러 있다, 결국에는 갑작스러운 사건으로 인해 낯선 세계에 내동댕이쳐지곤 했다. 문제는 그러한 변화는 언제나 고통을 수반한다는 것이었다. 그때부터 마르코는 분노와 피해의식에 가득 차 대체 왜 자기에게 그런 일이 일어났는지 되묻곤 했다.

진실을 탐구하는 이들의 강력한 무기인 육하원칙 중에서 (언제, 어디서, 누가, 무엇을, 왜, 어떻게) 구원과 파멸을 가르는 것은 '언제'이다. 마르코 확실한 답을 얻기 전까지는 아예 그런 질문을 던지지 않았다. 그랬기 때문에 그토록 간절하게 제자리에 머물러 있기를 원했던 마르코가 포기하지 않고 고통을 견디고 앞으로 나아갈 수 있었던 거다.

그리고 삶의 가장 절망적인 순간, 그는 모든 일에는 목적이 있다는 사실을 깨닫는다. 미라이진. 미라이진이야 말로 삶의 목적을 묻는 그의 질문에 대한 단순하지만 정확하고, 매혹적인 정답이었다. 미라이진은 신인류였다. 엄마 배 속에 있을 때부터 그랬다. 미라이진은 세상을 바꾸기 위해 태어났고, 그런 미라이진을 키우는 것은 마르코에게 허락된 특혜였다.

아델레가 살아있을 때도 미라이진이 신인류라는 것은 공공연한 사실이었다. 아델레가 귀에 못이 박이도록 똑같은 말을 반복할 때도 마르코는 굳이 반대 의견을 제시하지 않았다. 언젠가부터는 마르코 스스로 인류는 미라이진부터 다시 시작한다는 말을 하기 시작했다. 그렇다. 미라이진은 신인류의 시초였다. 하지만 그때까지만 해도 마르코는 아델레의 말에 장단을 맞춰주고 있었을 뿐이었다. 오래전 아델레의 등에 달린 줄을 가지고 함께 놀아주던 것처럼.

마르코는 수많은 힘든 일을 겪은 아델레가 그런 상상을 통해서나마 버틸 힘을 얻나보다고 생각했다. 운명이 아무리 자신을 뒤흔들어도 자신은 미래의 인간을 출산했으니 상관없다는, 일종의 보상심리 정도로 생각했다.

하지만 아델레는 너무 빨리 세상을 떠났다. 마르코는 딸의 공백을 마주할 준비가 전혀 안 돼 있었다. 과거에도 그랬듯 이번에도 그는 연기가 뿜어져 나오는 화산 분화구 가장자리에 서서 변화를 감내해야 했다. 그것은 그의 의지가 섞인 행동이 아니었다. 과거 그런 일이 일어날 때마다 그는 자신이 무슨 행동을 하는지 의식하지 못한 채 모든 것을 감내했다. 하지만 이번에는 그 정도로는 충분하지 않았다. 이번만큼은 절망을 이겨내기 위해 능력 이상의 힘과 의지가 필요했다. 처음에 마르코는 카라도리의 조언을 따라 하고 싶은 것을 다 하면서 마음대로 살았다. 미라이진을 돌보며 이를 악물고 남은 삶을 견뎠다. 마르코는 분명 모범적인 아버지는 아니었다. 아이를 해먹에 재우고 밤새 도박까지 했으니 말이다. 하지만 그 모든 과정은 그가 진실을 깨닫고 다음 단계로 나아가는 데 도움을 주었다.

그가 결정적인 깨달음을 얻은 것은 다미 탐부리니와의 치열한 포커 대결 끝에 상상을 초월하는 판돈을 포기한 후였다. 이성적으로는 도저히 설명하기 힘든 행동 후에 그는 머릿속에 떠오르는 모든 질문에 대한 해답을 얻을 수 있었다. 그중에는 가장 가슴 아픈 물음에 대한 해답도 있었다. 육하원칙 중에서 가장 중요한 '왜?'라는 질문을 던지는 순간, 갑자기 모든 것이 명확해졌다. 과거의 고통은 새로운 세계를 건설하기 위한 기반이 되었고, 추억은 운명이자, 과거이자, 미래가 되었다.

'왜 하필 내가 그 많은 돈을 포기한 걸까?'

'왜 하필 내가 비행기 사고를 피할 수 있었던 걸까?'

'왜 하필 내 누나가 자살한 걸까?'

'왜 하필 내가 그렇게 힘들게 이혼을 해야 했던 걸까?'

'왜 하필 내가 직접 아버지의 생명을 거둬들여야 했던 걸까?'

'왜 하필 내가 스물두 살짜리 딸을 묻어야 했던 걸까?'

이제 그는 모든 질문에 대한 해답을 얻었다. 그것은 바로 그의 삶에 불쑥 나타난 미라이진이었다. 아델레는 미라이진이 신인류가 될 거라고 했다. 그런 말을 할 때 아델레의 말투는 언제나 진지하고 확고하고, 일말의 의심도 느껴지지 않았다.

"인류는 이 아이로부터 다시 시작할 거예요, 아빠."

이제 마르코는 그 말을 정말로 믿었다. 그토록 깊은 고통에는 고귀한 목적이 있었다. 그는 이 세상에 새로운 인간을 내보내야 했다. 하지만 햄릿의 말처럼 그 일을 이루기 위해서는 가혹한 운명이 던진 화살과 돌멩이를 견뎌야만 했다.

미친 소리처럼 들릴지 모르지만 그런 생각은 마르코의 타고난 절제력과 고통으로 가득 찬 삶과 완벽하게 결합했고 어떤 관점에서 보면, 그의 결핍된 부분을 메꿔주었다. 그렇게 해서 미라이진에 대한 그의 믿음은 정신 나간 생각이 아니라 현실이 되었다.

실제로 미라이진은 특별했다. 시간이 흐를수록 전례 없는 미모가 꽃피었다. 비디오 게임 캐릭터로 나올 법한 미모였다. 미라이진은 또래 아이들보다 키도 크고, 늘씬 했다. 곱슬머리는 비단결 같았고, 피부색은 진한 갈색인데 눈은 동양인처럼 아몬드 모양이었고 눈동자는 깊은 수영장 물처럼 새파랬다. 메뉴에서 여러

인종의 특성을 골라서 조합해 놓은 것 같았다. 미라이진이 세상에 둘도 없는 특별한 존재라는 증거는 그녀의 눈동자였다. 안과 의사 40년 경력을 걸고, 마르코는 인간뿐 아니라 동물까지 포함에서 이 세상에서 그런 눈을 가진 존재는 미라이진 뿐이라는 사실을 확신했다. 미라이진의 눈을 마주하면 최초로 우주에서 지구를 보는 우주인이 된 것 같았다. 미라이진의 눈과 그나마 비슷한 눈은 미국인 친구가 기르던 제거라는 긴 털 랙돌 고양이의 눈이었다. 마르코는 사진첩에서 1986년에 찍은 고양이 사진을 찾아서 눈부분만 확대해서 현상해 봤다. 고양이가 어떤 대상을 집중해서 바라보는 순간을 포착한 사진이었는데, 그 역시 미라이진과 똑같은 사건이라고 할 수는 없었다. 제거는 하얀 고양이였는데, 미라이진은 흑인에 가까웠으니까.

그렇게 이질적인데도 불구하고, 다른 한편으로 미라이진의 외모는 놀랍도록 친숙하게 느껴지기도 했다. 예를 들면 미라이진의 눈동자에서 가장 파란 부분은 영락없는 이레네 누나의 것이었다. 그 사실을 깨달았을 때 마르코는 정말 놀랐다. 해가 갈수록 조화롭게 성장하는 탄탄한 몸매는 아델레와 똑같았다. 미소 지을 때마다 생기는 보조개는 자코모의 것이었다. 자코모는 크면서 보조개가 사라졌지만, 미라이진의 보조개는 사라질 것 같지 않았다. 하지만 이 세상 사람의 것이 아닌 것 같은 미라이진의 신체에서 가장 감동적인 부분은 오른손 약지와 새끼손가락 사이에 있는 까만 점이었다. 아델레도, 마르코도 똑같은 곳에 점이 있었다. 그 점은 다른 사람들은 잘 모르는 카레라 가문의 인장이었다. 아델레와 마르코는 일부러 그 점을 포개려고 손깍지를 끼곤 했다. 어렸을 때뿐만 아니라 커서도 둘은 그 점을 자신들의 '힘샘'이라고 불렀다. 아델레가 병원 욕조에서 미라이진을 출산할 때도, 둘은 손깍지를 끼고 점을 포갰다. 그 행동을 미라이진과도 할 수 있게 된 거다. 미라이진을 '새로운 존재'로 만든 유전자 광풍 속에서 그 작은 점만은 놀랍게도 살아남은 덕분이다.

미라이진의 외모는 분명 모든 인종이 이상적으로 통합된 눈부신 결과물이었다. 하지만 그런 외모보다 더 놀라운 것은 그 애가 언제나 올바른 일을 한다는 사실이었다. 미라이진은 보자기에 싸인 갓난아기일 때부터 울어야 할 때 울고, 자야 할 때 자고, 배워야 할 것만 배웠다. 덕분에 아이를 돌보기가 매우 수월했다. 커서도 마찬가지였다. 누가 가르쳐 주지도 않았는데 적합한 순간에 적합한 행동을 했다. 그러다 가끔 다른 아이들보다 뛰어난 범상치 않은 행동으로 엄마나 할아버지나 소아과 의사나 선생님을 놀라게 할 때도 있었다. 손녀의 성장을 관찰하면서 마르코는 미라이진이야 말로 세상을 바꿀 운명을 타고났다는 사실을 확신했다. 솔직히 말하면 평범하지 않은 미라이진의 모든 행동이 뛰어나다고만 할 수는 없었다. 어찌 보면 일반적인 상식에서 벗어나는 행동들인데 주체가 미라이진이다 보니 좋아 보이는 것이었다.

매끄러운 피부와 할로겐처럼 광채를 내뿜는 눈동자, 수정처럼 맑은 목소리와 표정, 미소를 지을 때 생기는 보조개. 아직 작고 불완전한 미라이진의 몸은 이미 리더로서의 카리스마를 뿜어내고 있었다. 미라이진은 사람을 설득시키는 능력을 타고났다. 누구든 따라 하고 싶게 만드는 매력이 있었다.

미라이진은 모든 일에 천부적인 재능을 보였다. 테니스에서 유도까지 그 어떤 운동을 해도 놀라운 재능으로 선생님의 감탄을 자아냈다. 승마도 그랬다. 처음 말을 타러 간 날 미라이진은 바로 말 뒤로 가서 꼬리를 쓰다듬었다.

"말 뒤에 서있으면 위험하단다. 말이 발길질을 할 수도 있거든. 말은 누가 뒤에서 만지는 것을 싫어해…."

그런 선생님이 무색하게 말은 미라이진이 꼬리를 만져주는 것을 좋아했다. 텍사스 산 단거리 경주마인 돌리는 열세 살 먹은 밤색 암말이었다. 순하지만 신경이 예민하고 고삐에 민감해서 전날 마차를 몰 듯 고삐를 거칠게 당긴 아레초 출신의 남자를 땅바닥에 내동댕이치기도 했다. 그랬던 돌리가 미라이진이 꼬리를 빗질해 줄 때는 얌전히 있었다. 강사의 말에 의하면 꼬리를 빗질하는 것은 말과 강한 교감이 형성된 후에야 가능한 일이었다. 그 후 돌리는 늙어서 말들의 천국으로 갈 날을 기다리며 방목될 때까지, 7년 동안 미라이진의 승마 파트너가 된다.

어쨌든 그날이 첫 승마 수업이었던 것을 생각하면 놀라지 않을 수 없다.

미라이진은 학교에서도 놀라운 집중력으로 보였다. 자기뿐 아니라 학급 전체의 집중력을 높이는 능력으로 선생님들의 사랑을 받았다. 그림 솜씨도 뛰어났다. 다른 아이들이 알파벳을 미처 떼기도 전에 억음 부호와 양음 부호를 선생님보다 잘 구분했다. 미라이진은 무엇을 하든 타고났다는 말을 들었다.

하루는 마르코가 손녀에게 직접 물어보았다.

"얘야. 너는 뭘 하든 빨리 배우잖니. 그 비결이 뭐니?"

"선생님이 어떻게 하는지 보고 따라 하는 것뿐이에요."

그러니까 모든 이에게 모방의 대상이 될 운명을 타고난 미라이진의 카리스마는 다른 이를 모방함으로써 나오는 것이었다.

마르코는 그런 미라이진의 멘토로서 몇 가지 실험을 했다.

먼저 매일 NBA 농구 경기를 보여주고 일주일 후에 농구공을 구해 주자 미라이진은 농구 선수들의 동작을 거의 완벽하게 따라 했다. 농구 경기 법칙도 모르면서 페인트 동작, 피봇 풋에서 레이업을 완벽하게 해냈다. 스노보드를 배울 때도 (미라이진은 스키보다 스노우보드를 더 좋아했다) 첫 수업에서 이미 선생님의 동작을 정확하게 따라서 하강을 하고 커브를 돌 때도 넘어지지 않았다. 춤은 또 어떤가. 사실 마르코는 아이들이 춤추는 것을 그다지 좋아하지 않았다. 솔직히 조금 징그러웠다. 하지만 미라이진을 시험해 보고 싶은 마음에 연이틀 오후 내내 정부에 반항하기 위해 거리에서 셔플 댄스를 추는 이란 소녀의 영상을 보여줬더니, 미라이진은 곧바로 셔플 댄스를 마스터했다.

피아노는 또 어떤가. 미라이진은 처음 피아노 건반에 손을 댈 때부터 두각을 나타냈다. 선생님이 두 손으로 다른 동작을 해 보라고 하자 미라이진은 정말로 두 손으로 전혀 다른 박자를 탔다. 물론 되는대로 건반을 치는 것이었지만 처음부터 양손을 독립적으로 움직였다. 그 모습을 본 선생님은 아이가 영재이거나, 그게 아니라면 출발이 좋다고 했다. 실제 피아노를 시작한 지 1년이 채 안 돼서 마르코가 미라이진의 방에 들어가 무슨 음악을 듣고 있냐고 물을 적이 있다. 이루마의 'River flows in you'였는데 기가 막힌 것은 미라이진이 그 곡을 듣고 있었던 것이 아니라 직접 연주를 하고 있었다는 거다.

그 후 마르코는 육십이 넘은 나이에 자신의 모든 행동과 동작과 말과 표현에 세심하게 신경을 쓰기 시작했다. 그는 자신의 삶에서 미라이진의 순수함을 더럽힐 위험이 있는 모든 요소를 제거하기로 마음먹었다. 그렇게 마르코 카레라를 시작으로 미라이진은 세계를 보다 나은 방향으로 바꾸기 시작했다.

아, 미라이진! 매년 10월 20일 너의 아홉 번째, 열 번째, 열한 번째, 열두 번째 생일파티를 준비하는 것이 얼마나 기쁜지. 비록 엉망으로 망가지고 있기는 하지만, 네게 이 세상에 대해 가르쳐 주는 일이 얼마나 가슴 뛰는지.

너는 운동도 잘하지만, 거기에만 몰두하지는 말렴. 너를 스포츠 선수로 키우는 것은 아까운 일이니까. 피아노, 춤, 그림, 승마. 좋아하는 모두 일은 하되 모든 것을 쏟아부을 정도로 몰입하지는 마. 영재가 되려 하지 마. 너는 그보다 훨씬 중요한 일을 해야 하니까. 그래. 절대로 경쟁하지 마. 그래. 기후 온난화에 관심을 기울이렴. 그래. 친구들과 바보 같은 유튜브 영상을 보는 것도 괜찮아. 다른 아이들보다 지나치게 뛰어나 보이지 않으려고 일부러 시험 문제를 틀리는 것도 현명한 거야. 네가 새로운 인간이라는 사실을 기억하렴. 네겐 뭐든 쉽지만, 그렇다고 다른 사람들과 너무 차이가 나면 안 돼. 쉽지는 않겠지만 너무 앞서나가려 하지 마. 너는 그들을 이끌고 가야 할 사람이니까.

미라이진, 이제 열세 살이 되었구나.

열세 살 정도 되면 월요일 저녁을 무비 나이트로 지정해서 일주일에 한 번씩 할아버지와 영화를 보겠지. 옛날 영화를 옛날 스타일에 어울리게 DVD로 보는 거야. 너는 할아버지에게 스시를 만들어 줄 거야. 너라면 요리도 잘할 테니까. 파스타에서 딤섬까지 못 만드는 음식이 없을 테니까.

〈위대한 레보스키〉, 〈위대한 개츠비〉, 뻐꾸기 둥지 위를 날아간 새〉, 〈도니 다코〉, 〈판타스틱 소녀 백서〉, 〈퍼슨스 언노운〉, 〈유주얼 서스펙트〉까지. 솔직히 〈유주얼 서스펙트〉는 지겨울 거야. 너라면 클로즈업과 카메라 촬영 기법을 이용한 트릭을 간파해서 5분 만에 케빈 스페이시가 카이저 소세라는 걸 알아챌 테니까.

친구들과도 또래 아이들이 좋아하는 영화를 보겠지. 〈스프링 브레이커스〉, 〈코요테 어글리〉, 〈주노〉, 〈미 비포 유〉, 〈스타 이즈 본〉 같은 영화 말이야. 〈기묘한 이야기〉, 〈블랙 미러〉, 〈머니 하이스트〉, 〈브레이킹 배드〉 같은 오래된 TV 시리즈도 볼 테고. 그런 영화를 볼 때면 한물간 영화관에 가는 대신 아마도 태블릿 스트리밍 서비스를 이용하겠지. 영화관은 죽은 산업이고, 그건 아무도 바꿀 수 없을 거야. 아무리 너라도.

이제 열네 살이 되었구나! 부탁이니 네 주변을 기웃거리는 남자아이들에게 너무 빨리 네 아름다움을 뽐내지 말렴! 자신감을 가지고 여유를 가져. 때가 되면 마음이 가는 남자아이도 생길 거야. 누군가 사귀자고 할 때 확신이 서지 않으면 싫다고 할 테고, 확신이 서면 좋다고 하겠지. 처음 연애를 할 때는 행복했다, 우울해졌다, 다시 행복해져. 때가 되면 다 알게 될 거야. 그러니 서두르지 말고 마음껏 망설이렴. 남자애들과 함께 있는 것이 지겨워지면 소설을 읽어봐. 닥터 지바고, (그래, 그 정도는 읽어줘야 할아버지 손녀지) 《마틴 에덴》, 《폭풍의 언덕》, 《해리 포터》 시리즈까지.

물론 할아버지는 듣도 보도 못한 책들도 읽겠지. 《파워》, 《라로스》, 《황금나침반》, 《다크 이스 라이징》 시리즈처럼. 너라면 코믹스도 좋아할 거야, 엄마를 닮아서 일본 망가를 좋아하겠지. 먼저 네 이름을 딴 《미라이진 카오스》부터 읽어봐. 그리고 《철완 소년 아톰》, 《넥스트 월드》, 《도로로》 같은 데츠가 오사무의 대표작을 읽어보는 거야. 데츠카 오사무 말고 다른 만화도 좋아.

데츠카 오사무보다는 최근 작품이지만 그래도 꽤 오래전에 나온 〈세일러문〉 같은 만화 말이야. 너는 〈세일러문〉을 좋아할 거야. 네 엄마도 얼마나 좋아했는지 몰라. 너라면 분명 SF도 좋아할 테니 우라니아 SF소설 시리즈 893편을 수집한 네 고조할아버지의 컬렉션에도 관심을 보이겠지. 그래. 너는 신인류지만 네 뿌리는 알아야 하니까. 네 할아버지는 하인라인의 단편 《도로는 움직여야 한다》와 《달을 판 사나이》를 권할 거야. 할아버지가 읽은 SF 소설 중에 가장 멋진 작품들이었으니까. 솔직히 말하면 할아버지가 읽은 유일한 SF소설이기도 하지. 그렇지만 상관없어. 틀림없이 네 마음에도 들 테니까. 그 책을 읽으면 인류가 얼마나 오랫동안 얼마나 순수하고 간절하게 신인류를 꿈꾸고 상상했는지 이해할 수 있을 거야.

미라이진, 이제 열 다섯 살이 되었으니 유튜브 채널을 만드는 게 어때? 그렇게 해! 손해 볼 건 없잖아? 의외로 네 할아버지도 유튜브 채널을 만드는 데 동의할 거야. 너는 할아버지가 엄하다고 생각하겠지만, 사실은 그렇지 않아. 어린이를 엄하게 대하는 것은 정말이지 부질없는 일이야. 너처럼 권위를 인정할 줄 아는 아이들은 자신들의 기준에 맞는 사람에게 권위를 부여하고, 그렇지 않은 아이들은 윗사람이 권위적으로 나오면 무조건 반항부터 할 테니까. 어쨌든 의외로 유튜브를 권장하는 할아버지 때문에라도 너는 결국 유튜브 채널을 만들 거야. 처음에는 단순히 핸드폰으로 찍은 영상을 올리는 정도겠지. 영화, TV 시리즈, 책, 옷, 음식, 춤, 헤어 스타일, 게임, 여행, 환경 문제처럼 네 또래 아이들이 관심 있어 하는 이야기로 시작할 거야. 영상을 본 사람들은 실제로 너를 만난 것처럼 너를 따라하기 시작할 거야. 너는 '그런 사람'이 될 거야. 그런 사람을 가리키는 영어가 있지만 네 할아버지는 그 단어를 사용하지 못하게 할 거야. 이런 것을 보면 네 할아버지도 엄한 편이구나. 아니면 그냥 장난으로 그러는 걸까? 어쨌든 너는 절대로 그 단어를 사용하지 않을 거야. 절대로.

열여섯, 열일곱이 되면 너는 유명해지겠지. 아주 많이. 그것이 네 운명이니까. 네 유튜브 영상은 백만 이상의 조회 수를 기록할 거야. 평범하고, 진지하고, 정상적인 소재만 다루는 것을 생각하면 놀라운 일이야. 나라가 엉망이 되어갈수록 수많은 어린이와 청소년이 너를 우러러볼 거야. 그들은 너를 따라할 거야. 모두 너처럼 되고 싶어 할 거야. 너의 그 놀라운 눈을 통해 세상을 보고 싶어 할 거야. 수많은 이들이 너를 따를 테니 당연히 돈도 따라오겠지. 엄청난 부가 따라올 거야. 그래도 너는 돈에 눈이 멀어 탈선하지 않을 거야. 너는 꽤 많은 돈을 필요한 사람에게 나눠줄 거야. 물론 나머지는 저축하겠지. 갈수록 빈곤해지는 사회에서 부자가 되는 것은 너처럼 세상을 바꿀 사람에게 큰 힘이 되어 줄 테니까. 그때쯤이면 네 할아버지도 은퇴해서 전적으로 네 뒤를 돌봐 줄 거야. 네 일상이 흔들리지 않도록. 다른 아이들처럼 학교도 가고, 소풍도 가고, 피아노를 배우고 런던으로 영어연수도 가고, 파티에도 가고, 콘서트에도 갈 수 있도록. 여름이면 할아버지와 볼게리에 가겠지. 물론 네 친구들도 너와 함께 여름 방학을 보내려 할 거야. 다들 너와 떨어져 있기 싫어서 여기저기서 너를 초대하겠지. 시간이 갈수록 너는 점점 더 유명해질 거야. 그로 인해 신경 써야 할 귀찮은 일들은 모두 할아버지가 알아서 처리해 줄 거야. 네가 유명세에 지배당하지 않도록 말이야. (아마 그 부분은 할아버지 생각이 맞을 거야) 그렇게 하지 않으면 너는 상품이나 브랜드로 전락할 테니까. 평범한 삶에서 멀어지는 순간, 에이전시, 기업, 프로듀서, 홍보사, 협찬사에 기생충 같은 인간들이 기다렸다는 듯이 너를 덮칠 테니까. (그것도 할아버지 생각이 옳아) 그렇지만 할아버지는 그런 인간들이 네게 접근하지 못하게 막아 줄 거야. 네 주변에 진실한 사람들만 남을 수 있게 해줄 거야. 어린이들과 청소년들이 너와 함께 이 세상을 엉망으로 만들어 놓은 어른들에게 대항할 거야.

네 할아버지는 과거와 똑같은 일을 겪게 되겠지. 네 할아버지는 두 발을 땅속에 단단히 박은 채 같은 곳에 머무르려고 할 거야. 온 힘을 다해 자신의 주변에 흐르는 시간까지 붙잡아두려 할 거야. 하지만 너를 둘러싼 시간의 흐름까지 붙잡지는 못할 거야.

그렇게 너는 열여덟이 되겠지. 네가 성인이 되다니. 믿을 수가 없어. 너는 젊고 아름답고 카리스마 넘치고 사람을 양성할 수 있는 여인이 될 거야. 너는 새로운 세대의 시초가 될 운명이라는 것을 모두 알아차리게 될 거야. 그때쯤이면 구세대가 망가뜨린 세상을 구원할 새로운 세대가 태어날 때니까.

네 할아버지가 바라는 진정한 변화는 너와 너처럼 선택받은 이들만이 이룰 수 있어. 새로운 남성과 미래의 여성을 발굴하고, 교육해서 함께 뭉쳐야만 이 세상을 구할 수 있을 거야. 세상을 변화시키기 위해서는 먼저 세상을 구해야 해. 그때쯤이면 세상은 이미 위험에 처해있을 테니까. 오래전부터 세상이 위험에 처했다는 우려를 표해 온 사람들이 있었지만, 아무도 그들의 말에 귀를 기울이지 않았지. 지난 세기 수많은 책, 만화, 애니메이션, 영화, 예술, 음악을 통해 같은 메시지를 보냈는데도 대부분 사람은 죽을 때까지 그 사실을 믿지 않았고, 다른 많은 이들은 너무 늦게 그 사실을 깨닫고 당황할 거야. 그러면 너와 너 같은 이들은 모여서 아무도 원치 않는 전쟁을 치르기 위한 훈련을 받게 될 거야.

그것은 진실과 자유 간 치열한 전투가 될 거야. 너와 너 같은 사람들과 너희들을 지켜보는 (수많은) 어린이와 청소년, (꽤 많은) 청년층, (소수의) 장년과 (얼마 안 되는) 노인이 진실의 편에 설 거야. 그때쯤이면 자유란 이미 적의적이고 위험한 복수의 개념으로 변질해 버렸을 테니까. 요즘은 너무나 많은 자유가 있어. 자유라는 개념이 하이에나 떼에게 조각조각 해체된 얼룩말의 흐트러진 살조각들처럼 무한대로 나누어지고 말았어. 자기가 하고 싶은 일만 하는 자유, 자유를 제한하는 모든 권위를 거부하는 자유, 동의하지 않는 법에 복종하지 않는 자유, 사회의 기본 가치를 존중하지 않는 자유, 전통과 국가 기관과 사회적 합의와 과거의 합의를 거부할 자유, 증거가 있음에도 승복하지 않는 자유, 문화와 예술과 과학에 반하는 행위를 하는 자유, 사회에서 인정받지 못한 치료법을 실행할 자유나 혹은 그 반대로 아무런 치료행위를 하지 않는 자유. 백신 접종도, 항생제 사용도 거부할 수 있는 자유.

진실이 명백한 데도 가짜 뉴스를 믿는 자유, 가짜 뉴스를 만들어내는 자유, 마음대로 탄소배출을 하는 자유, 유해 폐기물과 방사성 폐기물을 배출하는 자유, 미생물에 의해서 자연 친화적으로 분해되지 않는 폐기물을 바다에 버리는 자유, 지구의 대수층과 해저를 오염시키는 자유. 여성은 남성 혐오에, 남성은 남성 우월주의에 빠지는 자유, 무단 침입자를 향해 발포하는 자유, 이민자를 받아들이지 않고 난민 수용소로 보내는 자유, 난민들이 바다에 빠져 죽게 내버려 두는 자유, 타 종교를 믿는 신앙인을 증오하는 자유, 채식주의자들을 경멸하는 자유, 코끼리, 고래, 코뿔소, 기린, 늑대, 고슴도치, 야생 양을 사냥하는 자유, 잔혹하고, 부당하고, 이기적이고, 무식할 수 있는 자유, 동성애를 혐오하고, 유대인을 배척하고, 이슬람을 증오하고, 인종차별을 하는 자유. 부정론자, 파시스트, 나치가 되는 것을 택하는 자유. 깜둥이, 저능아, 집시, 병신, 몽고병, 더러운 게이 자식이라는 말을 입에 담거나 남들 보는 앞에서 외치는 자유. 사리사욕만 챙기는 자유, 잘못된 일인지 알면서도 잘못된 행위를 행하는 자유. 그러고는 자신들이 저지른 잘못된 일을 바로잡으려는 사람들에게 기를 쓰고 맞서는 자유. 그런 자유는 헌법에 기반한 것이 아니야. 잘못된 일을 해도 상관없다는 자유에 기반하는 거야.

평범한 이들이 자신의 삶과 투쟁을 하는 동안, (그것만으로도 충분히 힘겨울 거야) 너와 너 같은 신인류는 카리스마로 무장하고 온라인에서 투쟁을 이어나가야 할 거야. 온라인이야말로 모든 자유가 증식하고, 전이되는 배양 접시니까. 너희들의 임무는 사라져가는 오래된 가치를 보호하는 거야. 이성, 연민, 관용, 한때 고향에서 쫓겨난 추방자와 이민자들의 나라였던 국가, 아이들의 더 나은 미래를 위해 개처럼 일했던 하인, 농부, 광부, 노동자, 부두노

동자들의 국가. 독재자에게 탄압받았던 지식인, 식인종에게 잡아먹힌 선교사들. 시인, 예술가, 건축가, 엔지니어, 과학자들의 국가였던 나라의 관용을 회복하기 위해 투쟁할 거야. 너는 이 모든 가치를 지키기 위해 온라인에서 투쟁할 거야. 너의 어린 시청자들을 위해 놀이를 만들기도 하고 그들이 공감할 수 이야기를 들려주면서. 그렇게 아이들에게 무엇이 올바르고 무엇이 그른지 가르쳐 줄 거야. 비판적으로 생각하는 방법을 알려줄 거야.

하지만 너는 유명인이니까 진실을 짓밟으려는 자유에 맞서서 진실을 지키기 위해, 진실의 이름으로 행동에 나선다는 이유만으로 위험해질 거야. 네가 지키려는 진실이 지극히 일상적이고 하찮은 것이라 할지라도.

그러다 열아홉 살이 되면 모든 것이 변할 거야. 한 번도 경험하지 못했던 변화가 너와 네 할아버지에게 찾아올 거야. 익숙했던 삶과 도시와 집을 떠나서 아무도 모르는 장소로 떠나게 될 테니까. 너를 위협하고 비방하는 사람들 때문에 너는 계속해서 장소를 옮겨 다녀야 할 거야. 하지만 그런 너를 칭송하고 보물처럼 지켜주려는 사람들도 있을 거야. 그런 사람들의 도움으로 너는 이 세상이 아름답고, 건강하고, 따뜻하고, 소박하지만 귀중한 선물로 가득한 곳이라는 사실을 증명할 수 있을 거야. 아직도 그런 곳이 될 수 있다는 사실을 증명할 수 있을 거야.

'Remember your future' 이것이 바로 네가 만들 프로그램의 타이틀이야. 그것은 단순한 인터넷 방송을 넘어서 인류가 따라야 할 새로운 규범과 행동 변화 지침과 달성할 목표를 담은 독트린 될 거야. 너의 곁에 서서 투쟁할 깨인 자들이 함께 발전시킬 독트린이 될 거야. 너는 몰래 은밀한 곳에 숨어서 너의 신념을 널리 알릴 거야. 때로는 양귀비로 뒤덮인 들판에서 때로는 빙하에서 때로는 드넓은 바다에서.

너의 추종자들이 성장하면서 인류는 변화하기 시작할 거야. 활동 초기부터 네 이야기에 귀를 기울였던 어린이들과 청소년들은 그새 자라나 부모님으로부터 독립할 거야. 때로는 기성세대와 대립하기도 하겠지만 이들은 타인을 배려할 줄 알고 너의 다인종적인 아름다움 덕분에 자신과는 다른 모든 것에 매력을 느낄거야. 이들의 최대 관심사는 문화가 될 거야. 자신과 비슷한 사람들을 찾고, 만나서, 단결하고, 공동체를 형성하겠지. 이들은 늙은 세계가 죽어가는 동안 자신들이 무엇을 해야 할지 잘 알 거야. 그것은 네 덕분이기도 해. 이제는 혼자가 된 네 할아버지는 그 모든 것을 네가 이루었다고 생각할 거야.

네 할아버지는 너에 대한 자부심이 가득하지만, 한편으로는 외로울 거야. 항상 너를 걱정하면서 외롭게 지낼 거야. 다른 사람처럼 핸드폰이나 컴퓨터로 네 행적을 좇으면서. 그러다 떨어져 살면서부터 네가 오히려 할아버지 이야기를 더 자주 한다는 사실을 깨닫고 감동할 거야. 네게 헌신한 세월을 회상하면 17년의 세월이 한순간처럼 스쳐 지나가겠지. 네가 태어나지 않았던 시절에 대한 기억이 너무나 먼 옛날처럼 희미하게 느껴질 거야. 할아버지는 사보나롤라 광장이나 볼게리에서 언제나 너를 기다릴 거야. 네 할아버지가 열심히 관리한 덕분에 두 집 다 아직 멀쩡할 테니까. 시간이 날 때마다 너는 보안 요원들을 이끌고 할아버지를 찾아갈 거야. 그래, 그때면 네가 어딜 가든 보안팀이 너를 따라다닐 정도로 중요한 사람이 돼있을 거야. 그곳에서 너는 아직 젊고 건강한 할아버지를 만나겠지. 변함없이 활발한 할아버지를. 변하지 않는 것이야말로 할아버지의 주특기니까. 주변의 모든 것이 변해도 변하지 않는 것이. 하지만 언젠가는 할아버지도 변할 때가 올 거야. 언제나 그랬듯이 아주 갑작스럽게. 변화의 순간은 전혀 아름답지 않을 거야. 어느 날 할아버지는 병원에서 진단서를 받아 올 거야. 암 진단서. 이리저리 말을 돌리지 않고 꼭 집어서 췌장암이라고 쓰인 진단서. 그렇게 종양 크기가 이미 상당히 크다는 것을 알게 될거야. 하지만 어떻게 이런 일이 있을 수 있지? 6개월에 한 번씩 건강검진을 받는데. 6개월 전만 해도 아무것도 없었는데. 어떻게 그 짧은 시간에 종양이 생기고 그토록 커질 수 있었던 거지? 대체 어찌 된 일이지? 아마 네 할아버지가 열다섯 살이었을 때와 똑같은 일이 일어난 걸 거야. 그것이 마르코 카레라의 성장 방식이니까. 외증조 할머니는 그런 성장 방식이 태어날 때부터 할아버지의 유전자에 쓰여있었다고 믿었지. 그게 아니라면 어쩌면 언젠가는 갑작스런 성장의 대가를 치러야 할지도 모른다고 생각했던 외증조 할아버지가 두려워한 순간이 온 것일지도 몰라.

네 할아버지가 영원히 자신이 암에 걸렸다는 사실을 감출 수는 없을 테니 언젠가는 너도 그 사실을 알게 되겠지. 일흔 살의 할아버지가 악성 종양에 걸렸다는 소식을 듣는 순간, 너는 다리에 힘이 빠질 거야. 그 소식을 듣는 순간, 네가 구원하려고 그렇게나 애를 쓰던 세상이 네 머리 위로 무너지는 것 같을 거야. 할아버지는 끝까지 싸우겠다고 하겠지만, 네 외증조 할머니가 그랬던 것처럼 속으로는 이미 죽음을 받아들였다는 것을 너는 알겠지. 할아버지는 의사니까 자신이 살날이 얼마 남지 않았음을 너무나 잘 알거야. 일흔 살의 네 할아버지는 의미 있는 삶을 살았다고 자부할 거야. 50년 전 5월의 어느 날 밤 이미 죽을 운명이었던 자신이 살아남은 데에는 다 이유가 있었다고 말이야. 그날 탑승객 명단에 그의 이름도 있었으니까. 모든 것이 예정되어 있었으니까. 하지만 네 할아버지는 마지막 순간에 살아남았어, 미라이진. 그때 죽었다면 네가 물속에서 태어나는 모습도 보지 못하고, 너를 키우지도 못하고, 너를 이 세상에 내놓지 못했겠지.

할아버지 곁에 있을게요 (2030)

사랑하는 할아버지

어제 제가 한 말에 너무 신경 쓰지 마세요. 돌아가는 길 내내 저도 울었어요. 마음이 안 좋아서 잠도 이룰 수 없었고요. 지금은 할아버지를 이해해요. 정말이에요. 이제 저도 준비가 됐어요. 지금껏 할아버지는 제게 아무것도 바라지 않으셨죠. 평생 제게 베풀기만 하셨어요. 그런 할아버지가 처음 한 부탁이니, 아무리 힘들어도 들어드릴게요. 어제 그런 식으로 행동해서 죄송해요. 어제의 제 모습은 제발 잊어주세요. 오늘은 새로운 날이 밝았잖아요. 그러니 이제 제가 할아버지 곁에 있어 드릴게요.

며칠만 있으면 다시 집으로 돌아갈 수 있을 거예요. 당분간 프로그램을 그만두고 할아버지와 시간을 보내려 해요. 할아버지가 얼마나 자랑스러운지 몰라요. 지난 몇 달 동안 할아버지가 보여주신 용기와

숭고한 결심이 자랑스러워요. 무엇보다 제 이상이신 할아버지가 다른 사람이 아닌 제게 부탁을 했다는 사실에 저 스스로에 대해 자부심을 느껴요. 사랑하는 할아버지. 제가 도와드릴 테니 걱정하지 마세요. 프로그램에서 비슷한 일을 다룬 적이 있어서 무엇을 해야 할지 잘 알고 있어요. 오스카가 이 분야의 전문가들을 알고 있으니 할아버지는 아무것도 안 해도 돼요. 저도 마찬가지고요. 그러니 아무런 걱정하지 마세요. 할아버지가 원하는 대로 해 드릴게요. 할아버지와 저는 끝까지 함께 할 거예요.

할아버지의 손녀,

미라이진

야만적 침략 (2030)

"깨어 계세요?"

미라이진이 묻는다.

"그럼."

"카라도리 박사님이 도착하셨어요."

"드디어 왔구나. 어디에 계시니?"

"할아버지가 쉬고 계시다 하니까 할머니와 해변으로 산책을 하러 가셨어요."

"그렇구나."

미라이진이 침대 곁에 무릎을 꿇고 앉는다.

"고백할 것이 있어요."

"뭔데?"

"이제는 도저히 못 숨기겠어요."

"무슨 일이니?"

"화내지 않겠다고 약속해 주세요."

"약속하마."

"정신과 상담을 받기 시작했어요."

카이사르처럼 '브루투스, 너마저!'라고 대꾸하고 싶은 마음이 간절하지만, 겨우 참는다. 미라이진에게 그런 냉소적인 반응을 보일 수는 없다. 고작 할아버지의 비웃음이나 사려고 고백한 것은 아닐 테니까. 그녀는 할아버지에게 솔직하고 싶었던 거다. 미소 띤 얼굴로 할아버지 곁을 지키는 것이 그녀로서 얼마나 힘이 들까? 그런 미라이진이기에 마르코 역시 진솔하게 대답할 수밖에 없다.

"그 사람이 부럽구나." 마르코가 말했다.

"왜요?"

"네 무의식 안에 들어갈 수 있을 테니까. 그곳도 네 얼굴처럼 아름답겠지?"

미라이진은 조용히 눈을 내리깐다. 칭찬을 받을 때면 항상 그런 표정을 지었다. 마르코는 미라이진의 머리를 향해 팔을 뻗는다. 날카로운 고통이 오른쪽 옆구리를 찌른다.

하지만 고통을 참은 보람이 있다. 이 세상 것이 아닌 듯한 미라이진의 머리카락을 쓰다듬을 수 있었으니까. 앞으로 몇 번이나 더 미라이진의 머리를 쓰다듬을 수 있을까? 한 번? 아니면 이번이 마지막인가? 그녀의 머리카락이 손에 닿는 순간, 형용할 수 없는 느낌이 든다. 미라이진의 곱슬머리가 액체 아니, 매끄러운 점액 같았다. 생크림이 가득 든 그릇 안에 손을 집어넣는 느낌이었다. 새까만 생크림 말이다.

"상담 선생님은 마음에 드니?"

"마음에 들어요."

"남자니 여자니?"

"남자예요."

"어떤 사람이니?"

"호리호리하고 잘 생겼어요. 할아버지와 닮았어요.

벌써 정이 든 것 같아요."

"오늘 그 사람도 불렀니?"

자기도 모르게 튀어 나온 말이지만 비꼬는 말투는 아니다.

"할아버지도 참…."

미라이진이 자리에서 일어난다.

"나오고 싶으시면 로드리고를 부르세요. 문밖에서 대기하고 있어요. 무슨 파수꾼 같아요. 의자를 줬는데도 서 있는 게 좋대요."

미라이진이 방에서 나간다. 과거 프로보가 쓰던 방이다. 정원으로 바로 연결되는 유리문이 달린, 그 집에서 가장 아름다운 방이다. 아버지가 돌아가신 후, 자신이 그 방을 물려받는 것이 자연스러웠을 텐데, 마르코는 그 방 대신 어머니 방을 썼고, 이바나 부인의 딸 루치아는 프로보의 방을 곧바로 '손님 방'이라고 부르기 시작했다. 하지만 지난 15년간 볼게리에 손님이 찾아온 적은 거의 없었기 때문에, 마르코가 기억하는 한, 아버지가 돌아가신 후 그 방을 쓴 사람은 아무도 없었다.

그런데 그 방이 정말로 그렇게 오랫동안 비어있었던가?

미라이진의 친구들은 별장에 올 때마다 미라이진의 방에서 잤다.

그렇다면 루이사는? 루이사가 마지막으로 볼게리를 찾았을 때 별장이 팔린 후라 마르코의 집에서 머물렀다. 그때 루이사가 프로보의 방을 썼던가? 기억나지 않는다. 너무 오래전에 있었던 일이고, 그동안 너무나 많은 일이 있었으니까.

물론 마음만 먹으면 유리문을 열고 정원에 있는 루이사에게 직접 확인할 수도 있었다.

"루이사, 지난번 볼게리에 왔을 때 혹시 이 방에서 묵었어?"

커튼 사이로 그녀의 모습이 보인다. 그녀는 자코모와 대화를 나누고 있다. 자코모도 정원에 있다. 정확하게 말하면 말은 자코모가 하고 루이사는 그의 말을 듣고만 있다. 무슨 말을 하는 걸까? 그때 미라이진의 모습이 나타난다. 그녀는 불과 며칠 전까지만 해도 한 번도 본 적이 없었던 작은 할아버지의 손을 살짝 어루만지고 마르코의 시야에서 벗어난다.

어디로 가는 거지? 할머니와 카라도리가 있는 해변으로 가는 걸까?

모두를 초대하자는 야심 찬 아이디어를 낸 사람은 미라이진이었다.

"월요일 무비 나이트에서 제게 보여주신 그 영화처럼 말이에요." 미라이진이 말했다.

"그 영화 제목이 뭐였더라?" 마르코는 영화 제목을 기억하지 못했다. 솔직히 말하면 영화 자체가 기억나지 않았다. 암세포가 뇌까지 전이되는 바람에 기억이 오락가락했다.

미라이진의 생각은 멋지지만 다소 불편한 구석이 있었다. 마르코였다면 사람들을 불러 모을 생각은 꿈에도 하지 못했을 것이다. 지나간 세월을 되돌릴 수는 없지 않은가. 인생의 마지막에 다다른 마당에 이제 와 더 나은 삶을 만들겠다고 애를 쓸 필요는 없을 것 같았다. 루이사와 연락을 끊은 게 언제였더라? 정확한 기억은 없지만 오랜 세월이 지난 것은 분명했다. 자코모와는 루이사보다 훨씬 전에 연락이 끊겼었다.

루이사와 연락을 끊은 것은 마르코였다. 그것은 확실하다. 지난 몇 년 동안 루이사는 계속 마르코에게 편지를 보냈지만, 그는 답장을 보내지 않았다. 자코모와는 그 반대였다. 수년 동안 자코모에게 연락했지만, 동생의 계속되는 침묵에 결국 자기도 이메일 쓰기를 그만 둔 일을 똑똑히 기억하고 있었다. 그런 그들을 어떻게 초대한단 말인가?

"할아버지는 어떠세요?" 미라이진이 물었다.

“그분들을 다시 만나고 싶으세요?”

“글쎄다. 잘 모르겠구나.” 말은 그렇게 했지만, 사실 잘 그러한 감정조차 확실치 않았다.

대신 그 상황에 딱 맞는 문장이 떠올랐다.

“Ubi nihil vales, ibi nihil velis”

누구의 명언인지는 모르겠지만, 그 뜻은 알고 있었다.

“자신이 아무런 가치가 없다고 생각되는 곳에서는 아무것도 바라지 않아야 한다.”

그 순간 마르코의 감정이 딱 그랬다.

하지만 마크코의 혼란스러운 마음을 눈치챈 미라이진은 그녀 특유의 반박 불가한 이유를 앞세웠다.

“사실 할아버지가 아니라 저를 위한 일이예요. 저를 비롯한 남아있는 사람들을 위한 자리가 될 거예요.”

‘남아있는 사람들을 위해서라….’ 미라이진은 벌써 잘 알지도 못하는 사람들까지 걱정하고 있었던 거다. 실제로 할머니와 그레타와는 가까운 사이였고 희미하게나마 카라도리에 관한 기억은 있었지만, 나머지 두 사람은 마르코에게 이야기만 들었을 뿐 한 번도 만난 적이 없었다. 그런 사람들까지 챙기다니 정말 미라이진 카레라다웠다.

하지만 미라이진의 말을 들어보니 모두를 한자리에 초대하는 것이 ‘남아있는 이들’을 위한 자신의 선물처럼 느껴져, 무기력한 감정은 순식간에 사라져 버렸다. 그 아이디어의 어딘지 뻔뻔하고 파렴치한 면에 이끌려 자기도 좋다고 대답하기는 했지만, 사실 그들이 정말로 올 거라는 기대는 하지 않았다.

"그런 걱정은 하지 마세요. 제가 다 알아서 할게요."

이미 병실로 변해버린 사보나롤라 광장 집 거실에서 미라이진이 말했다. 그로부터 정확히 12일 후 무슨 수를 썼는지는 모르겠지만 임박한 요청에도 불구하고 다섯 명이 모두 볼게리까지 와 주었다. 정말이지 미라이진은 못 하는 일이 없었다.

그렇게 자코모는 미국에서, 루이사는 파리에서, 마리나와 그레타는 독일에서, 마지막으로 카라도리는 람페두사에서 달려왔다. 바르셀로나에서 온 미라이진의 남자 친구 오스카와 실제로 계획을 실행해 옮길 간호사 로드리고, 마지막으로 세 명의 경호원이 있었는데 셋 다 스페인 출신이었다. 볼게리의 집이 이토록 국제적인 장소가 된 것은 처음이었다. 피렌체에서 마르코를 돌봐주던 간호사 구이도는 몸이 불편한 어머니 때문에 올 수 없었다. 사실 다행이었다. 그가 오겠다고 했으면 어떤 핑계를 대서라도 못하게 막아야 할 형편이었으니까. 신앙심이 깊은 구이도는 마르코의 선택을 받아들이지 못했을 것이다. 하지만 자세한 내막은 몰랐지만, 구이도 역시 마르코가 돌아오지 못할 것을 예감했다. 그렇게 빨리 일이 일어날 거라고는 생각하지 못하겠지만, 치료를 중단하고 5월 말에 해변으로 거처를 옮기는 것만으로도 마르코의 뜻은 명확하게 드러났기 때문이다. 둘의 작별 인사는 감동적이었다. 구이도는 마르코와 끝까지 함께하지 못하는 것이 안타까워서 울음을 터뜨렸지만 몸이 불편한 어머니 때문에 피렌체를 떠날 수 없었다.

자칫하면 지나치게 감상적인 분위기가 형성돼 눈물바다가 될까 봐 마르코는 어떻게 해서든 자신의 감정을 드러내지 않으려고 애썼다. 그는 그 자리가 일종의 축제가 되어야 한다고 생각했다. 살아있음을 느낄 수 있는 기쁜 자리가 되기를 바랐다. 상황이 상황이니만큼 진짜 축제는 아닐지라도 미라이진은 손님들이 생명력이 넘치는 상태로 그들이 왔던 곳으로 돌아가기는 바라는 마음으로 그들을 융숭하게 대접하려 했다. 미라이진은 세심하게 방을 꾸미고, 식사를 할 수 없는 마르코를 대신해 손님들을 위해 신선한 생선과 집에서 직접 만든 파스타를 준비하고, 정원에서 기른 채소를 대접했다.

마르코는 벌써 몇 달 동안 배에 꽂아놓은 얇은 관을 통해서만 음식을 섭취하고 있었지만 미라이진이 저녁 식사와 다음날 점심을 연회장처럼 성대하게 준비할 수 있게 도왔다. 마르코는 손님들의 식성을 잘 알고 있었다. 자코모는 해산물을, 루이사는 새우를, 마리나는 물소 젖 모차렐라 치즈를 좋아했다. 30년도 훌쩍 지난면 과거의 기억이었지만, 건강상의 이유로 못 먹는 음식이 생겼으면 모를까, 식성은 쉽게 바뀌지 않는 법이다. 설사 못 먹는 음식이 있다 해도 영양보급관을 꽂은 채 식탁 상석에 앉아있는 마르코를 보며 위안 삼을 수 있을 터였다.

하지만 그것은 쓸데없는 기우였다. 손님 중에서 좋아하는 음식을 못 먹게 된 사람은 아무도 없었고, 그런 면에서는 다들 운이 좋았다고 할 수 있었다.

그 외에도 마르코의 계획에 방해가 될 요소가 있었으니, 그것은 바로 냉소와 조소였다. 구세계 사람인 마르코는 종종 냉소와 조소를 사용하는 어법을 구사했지만, 미라이진의 신세계에는 약간의 비아냥 정도면 몰라도 냉소와 조소는 존재하지 않았다.

두 번째 위험 요소는 지나친 감상주의에 빠지는 것인데 이 부분에 대해서는 이미 언급한 바 있으니 넘어가도록 하자. 세 번째는 자기 연민에 사로잡히는 것이다. 자기 연민은 질투로 발전할 위험이 있다. 예를 들면 '이것 좀 봐. 나는 이렇게 죽어가는데 저 자식들은 앉아서 새우나 먹고 있네'라는 식의 생각 말이다. 그래서 마르코는 처음 손님을 맞이할 때부터 두 끼 식사를 함께하는 동안 그런 일이 일어나지 않게 세심하게 주의를 기울였다. 지나친 감상주의도, 냉소적인 이야기도, 자기 연민도 피해야 했다. 그 자리는 결국 마르코의 마지막 선물이 아니던가? 그러니 더욱 손님을 편안하게 해 주어야 했다. 그들의 만남이 아름다운 추억으로 남게 하려면 마르코는 완벽한 모습을 보여주어야 했다.

그는 몸을 일으켜 앉는다. 이번에도 찌르는 듯한 고통이 그의 몸을 관통한다. 모르핀을 투여할 시간이다. 지금 상황에 모르핀을 투여해 봤자 별 의미는 없겠지만 그래도 고통이 가시면 마르코는 어느 정도 혼자서 움직일 수 있었다. 최후의 순간이 오려면 아직 멀었으니까. 아직은 외모도 멀쩡했다. 마르코는 프로보와 레티치아의 마지막 순간처럼 좀비가 되지 않았고 앞으로도 그렇게 되지 않을 것이다. 그것이 마르코가 이런 선택을 하게 된 결정적인 이유니까. 그는 다른 이들에게 짐이 되기 전에 떠나고 싶었다.

볼게리에 도착한 날 그는 심지어 미라이진과 함께 소나무 숲에서 자전거를 타고 싶다고 했고 실제로 그렇게 했다. 하지만 체력이 너무 약해서 천천히 자전거를 몰았다. 경호원들은 바퀴가 비틀거릴 때마다 마르코가 바닥에 떨어질까 봐 몸을 던질 태세를 갖추고 자전거 뒤를 졸졸 따라다녔다. 하지만 그 정도야 웃어넘길 수 있는 일이었고, 실제로 나중에 둘이 함께 웃었다. 조소도, 냉소도 아닌 순수한 웃음이었다.

물론 모르핀의 힘을 빌리면 정원까지 두 발로 걸어 나갈 수 있을 것이다. (주사 말고 경구 모르핀 말이다) 하지만 그래봤자 정원에 가면 다시 휠체어 신세가 될 테고, 모르핀이 다른 약과 섞여 예기치 못한 반응을 일으킬 수도 있었다.

게다가 마르코가 피하고 싶은 또 하나의 요소는 바로 동정심이었다.

'다들 나 좀 봐 줘요! 나 혼자서도 걸을 수 있어요!'라고 하듯 걷는 모습을 보이며 쓸데없는 동정심을 유발하고 싶지 않았다.

대신 침대에서 휠체어까지는 혼자 걸어갈 수 있었다. 로드리고가 아예 그런 생각을 못 하게 하려고 일부러 휠체어를 침대에서 멀리 떨어진 곳에 놔두었기 때문에 휠체어까지 가려면 방을 가로질러야 하지만 말이다.

마르코는 침대에서 일어나 바퀴가 달린 링거 걸이에 몸을 반쯤 기댄 체 불안한 걸음걸이로로 휠체어를 향해 다가간다.

'지금 넘어지면 안 돼.' 그는 생각한다. '지금 다리가 부러지면 안 돼.'

그는 휠체어로 다가가 브레이크가 장착되어 있지 않은 것을 확인하고 브레이크를 장착한다. 충격을 최소화하기 위해 조심스레 몸을 낮추고 휠체어에 앉는다. 성공이다. 고통스럽지만 어렵지는 않았다. 그는 의자에 완전히 자리를 잡은 다음에야 비로소 나지막이 간호사를 부른다. "로드리고" 목소리가 너무 작았나? 아니다. 로드리고가 기다렸다는 듯이 들어온다. 마르코가 혼자 일어나서 휠체어에 앉은 것을 보고도 아무 말도 하지 않는다.

"정원으로 가세. 거기서 일을 치르지."

따스하고 화창한 오후다. 나무 울타리에 핀 분꽃과 재스민 향기가 아침에 갓 자른 잔디의 풀 향에 뒤섞여 매혹적으로 느껴진다. 루이사가 자코모 곁에서 떠나 마르코를 향해 다가온다. 마르코는 황혼 녘의 찬란한 햇빛에 둘러싸인 그녀를 바라본다. 루이사가 몇 살이지?

예순넷? 예순셋? 아니면 예순다섯?

마르코가 그토록 갈망했던 얼굴과 몸은 손 하나 대지 않았는데도 여전히 눈부시게 아름다웠다. 루이사를 따라 자코모도 다가온다. 자코모도 여전히 잘 생겼다. 다섯 번째 위험 요소. 우울해지지 말자.

다행히 그 순간 미라이진이 오스카, 마리나, 그레타, 카라도리를 줄줄이 달고 해변에서 돌아온다. 모두 왔으니 이제 시작해야겠다고, 마르코는 생각한다.

그 역시 흥분해서 심장이 두근거린다.

카라도리가 다가와 그에게 다정하게 인사한다. 늦어서 미안하다고 사과하자 마르코는 아우렐리아 국도의 교통 체증을 뚫고 오느라 고생했다고 대답한다. 카라도리는 예의 그 자석 같은 강렬한 눈으로 그를 바라본다. 마르코와 동갑인데 그보다 나이 들어 보인다. 아니 카라도리가 늙어 보이는 것이 아니라 마르코가 나이에 비해서 젊어 보이는 거다. 투병으로 인해 체중이 많이 감소했는데도 일흔한 살 노인같지 않았다. 화학치료로 인한 탈모 현상이 나타나기 전이라 살짝 회색빛이 감도는 풍성한 머리가 오후의 산들바람에 가볍게 흔들린다.

아직 봐 줄만한 모습으로 떠나가는 것, 그것이 계획의 핵심이었다. 흉측하게 변하기 전에 떠나가는 것 말이다.

아무도 입을 열지 않는다. 무슨 말을 해야 할지 아무도 모른다. 마르코가 로드리고에게 고개를 끄덕여 보이자, 로드리고는 미리 약속했던 것처럼 집 안으로 들어간다. 마르코는 삶의 마지막 순간 어떻게 행동해야 할지 고민하고, 또 고민했다. 무엇을 하고, 무슨 말을 해야 할지 심사숙고했다.

그는 마지막 순간을 눈물바다로 만들만한 아이디어는 모두 배제했다. 처음에는 닐영의 '눈물 없이 울지는 마Don't cry no tears'를 틀까도 생각해 보았지만, 바로 생각을 고쳐먹었다. 작별 연설도 생략하기로 했다. 쓸데없이 엄숙해지거나, 감상적이 되거나, 우울해하거나, 자기 연민에 빠질 필요는 없으니까. 포옹은 괜찮다. 그 정도는 괜찮다. 일반적인 작별 인사를 할 때처럼 원하는 사람은 그와 포옹을 나눌 것이다.

마르코는 그들이 공모자가 아니고, 지금부터 일어날 일에 아무런 책임이 없다는 것을 알리기 위해 어떤 식으로 일이 진행될지 설명해 주기로 마음먹었다.

로드리고가 필요한 약품들을 가지고 돌아와 링거에 삽입관을 연결할 때까지 숨소리조차 들리지 않는다. 로드리고가 작업을 마치자 이윽고 마르코가 입을 연다.

"여기까지 와 줘서 감사합니다. 여러분과 함께 있으니 얼마나 행복한지 모릅니다. 아시다시피 여러분을 초대하자는 생각은 미라이진의 아이디어였습니다. 모두 초대에 응해 주신 것을 보니 미라이진의 생각이 옳았던 것 같군요. 이제부터…."

순간 자코모가 연달아 두 번 크게 흐느낀다.

자코모 바로 앞에 앉아있던 마르코는 2초 동안 동생의 잘생긴 여윈 얼굴이 절망으로 일그러졌다가 재빨리 전날 택시에서 내렸을 때처럼 사념에 잠긴 표정으로 바뀌는 모습을 바라본다.

수십 년 만에 형과 재회를 하는 조심스런 순간부터 저녁 식사를 마친 후 둘이서 이야기를 나눌 때까지 자코모는 감정을 잘 통제했다. 자코모는 자기 딸들 이야기를, 마르코는 미라이진 이야기를 했다. 불과 2초 전까지만 해도 잘 참던 자코모는 순간 통제력을 잃는가 싶었지만, 다행히 다시 정신을 추슬렀다.

"죄송합니다."

자코모는 속삭이듯 내뱉고 후회하는 듯한 표정으로 다시 마르코의 말에 귀를 기울인다. 아무렇지 않은 양, 두 손을 다리 사이에 넣는다. 어찌 보면 그 광경이 우습게 보이기도 했다.

"물론 억지로 자리를 지키지 않아도 됩니다. 여러분 모두와 다시 만나서 대화를 나눌 수 있어서 기뻤습니다. 카라도리 박사님 빼고요. 교통체증 때문에 도착이 늦어지는 바람에 박사님과는 이야기를 나눌 시간이 없었죠. 어쨌든 제가 드리고 싶은 말은 혹시 집에 들어가 있거나 해변에 가고 싶은 사람이 있으면 부담가지지 말고 그렇게 하라는 겁니다."

여기서 마르코는 말을 멈추고 청중을 바라본다. 자코모는 최선을 다해서 감정을 억누르고 있다. 미라이진은 오스카의 품에 안겨있다. 오스카는 보기 좋게 햇볕에 그을린 팔로 그녀의 매끄러운 어깨를 감싸고 있다. 루이사는 슬프지만 결연한 표정이었다. 마리나는 마르코의 눈을 잠시 마주 바라보다 결국 고개를 가로저으며 눈을 내리깐다.

"난 못하겠어. 나는 집에 들어가 있는 편이 낫겠어."

마리나는 이렇게 말하고 다시 고개를 들어 마르코를 향해 미소를 지어 보인 후 자리에서 일어난다. 루이사와는 달리 마리나는 나이든 태가 났다. 세월과 약물의 흔적이 뚜렷했다. 그녀는 상처 입은 산양 같았다. 그래도 지난 몇 년 동안 미라이진이 잘 보살펴 준 덕분에 이제 혼자서 돌아다니고 혼자 살 수 있게 되었다. 마르코는 부엌문 너머로 사라지는 마리나의 뒷모습을 눈으로 쫓다 아델레의 동생, 그레타를 향해 시선을 돌렸다.

"너는 어떻니?"

어느새 서른 살이 넘은 그레타는 아름다운 독일 여성이었다. 짧은 커트 머리에 팔에 문신이 있었다. 아델레는 그레타와 친해진 지 얼마 되지 않아서 세상을 떠났지만, 미라이진은 이모와 가까워져서 오히려 둘이 친자매처럼 지냈다. 그것도 다 마르코가 몇 년 동안 공을 들여서 손녀를 독일에 있는 할머니와 이모에게 데려다 주었기 때문이다. 마리나의 상태를 고려해 볼 때 미라이진이 천애 고아로 남지 않는 것은 마르코가 독일을 오가며 조카와 이모 사이를 가까워지게 해 준 덕분이다.

"저는 괜찮아요. 여기 있을게요." 그레타가 말한다.

그녀의 얼굴선은 강한 억양만큼이나 억세 보였지만 다른 한편으로는 어딘지 밝고 당당해 보였다. 마치 금속판에 새겨놓은 것 같은 얼굴이었다.

'젠장, 정말 힘드네.'

마르코는 긴 한숨을 내쉬고 혼자 집에서 울고 있을 마리나 생각을 떨쳐버리고 다시 말을 잇는다.

"시작하기 전에 40년 경력 의사로서 지금 내가 하려는 일을 여러분들에게 설명해 주려 합니다. 그래야 이 일을 나의 의지와 나의 힘으로 한다는 사실을 이해할 수 있을 테니까요. 순수하게 나 혼자 맑은 정신으로 하는 행위이고 여기 있는 로드리고는 제게 2~30초의 평안함을 선사해 주는 것뿐이라는 걸요."

마르코는 로드리고가 링거 폴대에 걸어놓은 두 개의 링거팩을 가리켜 보인다. 링거팩에 연결된 관이 마르코의 오른팔 혈관에 꽂혀 있다.

"첫 번째 팩에는 의료용 벤조디아제핀인 미다졸람과 강한 수면제인 프로포폴의 혼합물이 들어있습니다. 두 성분 모두 마취제로 사용되죠. 강한 진정작용을 위해 용량을 넉넉하게 넣었습니다. 두 번째 팩에는 실제 지저분한 일을 맡을 농축 포타슘이 들어있습니다. 어떻게 이 성분들을 손에 넣었는지는 이야기하지 않겠습니다. 하지만 이 약품이 무슨 용도로 사용되는지 아는 사람은 아무도 없으니 걱정하지 마세요. 40년간 의사 노릇을 한 덕분에 그 누구도 이일에 가담시키지 않고 혼자 필요한 성분들을 구할 수 있었던 겁니다."

미리 생각해 둔 거짓말이지만 마르코가 말하니 신빙성 있게 들린다. 실제로는 농축 포타슘을 구하지 못한 마르코가 미라이진에게 도움을 청했고 미라이진이 찾아낸 로드리고가 포타슘을 구한 것이다. 하지만 마르코는 이 일을 아무에게도 알리고 싶지 않았다.

"잠시 후 여러분과 작별 인사를 나눈 후에 빨간 꼭지를 돌리면 마취제가 제 혈관에 흐르기 시작할 겁니다. 마취제 효과가 나타나기 시작하면 로드리고가 친절하게도 파란 꼭지를 돌려 혈관에 농축 포타슘을 주입해 줄 겁니다. 그런 다음 몇 분 후면 모든 것이 끝나겠죠. 여러분은 제가 잠드는 모습을 지켜보게 될 겁니다. 로드리고가 하는 일이 제게 20초에서 30초 정도의 평온함을 선사해 주는 일이라고 했는데, 만약 이 모든 일을 혼자 한다면 마취가 되는 동안에도 파란 꼭지를 돌리기 위해 잠들지 않게 긴장해야 하기 때문입니다. 그건 정말 안타까운 일이죠. 이 모든 과정에서 가장 편안한 순간을 제대로 즐기지 못할 테니까요. 마취제의 힘을 빌어 서서히 심연 속으로 가라앉는 순간 말입니다. "

예상했던 바대로 건조하고 기술적인 설명으로 인해 분위기가 차분해졌다. 마르코가 피하고 싶어했던 모든 위험 요소들이 실제로 제거된 듯했다. 심장 박동이 느려지면서 흥분이 가라앉았다. 그는 각막 수술 설명하듯 자신의 죽음을 묘사했다.

"포타슘으로 인해 부정맥이 생기고 그 결과 심실세동 증상이 나타나 결국 심장이 멈출 겁니다. 보기 힘든 장면은 연출되지 않을 거예요. 최악의 경우 심박급속증 증세가 나타나 경미한 발작이 있을 수 있지만, 가능성은 작습니다."

순간 마르코의 머릿속에 이레네 누나가 스쳐 지나간다. 미라이진보다 조금 더 나이가 들었을 때 자살한 누나는 동생이 자랑스러울 것이다.

마르코는 심호흡하고 누나 생각을 떨쳐버리고 말을 잇는다.

"상황이 종료되면 미라이진이 119를 부를 겁니다. 카스타네토 카르투치 병원에서 앰뷸런스를 보내겠죠. 응급요원들은 현장에서 제 사망을 선고할 거고, 미라이진은 그들에게 내 상태를 설명하고 의료 기록을 보여줄 겁니다. 아무도 내 죽음에 대해서 의구심을 가지지 않을 겁니다. 내 생각에는 앰뷸런스가 도착할 때 굳이 여러분이 여기에 있을 필요도 없습니다. 어찌 됐든 걱정하지 마세요. 여기 남아있다 해도 따로 조사를 받거나 거짓 진술을 해야 할 일은 없을 겁니다. 확신컨대 아무도 의심하지 않을 테니까요."

마르코는 설명을 마친다. 모든 것을 잘 기억하고 전문적으로 설명한 자기 자신이 자랑스럽다. 마리나를 제외한 전원이 자리를 지켰고 자코모가 참지 못하고 두 번 흐느낀 것 빼고는 마르코가 설명하는 동안 모두 감정을 잘 추슬렀다. 미라이진이 오스카의 품에서 빠져나와 마르코에게 다가가 허리를 숙이고 그를 껴안는다.

"잘하셨어요."

순간 기억이 오락가락하던 마르코의 머릿속에 무언가 퍼뜩 떠오른다.

"〈야만적 침략〉이야. 아까 생각이 안 났던 영화 제목 말이야."

마르코가 미라이진의 귀에 대고 속삭인다.

"맞아요. 〈야만적 침략〉이었어요."

미라이진 역시 마르코의 귀에 대고 속삭인 후 과거 마르코가 그녀의 머리를 쓰다듬어 주었듯 할아버지의 머리를 쓰다듬어 준다. 미라이진이 훨체어 뒤에 있던 로드리고 옆에서자 묘한 정적이 흐른다. 그는 링거 걸이를 창처럼 쥐고 있다. 모든 준비를 마친 것이다.

다음으로 그레타가 일어난다. 그녀도 미라이진처럼 허리를 굽히고 다정하게 마르코를 껴안는다. 마르코는 감귤류의 새콤한 그녀의 체취를 한껏 들이마시고 그녀의 얼굴을 바라본다. 그레타는 평소보다 조금 촉촉하게 젖은 눈으로 미소를 지어 보인다.

"잘가요, 마르코."

"다시 만나자꾸나."

그레타는 다시 일어나 자기 자리로 돌아간다. 모두 각자의 자리가 있다. 순간 마르코는 자신이 무대에 있는 것 같았지만 어쩔 수 없었다.

다음은 카라도리 차례다. 그가 마르코에게 다가와 손을 내민다. 그 손을 어떻게 처리할지는 마르코의 몫이다. 마르코는 경기가 끝난 후에 선수들끼리 하는 것처럼 손바닥을 마주친다.

'찰싹!'

찌르는 듯한 고통이 느껴진다.

"내가 당신을 좋아하는 거 알죠?" 카라도리가 말한다.

"오늘부터 우리도 말을 놓죠." 마르코의 말에 모두 웃음을 터뜨린다. 카라도리라면 이 정도의 농담은 괜찮다. 생각해 보면 동갑내기 친구가 아니던가.

다음은 오스카다. 오스카를 처음 만난 것은 몇 달 전 한참 화학치료를 받고 있을 때였다. 오스카는 마르코를 돌보기 위해서 피렌체로 이사를 온 미라이진을 만나러 왔다. 극심한 고통에 시달리는 중에도, 마르코는 오스카의 강인함에 위안을 받았다. 오스카의 활력에는 전염성이 있어서 함께 있으면 자기도 모르게 기분이 좋아졌다. 오스카는 미라이진의 남성 버전 같았다. 타고난 리더였다. 그 역시 새로운 세계의 큰 희망이었다.

"둘 다 힘내렴." 마르코를 오스카를 포옹하며 말한다.

"클라로. (그럼요!) 수 비다 에스 미 비다. (그녀는 제 생명이에요)"

오스카는 예상치 못했던 대답과 함께 미라이진의 손을 꽉 쥐고 살짝 입을 맞춘 뒤 뒤로 물러선다.

다음은 누구지?

차례가 중요한 것은 아니지만, 마르코는 자코모가 먼저 다가올지 아니면 루이사가 먼저 다가올지 궁금했다. 서열이 어떻게 될까? 자코모와 루이사도 같은 생각인지 잠시 둘 다 망설이며 움직이지 않는다. 결국 자코모가 먼저 다가온다. 두 형제는 포옹을 나눈다. 두 사람의 심장이 다시 세차게 뛴다. 조금 전 자코모의 입에서 흘러나온 흐느낌 때문에 둘 다 긴장한다. 그 순간 울음을 터뜨리면 모든 것이 엉망이 될 테니까. 둘은 포옹을 풀지 않고 서로를 꼭 껴안는다.

"미안해." 자코모가 말한다.

"내가 미안해." 마르코가 말한다.

둘은 포옹을 풀고 둘 다 코를 훌쩍거린다. 그것뿐이다. 형제의 작별 인사는 그렇게 끝났다. 이제 루이사 차례다.

루아사가 다가온다. 마르코의 심장이 다시 세차게 뛴다.

은황록빛 눈동자와 햇살 아래 변함없이 찬란한 갈색 머리. 매끈한 목선과 바다 내음을 머금은 체취. 그녀는 하나도 변하지 않았다. 생각나는 대로 말할 생각이었기 때문에 그녀에게 해야 할 말을 미리 준비해 두지는 않았다. 실제로 자신을 향해 다가오는 루이사를 보니 할 말이 떠올랐다.

"오늘이 며칠인 줄 알아?" 마르코가 묻는다.

"글쎄."

"6월 2일이야. 그게 무슨 날인지 알아?"

루이사는 어리둥절한 표정으로 미소를 짓는다.

"이탈리아 공화국 선포일?"

"맞아. 하지만 그것 말고…."

루이사는 미소를 지으며 고개를 가로젓는다.

"내 생일에서 가장 멀리 떨어진 날이야. 정확히 6개월 후가 내 생일이거든. 자기 생일에 죽는 정의로운 사람을 히브리어로 뭐라고 부른다고 했었지?"

"차딕."

"그래. 나는 차딕이 아니야. 나는 차딕의 반대야."

그것이 마르코 카레라가 루이사 라테스에게 남기는 마지막 말인가? 마르코는 순간 할 말을 준비하는 편이 나았을 뻔했다고 생각한다.

"아니야. 너는 정의로운 사람이야."

"유대인 민간 신앙은?"

"유대인 민간 신앙이 틀린 거지."

루이사가 마르코의 머리와 이마와 얼굴을 어루만지며 속삭인다.

"몽 프티 콜리브리. (나의 작은 벌새)"

루이사의 고개가 살짝 옆으로 기울어지면서 머리카락이 어깨 위로 흘러내린다. 익숙한 동작이다. 수십 년 전 첫 키스를 준비하던 그때처럼….

루이사가 키스를 한다! 그것도 입술에! 마르코의 얼굴을 감싸고! 딥키스를! 이렇게 다 늙어서! 자코모를 비롯한 모두가 지켜보는데!

브라바, 루이사! 기왕 민망한 장면을 연출하기로 마음먹었다면 끝까지 뻔뻔한 것이 낫겠지. 마르코는 루이사를 보내지 않으려고 그녀의 얼굴을 감싼다. 찌르는 듯한 고통마저 달콤하게 느껴진다. 마르코도 루이사에게 키스하고 싶었다. 그의 평생 갈망이었다. 먼 옛날 같은 장소에서 처음 그런 마음을 품은 후, 50년 동안 한 번도 마음이 변한 적이 없었다. 마르코라면 끝내 그녀에게 입 맞추지 못했을 텐데, 그녀가 먼저 입을 맞춰주었다.

둘 사람의 입술이 떨어진다. 루이사는 허리를 펴고 자세를 가다듬는다. 한 발자국 뒤로 물러나 영성체를 받은 신도처럼 고개를 수그린 채 자리로 돌아간다.

드디어 그 순간이 왔다. 더는 지체할 이유가 없다. 오후의 공기가 향긋하다. 모든 것이 눈부시고 생명이 넘친다. 온화한 바닷바람에 나무 울타리와 사람들의 머리카락이 살짝 흔들리면서 형용할 수 없는 평온함을 선사한다. 살면서 수많은 아픔을 겪었다. 마르코의 삶은 의심할 바 없이 고통으로 가득했다. 하지만 그 어떤 고통도 지금처럼 완벽한 기쁨을 막지 못했고, 마르코의 삶은 고통뿐 아니라 그런 순간으로도 가득했다. 행복이란 이렇듯 소박한 것을…. 화창한 날씨와 소중한 이들과의 포옹과 사랑하는 이와의 키스면 족하다.

이런 순간이 더 많았으면 좋았을 텐데….

후회. 이것이 마지막 위험 요소다. 언젠가는 완치될 것을 믿는 척하고 다시 치료를 시작하는 것. 끊임없이 토하고, 설사하고 입 안에 생긴 염증을 참으며 암과의 투쟁을 계속하는 것이다. 침대에서 일어나지 못해 욕창이 생기고 벌레처럼 사는 것이다. 어쩌면 그것이야 말로 모두가 원하는 것일 수도 있다. 하지만 그렇게 되면 미라이진은 세계를 구하는 대신 물침대를 대여하고, 마사지 오일, 고약, 야간 간호사, 모르핀 정과 모르핀 주사를 구하러 정신없이 뛰어다녀야 할 것이다. 모르핀을 먹거나 주입해도 고통이 가라앉지 않아 양을 점점 늘리다 결국에는 프로보가 그랬듯 미라이진에게 자신을 데려가 달라고 애원하게 될 것이다. 그러면 미라이진은 세계를 구원하는 대신 어쩔 수 없는 선택을 하게 되겠지.

마르코는 로드리고를 바라보며 그의 손을 잡는다.

"고맙네."

로드리고가 그의 한쪽 어깨를 어루만진다.

마르코는 아픔을 참고 팔을 뻗어 빨간색 꼭지를 돌린다. 그의 손이 허벅지 위로 떨어진다. 날카로운 고통이 어김없이 그의 몸을 관통한다. 그는 자기 앞에 있는 다섯 사람을 차례로 바라본

뒤 눈을 들어 시선을 미라이진에게 고정한 후 고개를 숙이라는 손짓을 해 보인다. 미라이진이 고개를 숙이자 마르코는 그 찬란하게 아름다운 여인의 얼굴을 마지막으로 찬찬히 바라본다. 고통을 참고 팔을 뻗어 미라이진의 신비로운 머리카락 사이로 손을 넣는다. 미라이진은 결연하지만 그윽한 표정으로 그와 시선을 교환한다. 마취제 효과가 나타나기 시작하자 주위가 아득해진다. 모든 것을 혼자 해야 했다면, 이 순간 마르코는 낑낑대며 농축 포타슘이 든 팩의 꼭지를 열어야 했을 것이다. 하지만 지금부터는 로드리고가 마르코에게 선사하는 선물이다.

잠깐, 그런데 미라이진이 지금 뭐 하는 거지? 미라이진은 한없이 조심스럽게 마르코의 오른손을 들어 자기 머리에 얹은 마르코의 왼손과 바꿔놓는다. 이번에는 아무런 고통도 느껴지지 않는다. 모든 것이 더 아득해 진다.

미라이진은 지금 뭘 하는 거지? 오, 그래. 알겠다. 미라이진은 오른손끼리 깍지를 껴서 약지와 새끼손가락 사이에 있는 쌍둥이 점을 포개려는 거다. 그래. 그것이 우리 힘의 원천이지.

모든 것이 한없이 아득해 진다. 수중을 유영하는 듯 평온하다.

이레네 누나, 아델레, 아버지, 어머니. 저는 이 창조물을 세상에 내어주고 떠나갑니다. 제가 자랑스러우신가요?

이레네 누나.

아델레.

아버지.

어머니.

우리는 얼마나 많은 이들을 가슴 속에 묻은 채 살아가는가.

마르코는 잠이 든다. 기울어진 머리를 미라이진이 받쳐 준다. 이제 로드리고 차례다. 로드리고는 이 순간을 위해 말라가에서 왔다.

로드리고에게도 믿기 힘든 사연이 있다. 아버지는 장님이고, 집시인 어머니는 가수이자 댄서이자 거리의 예술가였다. 그녀는 심지어 엔리케 이글레시아스가 안나 쿠르니코바와 결혼하기 전에 그의 애인이었다. NGO 활동을 하면서 세계를 누비느라 얼굴 보기 힘든 두 쌍둥이 누나와 펠로타*손잡이 달린 광주리같이 생긴 라켓으로 공을 벽에 대고 치는 스페인 경기 챔피언인 동성 애인이 있고 배낭에는 입양한 아들이 있다. 하지만 이것은 로드리고의 이야기이다. 마르코의 이야기에서 로드리고의 역할은 푸른 꼭지를 돌리는 것이다.

그와 항해 중인 모든 배를 위해 기도하자.

늙고 지친 하늘 (1997)

수신: 루이사 라테스
프랑스 파리 아까브 가 59-78
(75003) 우체국 사서함

'우리는 사랑에 빠진 연인이야.
난 그렇게 생각해.'
늙고 지친 저 하늘이
미처 그런 말을 할 틈도 없이
우리 머리 위로 무너져 내린다면,
루이사, 루이사, 나의 루이사.

그럴 때를 대비해 글을 남기자.
엉망이어도 괜찮으니 마음이 이끄는 대로.
선한 신이 창조한 이 세상 모든 곳에.

'나는 너를, 너는 나를 사랑해'

루이사, 루이사, 나의 루이사.

허밍버드

(로마와 다른 많은 장소에서, 2015-2019)

우선 '물리넬리 해변'은 베페 페놀리오의 단편 소설《소용돌이》의 오마주를 넘어 거의 리메이크에 가까운 챕터이다. 내 생각에 페놀리오의《소용돌이》는 이탈리아 문학 작품 중 가장 아름다운 작품이다.《소용돌이》의 완벽함은 절망과 순수함의 자연스러운 조합에서 나오는 것이기에, 작품의 구조를 가져오지 않고, 작품의 일부 요소만 취하는 것만으로는 의미가 없다. 그런 이유로 나는《소용돌이》와 똑같은 이야기를 이 책《허밍버드Hummingbirds》의 설정에 맞게 각색하되 그 구조를 최대한 원작과 똑같이 유지하려 했다. 이런 작업은 내게 상당히 유익한 경험이었다. 나의 의도를 더욱 명확히 나타내고 페놀리오에 대한 나의 존경을 표하고자 '물리넬리 해변'의 처음과 마지막에《소용돌이》의 첫 문장과 마지막 문장을 인용했는데, 당연히 이 두 문장이야말로 전 챕터를 통틀어 가장 훌륭한 문장이다.

《태풍의 눈》에서 '재앙'이라 불리는 두치오의 외모는 내가 가장 좋아하는 작가 중 한 명인 마리오 바르가스 요사의 《세상 종말 전쟁》의 첫 문장을 인용했다.

'그는 큰 키에 정면과 옆면이 별 차이가 없어 보일 정도로 삐쩍 마른 사내였다'.

《세상 종말 전쟁》은 1981년 스페인어로 출간되었다. 같은 챕터에서 나오는 스키 사고는 피렌체 출신 스키 유망주 그라치우소에게 일어난 사건이다. (오래 전 일이어서 그의 이름은 잘 기억나지 않는다) 실제 사고는 자이언트 슬랄롬 국제 선수권 대회가 아니라 고미토 산 아베토네 스키장에서 일어났다. 눈 위에 흐르는 피와 고통에 가득 찬 청년의 비명을 생각하면 지금도 정신이 아득해진다.

《태풍의 눈》 챕터 전체가 2017년 7월 《IL》지에 선공개 된 바 있다.

《우라니아 SF 시리즈》 에서 마르코의 아버지가 자코모의 탄생을 기다리면서 소설 속표지에 끄적인 낙서는 실제로 내 아버지가 이제는 이름조차 기억나지 않는 피렌체의 어느 병원에서 내가 태어나는 것을 기다리면서 읽던 우라니아 시리즈 속표지에 쓴 글귀다.

"신사 숙녀 여러분. 제 새로운 친구를 소개해 드리겠습니다. 조반나 베로네시 양이 될지 알렉산드로 베로네시 군이 될지는 아직 모르겠지만요. 자, 모두 주목해 주세요. 간호사가 다가옵니다. 아직 잘 안 보이네요…. 와! 신사 숙녀 여러분! 알렉산드로를 소개합니다!"

당시 아버지가 읽던 책이 바로 필립 K.딕의 《태풍의 눈》이었고, 출간 날짜는 책에 설명한 이유로 인해 내가 실제 태어난 1959년 4월 1일이 아니라 4월 12일이었다.

다들 눈치챘겠지만 '고스포디네!' 도입부에 언급한 영화는 페데리코 펠리니의 73년작 (1973년 12월 13일 개봉) 〈아마코드〉이다.

같은 챕터에서 나온 "어둠과 혼란을 가슴 속에 품은 자"라는 표현은 살만 루슈디의 《골든 하우스》(2017)를 인용한 문장이다.

'줄과 마법사와 세 개의 틈'은 이탈리아의 위대한 문학가 세르지오 클라우디오 페로니의 소설 《가끔 네 꿈 속에 들어가곤 해 La Nave di Teseo》(2018) 중 '가야 할 길을 안다는 것'에 바치는 오마주다. 쓰고 나서 보니 썩 마음에 들지 않아 편집하려다 《허밍버드》를 집필 중이던 2019년, 타오르미나에 살던 페로니가 목숨을 끊었다는 소식을 듣고 나의 친구 페로니를 기리고자, 변변치 않지만 오마주 부분을 그대로 두기로 했다.

'벌새에 대한 첫 번째 편지'에 나오는 기사는 마르코 데라모가

《마니페스토》지에 기고한 글이다. 2005년 1월 4일자 《마니페스토》지에 실렸으며 2004년 10월 15일부터 2005년 2월 14일까지 뉴욕 구겐하임 박물관에서 있었던 아스테카 왕국 전시회를 다뤘다.

'벨츠슈메어츠 & Co.'에 나온 두카의 이야기는 수타나 피타카와 상윳따 니카야의 《상윳따 니다나: 우연에 대한 몇 가지 화두 Burma Pitaka Association/Sri Satguru Publications》(1993)에서 발췌했다.

'글루미 선데이'는 동명의 헝가리 노래 '글루미 선데이'에서 땄다. 1930년대 작곡된 이 곡의 헝가리어 원제는 'Szomorú vasárnap'이다. 라슬로 야보르가 작사, 독학으로 공부한 피아니스트 레죄 세레쉬가 작곡했다. 1935년 재즈 싱어 팔 칼마르의 목소리로 최초로 녹음되었으며 발표되자마자 세계적인 성공을 거두며 재즈의 고전이 되었다. (1936년 녹음한 샘 루이스의 영어 버전이 특히 유명하다)

샘 루이스가 부른 영문 가사는 다음과 같다:

Sunday is gloomy
My hours are slumberless
Dearest the shadows
I live with are numberless

Little white flowers

Will never awaken you

Not where the black coach

Of sorrow has taken you

Angels have no thoughts

Of ever returning you

Would they be angry

If I thought of joining you

Gloomy Sunday

Gloomy is Sunday

With shadows I spend it all

My heart and I

Have decided to end it all

Soon there'll be candles

And prayers that are said I know

Let them not weep

Let them know that I'm glad to go

Death is no dream

For in death I'm caressin' you

With the last breath of my soul

I'll be blessin' you

Gloomy Sunday.

우울한 일요일

잠들지 못하고

가늠할 수 없이 가득한

어둠만이 다정해

슬픔의 검은 마차가

그대를 데리고 간 곳에서

작고 흰 꽃들은

영원히 그대를 깨우지 못하리

내게 그대를 돌려줄

마음이 없는 천사들에게

내가 그대와 함께 하겠노라 하면

그들은 분노하려나.

우울한 일요일
우울한 일요일

어둠만이 나와 함께 하네.
내 마음은 이제
모든 것을 끝내리라 마음먹었네.

곧 촛불에 불이 켜지고
기도가 시작되면
사람들은 이런 일이 있을 줄 알았다고 말하리라
그들이 울지 않게 하소서
내가 기쁘게 떠남을 알려주소서

죽음은 일개 꿈이 아니니
죽음 속에서 나 그대를 어루만지리
나의 마지막 숨결로
나 그대를 축복하리
우울한 일요일

그러나 노래의 성공과 함께 이 곡이 우울증을 유발해 자살 충동을 일으킨다는 소문이 떠돌았다. 실존 인물의 이름과 자세한 자살 정황까지 언급되자 결국 '글루미 선데이'는 '헝가리의 자살 노래'라는 악명을 얻고 몇몇 나라에서는 금지곡이 되기에 이른다. 이러한 악명에서 벗어나기 위해 1941년 빌리 홀리데이가 부른 버전에는 앞의 이야기가 모두 꿈일 뿐이었음을 의미하는 가사가 덧붙여진다.

Dreaming, I was only dreaming
I wake and I find you asleep
In the deep of my heart here

Darling I hope
That my dream never haunted you
My heart is tellin' you
How much I wanted you
Gloomy Sunday.

꿈이었을 뿐, 모든 것이 꿈이었을 뿐
꿈에서 깨면 그대는
내 마음 가장 깊은 곳에서 잠들어 있으리
그대여 나의 꿈이
그대를 괴롭히지 않았기를
내 마음은 말하네

내 그대를 얼마나 원했는지
우울한 일요일

그런데도 BBC 라디오는 독일군의 폭격으로 인해 그렇지 않아도 힘든 시기에 노래마저 너무 우울하다는 이유로 이 곡을 틀지 못하게 했고, 금지령은 2002년까지 계속된다. 그동안 수많은 가수와 음악가가 이 곡을 리메이크했는데, 이 중에는 추가된 가사를 사용한 곡도 있고, 생략한 곡도 있다. 책에서 언급한 1981년 리디아 런치의 펑크 버전 외에 내가 특별히 좋아하는 버전은 1994년 엘비스 코스텔로 버전과 1959년 리키 넬슨 버전, 1987년 마리안느 페이스풀 버전, 1992년 시네드 오코너 버전 그리고 2010년 비요크 버전이다.

이탈리아어 번안곡 '트리스테 도메니카Triste domenica'도 있다. 니노 라스텔리가 번역한 가사를 그동안 노르마 브루니, 카를라스텔라, 미리암 페레티, 조반나 발라리노 등 수많은 내노라 하는 이탈리아의 가수들이 불렀는데, 물론 1952년 닐라 피치 버전도 빼놓을 수 없다. 이탈리아어 버전은 원곡의 거친 매력을 그대로 살렸으며 죽은 연인을 따라 자살하고 싶어하는 화자의 의도가 명확하게 드러난다.

1968년 '글루미 선데이' 작곡가 레죄 세레쉬는 부다페스트의 자택 창문에서 뛰어내려 자살한다.

'샤쿨 & Co.'에서 나오는 자식을 잃은 부모들을 일컫는 다양한 표현은 콘치타 데 그레고리오의 '밖은 이미 봄인 것 같아Feltrinelli, 2015'에서 영감을 얻었다.

같은 챕터에서 인용한 노래 가사는 이탈리아 싱어송라이터 파브리치오 데 안드레의 '마음 여린 친구'에 나오는 가사다. 파브리치오 데 안드레는 주인공 마르코를 비롯한 그 세대 젊은이들의 우상이었다. 흥미로운 것은 노래 가사 역시 파브리치오 데 안드레가 오스카 와일드에게 바치는 오마주라는 사실이다. 실제로 소설에 나오는 가사는 오스카 와일드의 희곡 '진지함의 중요성' 중 브렉널 부인의 신랄한 대사를 인용하고 있다.

'부모 중 한 분을 잃는 것은 불행한 일이지요, 워딩씨. 하지만 부모님을 둘 다 여읜 이는 무심하고 부주의한 사람처럼 보인답니다.'

'십자가의 길'에 나오는 데이빗 리빗의 작품은 그의 데뷔작 《페밀리 댄싱》이다. 정말 멋진 작품이다. 혹시 아직 읽지 않았다면 꼭 읽어보기를 권한다. 이미 읽었다해도 다시 읽을 만하다.

'사람들 입에 오르내리다'에 나오는 조니 미첼의 노래는 1979

년 앨범 '밍거스Mingus'에 수록된 '린지에 사는 늑대The Wolf that lives in Lindsey'인데 마지막 트랙에 나오는 늑대 울음소리는 중독성이 있다.

'시선도 몸이다'는 2017년 이탈리아 일간지 《코리에레 델라 세라》의 부록으로 일요일마다 발간되는 문학면 '독서La Lettura' 코너에 실린 에세이를 각색한 것이다.

"늑대는 불행한 사슴을 죽이지 않아. 약한 사슴을 죽이지"라는 문장은 테일러 쉐리던 감독의 2017년 작 〈윈드 리버〉에 나오는 대사다. 와이오밍의 인디언 보호구역을 배경으로 펼쳐지는 이 피비린내나고 고통스러운 스릴러는 루이스 어드리크의 작품을 연상시킨다. 문제는 윈드 리버는 2017년 작인데 '늑대는 불행한 사슴을 죽이지 않는다'의 시간적 배경은 1년 전인 2016년이라는 거다. 하지만 나는 소설의 타임라인을 바꾸고 싶지 않았고, 그래서 약간의 시간적인 오류가 있음에도 불구하고 원안을 고수했다. 중요한 것은 독자들이 그 문장이 내가 아니라 영화 각본까지 맡은 테일러 쉐리단 감독의 창작물이라는 것을 아는 것이니 이 기회를 빌어 그 사실을 밝힌다.

'재앙'이라 불리는 두치오 킬레리에 얽힌 사연은 루이지 피란델로의 1911년 단편 《면허》에서 영감을 받았다. 액운을 몰고 다닌다는 소문에 시달리던 주인공 로사리오 키아로키아로가 결국 자신의 악명을 역이용해서 직업적으로 불운을 전파하며 돈을 번다는 내용이다. 이 소설은 1954년 루이지 잠파 감독의 액자식 구성 영화 〈이것이 인생이다〉 중 네 번째 에피소드로 영화화된다. 여기서 키아르키아로의 역은 전설적인 이탈리아 코메디언 토토가 맡았다.

루이사가 '벌새에 대한 세 번째 편지'에서 언급한 책은 《그, 나 그리고 우리Einaudi Stile Libero》(2018)이다. 파브리치오 데 안드레의 미망인 도리 게치가 지오르다노 메아치, 프란체스카 세파리니라는 두 언어학자와 함께 만든 파브리치오 데 안드레의 평전이다. '엠메날지아'만 봐도 알 수 있겠지만, 데 안드레 팬뿐 아니라 이탈리아어라는 언어를 사랑하는 독자라면 꼭 읽어야할 필수 도서다.

'신인류'에서 나오는 암말 돌리는 동생 조반니의 말이다. 자유와 진실 간의 대립은 2018년 11월 12일 '도피오제로'에 게재된 로코 롱키의 뛰어난 에세이 《포퓰리즘의 형이상학》에 등장하는 개념이다. '너의 미래를 기억해Remember your future' 도 같은 잡지를 뒤적거리다 발견한 마우로 잔키의 기고문 제목인데, 그 글을 읽기도 전에 미라이진의 프로그램 명으로 사용하기로 마음먹었다. 마우로 잔키의 기고문은 2017 유럽 사진전 중에서 '시간의 지도: 기억, 기억의 보관소 그리고 미래'라는 주제로 에밀리아 로마냐주 전역에서 열렸던 사진전을 다루고 있었다. 전시회 큐레이팅은 다디안 두푸, 엘리오 그라치올리, 월터 과아다니니가 맡았다. 잔키의 글 역시 소설 집필에 매우 유용했다.

마르코가 '야만적 침략'에서 인용하는 라틴어 문구는 네덜란드 출신의 기회원인론 철학자 아르놀드 겔린크스(1624-1669)의 위대한 유작 《윤리학》에 나오는 문구이다. 젊은 시절, 자살 충동에 시달리던 사무엘 베케트가 그 책을 읽고 유혹을 이겨냈다고 한다. 1935년 1월 16일 평생지기 토마스 맥그리비에게 보낸 편지에서 베케트가 우연히 겔린크스가 쓴 글을 읽었다고 하는 부분이 나온다. (베케트가 1929년에서 1940년 사이에 쓴 편지를 모은 《서간집 Adelphy》(2018)도 놓치지 않아야 할 작품이다)

이 문장은 베케트가 영국의 유명한 정신분석학자 윌프레드 비온에게 상담을 받으면서 집필한 1938년 작품 《머피》에도 인용된다. 그 후 베케트는 《몰로이》에서 겔린크스를 직접 등장시키기도 한다. 인간의 모든 갈등과 번뇌의 기원인 인간의 의지를 억압함으로써 이를 제거한다는 극단적인 사상은 사실상 베케트의 모든 인물에게 나타나는 특성이기도 하다. 이 문장과 '벨츠슈메어츠 & Co.'에 나오는 두카의 이야기가 말하는 사상의 (의도된) 유사성을 비교해 보자.

마지막으로 나의 아내 마누엘라, 나의 동생 조반니, 나의 아들 딸 움베르토, 루치오, 잔니, 니나, 제노, 니나와 제노를 비롯해 발레리아 솔라리노, 엘리사베타 스가르비, 에우제니오 리오, 베페 델 그레코, 피에로 브라키, 프랑코 푸리니, 마르코 데라모, 에도아르도 네시, 마리오 데시아티, 피지 바티스타, 다니엘라 빌리오네, 마리넬라 빌리오네, 풀비오 피에란젤리니, 파올로 비르치, 카렌 하산, 마르코 델로구, 테레사 치아바티, 스테파노 볼라니, 이사젤라 그란데, 도메니코 프로카치, 안토니오 트로이아노, 크리스티안 로카, 니콜라스 사다, 레오폴도 파비아니, 조르조 델라르티, 파올로 카르보나티, 스테파노 칼라만드레이, 필리포 데이 브라우드, 빈첸초 발렌티니, 미켈레 마르조코, 프란체스코 리치, 엔리코 그라시, 지네브라 브란디니, 줄리아 산타로니, 피에르루이지 아마타, 마누엘라 지안노티, 마르코 프랑키니, 마시모 잠피니에게 진심으로 감사의 마음을 전한다.

감사의 이유는 각자 잘 알고 있겠지.

산드로 베로네시의 《허밍버드》 번역을 의뢰받은 것은 코로나 바이러스 3차 유행으로 인해 추운 날씨만큼이나 마음도 꽁꽁 얼어붙었던 지난 2020년 12월 중순이었다.

같은 해 7월 베로네시는 《허밍버드》로 제74회 '스트레가상'을 수상했다.

개나리처럼 샛노란 색이 인상적인 소화주를 제조하는 양조업체 '스트레가'사의 후원으로 1947년 제정된 스트레가상은 이탈리아에서 가장 권위 있는 문학상이다.

이탈리아에서 스트레가상 시상식은 조금 과장해서 문학계의 오스카상이라 불릴 만큼 중요한 연례행사로, 매년 로마의 유서 깊은 빌라 줄리아 에트루니아 박물관에서 진행된다. 홀을 꽉 채운 참석자들이 보는 앞에서 최종 후보로 선정된 여섯 작품의 득표 상황을 반장투표 결과 발표하듯 칠판에 써서 공개하는 과정도 꽤나 재미있다.

그런 스트레가상 시상식이 올해는 코로나바이러스 방역 지침 때문에, 관람객 없이 단출하게 진행됐다.

'올해 수상작은 산드로 베로네시의《허밍버드》입니다!'

2019년 수상 작가 스쿠라티의 외침에 베로네시는 얼마 안 되는 관계자들의 빈약한 박수를 받으며, 겸연쩍은 미소와 함께 전통에 따라 텅 빈 관중석 앞에서 트로피 대신 받은 스트레가주를 (그렇다. 트로피 대신 진짜 술을 준다) 몇 모금 마셔 보였다.

그렇게 베로네시는 생애 두 번째 스트레가 상을 받았다.

총 605표 중 무려 200표라는 높은 득표율과 역사상 스트레가 상을 두 번 수상한 두 번째 작가가 되는 영예를 얻은 것 치고는, 참으로 초라한 시상식이었다.

그 모든 장면을 영상으로 본 후인지라, 빛바랜 노란 표지 원서를 펼쳐 들 때까지만 해도, 쓸쓸하고 낯설었던 시상식이 눈앞에 모습이 아른거렸지만,《허밍버드》는 소설의 첫 문장부터 마지막 장을 덮을 때까지 놀라운 흡입력으로 나를 사로잡았다.

문학작품을 두고 승리라는 표현을 사용하는 것은 어폐가 있을 수 있지만, 심사위원단의 압도적인 지지에는 이유가 있었다. 가독성, 형식미, 필력 그리고 그 안에 담긴 묵직한 메시지까지. 베로네시의《허밍버드》는 뛰어난 문학작품이 갖춰야 할 모든 요소를 갖춘 작품이었다.

'허밍버드', 즉 벌새는 1초에 60번 이상 빠른 날갯짓을 하며 공중에서 머무르는 자그마한 새다.

소설에서 벌새는 주인공 마르코 카레라의 애칭이기도 하다. 그의 어머니는 어린 시절 성장 호르몬 부족으로 인해 다른 아이들보다 체구가 작았던 아들을 '벌새'라고 불렀다. 하지만 호르몬 치료를 받고 8개월 만에 16센티미터 이상 훌쩍 성장한 후에도, 마르코는 평생을 벌새로 산다.

《허밍버드》는 마르코 카레라라는 전형적인 이탈리아 중산층 남성의 일생을 그리고 있다. 행복한 가정은 모두 비슷하지만, 불행한 가정은 모두 제각각의 불행을 안고 있다는 안나 카레니나의 첫 문장처럼, 겉보기에는 평범해 보이는 그의 삶은 배신과 상실의 고통으로 가득하다.

소설의 도입부, '그가 그때까지 살면서 맞닥트렸고 앞으로 마주치게 될 수많은 위기 중 제일 심각한 위기를 가로막고 있던' 진료소 문을 활짝 열어젖힌 카라도리 박사는 마르코의 아내가 다른 남자의 아이를 임신 중이라는 소식과 함께 그의 결혼 생활이 파탄이 났음을 알린다. 그 후 소설은 마르코의 과거, 현재 그리고 미래를 정신없이 오가며 독자를 그의 삶 속으로 끌고 들어간다.

평범한 남성의 일대기인 《허밍버드》의 차별성은 독창적인 구조에 있다.

머무르기 위해 부단히 날개를 움직이는 자그마한 새는 이 소설의 출발점일 뿐만 아니라 소설 전반을 아우르는 중요한 이미지이다. 흥미로운 점은 이러한 이미지가 소설의 구조에서도 느껴진다는 사실이다. 시점과 시제, 서간문, 이메일, 시, 문자 메시지 등을 오가는 다양한 형식과 속도감 있는 전개를 따라가다 보면 소설을 읽는 내내 벌새의 날갯짓이 들리는 듯하다.《허밍버드》는 시점과 시제가 다양하게 변화하는 가운데 이야기의 톤도 완전히 바뀐다.

소설의 시점은 명확한 듯하면서도 모호한 면이 있고 시간대는 과거와 현재를 오가며 확장과 수축을 반복한다. 스토리가 정신없이 전개되는 듯하지만, 자세히 보면 그물망처럼 치밀하다.

실제로 이탈리아 인터넷 서점을 보면 소설의 마지막 문장을 읽은 후, 자연스럽게 다시 첫 번째 페이지로 돌아갔다는 독자평이 꽤 많은데, 그것은 작품이 주는 여운 때문이기도 하고, 작가가 소설 전반에 촘촘하게 뿌려놓은 이스터에그 같은 복선들을 회수하기 위해서이기도 하다.

《허밍버드》의 또 다른 특징은 대칭성이다. 어린 시절 가상의 끈에 매여 있던 아델레가 등산을 하다 밧줄이 끊어져서 목숨을 잃는다던가, 비행기 사고에서 목숨을 건진 마르코가, 같은 비행기 사고로부터 살아남은 아내, 마리나로 인해 목숨을 잃을 위기에

처하는 설정, 갑작스런 신체의 성장과 그에 못지않게 갑작스런 암 세포의 성장 등 소설 속에서 대칭을 이루는 요소들을 통해 나타나는 숙명성은 어떤 면에서 그리스 고전을 연상시킨다.

하지만《허밍버드》가 복잡하게 설계된 구조에만 기대는 작품이었다면, 이토록 큰 성공을 거두지는 못했을 것이다.《허밍버드》에는 독자의 감성을 건드리는 무언가가 있다.《허밍버드》는 상실과 고통에도 불구하고 인간이 살아가야 하는 이유가 무엇인지 되묻는 작품이다. 공허한 기교와 화려한 문장에서 멈추지 않고, 삶의 의미에 대한 진지한 질문을 던지는 작품이다.

허밍버드를 관통하는 주제를 한 단어로 표현한다면, 그것은 바로 '회복력resilience'일 것이다. 다소 생소하게 느껴지는 '회복력'이라는 단어가 널리 사용되기 시작한 것은, 최근 지구 온난화로 인해 기후변화 문제가 심각해지면서다.

회복력은 심각한 삶의 국면에서 좌절하지 않고 기존보다 더 나은 방식으로 재기할 수 있는 개인의 고유한 성질이다. 회복력은 저항력resistance과는 다르다.

예컨대 저항력이 높은 물질은 강한 압력을 견디다 언젠가는 부서질 수 있지만, 회복력이 높은 물질은 강한 충격이나 압력에도 부서지지 않고 변화에 적응하면서 고유의 특성을 유지한다.

현대판 욥과 같은 마르코의 삶은 충격으로 가득하다. 신의 시험을 받아 사랑하는 가족과 재산을 잃은 구약 성경 속 인물 욥처럼, 마르코도 누나, 어머니, 아버지, 딸까지 사랑하는 모든 이를 차례로 떠나보낸다. 하지만 신에 대한 믿음을 증명해 보이는 것으로 보상을 받는 욥과 달리, 마르코는 고통을 이겨내고 삶의 이유를 찾음으로써 자신의 존재에 합당한 의미를 부여한다.《허밍버드》에 그토록 많은 죽음이 등장하는 이유는, 사랑하는 이를 잃는 슬픔이야 말로 가장 큰 고통이기 때문이다. 인간은 애도의 감정을 가지는 유일한 동물이다. 사랑하는 사람을 떠나보내고 몇 날, 몇 달, 몇 년 동안 슬픔의 감정을 안고 살아가는 것은 인간뿐이다. 때로는 애도의 감정이 너무나 커서, 버티지 못하고 무너질 수 있다. 예컨대 소설 속 마리나 경우가 그렇다. 그녀는 어머니의 죽음을 '버티지' 못하고 스스로 '비논리적' 영역으로 들어가 버린다.

마르코는 다르다. 카라도리 박사의 도움을 받아 고통을 견디는 것에 멈추지 않고, 그것을 삶의 에너지로 승화시키는 법을 배웠다. 고통에 못 이겨 자아를 잃어버리지 않고, 애도의 감정을 다른 대상에 대한 애정으로 변환하는 법을 배운다. 그렇게 그는 고통과 슬픔을 피하거나 부정하지 않고, 오히려 삶의 동력으로 삼는다. 그렇기에 한곳에 머물러 있기 위한 마르코의 날갯짓은 변화를 부정하는 수동적인 행위가 아니다. 끊임없이 변화하는 세상 속에서 고통을 이겨내고 이를 에너지 삼아 자기 고유의 성질을 잃지 않으려는 능동적인 행위다. 그리고 이것이 바로 저항과 회복력의 근본적인 차이이다.

마지막으로 소설의 후반부에 관해 이야기하고자 한다. 이탈리아 독자 중에는 소설의 후반부가 주는 '이질감'에 대해 이야기하는 사람들이 있다. 비현실적으로까지 느껴지는 마르코의 손녀 '미라이진'에 대한 묘사를 비롯해서, 그녀가 행하는 모든 놀라운 일이 다소 인위적으로 느껴진다는 거다. 사실 나 역시 처음 이 소설을 읽었을 때, '신인류' 부분이 다소 어색하게 느껴졌다. 순수 문학의 영역에서 갑작스레 계몽 문학으로 전환되는 느낌이었다.

하지만 번역을 하면서 수차례에 걸쳐 작품을 읽는 동안 생각이 달라졌다.

'신인류'는 작품을 통틀어 인류에 대한 작가의 희망과 열정이 가장 뜨겁게 드러나는 부분이다.

여기서 잠깐 베로네시라는 작가에 관해 알아야 할 필요가 있다. 그는 은둔형 작가가 아니다. 다양한 이슈에 대해 자기 목소리를 내는 사회 참여적인 작가이다. 실제 그의 작품 중에는《허밍버드》,《조용한 침묵》과 같은 소설만 있는 것이 아니라,《눈에는 눈》과 같이 사형제도를 다룬 저널리즘 성격의 논픽션도 있다. 그는 이탈리아 극우파의 반이민 정서 조장에 극심한 분노를 표했으며, 그레타 툰베리와 같이 기후행동에 나선 어린 세대에 열렬한 지지를 표명했다.

베로네시는 미라이진으로 대표되는 신세대, 신인류에 지구의 미래가 있다고 믿고 있으며, '신인류'에서 표현된 미라이진을 향한 바램은 이들에 대한 순수한 희망을 담고 있다.

벌새라는 지극히 감성적인 이미지로 시작한 소설에서 인류의 발전, 이타적인 삶, 자유와 진실의 대결을 논하는 베로네시야 말로 인간의 실존적인 문제를 다루면서 '동시대성'을 잃지 않는 몇 안 되는 작가일 것이다.

글을 마치기 전에 베로네시의 놀라운 필력에 대해서 짚고 넘어가지 않을 수 없다. 역자 후기를 준비하면서, 인용할 좋은 문장에 형광펜으로 밑줄을 그었는데, 다 읽고 나니 너무 많아서 눈이 아플 지경이었다.

그래도 몇 부분을 꼽자면, 관계의 운명성을 이야기하는 '줄과 마법사와 세 개의 틈' 도입부와 실질적으로 소설의 주제를 농축한 '신인류'의 도입부라든지, 고통을 이겨내는 자세에 대한 카라도리 박사의 대사에는 삶을 바라보는 베로네시의 태도와 통찰력이 잘 드러나 있다. 독립적인 단막극 느낌을 줄 정도로 구성의 완벽함이 느껴졌던 것은 이레네의 죽음을 다룬 '글루미 선데이'다. 소설의 주요 인물을 모두 등장시켜, 이들의 동선과 심리를 유려하게 오가는 '글루미 선데이'를 읽는 내내 한 편의 영화를 보는 느낌이었다. 아델레의 죽음을 다루는 '샤쿨 & Co'도 예정된 비극을 향해 치달으며 고조되는 긴장감 끝에 폭발하는 절망감은 베로네시라는 작가가 얼마나 뛰어난지 보여주고 있다.

수많은 죽음으로 점철된 《허밍버드》지만, 암울하고 무겁기만 한 작품은 결코 아니다. 어쩌면 이 작품은 최근 내가 접한 이탈리아 소설 중에서 인간에 대한 가장 순수한 믿음과 희망을 담고 있는 소설인지도 모른다. 그것은 작가가 고통을 넘어서 회복을 이야기하고 있기 때문이다. 코로나 팬데믹으로 인해 인류가 그 누구도 예기치 못했던 변화에 직면한 시점에 작품이 출간된 것도 의미심장하다. 베로네시가 의도한 것은 아니었겠지만, 원치 않은 변화로 인해 전혀 다른 삶 속으로 내동댕이쳐질 때마다 새로운 삶에 처음부터 적응하기 위해 부단히 날개를 저어야 했던 마르코의 날갯짓에 코로나를 이겨내고 일상으로 돌아가려는 인류의 날갯짓이 투영될 수밖에 없기 때문이다.

인류와 (인생이라는 바다에서) 항해 중인 모든 배를 위해 기도하자.

2021년 11월

김지우